DAVID BALDACCI

Sur le Chemin du Pardon

Ouvrage original publié aux États-Unis
sous le titre *Long Road to Mercy*
par Grand Central Publishing
Hachette Book Group
1290 Avenue of the Americas, New York, NY 10104

Édition française publiée par
Talent Éditions
115 rue de l'Abbé Groult, 75015 Paris

Direction artistique et design : Neil Lang/Pan Macmillan
Images de couverture : © Arcangel; Shutterstock
Photo de l'auteur : © Guy Bell

ISBN : 978-2-37815-254-3

DAVID BALDACCI

Sur le Chemin du Pardon

Traduit de l'anglais (États-Unis) par Yannick Brolles

Talent Éditions

À Kristen White,
notre bras droit
et notre jambe gauche :
Je ne sais pas ce que
nous ferions sans toi, et j'espère
n'avoir jamais à le savoir.
À une merveilleuse collègue
et amie.

CHAPITRE

I

AM, STRAM, GRAM.

L'agent spécial du FBI Atlee Pine regardait la sinistre façade du centre pénitentiaire dans lequel étaient incarcérés quelques-uns des prédateurs humains les plus dangereux de cette planète.

C'est l'un d'eux qu'elle venait voir ce soir.

Érigée à environ 160 kilomètres au sud de Denver, ADX Florence était la seule unité de très haute sécurité du système carcéral fédéral. L'unité de très haute sécurité était un des quatre bâtiments disjoints qui constituaient le centre pénitentiaire fédéral de Florence. Au total, plus de neuf cents détenus étaient incarcérés sur ce lopin de terre.

Depuis le ciel, lorsque les lumières de la prison étaient allumées, Florence ressemblait à quatre diamants sur du feutre noir. Les hommes qui évoluaient entre ces murs, gardiens et détenus, étaient plus durs que des pierres précieuses. Ce n'était pas un endroit pour les âmes sensibles ou les timorés. Les déréglés du ciboulot, en revanche, y étaient manifestement les bienvenus.

L'unité de très haute sécurité comptait, actuellement, parmi ses pensionnaires, Unabomber, l'auteur de l'attentat du Marathon de Boston, ceux des attentats du 11-Septembre, des tueurs en série, un des auteurs de l'attentat d'Oklahoma City, des espions, des leaders suprémacistes blancs et une brochette de chefs de cartel et de patrons de la mafia. Beaucoup de ces détenus purgeaient plusieurs condamnations à perpétuité et rendraient leur dernier soupir dans une prison fédérale.

Le centre pénitentiaire avait été construit au milieu de nulle part. Personne ne s'en était jamais évadé. Et si quiconque y parvenait, il ne trouverait aucun endroit où se cacher. Le terrain autour de la prison était plat et à découvert. Il n'y avait pas un brin d'herbe, pas un arbre, pas même un buisson autour du complexe. Le centre pénitentiaire était entouré d'une enceinte de 4 mètres de haut, surmontée de barbelés tranchants comme des lames de rasoir et truffée de capteurs de pression. Des gardiens armés accompagnés de chiens d'attaque patrouillaient le périmètre 24 heures sur 24. Un prisonnier qui atteindrait cet emplacement serait probablement abattu ou déchiqueté par les crocs. Et qui verserait une larme en apprenant qu'un tueur en série, un terroriste ou un espion avait rendu son dernier soupir, allongé face contre terre sur le sol du Colorado ?

Les fenêtres des cellules mesuraient 10 centimètres de large sur 10 centimètres de haut. Taillées dans du béton épais, à travers lesquelles on ne peut apercevoir que le ciel et le toit du complexe. Florence a été conçue de façon qu'aucun détenu ne puisse savoir où il se trouvait à l'intérieur du complexe pénitentiaire. Les cellules mesuraient 3 mètres 65 sur 2 mètres 13 et presque tout à l'intérieur, hormis les détenus, était construit en béton coulé. Les douches étaient équipées de minuteurs automatiques, les toilettes ne pouvaient pas être bouchées, les murs étaient insonorisés, empêchant les détenus de communiquer entre eux, les deux portes en acier formant un sas étaient contrôlées par un moteur hydraulique. Les repas étaient servis à travers un guichet taillé dans le métal. Les communications avec l'extérieur étaient interdites, sauf au parloir. Pour les détenus indisciplinés, ou en cas de crise, il y avait l'unité Z, également appelée le Trou Noir. Des cellules constamment plongées dans l'obscurité à l'intérieur desquelles les détenus étaient attachés sur leur couchette par des liens intégrés dans les lits en béton.

Le confinement individuel était la règle entre ces murs. Le quartier de très haute sécurité n'avait pas été construit pour que les détenus agrandissent leur cercle d'amis.

Le véhicule d'Atlee Pine avait été soumis à une fouille en règle. Elle avait dû passer le contrôle d'identité et attendre que l'on vérifie que son nom figurait bien sur la liste des visiteurs. Elle avait ensuite été conduite jusqu'à la porte d'entrée où elle avait montré aux gardiens en faction sa carte d'agent spécial du FBI. Elle avait trente-cinq ans. Elle portait depuis douze ans un insigne brillant accroché à la hanche. Un insigne doré avec un aigle aux ailes déployées trônant au-dessus de la Justice, tenant une balance dans la main droite et un glaive dans la main gauche. Pine trouvait très pertinent qu'une femme soit représentée sur l'insigne de l'agence de maintien de l'ordre la plus célèbre du monde.

Elle avait laissé son Glock 23 aux gardiens. Le Beretta Nano qu'elle portait habituellement dans un étui fixé à sa cheville était, quant à lui, resté dans sa voiture. Elle ne se souvenait pas s'être jamais dessaisie volontairement de son arme de service avant ce jour. Mais la seule unité de très haute sécurité des États-Unis avait ses propres règles auxquelles elle devait se plier si elle voulait y pénétrer. Et elle le voulait vraiment.

Elle était grande. 1 mètre 80, pieds nus. Un trait hérité de sa mère qui mesurait trois centimètres de plus qu'elle. Malgré sa taille, Pine n'avait pas un physique longiligne ou gracile. Elle ne défilerait jamais sur un podium au milieu d'une troupe de mannequins ultraminces et ne se retrouverait jamais sur la couverture d'un magazine. Elle était athlétique et musclée, grâce aux séances de musculation auxquelles elle s'astreignait religieusement. Ses cuisses, ses mollets et ses fessiers étaient durs comme le granit, ses épaules et ses deltoïdes ciselés, ses bras parfaitement galbés avec des longs muscles harmonieux et sa sangle abdominale était dure comme de l'acier. Elle avait également participé à des compétitions de MMA et de kickboxing et maîtrisait presque toutes les techniques permettant à une personne plus petite d'affronter et d'immobiliser un individu plus corpulent.

Elle avait acquis et peaufiné toutes ces techniques dans un seul objectif : survivre. Le métier de Pine l'obligeait à évoluer dans un univers majoritairement masculin. La force physique ainsi que la résistance et la confiance qui viennent avec, étaient une nécessité. Ses traits anguleux se combinaient de façon harmonieuse et lui donnaient un visage séduisant, presque envoûtant. Ses cheveux noirs tombaient sur ses épaules et ses yeux bleu foncé donnaient une grande profondeur à son regard.

C'était la première fois qu'elle venait à Florence. Les deux gardiens aux larges épaules qui l'avaient escortée dans les couloirs ne lui avaient pas dit un mot. C'était le calme étrange qui semblait régner en ces lieux et le silence qui avaient d'abord frappé Pine. En sa qualité d'agent fédéral, elle s'était rendue dans beaucoup de prisons. Il y régnait une cacophonie permanente, mélange de bruits, de cris, de sifflets, d'imprécations, de provocations, d'insultes et de menaces ; sans oublier les doigts enroulés autour des barreaux et les regards menaçants lancés depuis l'obscurité des cellules. Si vous n'étiez pas un animal avant d'entrer dans un quartier de très haute sécurité, vous en seriez un lorsque vous en sortiriez. Ou vous seriez mort.

C'était *Sa Majesté des mouches.*

Avec des portes en acier et des toilettes équipées de chasse d'eau.

Mais là, elle se serait crue dans une bibliothèque. Pine était impressionnée. Ce n'était pas un mince exploit pour une prison abritant des hommes, qui, collectivement, avaient assassiné plusieurs milliers de leurs congénères avec des bombes, des armes à feu, des couteaux, des poisons ou parfois juste leurs poings. Ou, pour les espions, avec leurs actes de trahison.

Pic et pic et colégram.

Pine avait effectué le trajet en voiture depuis Saint George. Une ville dans l'Utah dans laquelle elle avait vécu et travaillé. Cela l'avait obligée à traverser l'Utah et la moitié du Colorado. Son appareil de navigation lui avait indiqué qu'il lui faudrait un petit peu moins de onze heures pour parcourir les 1 050 kilomètres. Elle en avait mis moins de dix, grâce à un pied droit qui n'avait jamais peur d'appuyer sur l'accélérateur, à la puissance du moteur de son SUV et à un détecteur de radars pour éviter les inévitables contrôles de limitation de vitesse.

Elle n'avait fait qu'une halte pour aller aux toilettes et acheter quelque chose à grignoter en conduisant. Le reste du voyage avait été effectué pied au plancher.

Elle aurait pu prendre l'avion jusqu'à Denver et faire le reste du trajet en voiture. Mais elle avait du temps libre. Et elle voulait réfléchir à ce qu'elle ferait une fois parvenue à destination. Et le long trajet à travers les vastes étendues désertiques des États-Unis lui avait laissé tout loisir de le faire.

Elle avait grandi dans l'est mais elle avait passé la majorité de sa vie professionnelle dans les vastes plaines du sud-ouest des États-Unis. Elle espérait y passer le reste de sa carrière parce qu'elle adorait la vie au grand air et les grands espaces.

Après quelques années au Bureau, Pine avait eu toute latitude pour choisir ses affectations. Pour une seule raison : elle était prête à aller là où les autres agents ne voulaient pas aller. La plupart des agents rêvaient d'être affectés dans un des 56 bureaux régionaux du FBI. Certains voulaient vivre au soleil et demandaient Miami, Houston ou Phoenix. D'autres voulaient grimper les échelons pour accéder aux postes de responsabilité dans l'organigramme du FBI et jouaient des coudes pour aller à New York ou à DC. Los Angeles était populaire pour une myriade de raisons, même chose pour Boston. Mais Pine n'avait pas la moindre envie de vivre dans toutes ces grandes villes.

Elle appréciait le relatif isolement des RA, les agences résidentes, implantées au milieu de nulle part. Et tant qu'elle obtenait des résultats et qu'elle était prête à accepter les missions ingrates, on lui foutait une paix royale.

Sans compter qu'au milieu de ces grands espaces, elle était souvent la seule représentante du gouvernement à plusieurs centaines de kilomètres à la ronde. Et elle aimait ça aussi. D'aucuns la qualifieraient de distante, de maniaque du contrôle, voire d'antisociale. Ce n'était pourtant pas le cas. Elle s'entendait, en réalité, plutôt bien avec les gens. Il est impossible d'être un bon agent du FBI sans avoir de bonnes qualités relationnelles. Mais elle aimait son intimité.

Pine avait rejoint la RA de Saint George, dans l'Utah. L'antenne ne comptait que deux agents. Pine y était restée deux ans. Lorsque l'occasion s'était présentée, elle avait demandé à être mutée dans une agence ne comptant qu'un seul agent, tout juste implantée dans une toute petite ville baptisée Shattered Rock, à l'ouest de Tuba City et dernière ville avant le parc national du Grand Canyon. Elle bénéficiait de l'assistance d'une secrétaire, Carol Blum, qui avait la soixantaine et appartenait au Bureau depuis plusieurs décennies. Blum clamait haut et fort son admiration pour l'ancien directeur du FBI, J. Edgar Hoover, bien que ce dernier fût mort depuis longtemps lorsqu'elle avait rejoint le Bureau. Pine ne savait pas si elle devait la croire.

L'heure des visites était passée depuis longtemps à Florence, mais le bureau des prisons avait accédé à la demande d'une collègue fed. Il était minuit pile, la bonne heure, pensa Pine, parce que les monstres ne sortent que sur le coup de minuit.

Elle avait été escortée jusqu'au parloir. Elle s'assit sur un tabouret en métal d'un côté d'une vitre épaisse en polycarbonate. Il n'y avait pas de téléphone. Juste un tube métallique circulaire intégré à la vitre pour communiquer oralement. De l'autre côté de la vitre, le détenu s'asseyait sur un tabouret forgé dans le même métal fixé au sol. Le siège était inconfortable ; il avait été conçu pour.

Bour et bour et ratatam.

Elle l'attendait, les mains jointes, posées sur la surface stratifiée devant elle. Elle avait épinglé son insigne du FBI à son revers. Parce qu'elle voulait qu'il le voie. Elle gardait les yeux rivés sur la porte par laquelle il entrerait. Il était au courant de sa venue. Il avait accepté sa visite, un des rares droits qu'il possédait entre ces murs.

Pine se raidit légèrement en entendant plusieurs personnes approcher. La porte s'ouvrit avec un bip. La première personne qui entra était un gardien au physique imposant qui n'avait pas de cou et de larges épaules qui faisaient presque toute la largeur de la porte. Il fut suivi par un deuxième gardien, puis un troisième ; tous les deux étaient aussi costauds et imposants.

Elle se demanda s'il y avait une taille minimum requise pour être gardien ici. Cela devait probablement être le cas. Avec un vaccin contre le tétanos.

Cette pensée disparut aussi vite qu'elle était venue lorsqu'apparurent derrière eux, Daniel James Tor et son mètre 93, chaînes aux mains et aux pieds. Il était suivi par un autre trio de gardiens. Les sept hommes remplissaient complètement le petit espace. Pine savait qu'entre ces murs, tous les mouvements de prisonniers s'effectuaient avec au minimum trois gardiens.

Pour Tor, semblait-il, ce nombre était doublé. Elle comprenait pourquoi.

Tor n'avait pas de cheveux. Il garda les yeux dans le vide devant lui pendant que les gardiens l'asseyaient sur son tabouret et attachaient ses chaînes à un anneau en acier fixé au sol. Ce n'était, là non plus, pas le protocole standard au parloir. Pine le savait.

Mais c'était de toute évidence celui pour Tor. Âgé de cinquante-sept ans, il portait une combinaison blanche et des chaussures noires sans lacets avec des semelles en caoutchouc. Il portait des lunettes avec des montures noires. Elles étaient faites d'une seule pièce, en plastique souple, sans vis métalliques aux points de jonction. Les lentilles étaient en plastique léger. Il serait difficile de les transformer en armes.

En prison, il fallait songer aux moindres détails. Parce que les détenus avaient toute la journée et toute la nuit pour trouver des façons de se mutiler, eux et les autres.

Elle savait que le corps de Tor, sous sa combinaison, était presque entièrement recouvert de tatouages qu'il s'était faits lui-même. Ceux qu'il n'avait pas dessinés lui-même l'avaient été par certaines de ses victimes, forcées de se transformer en tatoueurs avant que Tor les expédie dans l'au-delà. On disait que chaque tatouage racontait une histoire à propos d'une victime.

Tor pesait environ 127 kilos. Pine estima que seulement dix pour cent seraient qualifiés de masse grasse. Les veines ondulaient sur ses avant-bras et son cou. Elle supposa qu'il n'y avait pas grand-chose à faire en ces murs hormis de la musculation et dormir. Surtout qu'il avait été un brillant athlète au lycée, une star du sport née avec des prédispositions génétiques. Il était fâcheux que ce corps d'athlète ait été associé avec un esprit dérangé, quoique brillant.

Les gardiens, satisfaits de voir Tor parfaitement immobilisé, quittèrent la pièce comme ils y étaient entrés. Mais Pine pouvait les entendre de l'autre côté de la porte. Elle était certaine que Tor aussi.

Elle l'imaginait en train de passer à travers la vitre. Pourrait-elle lui tenir la dragée haute ? La question l'intriguait. Et une partie d'elle voulait le voir essayer.

Son regard se posa enfin sur elle et y resta.

Atlee Pine avait regardé beaucoup de monstres à travers une vitre ou des barreaux de cellule. C'était elle qui les avait capturés, pour la plupart.

Mais Daniel James Tor était différent. Il était peut-être le tueur en série le plus sadique et le plus prolifique de sa génération. Et peut-être de toutes.

Il posa ses mains enchaînées sur la surface stratifiée et tendit son cou épais vers la droite jusqu'à ce qu'on entende un crac.

Et il reposa son regard sur elle après avoir jeté un regard à l'insigne.

Ses lèvres dessinèrent une petite moue à la vue du symbole représentant la loi et l'ordre.

— Bien ? demanda-t-il d'une voix basse et monocorde. Vous avez sollicité cet entretien.

L'instant qu'elle attendait depuis une éternité était enfin arrivé.

Atlee Pine se pencha en avant, les lèvres à deux centimètres de la vitre épaisse.

— Où est ma sœur ?

Am, stram, gram.

CHAPITRE

2

LE REGARD IMPASSIBLE de Tor ne cilla pas en entendant la question de Pine. Les gardiens attendaient, tapis de l'autre côté de la porte. Pine les entendait murmurer, traîner des pieds et, de temps en temps, taper sur leur matraque métallique avec la paume. Juste pour être prêts au cas où ils devraient immobiliser subitement Tor.

À l'expression de Tor, elle savait qu'il les entendait lui aussi. Rien ne semblait lui échapper dans la pièce. Il avait pourtant fini entre ces quatre murs parce que quelque chose lui avait échappé.

Pine se redressa légèrement sur son tabouret, croisa les bras sur sa poitrine et attendit qu'il réponde. Il ne pouvait rien tenter, et elle n'avait rien de plus important à faire.

Tor l'examina de la tête aux pieds, comme il avait peut-être examiné toutes ses victimes. Trente-quatre confirmées. Confirmées, pas total. On craignait que le véritable nombre soit trois fois plus important. Elle était ici pour une des non confirmées. Elle était là pour une seule victime qui ne figurait même pas sur la liste de celles qui pourraient être ajoutées au chiffre montrant l'extrême dépravation de cet homme.

Tor n'avait échappé à la peine capitale que parce qu'il avait accepté de coopérer avec les autorités et de révéler où il avait enterré le corps de trois de ses victimes. Cette révélation avait permis à trois familles de faire leur deuil. Et cela avait permis à Tor de vivre, enfermé dans une cage, pour le restant de ses jours. Pine imaginait qu'il n'avait pas dû être trop difficile, pour lui, d'accepter cet accord. Peut-être même avec un sourire suffisant. Parce qu'il savait qu'il en était le principal bénéficiaire.

Ses victimes étaient mortes. Lui non. Et cet homme ne vivait que pour infliger la mort.

Il avait été arrêté, jugé et condamné au milieu des années 1990. En 1998, il avait tué deux gardiens et un codétenu. L'État dans lequel cela s'était produit n'appliquait pas la peine de mort, sans quoi Tor serait dans le couloir de la mort ou aurait déjà été exécuté. Il avait donc été transféré à ADX Florence. Pour y purger une quarantaine de condamnations à perpétuité. À moins de battre le record de Mathusalem, il mourrait entre ces murs.

Ça ne semblait pas l'émouvoir outre mesure.

— Nom ? demanda-t-il, comme le ferait un réceptionniste en train de vérifier une commande.

— Mercy Pine.

— Où et quand ?

Il jouait au chat et à la souris avec elle mais elle devait donner le change.

— Andersonville, Géorgie, 7 juin1989.

Il tendit de nouveau le cou, de l'autre côté cette fois. Il étira ses longs doigts en faisant craquer ses articulations. Comme si ce colosse n'était qu'un énorme amas de points de pression.

— Andersonville, Géorgie, répéta-t-il d'un air songeur. Beaucoup de morts là-bas. Prison confédérée pendant la guerre de Sécession. Son commandant, Henry Wirz, a été exécuté pour crime de guerre. Vous le saviez ? Exécuté pour avoir fait son boulot.

Il sourit.

— Il était suisse. Complètement neutre. Et ils l'ont pendu. Justice est aveugle.

Le sourire disparut aussi vite qu'il était venu, comme une allumette consumée.

Elle répéta :

— Mercy Pine. Six ans. Disparue le 7 juin 1989. À Andersonville, sud-ouest du comté de Macon, en Géorgie. Vous avez besoin que je vous décrive la maison ? J'ai ouï dire que vous aviez une mémoire photographique de vos victimes, mais elle a peut-être besoin d'être un peu rafraîchie. Ça fait un bail.

— De quelle couleur étaient ses cheveux ? demanda Tor.

Ses lèvres s'ouvrirent, révélant des dents larges et droites.

Pine montra les siens.

— Les mêmes que moi. Nous étions jumelles.

La réponse sembla susciter un intérêt chez Tor qui, jusque-là, n'en manifestait aucun. Elle s'y attendait. Elle savait tout de cet homme, sauf une chose.

La chose pour laquelle elle était là ce soir.

Il s'avança sur son siège, ses chaînes s'entrechoquèrent, trahissant son soudain intérêt.

Il jeta un nouveau coup d'œil à son insigne.

— Jumelles. FBI. Les pièces du puzzle commencent à s'assembler. Je vous écoute, dit-il avec un certain empressement.

— On sait que vous opériez dans la région en 1989. Atlanta, Columbus, Albany, centre-ville de Macon.

Avec un tube de rouge à lèvres rouge cerise qu'elle avait sorti de sa poche, elle dessina plusieurs points sur la vitre, chacun représentant une des localités qu'elle venait de citer. Puis elle les relia pour tracer une figure géométrique bien connue.

— Vous étiez un prodige en mathématiques. Vous aimez les formes géométriques.

Elle pointa du doigt la figure qu'elle venait de tracer.

— Un carreau. C'est comme ça qu'on a fini par vous coincer.

Le *quelque chose* qui avait échappé à Tor. Son mode opératoire.

Ses lèvres se scellèrent. Elle savait qu'aucun tueur en série n'admettrait jamais que les enquêteurs s'étaient montrés plus malins que lui. L'homme était, de toute évidence, un sociopathe *et* un narcissique. On considère souvent le narcissisme comme un défaut relativement bénin parce que le terme évoque l'image cliché d'un vaniteux admirant avec concupiscence son reflet dans une étendue d'eau ou un miroir.

Mais Pine savait que le narcissisme était probablement un des traits de caractère les plus dangereux qu'un individu puisse posséder pour une raison fondamentale : le narcissique est incapable de ressentir de l'empathie envers ses congénères. La vie des autres n'a, par conséquent, aucune valeur pour un narcissique. Tuer leur procure les mêmes effets qu'une dose de fentanyl : une euphorie immédiate provoquée par la domination et l'anéantissement d'une vie.

Raison pour laquelle presque tous les tueurs en série étaient également des narcissiques.

— Mais Andersonville ne cadre pas avec votre mode opératoire. Était-ce un acte isolé ? Un contrat ? Pourquoi êtes-vous entré chez moi ?

— C'était un *rhombe*, pas un carreau, répondit Tor.

Pine ne réagit pas à cette remarque.

Il continua, comme s'il était en train de donner un cours magistral :

— Mon mode opératoire était un rhombe, un losange, si vous préférez, un quadrilatère, une figure qui a quatre côtés égaux mais des diagonales de tailles différentes. Un cerf-volant, par exemple, n'est un parallélogramme que lorsque c'est un rhombe.

Il jeta un regard condescendant sur la forme qu'elle avait tracée.

— Un carreau n'est pas, à proprement parler, un véritable terme mathématique. Il manque de précision. Évitez ce genre d'erreur, à l'avenir. C'est gênant. Et pas professionnel. Vous n'avez pas préparé cette entrevue ?

Avec ses mains entravées, il fit un geste de dédain et il regarda avec mépris la figure qu'elle avait dessinée sur la vitre, comme s'il s'agissait de quelque ignominie.

— Merci de m'avoir fait bénéficier de vos lumières, répondit Pine qui se fichait royalement des parallélogrammes en particulier et des maths en général. Pourquoi cette exception ? Vous n'aviez jamais dévié de votre mode opératoire jusque-là.

— Vous présumez que j'en ai dévié. Vous présumez que je me trouvais à Andersonville cette nuit du 7 juin 1989.

— Je n'ai jamais dit que c'était la nuit.

Le sourire vacilla de nouveau.

— Tout le monde sait que le croquemitaine ne sort que la nuit.

Pine repensa, pendant quelques secondes, à sa propre réflexion, un peu plus tôt, à propos des monstres qui attendent que sonne minuit pour sévir. Pour attraper ces tueurs, elle devait penser comme eux. Elle avait toujours trouvé cela profondément perturbant.

Il poursuivit, sans attendre sa réponse :

— Six ans ? Une jumelle ? Où cela s'est-il produit exactement ?

— Dans notre chambre. Vous êtes entré par la fenêtre. Vous nous avez mis de l'adhésif sur la bouche pour nous empêcher de crier. Vous nous mainteniez avec vos mains.

Elle sortit un morceau de papier de sa poche et le posa contre la vitre pour qu'il puisse lire ce qui y était inscrit.

Il parcourut la feuille. Impossible de lire la moindre expression sur ses traits, même pour une agente aussi expérimentée que Pine.

— Une comptine pour enfant de quatre lignes ? fit-il en bâillant. C'est quoi la suite ? Vous allez nous pousser la chansonnette ?

— C'est ce que vous récitiez pendant que votre pouce faisait l'aller-retour entre nos fronts, fit Pine en s'avançant encore un petit peu plus. À chaque mot votre pouce se posait sur l'autre front. Vous avez commencé par moi et vous avez terminé par Mercy. Et ensuite, vous l'avez enlevée et vous m'avez fait ça.

Elle souleva ses cheveux vers l'arrière pour montrer une cicatrice derrière sa tempe gauche.

— Je ne sais pas ce que vous avez utilisé. Le souvenir est flou. Peut-être juste votre poing. Vous m'avez fracturé le crâne.

Avant d'ajouter :

— Mais vous êtes un homme fort et je n'étais qu'une petite fille.

Elle marqua une pause.

— Je ne suis plus une petite fille.

— Non, vous n'en êtes plus une. Je dirais environ 1 mètre 80 ?

— Ma sœur était grande elle aussi, à six ans, mais maigre. Un colosse comme vous, vous n'avez pas dû avoir beaucoup de mal à la porter. Où l'avez-vous conduite ?

— Présomption encore. Comme vous l'avez dit, je n'avais jamais dévié de mon mode opératoire. Qu'est-ce qui peut bien vous faire croire que j'en ai dévié à l'époque ?

Pine s'approcha encore un peu plus près de la vitre.

— Parce que je me souviens de vous.

Elle le détailla de la tête aux pieds.

— Vous n'êtes pas de ceux qu'on peut oublier.

Sa lèvre s'incurva de nouveau, comme la corde d'un arc lorsqu'elle est tirée vers l'arrière. Sur le point de lâcher la flèche fatale.

— Vous vous souvenez de moi ? Et vous vous pointez seulement aujourd'hui ? Vingt-neuf ans plus tard ?

— Vous ne risquiez pas de vous envoler.

— Un piètre sarcasme mais pas vraiment une réponse.

Il jeta de nouveau un regard à son insigne.

— FBI. Où êtes-vous affectée ? Quelque part dans le coin ? demanda-t-il avec une pointe d'empressement.

— Où l'avez-vous conduite ? Comment est morte ma sœur ? Où se trouve son corps ?

Pine avait posé ses questions en rafale. Elle s'était entraînée pendant le long trajet qui l'avait conduite en ces lieux.

Tor poursuivit son raisonnement :

— Pas un bureau régional, je dirais. Je ne vous imagine pas dans un grand bureau. Vous avez une tenue décontractée et vous êtes venue en dehors des heures de visite, on est très loin de ce que préconise le manuel du Bureau. Et vous êtes venue seule. Votre engeance se déplace en binôme lorsqu'il s'agit d'une enquête officielle. Si on ajoute le volet personnel à l'équation.

— Que voulez-vous dire ? demanda-t-elle en affrontant son regard.

— Vous avez perdu une jumelle. Vous êtes devenue solitaire, comme si vous aviez perdu une moitié de votre être. Vous êtes incapable de faire confiance à quiconque depuis que ce lien émotionnel a été brisé. Vous n'êtes pas mariée, ajouta-t-il en regardant son annulaire nu. Vous n'avez donc personne pour combler cette sensation de perte que vous ressentez constamment et vous mourrez seule, frustrée et malheureuse.

Il marqua une pause, paraissant modérément intéressé.

— Mais quelque chose s'est produit pour vous conduire ici après presque trente ans. Il vous a fallu tout ce temps pour trouver le *courage* de me faire face ? Un agent du FBI ? Cela prête à réflexion.

— Vous n'avez aucune raison de ne pas me le dire. Ils peuvent supprimer une autre condamnation à perpétuité. Cela ne fera aucune différence. Vous mourrez à Florence.

Sa réponse suivante fut surprenante. Et, pourtant, elle n'aurait peut-être pas dû l'être.

— Vous avez pourchassé et arrêté au moins une demi-douzaine d'individus comme moi. Les moins talentueux avaient tué quatre personnes, les plus doués plus de dix.

— Talentueux ? Pas le terme que j'emploierais pour les décrire.

— Cela exige *pourtant* un certain talent. Ce n'est pas quelque chose de facile, quoi qu'en pense la société. Ceux que vous avez arrêtés n'étaient pas de mon niveau, bien sûr, mais il faut bien commencer un jour. Vous semblez vous en être fait une spécialité. De vous mesurer à mes semblables. C'est bien de viser haut. Mais attention, on court le risque de se montrer trop ambitieux ou de se laisser aller à un excès de confiance. Voler trop près du soleil avec juste de la cire pour maintenir ses ailes, ce genre de truc. L'issue est si souvent fatale. Cela ferait, *bien sûr*, un look divin mais je ne pense pas qu'une telle tenue vous irait. Cela dit, j'adorerais essayer.

Pine haussa les épaules après ce soliloque délirant se concluant sur une menace à son encontre. S'il avait envie de la tuer, cela signifiait qu'elle avait toute son attention.

Elle poursuivit :

— Ils opéraient tous dans l'Ouest. Ici, vous avez de grands espaces où il n'y a pas un flic à chaque coin de rue. Les gens vont et viennent, beaucoup de gens égarés, de personnes à la recherche d'une nouvelle vie, de longs tronçons de routes désertes. Un milliard d'endroits pour se débarrasser des cadavres. Cela encourage... les *talents* comme le vôtre.

Il écarta les mains autant que ses chaînes le lui permettaient.

— Voilà qui est mieux.

— Ce serait beaucoup mieux si vous répondiez à ma question.

— Je sais également que vous avez été à une livre de vous qualifier pour les Jeux olympiques dans l'équipe d'haltérophilie lorsque vous étiez à l'université.

Comme elle ne répondait pas, il poursuivit :

— Les prisonniers de Florence ont, eux aussi, accès à Google, agent spécial Atlee Pine d'Andersonville, en Géorgie. J'ai demandé des informations à votre sujet, comme condition à cette entrevue. Vous avez, vous aussi, votre page Wikipédia. Elle est loin d'être aussi longue que la mienne mais, là encore, vous débutez. Mais les carrières peuvent être éphémères.

— C'était un *kilo*, pas une livre. À l'arraché. Toujours été mon point faible. Je préfère l'épaulé-jeté.

— Kilo, oui. Au temps pour moi. Vous êtes donc un peu moins forte. Un peu plus faible que je le pensais. Et, bien sûr, une ratée.

— Vous n'avez aucune raison de ne pas me répondre, répéta-t-elle. Aucune.

— Vous voulez faire votre *deuil*, comme tous les autres ? demanda-t-il d'un ton las.

Pine acquiesça, mais seulement parce qu'elle avait peur de ce qui pourrait sortir de sa bouche à cet instant.

Contrairement aux allégations de Tor, elle s'était préparée pour cette entrevue.

Mais on ne peut jamais être complètement préparé pour une confrontation avec cet homme.

— Vous savez ce qui me fait vraiment, vraiment plaisir ? demanda Tor.

Pine ne le lâcha pas des yeux mais ne répondit pas.

— Ce qui me plaît vraiment, vraiment c'est d'avoir parfaitement cerné votre petite vie pathétique, d'avoir lu en vous comme dans un livre ouvert.

Tor se pencha soudain en avant. Ses larges épaules et son énorme tête chauve donnaient l'impression de remplir la vitre, comme un homme entrant par la fenêtre dans la chambre d'une petite fille. Pendant quelques secondes terrifiantes, Pine eut de nouveau six ans et ce démon posait son pouce sur son front à chaque mot de la comptine, avec, à l'arrivée, la mort pour la dernière touchée.

Mercy. Pas elle.

MERCY.

Pas elle.

Elle laissa échapper un soupir à peine audible et, par réflexe, toucha l'insigne sur sa veste.

Sa pierre de touche. Sa pierre d'aimant. Non, son rosaire.

Un geste qui n'échappa pas à Tor. Mais il ne fit pas naître un sourire de triomphe ; ce n'était pas de la colère qu'on lisait sur ses traits mais de la déception. Et, quelques secondes plus tard, du désintérêt. Ses yeux se creusèrent et ses traits se détendirent pendant qu'il se rasseyait. Il s'affala. Toute son énergie et, avec elle, toute sa fougue, s'étaient envolées.

Pine sentit toutes les cellules de son corps se paralyser. Elle avait tout gâché. Il l'avait mise à l'épreuve et Pine n'avait pas su se montrer à la hauteur. Le croquemitaine était venu à minuit et l'avait trouvée sans défense.

Elle l'entendit barrir :

— Gardiens. Je suis prêt. Nous en avons fini de ce côté.

Un sourire malicieux s'afficha sur ses lèvres à peine eut-il fini de prononcer cette phrase et Pine comprit immédiatement pourquoi.

C'était le seul moment où il pouvait leur donner un ordre.

Ils entrèrent, détachèrent ses chaînes de l'anneau fixé au sol et le firent sortir de la pièce. Pine se leva.

— Vous n'avez aucune raison de ne pas me le dire !

Il ne lui fit même pas l'aumône d'un regard.

— Les faibles n'hériteront jamais de la Terre, Atlee Pine d'Andersonville, jumelle de Mercy. Il faut vous y habituer. Mais si vous voulez de nouveau déverser votre colère, vous savez où me trouver. Et maintenant que j'ai fait votre connaissance – il se tourna soudain vers elle et une soudaine poussée de désir cruel illumina son visage, probablement la dernière chose que ses victimes avaient vue – je ne vous oublierai *jamais.*

La porte métallique se referma et se verrouilla derrière lui. Elle les écouta s'éloigner et ramener Tor dans sa cage en béton coulé de 3 mètres 65 sur 2 mètres 13.

Pine fixa la porte pendant quelques instants. Elle effaça ensuite le rouge à lèvres sur la vitre, la couleur du sang s'étala sur sa paume. Elle effectua le trajet inverse, récupéra son arme et quitta ADX Florence. Elle respira l'air vif à exactement 1 609 mètres au-dessus du niveau de la mer.

Elle ne pleura pas. Elle n'avait pas versé une larme depuis la disparition de Mercy. Elle voulait pourtant ressentir *quelque chose.* Mais ce quelque chose n'était pas là. Elle avait l'impression de flotter, comme si elle se trouvait sur la Lune, comme si elle ne pesait plus rien, comme si elle était vide. Il avait extrait tout ce qui restait en elle. Non, pas extrait.

Aspiré.

Et le pire de tout, elle ignorait toujours ce qui était arrivé à sa sœur.

Elle monta dans sa voiture et parcourut les 160 kilomètres qui séparaient Florence de Salida. Elle chercha le motel le moins cher, le voyage était à ses frais.

Juste avant de s'endormir, elle repensa à la question que Tor lui avait posée.

Et vous vous pointez seulement aujourd'hui ? Vingt-neuf ans plus tard ?

Il y avait une bonne raison à cela, du moins dans l'esprit de Pine.

Mais cette raison n'était pas bonne non plus.

Elle ne rêva pas de Tor cette nuit. Elle ne rêva pas de sa sœur, disparue presque trente ans plus tôt. Son subconscient ne lui montra qu'une seule image. Elle, à six ans, se rendant lentement, pour la première fois, à l'école sans la main de Mercy dans la sienne. Une petite fille avec des nattes, affligée, qui avait perdu son autre moitié, comme l'avait insinué Tor.

La meilleure moitié d'elle, se dit Pine, parce que c'était elle l'aimant à problèmes tandis que sa « grande » sœur, plus vieille de dix minutes, volait invariablement à sa rescousse en prenant une fois sur deux sa défense et, l'autre fois, en lui trouvant une excuse. Une loyauté et un amour à toute épreuve.

Des sentiments que Pine n'avait plus jamais ressentis de sa vie.

Tor avait peut-être raison à propos de son avenir.

Peut-être.

Et, ensuite, son autre direct, celui qui avait percé ses défenses et l'avait cueillie en plein foie.

Vous m'avez cernée ?

Elle se leva, dès qu'elle sentit que ses lèvres commençaient à trembler, et tituba jusqu'à la salle de bains. Elle mit la tête sous la douche.

Elle resta ainsi jusqu'à ce que le froid devienne insupportable et lui donne envie de hurler de douleur. Mais pas la moindre larme ne se mêla à l'eau glacée qui sortait du pommeau de douche.

Elle se leva aux premières lueurs de l'aube, prit une douche, s'habilla et grimpa dans sa voiture pour rentrer chez elle. À mi-chemin, elle s'arrêta pour s'acheter quelque chose à manger. Le texto arriva sur son téléphone lorsqu'elle remontait dans son SUV.

Elle répondit, ferma sa portière, mit le contact et repartit pied au plancher.

CHAPITRE 3

LE GRAND CANYON était une des sept merveilles de la nature. Et la seule située aux États-Unis. C'était le deuxième plus grand canyon du monde, derrière le canyon du Yarlung Tsangpo au Tibet, qui était légèrement plus long mais beaucoup plus profond. Il accueillait, chaque année, cinq millions de touristes venus du monde entier. Mais à peine un pour cent d'entre eux descendrait jusqu'à l'emplacement où se trouvait Atlee Pine en ce moment : au bord du lit du fleuve Colorado, au fond du canyon.

Phantom Ranch, construit au fond du canyon, n'était pas seulement l'hébergement en dur le plus populaire ici-bas, il était le seul. Il n'y avait que trois modes de transport pour l'atteindre : par le fleuve, à dos de mulet ou en se servant de ses pieds.

Pine avait laissé sa voiture à l'aéroport du parc national du Grand Canyon. Elle avait grimpé dans un hélicoptère du Service des parcs nationaux qui l'attendait et effectué la descente verticale jusqu'au fond du canyon. Après avoir débarqué, Pine et son compagnon de voyage, le ranger du Service des parcs nationaux Colson Lambert, s'étaient immédiatement mis en route.

Ses foulées étaient amples. Ses longues jambes avalaient le sol. Les yeux et les oreilles en alerte pour ne pas marcher sur un crotale. Il y avait une raison pour laquelle la nature les avait dotés d'une crécelle – pour que les autres créatures les évitent.

Où est ma crécelle ? se dit Pine.

— Quand l'a-t-on découvert ? demanda-t-elle.

— Ce matin, répondit Lambert.

À la sortie d'un petit virage dans la roche, Pine aperçut une bâche bleue qui avait été érigée autour du cadavre de la victime. Deux hommes les attendaient. L'un portait une tenue de muletier. L'autre, comme Lambert, l'uniforme du Service des parcs nationaux : chemise grise, chapeau clair à bord large serti d'un bandeau noir sur lequel étaient inscrites les lettres USNPS. Pine le connaissait. Il s'appelait Harry Rice. Physiquement, c'était la copie conforme de Lambert.

L'autre était grand et mince. Son visage avait été méchamment buriné par la vie au grand air qu'il menait dans un environnement hostile. Son épaisse chevelure grisonnante avait épousé la forme du chapeau à bord large qu'il tenait à la main.

Pine montra son insigne et demanda :

— Quel est votre nom ?

— Mark Brennan. Je suis un des muletiers.

— C'est vous qui l'avez trouvée ?

Brennan acquiesça d'un signe de la tête.

— Avant le petit déjeuner. J'ai vu les vautours voler en cercle.

— Pouvez-vous me donner une heure un peu plus précise ?

— Euh, 7 heures 30.

Pine s'approcha de la bâche, s'accroupit et examina la carcasse pendant que les autres la rejoignaient.

La mule pesait plus d'une demi-tonne, selon ses estimations, et devait mesurer environ 1 mètre 60 au garrot. Les mulets sont le fruit de l'accouplement d'une jument et d'un âne. Ils sont moins rapides que les chevaux, mais ils ont le pied plus sûr et vivent plus longtemps. Et question force, à poids équivalent, ils n'ont rien à envier aux autres quadrupèdes et possèdent une très grande endurance.

Pine enfila une paire de gants en latex qu'elle avait extraite de sa banane. Elle ramassa le fouet qui se trouvait à côté du malheureux animal. Appelé « motivateur » par les muletiers, les cavaliers s'en servaient pour convaincre les mulets d'ignorer les délices de l'herbe qui pousse entre les pierres sur le sentier ou le plaisir de faire la sieste debout.

Elle toucha les pattes antérieures de l'animal déjà bien rigides.

— Rigidité cadavérique. Elle est là depuis un bon moment, indiqua Pine au muletier. Vous l'avez trouvée à 7 heures 30. Le corps présentait déjà la même rigidité ?

Brennan secoua la tête.

— Non. Mais j'ai dû chasser des bestioles. Elles avaient commencé à la bouffer. Vous pouvez voir les traces là et là, ajouta-t-il en montrant plusieurs plaies où des lambeaux de chair avaient été arrachés.

Pine regarda sa montre. Il était 18 heures 30. Onze heures s'étaient écoulées depuis la découverte de la mule. Il lui restait, à présent, à établir l'heure du décès.

Elle changea de position et observa le ventre de l'animal.

— Poignardée, indiqua-t-elle. Coup vers le haut et incision le long du ventre.

Pine leva les yeux vers Brennan.

— Je présume que c'est une des vôtres ?

Brennan acquiesça et s'accroupit en position de squat profond. Il regardait avec tristesse l'animal mort.

— Sallie Belle. Solide comme un roc. C'est vraiment horrible.

Pine regarda le sang séché.

— Elle a dû pas mal souffrir. Personne n'a rien entendu ? Les mulets peuvent faire un sacré raffut et ce canyon est un immense caisson de basse.

— Nous sommes à plusieurs kilomètres du ranch, expliqua Rice.

— Il y a un avant-poste de ranger un peu plus loin, fit remarquer Pine.

— Mais très loin d'ici lui aussi et le ranger de garde n'a rien vu et n'a rien entendu.

— OK, mais il devait y avoir pas mal de randonneurs et de personnes arrivées en bateau au camping de Bright Angel, à côté de Phantom Ranch. Le ranch ne peut pas tous les accueillir. Les autres vont au Bright Angel pour la plupart. Et même si je sais que c'est « très loin d'ici », la mule vient forcément du corral du ranch.

— Il y avait *beaucoup* de monde là-bas, convint Lambert, mais tous ceux à qui nous avons parlé n'avaient rien vu ni rien entendu.

— Et, surtout, qui est assez fou pour se glisser sous un mulet pour lui planter un couteau dans le ventre et le taillader ? demanda Pine.

— Oui, acquiesça Brennan. Et je vous fiche mon billet que s'il vous prend l'idée de mettre un coup de couteau à un mulet, on devrait l'entendre hurler jusque dans le comté d'à côté.

Pine regarda la selle.

— OK, qui était le cavalier et où est-il ?

— Benjamin Priest, répondit Rice. Aucune trace de lui.

— Il est arrivé hier, enchaîna Brennan. Il faisait partie d'un groupe de dix.

— C'est votre nombre limite, n'est-ce pas ? demanda Pine.

— Ouais. Nous conduisons deux groupes par jour. Nous étions avec le premier groupe.

— Donc, il descend jusqu'ici et après ?

— Nous avons fait halte pour la nuit à Phantom. Nous allions repartir ce matin après le petit déjeuner. Par le Black Bridge pour regagner le versant sud. Le trajet habituel.

— Il faut environ cinq heures et demie pour descendre et à peu près la même chose pour remonter ? demanda Pine.

— À peu près, ouais, acquiesça Brennan.

Pine scruta les environs. Il faisait plus de 27 degrés au fond du canyon et 7 degrés de moins sur le versant sud. Elle sentait la sueur couler sur son visage, ses aisselles et dans le creux de ses reins.

— Quand avez-vous remarqué que Priest avait disparu ?

C'est Rice qui répondit :

— Ce matin, lorsque les touristes sont venus au réfectoire pour le petit déjeuner.

— Où logeait Priest ? Dans un des dortoirs ou dans un chalet ?

— Un des chalets, répondit Brennan.

— Parlez-moi de la soirée d'hier soir.

— Tout le monde a dîné dans le réfectoire, répondit Brennan. Certains ont joué aux cartes. D'autres ont écrit des cartes postales ou se sont assis sur les rochers pour se rafraîchir les pieds dans le ruisseau. Rien d'inhabituel. Et puis tout le monde a rejoint ses quartiers pour dormir, Priest y compris.

— Quand l'a-t-on vu pour la dernière fois ?

Cette fois, c'est Rice qui répondit :

— Aux alentours de 21 heures, hier soir. Impossible d'être plus précis.

— Mais personne ne l'a réellement vu entrer dans son chalet ou en sortir plus tard ?

— Non.

— Comment Sallie Belle est-elle arrivée ici ? demanda-t-elle en se tournant vers Brennan.

— Au début, j'ai cru qu'elle était sortie toute seule du corral pour aller faire je ne sais quoi. Et puis j'ai remarqué que sa selle et sa bride avaient disparu. Quelqu'un a dû les lui mettre.

Elle garda les yeux fixés sur Brennan.

— Qu'avez-vous pensé lorsque vous avez vu que la mule n'était plus là ?

— Eh bien, je me suis dit que quelqu'un avait peut-être décidé d'aller faire une petite promenade avant le petit déjeuner, répondit-il avec un petit geste de la tête. J'ai vu des gens faire des trucs débiles là-bas.

— Décrivez-moi Priest.

— Quarantaine bien tassée, début de la cinquantaine. Environ 1 mètre 72, 80 kilos.

— Blanc ? Noir ?

— Blanc. Cheveux noirs.

— En bonne forme ?

— Trapu. Pas vraiment en surpoids. Mais pas un coureur de marathon non plus.

— Vous avez une limite de 90 kilos pour les cavaliers ?

Brennan acquiesça.

— Exact.

— Vous avez discuté avec lui ?

— Un peu, pendant la descente.

— Il vous a paru nerveux ?

— Il a eu un peu mal au cœur à plusieurs reprises. Les mulets ont plusieurs vertèbres fusionnées et ils marchent à l'extérieur du sentier. Leur torse et leur cavalier, avec eux, se retrouvent parfois tout au bord du précipice. C'est un peu perturbant au début. Mais il a serré les dents.

Elle se tourna vers Lambert.

— Que savez-vous sur lui ?

Lambert ouvrit un carnet.

— Il est de Washington. Il travaille pour une de ces firmes de la Beltway sous contrat avec le gouvernement. Capricorn Consultants.

— De la famille ?

— Célibataire, pas d'enfants. Il a un frère qui vit dans le Maryland. Parents décédés.

— Vous l'avez averti ?

— Il figurait sur la liste des personnes à contacter en cas d'urgence sur les documents remplis par Priest. Nous l'avons informé de la disparition de son frère.

— J'aurai besoin de ses coordonnées.

— Je vous les enverrai par mail.

— Comment a réagi son frère ?

— Inquiet, répondit Rice. Il m'a demandé s'il devait prendre le premier avion pour venir. Je lui ai dit de rester chez lui. La plupart des disparus sont retrouvés sains et saufs.

— Mais pas tous, répondit Pine. Où sont ses affaires ?

— Disparues. Il a dû les emporter avec lui, répondit Lambert.

— Son frère a téléphoné à Priest après que je lui ai parlé, expliqua Rice. Il a aussi essayé de lui envoyer un mail. Il m'a rappelé pour me dire que ses deux tentatives étaient restées sans réponse.

— Activité sur les réseaux sociaux ?

— Je n'ai pas pensé à lui demander, dit Rice. Je lui demanderai.

— Comment est-il arrivé ici ? Voiture ? Bus ?

— Je l'ai entendu dire qu'il était arrivé par le train, répondit Brennan.

— Où logeait-il ?

— Nous avons appelé le El Tovar, le Bright Angel, le Thunderbird et tous les autres endroits possibles, répondit Rice. Il n'est descendu dans aucun.

— Il devait bien loger quelque part.

— Peut-être dans un des campings à l'intérieur du parc ou dans les environs, proposa Lambert.

— OK, il a pris le train pour arriver ici. Mais s'il arrivait de DC, il a probablement d'abord atterri à Sky Harbor. Il a peut-être séjourné là-bas avant de se rendre à Williams, Arizona. C'est de là d'où part le train, n'est-ce pas ?

Lambert acquiesça.

— Il y a un hôtel dans la gare. Il y est peut-être descendu.

— Vous avez commencé à fouiller les environs ?

— Les alentours immédiats. Aucune trace pour l'instant. Et le soleil commence à se coucher.

Pine intégra toutes ces informations. Au loin, un coyote poussa un hurlement strident auquel répondit la crécelle d'un serpent. La lumière du jour s'amenuisant, les prédateurs nocturnes allaient reprendre possession du canyon, comme en témoignait l'affrontement au loin, se dit Pine. Les épaisses parois du canyon abritaient une série d'écosystèmes fragiles complexes. C'étaient les êtres humains les intrus ici. La nature paraissait toujours se débrouiller très bien toute seule jusqu'à ce que les hommes montrent le bout de leur nez.

Elle tourna la tête vers la gauche, en direction du lac Mead qui se trouvait à plusieurs centaines de kilomètres à côté de la frontière entre l'Arizona et le Nevada. Sur la droite, et là aussi à plusieurs centaines de kilomètres, se trouvait le lac Powell dans l'Utah. Entre ces deux étendues d'eau s'étendait le gigantesque canyon, une cicatrice profonde dans le sol de l'Arizona, visible non seulement depuis un avion de ligne volant à trente-cinq mille pieds, mais aussi depuis l'espace.

— Nous aurons besoin d'une unité de recherche demain et nous organiserons une battue, dit Pine. Le plus loin possible. Et les autres membres du groupe descendus avec Priest ? Et les campeurs ?

— Ils sont tous partis. Certains avant que nous sachions que Priest avait disparu, répondit Lambert.

— J'aurai quand même besoin de tous leurs noms et de leurs coordonnées, dit Pine. Et espérons que s'il est *vraiment* arrivé quelque chose à Priest, nous n'ayons pas laissé le, ou la responsable, filer à pied, à dos de mulet ou en raft.

Une déclaration qui mit mal à l'aise Lambert qui jeta un rapide coup d'œil à son collègue ranger.

— Quelqu'un surveille les mulets pendant la nuit ? demanda Pine.

Brennan secoua la tête.

— Je suis allé les voir vers les 23 heures hier soir. Tout était normal. Il y a des coyotes et des pumas dans les parages, mais ils ne s'en prendraient jamais à un troupeau de mulets dans un enclos. Ils se feraient piétiner.

— Oui, comme aurait dû l'être celui qui l'a poignardée, fit remarquer Pine ostensiblement en regardant le cadavre de Sallie Belle. Donc à 23 heures, Sallie Belle était encore en vie. Le ranger de garde n'a rien entendu. Quel est son nom ?

— Sam Kettler.

— Depuis combien de temps appartient-il au NPS ?

— Cinq ans. Deux ici au canyon. C'est un type bien. Ex-militaire.

— J'aurai besoin de lui parler, dit Pine en notant mentalement tout ce qu'elle devait faire.

Son regard se porta ensuite sur l'animal mort. Quelque chose la dérangeait.

— Pourquoi est-ce que le sang se trouve au-dessus du garrot de la mule ? Il devrait se trouver sous le ventre.

Elle regarda les trois hommes qui la fixaient avec un air incrédule.

— La mule a été déplacée, dit Pine. Aidez-moi à la retourner.

Ils saisirent chacun une patte et retournèrent le corps de l'animal de l'autre côté.

Il y avait deux lettres gravées au couteau sur la peau de la mule : J et K.

— Qu'est-ce que ça veut dire, bon Dieu ? demanda Lambert.

Qu'est-ce que ça veut dire, bon Dieu ? se demanda Pine.

CHAPITRE 4

JE VOUS PRÉSENTE SAM KETTLER, déclara Colson Lambert.

Pine se trouvait sur le perron du réfectoire de Phantom Ranch lorsque Lambert et un autre individu en uniforme de ranger l'y avaient rejointe.

— Il était de garde lorsque Priest et la mule ont disparu, ajouta Lambert.

Un bref coup d'œil suffit à Pine pour détailler Kettler.

Il mesurait environ 1 mètre 88. Des avant-bras hâlés et très musclés. Il enleva son chapeau pour essuyer la sueur sur son front, révélant des cheveux blond clair coupés court. Il devait avoir le même âge qu'elle. Il avait des yeux gris clair. Elle le trouva séduisant. Le visage fin, il attendait ses questions. Seuls les muscles de sa mâchoire se contractaient et se relâchaient en attendant qu'elle lui pose ses questions.

— Colson m'a dit que vous n'aviez rien entendu ?

Kettler secoua la tête.

— La nuit a été plutôt calme une fois les campeurs couchés. J'ai fait mes rondes, un peu de paperasse et inspecté une poubelle que quelqu'un avait mal refermée. Des bestioles s'y étaient engouffrées et faisaient un raffut du diable. Je les ai fait fuir. En dehors de ça, la routine.

— Colson vous a dit ce qui s'était passé ?

Kettler se balança d'un pied sur l'autre.

— Un randonneur disparu et une mule poignardée, répondit-il avec une grimace de dégoût. Me donne envie de vomir.

— Ce qui nous laisse avec deux questions : pourquoi voler une mule et pourquoi la tuer ? Bien sûr, nous n'avons, pour l'instant, aucune preuve que Priest soit le coupable. Cela peut être l'œuvre d'un tiers que Priest a peut-être surpris en plein forfait et qui a dû le faire taire.

— En effet, concéda Lambert.

Pine secoua la tête. Son instinct lui disait que cette théorie ne tenait pas debout. Trop de coïncidences. Trop de choses devaient à la fois bien ou mal se passer dans ce scénario.

Dans un film ou dans un roman oui. Mais pas dans la vie. La solution la plus simple est parfois la meilleure.

Elle se tourna vers Kettler.

— Essayez de vous rappeler. Vous n'avez rien vu qui sorte de l'ordinaire ?

Il secoua la tête.

— Non, sinon je l'aurais signalé.

— Le bruit des sabots d'une mule ?

— Je suis presque certain que je l'aurais entendu. À quelle heure pensez-vous que cela soit arrivé ?

— Je l'ignore. Après 23 heures, certainement.

— Mes rondes m'ont conduit assez loin du corral. Si la mule été volée pendant une de mes rondes, j'étais peut-être trop loin pour l'entendre.

— OK, si quelque chose vous revient, prévenez-moi.

— Je n'y manquerai pas. Bonne chance.

Il s'éloigna d'un pas alerte avec des foulées amples et rapides. Sa chemise moulante mettait en valeur la largeur de ses épaules.

— Et maintenant ? demanda Colson, détournant son attention de Kettler qui s'éloignait.

— Sachant que nous commencerons à fouiller le canyon demain matin à la première heure, je vais dîner et aller me coucher.

Quelques heures plus tard, Pine regardait le plafond d'une réserve de 9 mètres carrés de Phantom Ranch. Le personnel lui avait trouvé un matelas, un drap et un oreiller avec des bosses. Ce serait son logis pour la nuit. Pas de quoi perturber son sommeil : elle avait passé la majorité de sa vie à regarder les plafonds de logements qui ne lui appartenaient pas.

Phantom Ranch avait été construit à l'intérieur d'une zone du parc qui, à l'origine, s'appelait Camp Roosevelt. En l'honneur du Président Theodore Roosevelt qui y avait séjourné, en 1913, après avoir élevé le Grand Canyon au rang de monument national. Pine avait également appris que c'était Roosevelt qui avait dit aux Indiens de la tribu des Havasupai de quitter les plateaux du canyon pour permettre la construction du parc, les chassant ni plus ni moins de leurs terres. Les indociles Havasupai avaient mis vingt-cinq ans pour obtempérer, bien après la mort de Roosevelt.

Ce n'est pas Pine qui le leur reprocherait.

Le Phantom Ranch actuel devait son architecture et son nom à Mary Elizabeth Jane Colter, la célèbre architecte du canyon. Il avait été construit en 1922 à l'ombre des peupliers à feuilles jaunes et des sycomores et était traversé par de nombreux sentiers. C'était une petite oasis dans la gorge du canyon. Dans le petit réfectoire, il y avait un sac postal dans lequel les touristes pouvaient déposer leurs cartes postales. Le convoi de mulets les remonterait le lendemain. Les cartes postales étaient toutes estampillées : « Acheminées à dos de mulet depuis le fond du Grand Canyon. » Difficile de faire plus cool dans un monde de smartphones et d'appareils baptisés Alexa qui régentaient votre vie ?

Elle avait des vêtements de rechange et quelques objets de première nécessité qu'elle gardait toujours dans sa voiture à côté du sac contenant ses outils d'enquêtrice. Les deux sacs avaient fait le voyage avec elle dans l'hélico qui l'avait transportée jusqu'au fond du canyon. Ici, il n'y avait pas d'équipes de laborantins du FBI prêtes à entrer en scène pour « expertiser » les scènes de crime qui devaient être passées au crible. Les agents spéciaux du FBI stationnés dans les petites RA se coltinaient tout le boulot.

Elle était la représentante du FBI dans le Grand Canyon. Et donc, là, Pine était livrée à elle-même. Et cela lui convenait parfaitement.

Les randonneurs pédestres et les cavaliers étaient tous dans leur lit dans les dortoirs ou les chalets rustiques avec leur toit incliné. Pine avait dîné avec eux dans le grand réfectoire autour d'une longue table, assis sur des chaises en bois et sous un plafond avec de vieilles poutres sombres. Personne ne savait qui elle était et elle n'avait donné aucune information sur elle ni sur la raison de sa présence.

Pine n'était pas du genre loquace ; elle préférait de beaucoup écouter. On apprend beaucoup de choses en écoutant.

Au dîner, elle avait opté pour le ragoût, le pain de maïs et trois verres d'eau. L'hydratation était importante ici.

Elle s'était de nouveau entretenue avec Lambert et Brennan avant d'aller se coucher. Il était presque une heure du matin et dehors, le thermomètre approchait encore les 27 degrés, la pièce était chaude et étouffante. Elle avait ouvert la fenêtre pour laisser entrer l'air. Elle était allongée en sous-vêtements, ses deux pistolets à portée de main.

Elle ignorait où pouvait bien se trouver Benjamin Priest. Il avait eu tout le temps de quitter le canyon à pied, mais quelqu'un l'aurait certainement vu. Sa description avait été transmise à tout le monde par les rangers. Elle avait été postée sur le site web du NPS. Et si c'est lui qui avait tué Sallie Belle et avait gravé ces lettres sur sa peau pour une raison inexplicable, il devrait répondre de ses actes.

Elle avait commencé à rédiger son rapport et transmis par mail les détails à ses supérieurs ainsi que la liste et les coordonnées des randonneurs, des rafteurs et des cavaliers que lui avait transmises la police du parc. Ils seraient dispatchés auprès des bureaux de l'agence dans tout le pays pour le suivi de l'enquête. Elle avait également notifié le bureau de Flagstaff qui avait demandé à être tenu au courant des progrès de l'enquête.

Elle ne pouvait rien faire de plus pour l'instant. L'enquête reprendrait demain matin.

Elle écoutait les bruits venant de l'extérieur, le vent frais qui soufflait et le Bright Angel Creek qui coulait quelques mètres plus loin à la rencontre du Colorado dans lequel il se jetterait.

Ils avaient posté deux sentinelles à côté de la carcasse. Sans quoi la pauvre Sallie Belle aurait probablement été dévorée par les prédateurs nocturnes. Pine ouvrit les yeux. Le Grand Canyon et la mule morte quittèrent ses pensées.

Et furent remplacés par Daniel James Tor.

D'une certaine façon, Pine avait attendu presque toute sa vie de confronter l'homme qu'elle pensait responsable de la disparition de sa sœur.

Pourquoi vingt-neuf ans ?

Six mois auparavant, Pine n'avait encore qu'un vague souvenir de l'homme qui était entré dans leur chambre une trentaine d'années plus tôt. Les docteurs avaient donné beaucoup de noms à cette absence de souvenir mais il s'agissait tout simplement d'une amnésie due à sa jeunesse et aux circonstances traumatiques de l'événement. Pour le bien-être de Pine, son esprit l'empêchait de se souvenir. Quand elle était enfant et, semblait-il, une fois devenue adulte également.

Sa mère l'avait trouvée le lendemain matin, dans son lit, inconsciente et baignant dans son sang, l'adhésif encore sur la bouche.

Ses parents avaient appelé une ambulance. Elle avait été transportée à l'hôpital. Ils avaient plusieurs fois craint pour sa vie pendant une série d'opérations critiques. Son crâne avait fini par se ressouder ; le cerveau n'avait pas subi de dommages permanents.

Elle avait enfin pu sortir de l'hôpital pour rentrer chez elle, la seule enfant désormais de la famille Pine.

Elle n'avait pas été d'une grande aide pour la police. Lorsqu'elle était rentrée chez elle, l'affaire avait été classée.

Pine avait repris le cours de sa vie. Ses parents avaient divorcé, essentiellement à cause de ce qui s'était produit cette nuit-là. Tous les deux avaient aux alentours de vingt-cinq ans. Ils étaient saouls et défoncés et n'avaient pas entendu un intrus pénétrer chez eux. Ils dormaient pendant qu'une de leurs filles gisait grièvement blessée et que l'autre avait été enlevée par le visiteur nocturne. Ils s'étaient rejeté la responsabilité.

Et, en plus, ses parents avaient été les principaux suspects. Un enquêteur, en particulier, pensait que le père de Pine, sous l'emprise de la drogue et de l'alcool, s'était rendu dans la chambre de ses filles, avait enlevé Mercy, l'avait tuée et s'était débarrassé de son corps quelque part.

Sa mère et son père avaient tous les deux été soumis au détecteur de mensonges. Pine avait dit que son père n'était pas l'homme qui était entré dans la chambre ce soir-là. Mais la police ne l'avait pas vraiment crue. La ville s'était rapidement retournée contre les Pine et ils avaient dû déménager.

Après le divorce, Pine avait vécu avec sa mère, endurant une existence à jamais bouleversée par la disparition de Mercy.

Pine avait traversé l'enfance sans but, sans la moindre ambition. Elle ne s'intéressait à rien. À croire que son seul but était simplement de sous-performer en tout. Elle avait commencé à boire et à fumer de l'herbe. Ses notes étaient catastrophiques. Elle s'était retrouvée impliquée dans des bagarres, avait été arrêtée par la police pour consommation d'alcool avant d'avoir l'âge légal. Elle pratiquait régulièrement le vol à l'étalage. Elle ne se souciait de rien et de personne, pas même d'elle-même.

Et puis un jour, à la fête du comté, sur un coup de tête, elle avait décidé de se faire lire les lignes de la main. La femme dans la petite tente portait un turban, des voiles et une robe multicolore. Pine se souvenait avoir eu un sourire narquois en la voyant, persuadée que tout ceci n'était qu'une farce.

La femme lui avait pris la main pour regarder sa paume. Mais son regard était presque immédiatement remonté vers le visage de Pine.

La femme paraissait troublée.

— Quoi ? avait demandé Pine d'une voix atone.

— Je sens deux pouls. Deux cœurs.

Pine s'était raidie. Elle n'avait pas dit à la femme qu'elle avait une jumelle. Elle n'avait rien dit à la femme.

La femme regarda la paume de Pine de plus près et passa le doigt le long d'une ligne de sa main.

Elle fronça les sourcils.

— Quoi ? demanda Pine de nouveau, tout ouïe cette fois.

— Deux battements de cœur, aucun doute. Elle marqua une pause. Mais une seule âme.

Pine avait dévisagé la femme et la femme l'avait dévisagée à son tour.

— Deux cœurs qui battent et une âme ? avait répété Pine.

Lorsque la femme avait acquiescé, elle avait demandé :

— Comment cela peut-il être possible ?

Et la femme avait répondu :

— Je pense que vous savez que c'est plus que possible. Vous savez que c'est la vérité.

Depuis cet instant, Pine s'était lancée à corps perdu dans tout ce qu'elle avait entrepris. On aurait dit qu'elle essayait de vivre deux vies et pas seulement une. Pour réussir pour sa sœur, pour accomplir ce que Mercy n'avait jamais eu la chance de faire elle-même.

Sa taille, sa force naturelle et ses qualités physiques lui avaient permis d'être la star en sport au lycée. Basket, athlétisme et lanceuse de l'équipe de softball qui remporta le championnat de l'État.

Et un jour, par défi, elle avait accompagné les garçons de l'équipe de football dans la salle de musculation et s'était rendu compte qu'elle pouvait soulever des charges plus importantes que beaucoup d'entre eux. C'était à partir de là qu'elle avait concentré sa passion, sa motivation et sa féroce ambition sur les barres.

Elle avait connu une ascension fulgurante sur la scène nationale, accumulant les trophées et les louanges sur son parcours.

D'aucuns disaient qu'à poids équivalent, elle était la femme la plus forte des États-Unis.

Elle avait été à la fac où elle avait tenté et échoué à se qualifier pour les Jeux olympiques.

D'un petit kilo.

Le sentiment d'échec, pas vraiment pour elle mais en réalité pour sa jumelle, avait été paralysant. Mais elle ne pouvait rien y faire, à part passer à autre chose.

Elle était ensuite entrée au FBI, sa carrière, la seule que Pine ait jamais voulu embrasser.

Et dans cette carrière, elle avait délibérément mis le cap à l'ouest, parce que c'était là, dans les grands espaces, que quelques-uns des pires prédateurs de la planète traquaient leurs victimes.

Elle avait lu tout ce qui avait été rédigé à leurs propos et effectué des recherches sur chacun d'entre eux. Elle était d'ailleurs devenue tellement douée en profilage qu'elle s'était vu offrir un poste au sein de l'unité 3 d'analyse comportementale au Bureau. Une unité enquêtant sur les crimes contre les enfants.

Elle avait décliné l'offre. Elle ne voulait pas profiler des monstres, même si techniquement, il n'y avait pas de profiler au FBI. C'était un mythe perpétué par la culture populaire.

Pine préférait passer les menottes à ces criminels, leur lire leurs droits et regarder le système judiciaire les mettre là où ils ne pourraient plus jamais faire du mal à quiconque.

Cet avenir lui avait été dicté à l'instant où le front de Mercy avait été effleuré le dernier par le doigt et par l'homme prononçant, avec une irrévocabilité glaçante : « Gram. »

Et c'était là qu'en était sa vie, jusqu'il y a six mois.

Moment où un ami qui connaissait le passé de Pine lui avait suggéré d'essayer de reconstituer ses souvenirs grâce à l'hypnose.

Elle connaissait la technique parce que le Bureau l'avait utilisée dans certaines de leurs enquêtes avec des résultats mitigés.

C'était un sujet controversé qui comptait autant de supporters que de détracteurs. Pine savait que cette technique avait induit de faux souvenirs et que des innocents avaient été accusés à tort.

Mais elle n'avait rien à perdre à essayer.

Après plusieurs séances avec l'hypnothérapeute, Daniel James Tor avait enfin émergé des profondeurs de son subconscient, comme un monstre sadique sortant de son abominable repaire pour apparaître en pleine lumière.

Mais il y avait un hic. Avant ses séances d'hypnose, Pine connaissait sur le bout des doigts la carrière de Tor. Quiconque avait étudié les tueurs en série connaissait le nom de Daniel James Tor. Il faisait passer les Ted Bundy et consorts pour des incompétents et des débiles. Elle avait étudié sa carrière, l'arc de ses périodes d'activité, le profil de ses victimes.

D'où les questions évidentes sur lesquelles il était impossible de faire l'impasse : avait-elle extrait Tor de son subconscient parce qu'il était vraiment entré par cette fenêtre la nuit du 7 juin 1989 ? Ou était-il sorti de son esprit par que c'était ce qu'elle voulait ? Parce qu'il se trouvait dans la région à cette époque ? Lui permettrait-il de faire son deuil, qu'il soit coupable ou pas ?

Le père de Pine était mort depuis longtemps : il avait avalé une cartouche de calibre 12 après s'être saoulé et défoncé pendant toute une semaine dans un motel sordide de Louisiane, mettant fin à ses jours le jour de l'anniversaire de ses filles. Pine n'avait jamais cru à une coïncidence. Son père avait peut-être essayé de lui montrer qu'il se sentait coupable de ce qui s'était produit. Mais maintenant à cause de lui, chacun de ses anniversaires marquerait également celui du jour où son père s'était fait sauter la cervelle.

Sa mère était encore en vie. Pine savait où elle était mais les deux femmes s'étaient éloignées. Le passage à l'âge adulte n'avait pas rapproché la fille de sa mère ; cela avait même accru la distance, elle était à présent presque aussi grande que celle séparant le versant sud du Grand Canyon du versant nord.

Elle était peut-être même encore plus large parce que, comme Pine l'avait découvert, il n'y avait rien d'impossible pour le cerveau, particulièrement lorsqu'il vous jouait des tours. Il pouvait vous faire voir des choses qui n'existaient pas ou ne pas voir des choses qui se trouvaient juste devant votre nez.

D'où son dilemme : était-ce Tor, ou est-ce que les séances d'hypnose avaient été un échec complet ?

En vérité, elle n'en avait pas la moindre idée.

Elle ferma de nouveau les yeux mais ils se rouvrirent presque immédiatement. Pas parce qu'elle n'arrivait pas à trouver le sommeil. Parce qu'elle venait d'entendre quelqu'un dehors.

Il ne fallut que vingt secondes à Pine pour enfiler vêtements et chaussures, mettre son Beretta d'appoint dans son étui à la cheville et prendre le Glock 23 dans sa main droite.

Et faire ce qu'elle faisait toujours.

Atlee Pine se précipita vers l'inconnu.

CHAPITRE

5

DANS LES GRANDS ESPACES du nord de l'Arizona, souffrant peu de la faible concurrence des lumières ambiantes, le ciel était parsemé d'étoiles.

Mais dans les profondeurs du Grand Canyon, alors que le ciel est clairement visible, les étoiles semblent perdre un peu de leur éclat lorsque leur lumière doit voyager jusqu'au fond du canyon. Et c'est là qu'on se rend compte à quel point les parois sont abruptes et paraissent absorber chaque fragment de lumière avant que cette dernière puisse atteindre le fond.

Pine s'accroupit dans l'obscurité et effectua un balayage visuel à 360 degrés de son environnement immédiat en pivotant sur les talons.

Elle ne vit personne. Aucun cercle rougeoyant déchirant le rideau de l'obscurité trahissant quelqu'un sorti en griller une en douce. Il était interdit de fumer dans le canyon à cause du risque d'incendie. Aucune lueur émanant d'un téléphone. Selon l'opérateur téléphonique, la réception était soit très mauvaise soit inexistante. Il n'y avait pas de Wi-Fi. Il y avait une cabine téléphonique au ranch, qui acceptait les cartes de crédit. C'était tout rayon technologie. Les accros à Facebook, Instagram et Twitter devraient attendre d'avoir regagné le versant pour s'adonner à leur vice.

Ses yeux continuaient de scruter l'obscurité, allant chaque fois un peu plus loin, inspectant plus de terrain plongé dans le noir.

Là de nouveau.

Furtif. Pas anodin. Elle avait observé les deux et elle savait les distinguer d'instinct.

Elle avança, jambes fléchies, une main sur son Glock, une lampe torche Maglite dans l'autre. Son faisceau éclairait un scorpion ici et là, entourant les créatures venimeuses d'un sinistre halo blanc.

Elle entendit hennir un mulet. Il y avait deux corrals de mulets dans le coin, le premier appartenait à Phantom Ranch, l'autre, un peu plus loin, était utilisé par le Service des parcs nationaux. Mais ce corral se trouvait de l'autre côté du Bright Angel Creek et près des berges du Colorado. Le hennissement devait venir du plus proche.

L'individu qui s'était faufilé dehors venait peut-être voler un autre mulet pour le tuer et peut-être inscrire d'autres lettres de l'alphabet sur son flanc. Était-ce le déserteur Benjamin Priest pris d'une crise de folie le poussant à s'en prendre aux équidés ?

Elle se dirigea le plus rapidement et silencieusement possible vers le corral.

Pine continua d'éclairer le sol avec sa torche en avançant. Six espèces de crotales vivaient entre ces rochers et toutes sortaient la nuit. Elle ne craignait pas de marcher sur un crotale. Il sentirait les vibrations de ses pieds sur le sol et s'enfuirait.

Le corral se trouvait à une trentaine de mètres. Les pas qu'elle avait entendus avaient stoppé.

Quelques secondes plus tard, elle entendit un nouveau hennissement, suivi par un grognement.

Sur sa gauche, elle aperçut un mouvement. L'homme sortit de l'obscurité pour que Pine puisse le voir.

C'était Sam Kettler. Il posa un doigt sur ses lèvres puis montra du doigt le corral des mulets. Pine acquiesça.

Kettler la rejoignit en deux temps trois mouvements.

— Il y a quelqu'un là-dedans, murmura Pine.

— Je sais. Je vous ai suivis tous les deux.

— Vous avez vu de qui il s'agissait ?

— Non.

— Eh bien, allons le découvrir. Vous êtes armé ?

Kettler tapota son étui.

— J'espère ne pas en avoir besoin. Je n'ai pas rejoint le Service des parcs nationaux pour tirer sur des gens. J'ai eu ma dose quand j'étais dans l'armée.

Ils avancèrent de concert, en faisant le moins de bruit possible.

Pine remarqua d'un œil approbateur la façon dont Kettler se déplaçait, silhouette la plus compacte possible, chaque pas soigneusement calculé. Il semblait glisser, et non pas marcher, sur le terrain accidenté.

Le corral était désormais dans son champ de vision.

Lorsqu'elle l'atteignit, elle inséra sa Maglite sur le rail au-dessus de son Glock.

Kettler dégaina son pistolet et fit sauter le cran de sureté avec le pouce.

Le bruit venait du fond.

Kettler pointa un doigt vers lui et indiqua ensuite la gauche.

Pine hocha la tête et se dirigea vers la droite.

Quelques secondes plus tard, elle piqua un sprint, dépassa l'angle et braqua sa torche et le canon de son arme sur l'individu devant elle.

Kettler était déjà là, son arme braquée sur la même cible.

L'individu cria et sursauta.

— FBI ! Mains en l'air où je peux les voir ou je tire ! ordonna Pine.

Elle se détendit juste un tout petit peu parce que l'individu semblait être une adolescente.

— Oh, merde ! s'écria la jeune fille.

Elle portait un short, des chaussettes mi-mollet, des tongs et un T-shirt manches courtes. Elle se mit à pleurer.

— Je vous en prie, ne me faites pas de mal. Mon Dieu, je vous en prie, ne tirez pas.

Pine inclina le canon de son arme à quarante-cinq degrés. Elle fixait l'objet oblong dans la main droite de la jeune fille. Elle avança d'un pas et baissa son arme.

Ce n'était pas un couteau. C'était une carotte.

Kettler s'avança à son tour et baissa, lui aussi, son arme.

— Que faites-vous ici, bon Dieu ? demanda Pine.

La jeune fille montra la carotte.

— Je suis venue la donner à Jasmine, la mule sur laquelle je suis descendue.

— Vous savez qu'on a retrouvé une mule morte hier matin ?

La jeune fille acquiesça.

— Je pense que c'est aussi en partie pour cela que je suis venue. Je voulais m'assurer qu'ils allaient bien.

Pine rengaina son arme dans son étui.

— Comment t'appelles-tu ?

— Shelby Foster.

— OK, Shelby. Tu es avec ta famille ?

— Mon père et mon frère.

— Tu viens d'où ?

— Du Wisconsin. Nous n'avons rien de semblable là-bas. C'est tellement beau ici.

— Ouais, ça l'est. OK, Shelby, donne sa carotte à Jasmine et nous te raccompagnerons ensuite jusqu'à tes quartiers.

Kettler rengaina, lui aussi, son arme. Son regard se porta sur les tongs.

— Il y a des crotales et des scorpions dans le coin, jeune fille. Vous ne devez pas porter ce genre de chaussures à l'extérieur.

— J'ai des bottes au chalet. Je n'ai pas voulu les remettre. Mes pieds ont enflé pendant la descente.

Kettler lui adressa un sourire amical.

— Ouais, vous n'êtes pas la première. Mais la prochaine fois, réfléchissez avant de sortir, d'accord ?

Quelques instants plus tard, pendant qu'ils revenaient vers un des chalets, Shelby demanda à Pine :

— Alors vous êtes agent du FBI ?

— Oui.

— Je croyais que le FBI engageait surtout des hommes.

— C'est le cas. Mais il y a aussi des femmes comme tu peux le voir.

— Je trouve ça cool.

— Ouais, plutôt, acquiesça Kettler. Une remarque qui lui valut un regard de Pine.

— Avez-vous découvert qui a tué la mule ? demanda Shelby.

— Pas encore, mais cela ne devrait plus tarder.

— Qui peut avoir fait quelque chose d'aussi horrible ?

— Il y a, malheureusement, des personnes qui font des choses horribles dans ce monde, Shelby. Raison pour laquelle tu dois toujours faire attention à ce qui t'entoure. Ne garde pas les yeux rivés sur l'écran de ton téléphone 24 heures sur 24. Et ne porte pas tout le temps des écouteurs. Cela fait de toi une cible facile. Reste en alerte. D'accord ?

Voyant le visage de l'adolescente s'assombrir, Pine lui adressa un sourire et ajouta :

— Les filles doivent veiller les unes sur les autres. N'est-ce pas ?

Shelby lui rendit son sourire et acquiesça. Pine la regarda entrer rapidement dans son chalet.

— Eh bien, je ferais bien de retourner à mon poste, dit Kettler.

— Merci pour votre aide, monsieur Kettler.

— Monsieur Kettler c'est mon père. Moi c'est juste Sam.

— Atlee.

Kettler regarda autour de lui.

— Je suis venu ici pour trouver la paix et la tranquillité. Je ne m'attendais pas à ce genre de choses. Tout le monde est à cran.

— Vous avez déjà eu des disparitions par ici.

— Ouais, mais c'est la première fois qu'un de nos mulets est tué. Je ne sais pas pourquoi mais cela me met plus en rogne que la disparition.

Il lui adressa un petit signe de la tête.

— Si je peux vous aider en quoi que ce soit, n'hésitez pas à me le faire savoir.

Pine sortit une carte et la lui tendit.

— Mon numéro de portable est au dos de la carte. Si quelque chose vous revient ou si vous avez juste envie de discuter, appelez-moi.

Il souleva légèrement son chapeau.

— Nous pourrions peut-être prendre une bière un soir. Colson m'a dit que vous habitiez à Shattered Rock.

— Ouais. Depuis environ un an.

— J'habite à Tusayan. Ce n'est pas très loin.

— Non, en effet.

Il glissa la carte dans sa poche.

— Eh bien, à un de ces quatre.

Il sourit et prit congé. Elle le regarda s'éloigner en pensant à quelque chose qu'elle venait d'apprendre.

Si l'adolescente avait pu se faufiler hors de son chalet et atteindre le corral en attirant, somme toute, peu d'attention, cela signifiait que Benjamin Priest avait pu y parvenir lui aussi. La mule était morte. Et Priest l'était peut-être lui aussi.

Le canyon était vaste mais un corps ne pourrait pas leur échapper bien longtemps. Au pire, les carnivores, à plumes ou à fourrure, signaleraient sa présence. Mais Pine préférerait retrouver Priest vivant. Elle avait des questions à lui poser. Elle espérait qu'il avait les réponses. Elle n'aimait pas les gens qui tuaient des animaux, notamment parce que parfois ils n'hésitaient pas, ensuite, à tuer des êtres humains.

Elle consulta sa montre. Dans environ six heures, ils commenceraient à rechercher sérieusement M. Priest. Et qu'ils le retrouvent mort ou vif, Pine avait la sensation que cela soulèverait beaucoup d'autres questions. Et que cela ne serait, peut-être, que le sommet du fameux iceberg.

CHAPITRE 6

PINE ESSUYA UN FILET de sueur qui coulait sur son front avant qu'il ne tombe dans ses yeux. Assise sur un rocher, elle regardait le Colorado. Ils avaient commencé la battue juste après le petit déjeuner. Cela faisait presque huit heures qu'ils fouillaient les environs.

Sept rangers et elle. Pour couvrir une surface qui, en comptant le parc au-dessus, était plus vaste que l'État de Rhode Island. Même avec le soutien d'un hélico, les cotes étaient contre eux. Et pas le moindre vautour volant en cercle pour leur filer un coup de main.

Chou blanc sur toute la ligne. Aucune trace de Benjamin Priest. Aucune trace de l'endroit ou de comment il avait quitté le canyon.

Pine scruta une nouvelle fois les alentours. S'il avait tenté de remonter hier matin, cela lui aurait pris plusieurs heures. On estimait, en général, qu'il fallait deux fois plus de temps pour remonter que pour descendre.

Pine secoua la tête, tant cette hypothèse lui semblait peu vraisemblable. S'il voulait remonter à pied, pourquoi sortir une mule du corral ? D'après ce que Brennan lui avait dit, il était impossible que Priest ait voulu regagner le versant à dos de mulet, tout seul, dans le noir. La descente, en plein jour, avec un guide expérimenté à ses côtés, avait été une épreuve.

Le cadavre de Sallie Belle avait été hélitreuillé un peu plus tôt grâce à un treuil et un harnais spécialement conçu pour transporter les gros animaux.

Pine avait demandé qu'on pratique une autopsie. Elle avait eu une intuition. Elle espérait que l'autopsie pourrait la confirmer ou l'infirmer. Elle avait utilisé tous les outils de son sac susceptibles de lui fournir des informations mais aucun ne lui avait apporté le moindre indice et encore moins de réponses.

Lambert vint la rejoindre.

— Lorsque je vous ai envoyé un SMS pour vous prévenir, vous m'avez répondu que vous n'étiez pas en ville pour convenance personnelle. Tout va bien ?

Elle leva les yeux vers lui.

— J'ai juste pris quelques jours de repos. Le Bureau nous en octroie quelques-uns de temps en temps.

— Vous étiez en vacances ? Je ne vous aurais pas appelée si je l'avais su.

— Relax, Colson. J'étais en vacances mais, à présent, elles sont finies.

Elle scruta le terrain devant elle.

— Des nouvelles de Flagstaff ? demanda Lambert.

— Pas encore. Mais je ne pense pas que nous figurions très haut dans leur liste de priorités.

Lambert scruta les alentours.

— Je ne pense pas que nous le retrouverons ici.

— Peut-être pas vivant. Il va falloir faire venir des chiens de détection.

— Je m'en occupe.

— Une adolescente s'est faufilée dans l'enclos des mulets la nuit dernière pour donner une carotte à Jasmine, la mule sur laquelle elle était descendue.

— Dans l'enclos des mulets ? Que s'est-il passé ?

— Nous l'avons ramenée jusqu'à son chalet et je lui ai dit de se montrer plus prudente à l'avenir.

— Nous ?

— Kettler m'a filé un coup de main. Il avait entendu du bruit lui aussi.

— Cela ne me surprend pas. Il n'y a pas grand-chose qui lui échappe.

— Il m'a dit qu'il était dans l'armée. Vous me l'aviez dit vous aussi.

Lambert hocha la tête.

— Forces Spéciales. Quelqu'un qui a servi avec lui m'a dit que Kettler était bardé de médailles, dont la Purple Heart. Mais il n'en parle jamais.

— Les soldats les plus braves sont souvent les plus discrets, répondit Pine.

— C'est également mon avis. Et c'est un athlète extraordinaire. Il a couru l'ultramarathon de 24 heures. Et le versant-à-versant-à-versant ici. Il n'était pas très loin du record.

Pine savait que le record était détenu par un coureur qui avait parcouru les 67,592 kilomètres avec 6 700 mètres de dénivelé en moins de six heures.

— Impressionnant. Elle marqua une pause. Il m'a dit que vous lui aviez dit que j'habitais à Shattered Rock.

— Oui. Il m'a posé quelques questions sur vous.

— Il vous a dit pourquoi ?

Lambert la regarda d'un air surpris.

— Peut-être que vous lui plaisez, Atlee.

— Dans mon métier, on ne pense pas trop à ce genre de choses.

— Ma foi, nous avons tous une vie privée. Mais comme j'ai trois ados à la maison, je ne sais pas à quelle quantité d'intimité je peux aspirer dans ma vie en ce moment.

— Ah, aucune, j'en ai peur.

Lambert sourit et regarda autour de lui.

— Quelle est la suite des opérations ?

— Avant qu'il fasse trop sombre, je vais quitter les lieux avec votre hélico.

— Que ferez-vous là-haut ?

— Tirer tout ça au clair.

— J'espère que je ne vous ai pas appelée juste pour une mule morte. Je sais que vous avez d'autres enquêtes en cours.

— Aucun problème. Je suis la seule agent de ma RA et une femme. Je peux faire plusieurs choses en même temps.

CHAPITRE

7

PINE JETA SON SAC sur le sol et parcourut du regard son minuscule et spartiate T1 en périphérie de Shattered Rock, une ville tellement petite que ses faubourgs et le mini centre-ville n'étaient séparés que de quelques mètres. Le bâtiment dans lequel se trouvait son appartement faisait trois étages et tous les appartements étaient loués. Il n'y avait qu'un autre « grand bâtiment » de trois étages en ville – un hôtel qui accueillait les touristes qui venaient visiter le Grand Canyon.

Elle n'avait vécu que dans des T1 depuis qu'elle avait quitté le domicile parental. Et elle avait grandi dans un ranch avec deux chambres dans une région rurale de la Géorgie.

Elle avait entendu dire que Margaret Mitchell, la célèbre romancière, n'avait jamais vécu que dans des T1 pour une simple raison : elle ne voulait pas d'invités. Pine ne savait pas si cette histoire était vraie ou juste une anecdote, mais c'était quelque chose qu'elle pouvait comprendre. Elle était, elle aussi, une adepte du T1 sans invités.

Elle n'avait pas de pots de fleurs, pas d'animaux de compagnie, pas de hobbies qui attendaient qu'elle les reprenne lorsqu'elle rentrait d'une enquête. Elle savait qu'il fallait avoir une vie en dehors du travail. Mais sans lui, elle n'aurait pas de vie. Et elle s'en accommodait fort bien.

Après la perte de Mercy, elle avait suivi une psychothérapie. La petite fille de six ans affligée avait trouvé l'expérience perturbante, effrayante, et, en définitive, inutile.

Il y a quatre ans, elle avait de nouveau essayé. Avec exactement le même résultat. Elle avait participé à une séance de thérapie de groupe. Elle avait écouté les participants prendre tour à tour la parole et évoquer leurs problèmes les plus intimes. Lorsque ce fut son tour, Pine, qui s'était fait tirer dessus, poignarder et agresser à plusieurs reprises dans l'exercice de ses fonctions, avait commencé à transpirer et avait choisi la solution de facilité – elle avait passé son tour et n'était jamais revenue.

Pour on ne sait quelle raison, tout ceci l'avait rendue réfractaire aux biens matériels. Elle voulait traverser la vie avec le moins de choses possible. Cela incluait les gens. Certains psys pourraient interpréter cette décision comme la peur de perdre de nouveau quelqu'un de cher. Et ils ne seraient peut-être pas loin de la vérité. Mais Pine n'avait jamais pris le temps ni même cherché à creuser assez profond dans son psychisme pour confirmer ou infirmer cette théorie.

Elle avait pris une douche pour se débarrasser de la sueur et de la poussière du Grand Canyon. Elle enfila des vêtements propres, s'assit à sa table de cuisine en pin noueux qui était déjà dans l'appartement lorsqu'elle avait emménagé et qui lui servait également de bureau. Elle consulta ses mails, ses appels téléphoniques et ses textos.

Il y en avait un de son supérieur direct à Flagstaff.

Il voulait connaître les progrès qu'elle avait faits sur l'enquête jusque-là. En lisant le mail, elle remarqua qu'il y avait une ribambelle de noms en copie. Deux sur la liste des cc se trouvaient beaucoup plus haut dans la chaîne alimentaire que son supérieur direct et d'autres qu'elle ne connaissait pas.

Elle n'avait été appelée sur cette enquête que parce que le Grand Canyon appartenait au gouvernement et avait, à ses yeux, un certain cachet. La RA Shattered Rock avait, d'ailleurs, été créée uniquement pour le Grand Canyon. Elle s'était immédiatement mise au travail après avoir été affectée à ce poste. Elle n'avait pas ménagé ses efforts pour nouer de bonnes relations avec le bureau du Service des parcs nationaux, la police locale et les tribus indiennes de la région. C'était une entreprise délicate, mais Pine ne s'était jamais découragée et sa sincérité et ses efforts lui avaient permis, au bout du compte, d'être acceptée par les autorités locales.

Après s'être préparé une tasse de café, Pine s'était rassise en face de son ordinateur portable et avait lancé une recherche sur Capricorn Consultants. Elle avait obtenu beaucoup de réponses mais aucune en lien avec une entreprise sous contrat avec la Défense.

Elle envoya un texto à Colson Lambert pour qu'il lui confirme que c'était bien le nom de l'entreprise et de qui il tenait cette information.

Lambert lui répondit quelques minutes plus tard pour lui dire que c'était le frère de Priest qui lui avait donné spontanément le nom de l'entreprise de son frère et son secteur d'activité.

Pine regarda sa montre. Il était plus de 23 heures sur la côte Est. Probablement trop tard pour appeler ledit frère.

Elle regarda de nouveau la liste des destinataires en copie du mail. Cela lui donna une idée. Elle se connecta à une base de données du personnel du FBI dans laquelle elle chercha tous les noms en copie qu'elle ne connaissait pas.

Elle sursauta lorsque la photo de l'homme et ses informations s'affichèrent.

Le nom était enfoui au milieu des destinataires en cc. Mais il n'aurait pas dû y être.

Peter Steuben. Le directeur exécutif adjoint de la Division de sécurité nationale (NSB) du FBI, en d'autres termes le grand chef de la division. La NSB était une des six divisions du FBI. Elle avait été créée en 2005, après les attentats du 11 septembre et le besoin urgent de lutter contre le terrorisme. C'était une division extrêmement importante, à certains égards la division la plus importante du FBI en ce moment qui devait juguler une myriade de menaces contre les États-Unis.

Et voilà que son directeur se retrouvait en cc sur une enquête à propos d'une mule morte.

Et peut-être sur la disparition d'un individu en lien avec une entreprise qui semblait ne pas exister. Elle se doutait que des entreprises sous contrat avec la défense ne tenaient pas spécialement à laisser une empreinte numérique ou à avoir un site web dernier cri.

Pine avait travaillé dans les bureaux du FBI sur la côte Est. Elle trouvait le personnel du Bureau de l'autre côté du Mississippi collet monté, coincé, formaliste et incapable de comprendre qu'il était tout simplement impossible de transposer les règles et les procédures utilisées à New York ou DC dans le sud-ouest comme s'il s'agissait d'un gabarit géant de protocoles de maintien de l'ordre débités à la chaîne. Pine comprenait parfaitement pourquoi ces règles ne pouvaient pas s'appliquer, essentiellement parce qu'il y avait dans la région tout un tas d'éléments différents, dont certains méritaient l'écoute et le respect.

Dans la région, presque tout le monde possédait plusieurs armes et un certain scepticisme envers le gouvernement fédéral. Et vous pouviez rouler toute la journée sans croiser un autre être humain dans un décor qui ressemblait, parfois, à celui d'une planète inhabitée.

Mais elle avait depuis longtemps renoncé à essayer de faire entendre raison à ses collègues de la côte Est. Elle ne faisait pas de vagues, faisait son boulot et ne demandait jamais d'aide à moins d'en avoir vraiment, vraiment besoin.

Mais si le NSB s'intéressait à son enquête, elle ne savait pas si cette stratégie serait d'une grande efficacité. Elle imaginait un hélico rempli d'agents du FBI droits comme des piquets avec l'accent du New Jersey atterrir en plein milieu de son enquête et lui dire poliment mais fermement de débarrasser le plancher.

Ragaillardie par cette pensée, elle consulta de nouveau sa montre et décida de tenter sa chance.

Elle composa le numéro que lui avait donné Lambert et attendit pendant que le téléphone sonnait de l'autre côté du pays.

À la deuxième sonnerie, une voix anxieuse répondit :

— Oui ?

— Monsieur Priest ?

— Oui ?

— Edward Priest ?

— Oui, qui est à l'appareil ?

— Je suis l'agent spécial Atlee Pine du FBI en Arizona.

— Oh, mon Dieu. C'est Ben, n'est-ce pas ? Il est mort. Oh merde. Doux Jésus !

Entendant son interlocuteur se mettre à sangloter, Pine lui répondit d'une voix ferme :

— Non, monsieur Priest. Non, ce n'est pas pour cela que je vous appelle. J'enquête sur la disparition de votre frère. Nous ne l'avons pas encore retrouvé. D'après les éléments dont nous disposons, il est toujours en vie.

Elle entendit la respiration de son interlocuteur retrouver un rythme normal.

— Vous m'avez flanqué une de ces frousses ! hurla-t-il. Pourquoi appelez-vous si tard ?

— Je m'en excuse mais dans ce genre d'enquête, la moindre seconde a son importance. Vous avez dit à un de mes collègues que votre frère travaillait à Capricorn Consultants ?

— En effet. C'est là qu'il travaille.

— Une entreprise de la Beltway ?

— Oui !

— Pouvez-vous me communiquer son adresse et ses coordonnées ?

Priest hésita.

— Ses coordonnées ?

— Ou une adresse.

— Je... Je n'ai pas ces informations. Je me souviens juste que mon frère m'a dit que c'était là qu'il travaillait.

— Quand vous l'a-t-il dit ?

La voix bourrue devint soupçonneuse.

— Pourquoi est-ce tellement important ? Il a disparu dans le Grand Canyon, pas dans la Beltway de DC.

— Le fait est que j'ai cherché des informations sur cette entreprise mais je n'ai trouvé aucune entreprise de ce nom dans la région de DC.

Silence.

— Je... Je crois qu'il m'a dit ça il y a environ six mois.

— Vous ne vous êtes donc jamais rendu à son bureau ?

— Non.

— Vous a-t-il déjà parlé de son travail ?

— Il... il répondait toujours par cette boutade. Vous savez, celle que font tous ceux qui... gravitent autour de DC.

— Je vois, oui. « Il pourrait vous le dire mais alors il devrait vous tuer » ?

— Exactement.

— OK.

— Agent Pine, que se passe-t-il ?

— Je l'ignore pour l'instant. Pouvez-vous me donner quelques informations sur votre frère ? Études, jeunesse, famille, ce genre de choses.

— J'ai déjà donné tout ça à l'autre type.

— Cela m'aiderait vraiment si vous me les donniez aussi.

S'ensuivit un long soupir.

— Nous avons grandi sur la côte Est mais nous avons beaucoup déménagé. Notre père était dans la marine. Il était 0-7 quand il a pris sa retraite.

— Contre-amiral, une étoile.

— C'est ça. Vos parents étaient dans la Marine ?

— Non. Mais j'avais des amis dont les parents l'étaient. Quoi d'autre ?

— Ben était… je veux dire, est, mon petit frère. Nous avons deux sœurs aînées. Ben vit à Old Town Alexandria, en Virginie. Une de nos sœurs vit en Floride et l'autre à côté de Syracuse.

— D'après mes informations, votre frère n'est pas marié.

— Non, il n'a jamais fait le grand plongeon. Son travail était toute sa vie.

— Études ?

— Georgetown. Premier et deuxième cycles.

— Sciences politiques ?

— Ouais, comment le savez-vous ?

— Un coup de chance. Pouvez-vous me donner son adresse ?

— Écoutez, je veux vous aider, mais je viens juste de me rendre compte que je ne sais pas si vous êtes bien celle que vous prétendez être.

— Colson Lambert du Service des parcs nationaux des États-Unis a pris contact avec vous il y a quelques jours. Je peux vous donner le numéro de mon insigne et un numéro de téléphone du Bureau qui vous confirmera que je suis bien un de ses agents. Vous pouvez me rappeler à ce numéro demain si vous voulez.

Priest hésita avant de répondre.

— Non, ça ira. Pour quelles raisons m'appelleriez-vous si vous n'étiez pas du FBI ?

J'en vois quelques-unes, se dit Pine. Mais elle les garda pour elle.

Il lui donna l'adresse de son frère.

— Et donc vous n'avez eu aucune nouvelle de Ben ?

— Non. Écoutez, j'ai demandé à ce Lambert si je devais me rendre sur place.

— Je pense que vous devez rester là où vous êtes. À la moindre avancée, je vous appellerai immédiatement. Et n'hésitez pas à m'appeler si vous avez la moindre question ou le moindre souci. Ou si vous pensez à quelque chose qui pourrait nous aider.

— Pensez-vous que tout cela a un lien avec le travail de Ben ?

— Je ne peux pas dire que cela n'en a aucun. Du moins pas pour l'instant.

— Pensez-vous qu'il est mort ?

— Je ne pense rien. Nous n'avons pas assez d'informations. Mais juste pour ne négliger aucune piste, est-ce que votre frère a des ennemis ?

— Pas à ma connaissance.

— Bien. Avez-vous appelé vos sœurs ?

— Non, je devrais ?

— Oui. Au cas où il les aurait contactées.

— Je n'y avais pas songé. Mais je pense qu'il m'aurait contacté en premier. Nous n'habitons pas très loin l'un de l'autre.

— Oui, au cas où. Mais inutile de les inquiéter. Demandez-leur juste, au milieu de la conversation, si elles ont eu dernièrement des nouvelles de votre frère.

— Entendu. Et je vous en informerai si c'est le cas.

— Merci, monsieur Priest. Je vous en serais reconnaissante.

— Pensez-vous que vous retrouverez Ben ?

— Je ferai tout mon possible pour. Autre chose : auriez-vous une photo récente de votre frère que vous pourriez me faire parvenir ?

— Oui. Elle a été prise le mois dernier, lors de la fête d'anniversaire de ma femme. Il y a moi, ma femme et Ben. Je vous l'envoie par mail.

— Génial.

Elle lui donna son adresse mail et raccrocha.

Une minute plus tard, la photo arrivait dans sa boîte de réception.

Elle l'ouvrit et regarda les trois personnes debout, côte à côte. Il y avait un homme grand et mince qui mesurait environ 1 mètre 90. C'était, de toute évidence, Edward Priest. Au milieu, sa femme. Et, de l'autre côté, un homme plus petit, plus trapu avec des lunettes qui ne pouvait être que Ben Priest.

D'autres questions lui vinrent à l'esprit. Elle décida donc de rappeler Edward Priest.

— J'ai reçu la photo, merci. Deux petites questions. Sur la photo, votre frère porte des lunettes. Est-ce qu'il porte également des lentilles de contact ?

Sa réponse fit écarquiller les yeux de Pine et envisager son enquête sous un angle nouveau.

— Non, agent Pine, vous faites erreur. C'est moi qui porte des lunettes. Ben, c'est le grand sur la gauche.

CHAPITRE 8

BONJOUR, agent spécial Pine.

Pine venait juste d'ouvrir la porte du bureau du FBI de Shattered Rock. Une porte blindée avec serrure inviolable et interphone vidéo. Cela pourrait paraître exagéré dans un endroit comme celui-là, mais il y avait une bonne raison derrière la mise en place de protocoles de sécurité aussi sophistiqués. À El Centro, en Californie, à la fin des années 1970, deux agents du FBI avaient été abattus dans leur bureau non protégé par un travailleur social suspecté de détournement de fonds. Depuis, le Bureau avait énormément renforcé la protection de l'ensemble de ses bureaux, du plus grand au plus petit.

Carol Blum était assise à son bureau duquel elle accueillait tous ceux qui entraient dans le T2 où le Bureau avait implanté sa RA. Parmi les autres locataires de l'immeuble figuraient un cabinet d'avocats, un dentiste, un entrepreneur en bâtiment et un petit cabinet d'assurance.

Et une autre agence fédérale en charge du maintien de l'ordre.

Pine ferma la porte derrière elle.

— Carol, cela fait un petit moment que nous travaillons ensemble. Vous pouvez m'appeler Atlee.

— Je préfère respecter les convenances. Et je crois d'ailleurs que c'était ce que M. Hoover préconisait.

— Comme vous voulez mais si vous changez d'avis, sachez que l'offre est pérenne. Et M. Hoover, c'était il y a très longtemps.

Pine portait un jean avec une grosse ceinture en cuir avec une grosse boucle carrée en cuivre, des bottes couvertes de terre et un chemisier blanc sous un coupe-vent. Blum, quant à elle, portait une veste bleu marine, une jupe blanche plissée, des talons plats et des bas. Elle avait attaché son abondante chevelure auburn en chignon. Son maquillage était des plus légers. Pine pensait d'ailleurs qu'elle n'en avait pas besoin. C'était une femme très séduisante qui avait su rester svelte. Ses cheveux roux faisaient ressortir ses immenses yeux vert émeraude, son menton angulaire et ses pommettes hautes. Elle dégageait un certain exotisme même si le terme semblait aujourd'hui ridicule et désuet. Mais l'adjectif qui la qualifiait le mieux restait : professionnelle. Et c'était celui qui revenait invariablement dans la bouche de ceux et celles à qui on demanderait de la décrire.

— J'ai déposé les rapports de vos dernières enquêtes sur votre bureau. Flagstaff doit appeler cet après-midi pour faire le point. C'est sur votre agenda.

— Merci.

— Je ne vous l'ai jamais dit, mais j'apprécie beaucoup que vous ne cherchiez jamais à vous faire mousser.

Pine se tourna vers sa secrétaire qui poursuivit :

— J'ai travaillé dans beaucoup d'autres bureaux et j'ai vu pas mal d'agents qui, avant chaque entretien avec leur superviseur, remuaient ciel et terre pour ajouter un nouvel élément ou une série de chiffres à leur rapport.

— Je connais le sens du terme, Carol.

— Mais je ne vous ai jamais vue le faire.

— Je n'en ai jamais vu l'intérêt. Je fais ce travail pour résoudre des enquêtes, pas pour être bien vue par ma hiérarchie.

— Comment se sont passées vos vacances ?

— Bien.

— Qu'avez-vous fait ?

— Un voyage.

— Un endroit amusant ?

— Pas particulièrement, non.

Les yeux immenses s'écarquillèrent.

— Vous avez envie d'en parler ?

— Pas vraiment, non.

Les yeux retrouvèrent leur taille normale.

— Voulez-vous du café ? Je viens juste d'acheter une cafetière Keurig pour le bureau.

— Ils ont dû vous demander de remplir une tonne de paperasse.

— Oui, et c'est pourquoi j'ai préféré l'acheter avec mes propres deniers.

— Vous êtes mon héroïne. Un café me fera le plus grand bien, merci.

— Noir ?

— Comme d'habitude.

Pine entra dans son bureau et ferma la porte.

Elle trouvait assez contradictoire, et même un petit peu hypocrite, le désir de Blum d'insister sur un strict respect de la hiérarchie alors qu'elle semblait vouloir connaître tous les aspects de la vie privée de sa supérieure hiérarchique.

Mais, après tout, peut-être cherchait-elle juste à se montrer amicale. Même si cela faisait presque un an que les deux femmes travaillaient ensemble, Pine savait qu'elle ne connaissait pas très bien Blum.

Elle pense probablement la même chose de moi. Et c'est peut-être mieux ainsi.

Elle mit son coupe-vent sur un cintre dans la petite penderie, s'assit à son bureau qui avait connu des jours meilleurs, le modèle standard gris clair que l'on retrouve dans toutes les officines du Bureau, à croire que le FBI en possédait des cargaisons entières, et alluma l'ordinateur posé dessus.

Le Bureau était encore à la traîne question technologie. Son ordinateur avait environ huit ans. Chaque fois qu'elle avait besoin d'effectuer une recherche ou de produire un document, elle utilisait son ordinateur portable ou son téléphone. Elle s'estimait heureuse de ne pas devoir utiliser un modem téléphonique pour se connecter à Internet.

Blum frappa et entra avec une tasse de café fumant et une soucoupe.

— Avez-vous pris votre petit déjeuner ? demanda-t-elle.

— Non.

— Avez-vous faim ? Je peux faire un saut chez le vendeur de bagels. Cela ne me dérange pas le moins du monde.

— Je n'ai pas faim, merci.

— Le petit déjeuner est le repas le plus important de la journée. J'ai six enfants. Je sais de quoi je parle.

Pine leva les yeux du dossier qu'elle venait d'ouvrir.

— J'en prends bonne note.

— Autre chose ?

Pine savait que Blum voulait juste se rendre utile, mais le fait était que Pine pouvait faire à peu près tout toute seule.

Ce n'était qu'une question de temps avant que le Bureau ne s'en rende compte, lui aussi, et réaffecte sa secrétaire dans un service en manque de main-d'œuvre. Quoique, vu la lenteur à laquelle semblaient tourner les rouages bureaucratiques du FBI, rien n'était moins sûr.

Blum aura peut-être déjà pris sa retraite lorsque tombera la sentence.

— Non, je n'ai…

Elle s'arrêta dans son élan. Blum la regardait pleine d'espoir.

— Il y a une chose. Pouvez-vous faire une recherche pour savoir si les lettres J et K auraient une quelconque signification ? Et pas juste en tant que lettres de l'alphabet.

— Par rapport à quoi ?

— Quelqu'un les a gravées sur la peau d'une mule retrouvée morte au fond du Grand Canyon. J'ai conscience que c'est un peu léger et je ne m'attends pas à ce que vous trouviez quelque chose.

Mais Blum semblait songeuse.

— Eh bien, il y a quelque chose qui me vient à l'esprit. Mais il faut que je fasse quelques recherches.

Elle quitta la pièce. Pine en resta comme deux ronds de flan. L'instant de surprise passé, elle se plongea pendant une heure dans les rapports de ses autres enquêtes pour préparer son point téléphonique mensuel avec son superviseur. Elle avait fait de son mieux pour nouer de bonnes relations avec toutes les forces en charge du maintien de l'ordre dans la région. Pine s'était également rendue dans les réserves des tribus indiennes autochtones, qui, ensemble, avaient beaucoup de poids dans les environs. Elle était consciente qu'il lui faudrait du temps pour se faire accepter. C'était une entreprise de longue haleine. Mais depuis sa prise de fonction, Pine avait déjà mis sous les verrous un voleur de banques, démantelé un réseau d'opioïdes et arrêté un violeur en série qui s'attaquait aux femmes de la réserve. Cela l'avait aidée à gagner la confiance de tous ceux dont elle avait besoin pour bien faire son travail.

Elle poussa la pile de dossiers sur le bord de son bureau et finit son café qu'elle trouva fort avec un petit goût acide. Son regard s'arrêta sur le mur d'en face sur lequel on distinguait l'empreinte d'un poing.

Ce n'était pas celui de Pine mais celui d'un suspect qui, à court d'arguments, avait tenté de recourir à la manière forte.

La deuxième marque sur le mur, sous la première, était plus grande.

C'était là où le suspect avait atterri, tête la première, après que son poing avait manqué sa cible et que Pine avait rapidement mis fin à la dispute.

Elle passait les menottes à l'individu presque inconscient qu'elle maintenait cloué au sol, son genou droit fermement planté dans le bas du dos dudit individu lorsque Blum, qui avait certainement entendu l'échauffourée, avait calmement ouvert la porte et demandé à Pine si elle devait appeler la police pour qu'elle vienne chercher l'« abruti ».

C'est elle qui avait suggéré à Pine de laisser les marques sur le mur.

— Certaines personnes ont besoin d'un stimulus visuel.

— Et une image vaut mieux qu'un long discours.

Pine avait trouvé la suggestion brillante et les marques étaient restées. L'homme avait, par la suite, porté plainte contre elle. Il avait affirmé que Pine l'avait attaqué sans aucune raison.

Depuis, Pine avait installé une caméra vidéo équipée d'un micro, dissimulée dans son bureau. Le bouton permettant de l'activer se trouvait sous son bureau. Ce n'était pas pour sa protection, du moins pas pour sa protection physique. Mais au cas où un autre « abruti » tenterait de mentir sur l'identité de l'assaillant.

Son téléphone portable sonna. Elle regarda le numéro et fronça les sourcils. Elle avala une autre gorgée de café.

C'était Flagstaff. En avance. Ce n'était jamais bon signe. Elle décrocha.

— Pine.

— Vous allez être mis en communication avec Roger Avery, merci de patienter quelques instants, annonça une voix de femme.

Roger Avery ?

Il n'était pas le supérieur hiérarchique direct de Pine. Elle ne s'attendait pas donc à ce que ce soit lui qui l'appelle. Il se trouvait deux niveaux au-dessus de son supérieur immédiat. Cela ne faisait que six ans qu'il était au Bureau, deux fois moins longtemps qu'elle, mais de nos jours, les agents devenaient superviseurs en trois ou quatre ans. Pine n'avait jamais rempli les documents requis pour devenir superviseur. Elle avait, en fait, repoussé toutes les tentatives pour lui faire quitter le terrain et la clouer derrière un bureau. Elle avait une opinion bien arrêtée des superviseurs du FBI : assis toute la journée sur leur chaise, à dire aux autres agents comment mener leurs enquêtes et toujours prompts à la critique *a posteriori* en laissant les autres faire tout le boulot.

Pine ne redoutait pas les points avec son supérieur direct, mais elle n'avait jamais aimé parler à Avery. Elle préfèrerait subir une coloscopie sans propofol.

Après quelques instants d'attente, elle reconnut sa voix.

— Pine ?

— Oui, monsieur.

— Surprise que ce soit moi qui vous appelle ?

— Eh bien, j'attendais un appel pour faire le point sur mes enquêtes en cours. Mais pas de vous, monsieur.

— J'aime rester proche du terrain. C'est moi qui passe les appels cette semaine.

Proche du terrain. Quel piètre menteur !

— L'appel était prévu pour cet après-midi sur mon agenda.

— J'ai préféré vous appeler de bonne heure. Je sais que vous n'aimez pas rester assise à votre bureau. Mais si vous êtes occupée ?

Comme tous les superviseurs, il n'en pensait pas un traître mot. Si elle lui répondait de la rappeler plus tard, elle pouvait dire adieu à sa carrière. Elle répondit donc :

— Non, cela me convient parfaitement.

Elle tendit le bras pour attraper sa pile de rapports sur ses enquêtes en cours mais ce qu'elle entendit au bout du fil l'arrêta net.

— Je suis certain que vous avez fait de l'excellent travail sur toutes les enquêtes qui vous ont été confiées. Je n'ai jamais rien eu à vous reprocher sur ce plan.

Le message était clair. Il avait dû lui reprocher de faire parfois preuve d'un peu trop de zèle au cours de ses enquêtes. Pine était convaincue qu'on ne peut pas faire d'omelette sans casser d'œufs et qu'un ego froissé ou une fracture d'un membre étaient de petits prix à payer quand il s'agissait de faire éclater la vérité. L'« abruti » qu'elle avait balancé sur la cloison sèche ne s'était pas contenté de déposer plainte contre elle. Il lui avait également intenté un procès au civil. Les deux instances l'avaient débouté dès qu'elles avaient appris qu'il était coutumier du fait. Il avait, à plusieurs reprises, agressé des policiers et des citoyens lambda.

— OK, répondit Pine. Y a-t-il quelque chose que vous voulez savoir parce que j'étais sur le point de sortir ?

— Parlez-moi du Canyon.

Pine se redressa légèrement sur sa chaise de bureau en état de déliquescence avancé. C'était un modèle ultra bas de gamme acheté dans un magasin de fournitures de bureau en faillite qui n'avait aucun soutien lombaire et qui n'offrait aucune stabilité. Elle avait l'impression d'être assise sur de la gelée au milieu d'un tremblement de terre. Elle ne tarderait pas à en acheter une neuve avec les fonds de l'Agence et se ferait souffler dans les bronches parce qu'elle n'aurait pas rempli les formulaires requis. Si les bureaucrates du Bureau voulaient faire le voyage jusqu'à Shattered Rock pour lui taper sur les doigts parce qu'elle s'était acheté une chaise digne de ce nom, grand bien leur fasse.

— Le Canyon ? demanda-t-elle. La mule morte ?

— Oui, vous avez fait des progrès ? demanda Avery.

— Je suis dessus. L'enquête débute à peine.

— Parfait. Je voulais juste avoir quelques détails supplémentaires.

— Je vous ai transmis mon rapport préliminaire.

— Je l'ai lu. Je voulais savoir comment les choses avaient avancé depuis.

— Il me manque le coupable, sa localisation, le mobile et le mode opératoire. À part ça, l'enquête avance plutôt bien, répondit Pine.

Il ignora le sarcasme. Ce qui ne manqua pas de la surprendre.

— Benjamin Priest ?

Pine n'avait, pour l'instant, dit à personne que l'homme qui se faisait appeler Benjamin Priest n'était pas le véritable Benjamin Priest.

— Je me suis entretenue avec son frère, hier, tard dans la soirée.

— Et qu'avez-vous appris au cours de cet entretien ? demanda Avery patiemment.

Il connaît certainement la réponse et il attend une confirmation de ma part. Ou pas.

— Son frère ne savait absolument rien à propos de Capricorn Consultants. Ni l'adresse ni les coordonnées. Son frère ne lui en avait jamais vraiment parlé. Et je n'ai pu trouver aucune preuve de l'existence de cette firme.

Avant qu'il ait eu le temps de répondre, Pine décida d'inverser les rôles.

— Avez-vous pu avoir confirmation de son existence, monsieur ?

— Je ne suis pas chargé de cette enquête, Pine. C'est la vôtre.

— Oui, monsieur.

— Quoi d'autre ?

Pine décida de lâcher une bombe H.

— Il semblerait que cette affaire intéresse la Division de la sécurité nationale. Peut-être savez-vous quelque chose à ce sujet ?

Avery attendit quelques secondes avant de répondre, un laps de temps qui parut infiniment plus long à Pine. Elle n'entendait que le souffle de son superviseur. Il semblait s'être quelque peu accéléré.

Est-ce que je viens de foutre en l'air toute ma carrière ?

— Continuez d'enquêter sur cette affaire, Pine, dit-il enfin. Et si vous avez besoin d'aide, n'hésitez pas à demander.

— Oui, monsieur.

— Et... Atlee ?

« Atlee », à présent ? De plus en plus étrange.

— Oui ?

— Surveillez vos arrières.

Il avait raccroché.

Pine avait déjà reçu ce conseil pendant sa carrière. Une seule fois.

Au cours d'une enquête où il s'avéra que le Bureau surveillait le moindre de ses faits et gestes.

Quelques instants plus tard, Blum ouvrit la porte. Elle avait dû entendre la sonnerie du téléphone et au moins les murmures distants de sa conversation.

— Est-ce que tout va bien, agent Pine ?

Pine leva les yeux vers elle.

— Tout va pour le mieux, madame Blum.

CHAPITRE 9

LE TCHOU-TCHOU. Ou le Hooterville Express. Choisissez votre poison.

Pine était devant la gare de Williams, Arizona. C'est de là que partait, chaque matin, le train du Grand Canyon et là qu'il revenait chaque soir. Le trajet jusqu'au versant sud du canyon faisait 105 kilomètres, à l'aller comme au retour. Il lui fallait deux heures et quinze minutes pour effectuer ce trajet. D'aucuns l'accuseraient de lambiner. Elle mettrait moins longtemps pour faire Phoenix-Seattle en avion.

Pine venait de s'entretenir avec plusieurs membres du personnel du train. Elle leur avait montré une photo du vrai Benjamin Priest. Personne ne se souvenait l'avoir vu à bord. Elle leur avait ensuite décrit le faux Priest, mais tous lui avaient répondu que plusieurs gentlemen correspondaient à cette description.

Un billet aller-retour avait été vendu à un Benjamin Priest et l'aller avait été utilisé pour rejoindre le versant sud. Elle pouvait en déduire qu'un des deux hommes avait dû se trouver à bord du train. Le billet retour vers Williams, en revanche, n'avait pas été utilisé. Le billet avait été payé en liquide. Impossible, dès lors, de retrouver l'acheteur grâce à sa carte de crédit. Un élément intéressant, selon Pine, parce que le billet n'était pas donné. Fallait-il y voir une volonté de la part de l'acheteur de dissimuler son identité ? Probablement.

Pine s'était ensuite lentement dirigée vers l'hôtel de la gare. Avec sa cheminée sertie par un âtre en pierre, sa moquette dans laquelle les pieds s'enfonçaient, ses balcons et ses colonnes en bois poli, l'établissement offrait tous les signes extérieurs de l'hôtellerie haut de gamme. Leur gagne-pain dépendait des voyageurs qui prenaient le train, se dit Pine. Et ils n'avaient, semblait-il, pas lésiné pour offrir aux touristes un cadre plein de charme qui les inciterait à faire halte ici avant de repartir sous d'autres cieux.

Elle se rendit à l'accueil et montra à la jeune femme qui s'y trouvait la photographie du véritable Priest en lui indiquant les dates auxquelles ce dernier avait probablement séjourné en ces lieux. Elle lui donna ensuite la description de l'imposteur. La femme secoua la tête.

— Je ne les ai pas vus.

— Étiez-vous de service ce jour-là ?

— Oui. C'est moi qui travaille la journée.

— Y avait-il quelqu'un d'autre à l'accueil ce jour-là ?

— Non, il n'y avait que moi.

— OK. Est-ce qu'un client nommé Benjamin Priest s'est enregistré le jour que je vous ai indiqué ?

Elle appuya sur quelques touches du clavier de son ordinateur et secoua la tête.

— Non, personne à ce nom. Il a dû séjourner ailleurs.

Conclusion beaucoup trop hâtive, se dit Pine. Il aurait pu utiliser un pseudo, avoir une fausse carte d'identité et porter un déguisement. Elle remercia son interlocutrice et ressortit en se disant qu'elle avait fait le voyage jusqu'ici pour des nèfles.

Elle remonta dans son SUV et démarra.

Son téléphone sonna. C'était Carol Blum.

— Je vous envoie un article que j'ai trouvé dans l'*Arizona Gazette*, lui annonça Blum.

— À propos de ?

— D'une exploration qui s'est soi-disant déroulée dans le Grand Canyon.

— Quand s'est-elle soi-disant déroulée ?

— En 1909.

— Et quel rapport cela a-t-il avec mon enquête, plus d'un siècle plus tard ?

— Lisez l'article. Je vous en envoie également un plus récent qui analyse celui de 1909. En les lisant, vous verrez le rapport.

— D'accord. Mais pouvez-vous me donner un indice ?

— Ce ne serait pas la première fois que les lettres J et K ont été gravées dans le Grand Canyon.

— Quoi ?

— Lisez les articles et nous en discuterons.

Pine se gara et resta pendant quelques instants en face de l'aérateur de la clim. Il faisait presque 32 degrés dehors. Et même si le taux d'humidité était faible, 32 degrés c'était chaud, quel que soit le taux d'humidité.

Son téléphone émit un bip. Elle ouvrit l'email. Blum avait, semblait-il, agrandi l'article pour faciliter sa lecture. Il ne fallut que quelques minutes à Pine pour en venir à bout.

En 1909, une exploration financée par le Smithsonian Institute, conduite par les dénommés Jordan et Kinkaid, avait, soi-disant, découvert une grotte dont l'entrée était presque inaccessible en contrebas d'une falaise à pic dans le canyon.

Jordan et Kinkaid ? J et K.

Elle poursuivit sa lecture.

À l'intérieur de la grotte, ils avaient trouvé des vestiges d'une ancienne civilisation qui pourrait être, selon l'article, originaire « d'Orient », peut-être même d'Égypte. Le duo aurait trouvé des urnes, des momies et une statue qui ressemblait à Bouddha dans ce qui était décrit comme une citadelle souterraine possédant une multitude de pièces.

Le deuxième article ne datait que de quelques années et il était très détaillé. Il fallut dix minutes à Pine pour le lire. L'auteur de cet article était, de toute évidence, aussi sceptique que Pine à propos de la prétendue expédition. Il n'y avait aucune trace sur les registres du Smithsonian d'explorateurs nommés Jordan et Kinkaid. Et Kinkaid qui, si on se fiait au vieil article, possédait un appareil photo dernier cri, n'avait pas réussi à prendre une seule photo de cette soi-disant découverte du siècle. L'auteur essayait ensuite de localiser l'emplacement de la grotte. Il pensait qu'elle se trouvait aux alentours de Ninetyfour Mile Creek et de Trinity Creek.

Pine savait qu'il y avait, par-là, plusieurs sites qui portaient des noms égyptiens : La Tour de Set, le Temple d'Isis et le Temple d'Osiris. Selon l'article le plus récent, tous ces sites avaient été découverts au même moment où se déroulaient les grandes expéditions en Égypte. Tous ces noms étaient donc très souvent évoqués dans les journaux de l'époque. Dans la région de Haunted Canyon, beaucoup de sites portaient des noms d'origine asiatique, la Pyramide de Chéops, le Cloître de Bouddha et le Temple de Shiva pour n'en nommer que quelques-uns. Et beaucoup d'autres portaient le nom d'anciennes divinités des mythologies égyptiennes, grecques, hindoues, chinoises et des légendes nordiques.

Dans sa conclusion, l'auteur rappelait qu'il y avait, en effet, beaucoup de grottes dans le canyon et que beaucoup d'entre elles avaient été découvertes par des randonneurs et des explorateurs. Il semblait penser que les cavernes qu'auraient découvertes Jordan et Kinkaid avaient peut-être été creusées par les Anasazis, les premiers habitants de la vallée. Ils étaient les inventeurs du style pueblo d'habitations et de grottes creusées dans les falaises, qu'on retrouve dans de nombreuses civilisations anciennes.

Les Pueblos étaient les descendants des Anasazis dont le nom signifiait « ancêtre » en navajo. Il y avait, d'ailleurs, une grotte baptisée grotte de la Momie, dans le canyon de Chelly dans lequel avaient vécu les Anasazis. Elle se trouvait environ 90 mètres au-dessus du fond du Canyon et était constituée de deux grottes adjacentes abritant un espace d'habitation composé de plus de cinquante pièces et d'autels de cérémonie circulaires datant de plus d'un millier d'années.

Elle lut ensuite le dernier paragraphe de l'autre article.

L'auteur prétendait que Jordan et Kinkaid avaient gravé les lettres J et K dans la roche au-dessus de l'entrée de la grotte. Pine se demanda sur quelles preuves il s'appuyait pour affirmer cela vu qu'il n'en mentionnait aucune dans son article.

Elle appela Blum.

— Comment avez-vous trouvé ces deux articles aussi vite ?

— J'ai grandi en Arizona. J'avais donc déjà entendu parler de l'article de 1909 de la *Gazette*. Il fait partie du folklore local. Lorsque j'étais adolescente, mon père m'emmenait souvent randonner au fond du canyon. C'était un historien amateur. Il m'a raconté la légende un jour où il me montrait tous les sites portant un nom égyptien. Je pensais que c'étaient des foutaises mais je voyais que mon père y croyait. Mais, franchement, des Égyptiens en Arizona ? Soyons sérieux. Mais les lettres J et K ? Jordan et

Kinkaid. C'est ce dont je me suis souvenu lorsque vous m'avez demandé de faire des recherches là-dessus ce matin. Cela n'a peut-être rien à voir avec votre enquête, mais c'est tout ce que j'ai pu trouver ayant un lien, même ténu, avec ces deux lettres.

— Eh bien, c'est du bon travail, merci. Vous êtes donc descendue à pied au fond du canyon ?

— Oh, très souvent lorsque j'étais jeune. Et j'ai également fait la descente à dos de mulet. Mais c'était il y a des années.

— Bon à savoir.

— Est-ce que vous repassez par le bureau ?

— Peut-être. Pine regarda sa montre. Je sais que vous partez dans une heure.

— Je resterai et je travaillerai là-dessus. Je n'ai rien d'autre à faire aujourd'hui.

— Je vous les déclarerai en heures supplémentaires.

— Ne vous tracassez pas pour ça, agent Pine. C'est agréable de se sentir utile.

— Merci. Je vous verrai donc peut-être tout à l'heure.

Pine démarra en se demandant quel pouvait être le lien entre une expédition qui n'avait peut-être jamais eu lieu, il y a plus d'un siècle, une mule morte et la sécurité nationale.

Je n'ai peut-être pas envie de le savoir.

CHAPITRE

10

PINE PASSA DEVANT LE SITE auquel Shattered Rock devait son nom en rentrant chez elle.

Il se trouvait à environ un kilomètre et demi de la ville ; en fait sans lui il n'y aurait pas de ville.

Selon la légende locale, étayée par la suite par quelques preuves apportées par la NASA et d'autres scientifiques travaillant pour le gouvernement, une météorite de la taille d'une Coccinelle Volkswagen s'était abattue à cet endroit, il y a plusieurs milliards d'années. Il y avait ici, jadis, un petit affleurement rocheux, mais le météore l'avait pulvérisé. Il ne restait plus qu'un cratère et de gros morceaux de pierres éparpillés au beau milieu d'une immense plaine.

Et voilà comment le nom de Shattered Rock était entré dans le lexique local. Mais le lieu-dit n'était devenu municipalité que depuis une petite centaine d'années sous l'impulsion d'Elmer Lancaster, un jeune homme audacieux qui avait quitté la petite ville de Pennsylvanie qui l'avait vu naître, pour chercher fortune dans l'ouest. Après avoir vu les pierres, il aurait, paraît-il, inventé la légende et décidé de poser ses valises. Il avait commencé à vendre des météorites. Il avait installé un stand au bord de la seule route qui traversait la région. Il avait même embauché une poignée d'Amérindiens pour attirer le chaland. Parés de leurs costumes tribaux, ils dansaient au bord de la route en brandissant les « pierres du paradis » qu'ils étaient prêts à céder contre la modique somme de cinq dollars.

L'affaire s'était révélée rentable. Il y avait littéralement des millions de morceaux de roche et même s'ils venaient à en manquer, ils pouvaient toujours en fabriquer d'autres.

Lancaster utilisa une partie de ses gains pour tracer des rues et des subdivisions et construire des bâtiments et les infrastructures nécessaires. Il publia également une tribune dans laquelle il déclarait que sa ville de Shattered Rock était le site géologique le plus important de la planète et qu'elle était prête à accueillir toutes les familles et les entreprises qui voudraient s'y installer. Des gens venus de tous les horizons, qui avaient peut-être plus de crédulité que de bon sens, se laissèrent convaincre. Shattered Rock était née. Même si la ville ne s'était pas beaucoup développée depuis cent ans, elle abritait un millier d'âmes qui se livraient à tout un tas d'activités pour gagner leur vie, à l'image des habitants de toutes les petites villes. Dont une qui portait une arme et un insigne du FBI.

On vendait encore des météorites aux touristes qui traversaient la région. Mais le stand en bord de route avait laissé place à une boutique en contreplaqué. L'inflation était passée par là. Les morceaux coûtaient désormais cinquante dollars pièce. Les Amérindiens s'étaient lassés de leur statut d'employés et s'étaient mis à leur compte. Un entreprenant Hopi et son associé Navajo avaient racheté la franchise des météorites et, aux dires de tous, s'en sortaient très bien. Ils servaient du café, de la bière fraîche et des scones atrocement délicieux. Pine avait acheté une de ces pierres, mais uniquement pour soutenir l'économie locale.

Elle se gara sur le parking devant son immeuble qui, avec ses façades en stuc jaune pâle, son petit toit rouge et ses balustrades en fer forgé, avait un style sud-ouest. Les végétaux plantés autour ainsi que la faune qu'ils abritaient étaient originaires de la région et n'avaient donc pas besoin de beaucoup d'eau pour survivre. Le sud-ouest avait de nombreux attraits, mais des pluies régulières n'en faisaient pas partie.

Au moment où ses bottes touchèrent l'asphalte, Pine sentit la chaleur du goudron s'infiltrer à travers ses semelles, ses chaussettes et remonter le long de ses pieds. Le soleil était intense à cette altitude, à peu près la même que celle de Denver. Et, là, Pine le sentait taper sur son dos.

Elle s'était retrouvée coincée dans un bouchon à cause d'un accident. Elle n'avait donc pas pu repasser au bureau. Mais Blum lui avait envoyé d'autres informations par mail.

Elle les lirait en sirotant une bière dans son appartement. C'était son idée d'une soirée en ville sans quitter son appartement.

En se dirigeant vers les escaliers qui la conduisaient à son modeste logis, Pine aperçut deux hommes adossés à une Ford F150 rouge cerise. Avec sa carrosserie surélevée et ses pneus arrière doubles, il semblait prêt pour une compétition Monster Truck. Ils avaient une vingtaine d'années. Ils fumaient de l'herbe et buvaient de la bière. Le premier était amérindien. Ses longs cheveux noirs étaient attachés avec une lanière en cuir. Il portait un jean sale, une chemise manches courtes et un chapeau à bord large maculé de taches. Il avait un poignard dans un étui en cuir à la ceinture. L'autre était blanc. Il portait un débardeur qui ne dissimulait pas ses nombreux coups de soleil qui avaient commencé à peler.

Il portait un Sig Sauer dans un étui à la hanche.

En Arizona, le port d'arme est autorisé. À la ceinture, dissimulé, où bon vous semble. On ne vous demandait pas d'avoir un permis, suivi la moindre formation à l'usage d'une arme à feu ou un cerveau.

Pine jeta un œil au rack à fusils dans la cabine du Ford. Il y avait un Browning flambant neuf au-dessus d'un calibre 12 et d'un AR-15 qui pouvait tuer beaucoup de personnes en très peu de temps.

Pine connaissait l'Amérindien, mais c'était la première fois qu'elle voyait l'autre. Elle leur fit un léger signe de tête en arrivant à leur hauteur.

— On m'a dit que vous bossiez pour le gouvernement ?

C'est Coup de soleil qui l'avait apostrophée.

— Ça vous regarde ?

Coup de soleil jeta sa cannette de bière vide dans la remorque du pick-up.

— Je bossais pour le gouvernement moi aussi. J'étais dans l'armée. Ils m'ont baisé la gueule.

Il n'avait pas élevé la voix, mais le regard qu'il lui lançait était lourd de menaces.

Pine se demandait s'il était défoncé ou juste flippant. Ou les deux.

— Vous m'en voyez désolée.

— Vous bossez pour le gouvernement, oui ou non ? demanda-t-il en se rapprochant d'elle.

— Ouais, agent fédéral.

— Ils vous baiseront la gueule à vous aussi.

— Si vous le dites.

Il tira une taffe sur son joint.

Elle le regarda droit dans les yeux et lui dit :

— Et vous devriez peut-être arrêter la fumette pour ce soir et attendre que les effets se dissipent. Surtout si vous conduisez. Vous ne voulez pas avoir des ennuis avec la police, n'est-ce pas ?

— C'est un pays libre, non ? Je me suis battu pour ce pays.

— Vous avez une carte qui prouve que vous consommez de la marijuana pour des raisons médicales ? Parce qu'il est interdit de posséder et de consommer de la marijuana en Arizona. Et d'après la loi fédérale, il est interdit de porter une arme lorsque vous consommez de l'herbe, même si l'État d'Arizona voit les choses différemment.

— Je souffre de stress post-traumatique. J'ai laissé ma carte chez moi. Vous pouvez m'arrêter si vous voulez.

— Si vous n'avez pas votre carte, je pourrais, en effet, vous arrêter. C'est un crime.

— Comme je viens de vous le dire, j'ai une carte. Je l'ai juste oubliée. J'étais en Irak, madame. Si vous allez en Irak, vous aurez envie, vous aussi, de fumer de l'herbe.

Pine tourna la tête vers son ami qui semblait se désintéresser complètement de leur discussion.

— Et vous ?

— J'ai laissé ma carte à la maison moi aussi.

Pine secoua la tête. Elle n'allait pas les arrêter pour ça. N'empêche.

Elle regarda l'AR-15 et se tourna vers Coup de soleil.

— Je suppose que vous avez un permis pour l'AR.

— Pas mon flingue, répondit Coup de soleil.

Pine, qui souhaitait mettre fin à cette discussion, lâcha d'un ton sec :

— Bon, les gars, passez une bonne soirée. Évitez juste de conduire après avoir bu ou consommé de la drogue, d'accord ? Et soyez prudents avec vos armes.

Elle commença à s'éloigner, mais Coup de soleil s'interposa.

— Nous n'avons pas terminé notre conversation.

— Ah ouais ? Eh bien moi, je n'ai plus rien à vous dire.

Elle s'apprêtait à le contourner lorsqu'il lui saisit violemment le bras.

Pine lui attrapa le poignet, le retourna, le passa derrière son dos et balança Coup de soleil tête la première sur l'aile du pick-up. Son front heurta la tôle et il glissa lentement sur le sol.

Avec sa main libre, Pine dégaina son Glock et le braqua sur son compère dont la main avait glissé vers son couteau.

— Ne joue pas à ça à moins que tu en aies marre de la vie, aboya Pine. Pose-le sur le sol et pousse-le avec le pied. Maintenant.

L'homme se dépêcha d'obtempérer. Il posa l'arme par terre et la propulsa une cinquantaine de centimètres plus loin avec sa botte.

Coup de soleil émit un faible grognement et se retourna sur le dos. Elle le fouilla et sortit son Sig de son étui.

— Hey, vous n'avez pas le droit de prendre mon arme ! protesta-t-il.

Elle braqua la sienne sur sa tête.

— Si tu relèves la main sur moi, tu es mort. Pigé ?

Comme il ne répondait pas, elle lui chatouilla légèrement les côtes avec sa botte.

— Je n'ai pas entendu. Ai-je été assez claire ?

— Ouais, j'ai pigé, OK. Merde !

— Et estimez-vous heureux que je ne veuille pas perdre une autre minute de ma vie avec vous, espèces d'idiots. Et maintenant, fichez-moi le camp !

Il se releva difficilement. Son ami l'aida à se hisser sur le siège passager de la Ford.

Lorsque ce dernier vint chercher son couteau, Pine posa le pied dessus.

— Il reste là.

Elle marqua une pause et le regarda de pied en cap.

— Je vous connais. Vous êtes le fils de Joe Yazzie, n'est-ce pas ? Son fils aîné, Joe Jr. Est-ce qu'il sait que vous traînez avec ce connard ?

— J'ai vingt-quatre ans. Je traîne avec qui je veux, rétorqua Yazzie.

Pine surveillait Coup de soleil du coin de l'œil, juste au cas où il lui prendrait l'idée de tendre le bras vers le Browning ou l'AR.

— Alors vous devriez mieux choisir vos fréquentations. Et d'abord, qu'est-ce que vous faites-là ?

— Notre pote habite ici. Kyle Chavez.

Pine hocha la tête. Elle connaissait la famille Chavez. Les parents étaient des travailleurs clandestins qui trimaient dur, ne causaient jamais le moindre problème et se rendaient à la messe tous les dimanches dans la seule église catholique de la ville. Mais leur fils, Kyle, filait un mauvais coton et leur causait bien des soucis. Il avait failli croiser la route de Pine deux ou trois fois.

— Comme je vous l'ai déjà dit, vous devriez mieux choisir vos fréquentations.

— Vous vous prenez pour une dure ? cria Coup de soleil depuis le pick-up.

— Déguerpissez avant que je change d'avis et que je vous arrête tous les deux.

Yazzie monta rapidement dans le pick-up, mit le contact, enclencha une vitesse et démarra.

Pine regarda le pick-up s'éloigner jusqu'à ce qu'il soit hors de vue.

Elle ramassa le couteau, mit le Sig de Coup de soleil dans sa poche et s'engagea dans l'escalier.

Elle avait vraiment, vraiment envie d'une bière.

CHAPITRE

II

LE MAIL DE BLUM contenait des informations sur le site web sur lequel elle avait trouvé les deux articles.

Si les lettres gravées sur la mule faisaient référence à Jordan et Kinkaid, l'individu qui les avait gravées avait peut-être consulté ce site. Et chaque fois que vous accédez à un espace numérique, vous laissez vos empreintes numériques sous la forme d'une adresse IP. Le Bureau avait coincé maints escrocs qui l'ignoraient. Les chances étaient minces. Pine le savait mais Blum lui avait également dit qu'il n'y avait pas beaucoup de sites qui évoquaient cette histoire. Elles auraient peut-être de la chance. En temps normal, Pine aurait fait suivre ces informations aux spécialistes informatiques du Bureau qui se chargeaient de retrouver l'identité des personnes ayant consulté tel ou tel site.

Mais, là, elle hésitait à le faire.

Surveiller mes arrières, lui avait dit Avery qui pourtant ne la portait pas particulièrement dans son cœur. Mais elle se trouvait sous ses ordres et il lui donnait peut-être un coup de main discret pour une raison qu'elle ignorait encore. À moins qu'il ait un intérêt à lui mettre des bâtons dans les roues. Elle se dit que seul l'avenir lui dirait laquelle de ces deux options était la bonne.

Elle finit sa bière et sortit deux saucisses de porc du réfrigérateur. Elle avait déjà allumé son petit Hibachi qui se trouvait sur le balcon. L'ancien locataire l'avait laissé. Elle n'avait eu qu'à acheter un sac de charbon de bois. Pine n'était pas un cordon bleu mais dîner dehors tous les soirs n'était bon ni pour son budget ni pour son bien-être physique.

Elle posa les saucisses sur la grille chaude. Ses narines furent immédiatement assaillies par le fumet qui s'élevait de la viande épicée qui commençait à braiser sur la grille.

Elle prit une bouteille d'eau dans le réfrigérateur, l'ouvrit et avala une bonne rasade. La déshydratation était un problème dans la région. Les touristes qui partaient en randonnée dans le canyon avaient tendance à trop souvent l'oublier malgré tous les panneaux d'avertissement plantés un peu partout indiquant la quantité d'eau et d'aliments salés à emporter et à consommer pendant une randonnée. Souffrir de déshydratation pouvait se révéler mortel. La tension chutant à des niveaux dangereusement bas, le cœur ralentissait, les organes cessaient de fonctionner. Et c'était la fin. Tout cela pour n'avoir pas ingurgité suffisamment de H2O.

Elle découpa des tomates, un concombre, des pois croquants et des betteraves pour se préparer une salade. Elle arrosa le tout avec une vinaigrette au citron faite maison et posa le saladier sur la table de la cuisine. Quelques minutes plus tard, elle alla voir où en étaient les saucisses. Elles étaient gonflées, juteuses et avec les traces de la grille.

Juste comme elle les aimait.

Elle s'assit à la table et mangea tout en consultant sur son ordinateur portable le site web trouvé par Blum. Le ton était plutôt complotiste. Le pays tout entier, et peut-être même le monde entier, sombrait dans la paranoïa. Elle se dit que personne ne savait encore si, en fin de compte, Internet ne serait pas plus une malédiction qu'une bénédiction.

Elle envoya un texto à un de ses amis qui travaillait pour Google à leur bureau de Salt Lake City et lui transmit les informations sur le site, en lui demandant de tracer les adresses IP qui avaient consulté le site au cours des dernières semaines. Pine n'avait pas la moindre idée du volume du trafic généré par ce site. Elle décida donc d'ajouter un critère de temps, ne serait-ce que pour voir quelle quantité de données elle devrait examiner.

Son dîner terminé, elle posa son assiette et ses couverts dans le lave-vaisselle.

Il était presque 21 heures mais elle n'était pas vraiment fatiguée.

Son ami à Salt Lake venait juste de lui répondre pour lui dire qu'il avait bien reçu les informations et qu'il essaierait de lui envoyer quelque chose demain.

Pine se rassit et passa en revue tous les éléments dont elle disposait. Elle nageait dans le brouillard. Quel rapport entre le cadavre d'une mule retrouvé avec deux lettres gravées sur la peau qui feraient référence à une vieille légende, et la disparition d'un employé d'une entreprise sous contrat avec la Défense et de l'homme qui se faisait passer pour lui ?

Non. Elle avait tort sur ce point. Elle n'avait, pour l'instant, aucune preuve que Benjamin Priest travaillait pour la défense. Il pouvait occuper une tout autre profession. Et Benjamin Priest n'avait pas techniquement disparu – c'était l'homme qui se faisait passer pour lui qui avait disparu.

Et pourquoi cela avait-il attiré l'attention de la division de la sécurité nationale du Bureau ?

Pine ne pouvait même pas prouver que le véritable Benjamin Priest se soit jamais rendu dans le Grand Canyon. La seule preuve concrète dont elle disposait, c'était que quelqu'un qui se faisait appeler Benjamin Priest était descendu jusqu'au fond du canyon sur le dos de Sallie Belle et avait disparu en laissant une mule mutilée dans son sillage.

L'imposteur avait-il regagné le versant de nuit ? Des randonneurs reliaient les deux versants de nuit pour éviter la chaleur de la journée qui, de mai à septembre, transformait les sentiers du canyon en sauna.

Pine l'avait effectuée de nuit plusieurs fois, en faisant une courte sieste sur les berges du Colorado à minuit, avant de remonter vers l'autre versant pour voir le soleil se lever. Mais elle était en parfaite condition physique, elle connaissait les sentiers et elle possédait l'équipement adéquat, notamment une lampe frontale. Marcher sur des sentiers étroits rocailleux et accidentés, bordés de précipices, sans lumière, relevait du suicide.

Auquel cas, un individu qui avait montré, à plusieurs reprises, des signes de nervosité pendant la descente à dos de mulet, aurait dû remonter à pied tout seul dans l'obscurité. Pine était incapable de trouver la moindre explication à cette hypothèse apparemment incongrue.

Et elle ne la trouverait certainement pas ce soir.

Elle se dévêtit, prit une douche et enfila un short de gym et un débardeur blanc.

Elle s'assit sur le lit et regarda les nombreuses callosités sur ses mains. Elle avait dû frotter un moment pour se débarrasser des petits morceaux de magnésite incrustés entre ses doigts.

Lorsqu'elle n'était pas en déplacement pour une enquête, elle faisait de la musculation trois fois par semaine dans une salle de sport dans le centre-ville de Shattered Rock. C'était autrefois un restaurant chinois, mais il fallait croire que les citoyens du Rock préféraient soulever de la fonte que manger du poulet kung pao. La salle de MMA dans laquelle elle s'entraînait au kickboxing trois jours par semaine se trouvait juste à côté. Le septième jour, à la différence du Seigneur, elle ne se reposait pas. Elle enfilait ses Nike et courait le long des plaines arides plates sous un soleil implacable.

La localité de Tuba City se trouvait à l'est de Shattered Rock et bordait la partie la plus à l'ouest de la nation Navajo comme une parenthèse. Shattered Rock se trouvait juste après la frontière du territoire des Navajos, à l'intérieur du Painted Desert. Les étés étaient chauds et secs. Les hivers froids et tout aussi secs à cause de la chaîne de montagnes au sud.

Pendant son premier hiver dans la région, Pine avait cru que sa peau allait littéralement se déchirer. Elle s'était badigeonnée avec une tonne de crème hydratante et elle utilisait un humidificateur dans son appartement et dans son bureau de novembre à avril. Et malgré cela, elle devait acheter des caisses de baume à lèvres et de lotion hydratante.

Elle s'allongea sur son lit, un bras sur le front, les yeux rivés sur le plafond sombre. Il était un peu plus de 22 heures. Malgré les fenêtres fermées, elle entendit, au loin, le sinistre hurlement d'un coyote.

Il y avait des coyotes dans les campagnes de Géorgie. Elle avait vu son père en tuer un parce qu'il en avait après leurs poules. Son père n'était pas un bon tireur. L'animal n'était pas mort sur le coup. Pine se souvenait de ses yeux pleins de larmes en voyant la pauvre bête se tordre de douleur. La balle avait dû toucher sa colonne vertébrale et paralyser ses pattes arrière. Son père s'était approché et avait calmement logé une balle dans la tête du coyote pour mettre fin à ses souffrances.

Il s'était tourné vers la fille qui lui restait, avait ôté la cigarette allumée de ses lèvres et remis le pistolet encore fumant dans sa ceinture.

« Tu ne dois pas laisser souffrir les animaux, Lee, tu comprends. Ce sont des créatures de Dieu, tu dois abréger leurs souffrances, d'accord ? Tu comprends ? La souffrance n'apporte rien. Ce n'est pas juste. Tu as compris ? »

Cela s'était produit après que Mercy leur avait été enlevée.

Cela les avait tous les trois transformés. Ils étaient à cran, des versions différentes de ce qu'ils avaient été jusque-là. La souffrance, oui. Ils étaient tous les trois certains que Mercy avait souffert.

Elle avait essuyé ses larmes et acquiescé, mais ses yeux étaient restés rivés sur l'animal mort. Son œil sans vie semblait être braqué uniquement sur elle pendant que le sang formait une flaque autour de sa tête détruite. Elle n'oublierait jamais le hurlement poussé par l'animal lorsque la première balle l'avait frappé. Abattu juste parce qu'il cherchait quelque chose à manger. Elle n'oublierait jamais ses pitoyables spasmes sur le sol, la colonne brisée par une balle, ignorant ce qui venait de se produire mais sachant de façon instinctive que sa vie était sur le point de s'achever même s'il tentait désespérément de se relever pour fuir.

Et survivre.

Ce souvenir fit surgir l'image de sa sœur dans l'esprit de Pine.

Et la pensée que Mercy avait dû ressentir quelque chose de similaire lorsqu'elle avait été arrachée au seul foyer qu'elle avait connu.

Le fil de sa vie sectionné par une force inconnue. Sans raison. Juste par la volonté d'un dément.

Est-ce que quelqu'un avait abrégé tes souffrances ?

Est-ce que quelqu'un avait fait taire la douleur, Mercy ?

Je l'espère. Je prie pour ça.

À cet instant précis, Pine voulut se débarrasser enfin de quelque chose qu'elle portait en elle depuis trop longtemps. Elle se sentait comme un barrage prêt à céder sous la force du courant qui avait désespérément besoin d'ouvrir les vannes.

Mais la délivrance ne viendrait pas. Les larmes ne couleraient pas.

L'imposante silhouette de Daniel James Tor lui traversa brièvement l'esprit.

S'il avait enlevé Mercy, elle priait pour que la fin soit venue vite. Mais connaissant le passif de Tor, elle avait de sérieux doutes qu'il en fût ainsi.

Avec les traits de sa sœur ancrés à l'esprit, Pine sombra dans un sommeil agité.

Comme toutes les nuits.

CHAPITRE 12

GRAND CANYON, un.

Chiens de détection, zéro.

Et pourquoi cela devrait-il être une surprise ? se dit Pine.

Le canyon mesurait presque 450 kilomètres de long et environ 30 kilomètres de large, avec plus de recoins que vous ne pourriez en compter en une seule vie. Rien d'étonnant, dès lors, de n'avoir pas trouvé de corps. Mais c'était peut-être parce qu'il n'y avait pas de corps à trouver.

Lambert lui avait envoyé, tôt ce matin, le résultat des recherches ou plutôt l'absence de résultat.

Pine ne disposait pas des ressources pour ratisser toutes les alcôves du canyon. Personne ne les avait. Et il y avait le puissant fleuve Colorado, à la fois marteau piqueur et scalpel pour les roches dures et tendres qui forment le canyon. Sans lui, il n'y aurait jamais eu de canyon. Si monsieur l'imposteur était tombé dans les rapides glacés du Colorado, son corps se trouvait peut-être déjà au Mexique à cette heure-ci.

Pine avait enfilé sa tenue de sport. Elle attrapa un sac dans lequel elle avait glissé des vêtements propres la veille au soir.

Elle monta dans sa voiture et démarra.

La salle de sport se trouvait à dix minutes en voiture. Tout se trouvait à environ dix minutes de tout en voiture à Shattered Rock. Vous saviez que vous étiez à l'heure de pointe lorsque vous croisiez deux voitures d'affilée. Elle se gara le long de la rue déserte.

Il était tôt. La chaleur n'avait pas eu le temps de s'accumuler. Mais le soleil avait déjà entamé son ascension. La moiteur suivrait et la sueur dégoulinerait sur tous ceux qui auraient l'inconscience de marcher ne serait-ce qu'à une allure modérée.

Il faudrait attendre encore deux mois avant que le temps se rapproche de quelque chose qui puisse mériter les qualificatifs de frais ou rafraîchissant.

Mais là, Pine allait transpirer à l'intérieur.

Elle fit un petit signe de la tête au propriétaire des lieux en entrant.

Il s'appelait Kenny Kuni, originaire de Maui, 1 mètre 72 et 108 kilos de muscles. Il était sur le rack de squat sous une barre avec tellement de disques qu'elle pliait aux extrémités. Kuni lui rendit son signe de tête et fit une autre série. Son T-shirt était trempé à cause de sa lutte avec les barres. Son short était tendu sur ses cuisses hâlées aux veines monstrueuses.

C'était une salle de sport à l'ancienne, basique, dépourvue du moindre gadget moderne et équipée uniquement des appareils traditionnels pour ceux qui voulaient vraiment soulever de la fonte.

Et Kenny ne croyait pas à l'air conditionné pendant les séances. Il n'y avait que deux ventilateurs posés à même le sol qui brassaient l'air chaud de la gauche vers la droite puis dans le sens inverse à chaque faible oscillation. Ceux qui ne transpiraient pas dans cette salle devaient faire examiner leurs glandes et leurs pores.

Il y avait deux autres personnes dans la salle. Deux habitués. Un grand Noir, cinquante ans révolus avec des tablettes de chocolat, et un Blanc trapu, la quarantaine, qui travaillait dur pour récupérer d'une arthroscopie du genou. Pine ne connaissait pas leurs noms. Elle ne les leur avait jamais demandés. Elle les connaissait par leur routine. C'était probablement la même chose pour eux. Les habitués ne venaient pas ici pour tailler le bout de gras. Ils venaient soulever le maximum de charge. Et donc ils économisaient leur souffle parce que si vous faites les mouvements correctement, il ne vous reste plus assez d'air pour parler.

Elle enleva son sweat-shirt, laissant admirer le débardeur qu'elle portait en dessous. Ainsi que ses quatre tatouages. Sur un deltoïde le symbole des Gémeaux, le signe astrologique de la gémellité. Le chiffre romain deux qui ressemblait au symbole Pi mais avec une ligne supplémentaire à la base. Sur l'autre deltoïde, le symbole astrologique de la planète Mercure qui gouverne le signe des Gémeaux. Une croix en bas, un cercle au-dessus de la croix et un croissant orienté vers le haut au-dessus du cercle.

Sur les deux longs bras de Pine, commençant aux avant-bras et remontant vers chaque deltoïde, on pouvait lire les mots « No Mercy ».

Gémeaux, communauté, sœurs. Pine s'était fait faire les tatouages à la fac. Pendant sa carrière d'haltérophile, beaucoup les avaient remarqués sur les images puisqu'ils étaient clairement visibles pendant les compétitions. Pine n'avait jamais répondu aux questions à leur propos. Les tatouages étaient pour elle et sa sœur. Et personne d'autre.

Après son échauffement, elle se jeta sur les poids avec une férocité qui montrait de toute évidence son besoin d'évacuer la frustration provoquée par son enquête.

Plusieurs séries de développés couchés, de développés inclinés, de développés militaires, de développés avec haltères, sur le rack de squat, de soulevés de terre, d'extensions de mollets, de sauts de profondeur, de pompes sur une jambe, de tractions et ensuite des séries de tractions tour du monde pendant lesquelles elle promène son menton d'une main à l'autre, de dips, de lancer de medicine-balls pour renforcer la sangle abdominale, de balancier avec une kettlebell de 13,6 kilos puis avec une de 18,14 kilos. Et ensuite les isométriques pendant lesquels elle transpire en restant immobile, suivis par d'interminables fentes profondes en faisant passer les kettles sous chaque ischio, des pompes déclinées, des crunches, des squats sumo avec un haltère hyper lourd et ensuite dix minutes de saut à la corde en croisant toutes les cinquante reps.

Et c'était le moment de la pièce de résistance. Tout le reste n'avait été qu'un échauffement. Une répétition pour le véritable show. Elle voulait le faire quand elle était fatiguée, sinon à quoi bon ?

Elle fixa les disques sur une barre, se mit de la magnésie sur ses mains et se pencha au-dessus de la barre.

Pine était grande pour une haltérophile. C'était un avantage et un désavantage. D'un point de vue simplement physique, les haltérophiles plus petits devaient soulever la charge sur des distances plus courtes. Et les muscles plus courts avaient tendance à être plus explosifs par nature, en vertu du même principe scientifique. Mais les muscles plus longs de Pine lui permettaient de bénéficier d'un énorme levier que les muscles plus courts étaient incapables d'offrir.

Elle ferma les yeux et mobilisa toute son énergie comme seul un athlète entraîné sait le faire. Une fois prête mentalement, elle devait exécuter ce que l'on appelait un « départ dynamique » pour décoller la charge du sol. Grâce à un mouvement soudain, explosif, Pine effectua la partie épaulé du mouvement, remontant la barre lestée sous le menton tout en réussissant parfaitement le squat. Elle enchaîna avec la remontée en utilisant le rebond et en concluant la phase concentrique par une expiration avant le jeté pour propulser la barre au-dessus de sa tête tout en se réceptionnant en fente. Elle ramena la jambe avant puis la jambe arrière en position parallèle, tout en maintenant la charge au-dessus de sa tête bras tendus.

Épaulé-jeté. Réussi. L'haltérophilie est beaucoup plus complexe que ne le pense probablement le public. Ce n'était pas qu'une question de force brute. Pine avait vu des hommes énormes, beaucoup plus forts qu'elle, être incapables de soulever à l'épaulé-jeté ou à l'arraché des charges aussi lourdes qu'elle. Il fallait de la force, bien sûr, mais aussi une technique parfaite. C'était pour cela que les termes rebond, concentrique, avancée des genoux, propulsion drive, départ dynamique et second tirage avaient été martelés dans son cerveau et dans sa mémoire musculaire. Vous devez enchaîner toutes ces étapes exactement au bon moment et avec le balancier d'avant en arrière requis pour avoir une chance de soulever deux énormes colonnes jumelles de disques fixés sur une barre sans perdre l'équilibre.

Elle lâcha la barre, l'empêcha de rebondir avec la main et elle retomba sur le sol et y resta. C'était un mouvement acquis qu'elle avait effectué des milliers de fois auparavant.

Elle enleva quelques disques, refixa les colliers, se prépara, contrôla sa respiration, aligna ses pieds et remit de la magnésie sur ses mains. Pour celui-là, elle enfila des sangles de poignet en cuir, parce que la force de rotation qui s'exercerait sur ses articulations allait être terrible. Pour que la barre ne lui échappe pas des mains.

OK, celui-ci c'est pour l'or. Ou du moins une place dans cette maudite équipe. Dans mes rêves.

Elle se pencha, fixa les sangles et saisit la barre, les mains écartées touchant presque l'intérieur des disques. Elle se prépara mentalement, parce que l'effort était autant mental que physique. Peut-être plus mental. Elle visualisait l'explosivité de la force et le mouvement précis requis pour soulever cette charge du sol jusqu'au-dessus de sa tête en un mouvement presque continu. Lorsque la barre atteindrait sa taille en moins d'une pulsation, elle la propulserait avec un geste puissant au-dessus de sa tête, les bras tendus, le postérieur à quelques centimètres du sol. Ce n'était pas un mouvement naturel, il exigeait une force énorme au niveau de la sangle abdominale et de la concentration. Il n'y avait aucune marge d'erreur.

C'était l'essence même de l'arraché.

Dans l'esprit de Pine, celui qui avait inventé ce mouvement était un enfoiré doublé d'un pervers.

Ce mouvement était, et avait toujours été, sa Némésis, son Waterloo, la raison pour laquelle elle n'a pas participé aux Jeux olympiques d'Athènes en 2004. Athènes, là où tout avait commencé, en 1896. Cela aurait-il été spécial d'y participer ? Eh bien, elle ne le saurait jamais.

Pine contrôla sa respiration, inspirant et expirant à chaque fois un peu plus longtemps. Elle calcula le timing précis de sa dernière inspiration et de sa dernière expiration avant la phase d'arraché. C'était une question de timing, de technique et d'une quantité de force explosive que la plupart des individus ne pouvaient pas comprendre, hommes ou femmes.

Elle exécuta la première partie à la perfection, en s'accroupissant, les bras en forme de V et la charge juste au-dessus de sa tête, le postérieur touchant presque le sol plastifié. Son premier tirage, son impulsion, son avancée du genou et son deuxième tirage avaient été parfaits, une de ses meilleures exécutions.

Mais ce n'était pas terminé.

OK, Atlee, c'est là que tout se joue. Relève-toi en position debout. Rien de plus simple. Juste en position debout. Un... deux... trois...

Mais lorsqu'elle essaya de se relever, les choses commencèrent à se déliter – un tremblement de la cuisse, un spasme de l'ischio, la plus infime faiblesse au niveau de son triceps gauche – et elle dut lâcher la barre et se retrouva sur son séant.

Elle resta assise là, haletante, la sueur coulait sur son visage et sur son torse, le regard fixé sur le sol.

Battue.

Tablettes de chocolat et Rééducation du genou étaient partis depuis longtemps.

Mais Kenny Kuni était encore là.

— Ça va ? demanda-t-il d'un ton affable en remplissant des papiers à l'accueil.

Elle hocha la tête et leva le pouce.

Ce n'était pas la première fois que cela arrivait.

Il se replongea dans ses papiers.

Elle marmonna un « Merde ». Non cela n'allait pas. Malgré l'excellence de la première moitié du mouvement, sa technique l'avait trahie dans la dernière ligne droite, au moment décisif. Sa mécanique mentale s'était complètement délitée. Elle s'était laissé intimider. Elle s'était laissé submerger par la peur.

Merde.

Elle s'était enfin relevée et avait exécuté les mouvements de yoga et de Pilates qui constituaient son retour au calme. Ses muscles apprécièrent les étirements, les tendons, les ligaments et les cartilages la remercièrent pour le répit après cette séance impitoyable.

Elle prit une douche, enfila ses habits de travail et sortit, les cheveux encore mouillés.

Son moment de temps libre était terminé. Maintenant, elle appartenait au FBI pour le reste de la journée.

CHAPITRE 13

PINE SE RENDIT À SON BUREAU. Elle entra dans le parking souterrain. Il y avait un agent de sécurité en faction à l'entrée. En dehors des heures d'ouverture, la porte basculante était fermée et seules les personnes possédant un badge d'accès pouvaient y pénétrer.

Ce niveau de sécurité n'était pas dû à la présence de Pine. C'était à cause de l'autre agence de maintien de l'ordre qui avait ses bureaux dans le bâtiment.

L'ICE. Le Service de l'immigration et des douanes.

Plus souvent appelé aujourd'hui Service de l'immigration.

Et il était très actif en Arizona où il avait arrêté et expulsé beaucoup de monde. Les politiciens s'écharpaient littéralement sur le sujet.

L'ICE avait reçu des menaces de mort. Le bâtiment pourrait être une cible. D'où l'agent de sécurité et la porte basculante avec le badge d'accès.

Pine croisait régulièrement des agents de l'ICE dans le bâtiment et à l'extérieur. Elle connaissait tous les agents en poste mais elle les côtoyait peu parce qu'ils gardaient leurs distances. Elle était du FBI, sous la tutelle du ministère de la Justice. L'ICE dépendait du ministère de la Sécurité intérieure. Une petite rivalité entre agences fédérales même si leurs domaines de compétences se chevauchaient très rapidement, pour ainsi dire jamais. Mais ils étaient, comme elle, des fédéraux et elle leur apporterait son aide s'ils en avaient besoin.

Le parking souterrain protégeait les voitures du soleil pendant la journée. Ce n'était pas un luxe dans la région, surtout en été.

Cela évitait à Pine de devoir laisser tourner le moteur pendant quelques minutes avec la clim à fond avant de pouvoir monter dedans. Mais cela ne lui éviterait pas une bonne suée lorsqu'elle se glisserait derrière le volant.

Elle se gara à côté d'un véhicule recouvert d'une bâche.

Cette voiture appartenait jadis à un vieil agent du FBI nommé Frank Stark qui avait été le mentor de Pine pendant sa deuxième affectation. Tous les agents du FBI reçoivent leur carte d'agent, leur insigne et leur première affectation à la fin de leur formation à Quantico.

Cette première année sur le terrain sert d'année de probation pendant laquelle le néo-agent se confronte aux réalités du terrain. Au bout d'un an, il perd son statut de bleu et est transféré à sa prochaine affectation.

Pine avait été affectée à Cleveland, parfois surnommée « erreur sur le lac » au sein du FBI.

C'était là qu'elle avait fait la connaissance de Stark.

Elle souleva la bâche et contempla le cabriolet Ford Mustang de 1967 avec son intérieur crème assorti à la capote et sa célèbre peinture turquoise. Elle avait été méticuleusement restaurée par Stark, avec l'aide de l'agent junior Pine.

La restauration de la voiture avait été menée à bien dans l'atelier/garage de Stark derrière sa maison des années 1950 sise dans un quartier où des maisons en apparence toutes identiques s'étendaient jusqu'à perte de vue.

Lorsque Stark lui avait demandé si elle voulait l'aider, la première inclination de Pine avait été de répondre non. C'était la dernière affectation de Stark, tout le monde le savait. Il rongeait son frein en attendant de prendre sa retraite. Il avait ce hobby de restaurer les vieilles voitures. Mais quelque chose dans sa question toucha une corde sensible chez Pine et elle accepta de lui donner un petit coup de main. Du moins pendant un temps.

Ils avaient commencé par démonter la voiture pièce par pièce dont ils avaient noté le nom avant de les ranger dans des boîtes étiquetées. Ils en avaient utilisé quelques-unes et remplacé les autres.

Ils avaient pris beaucoup de photos pendant cette étape pour pouvoir les remonter par la suite. Ils avaient utilisé des coquilles de noix et de l'abrasif avec microbilles de verre pour enlever toute la peinture des pièces parce que ces matériaux ne déformeraient pas le métal. Il faut des outils spéciaux pour désosser une voiture. Mais ils avaient dû en improviser quelques-uns. Ils avaient même utilisé un décapsuleur pour enlever le joint d'étanchéité et sa gouttière. Ils avaient fabriqué un renforcement pour le plancher arrière afin de pouvoir remplacer la sortie d'échappement simple par une double ligne d'échappement.

Le châssis avait été complètement restauré et peint avec une sous-couche de peinture argent spécialisée. La caisse avait été réinstallée après avoir été poncée au papier de verre et réparée, ou, là où la restauration était impossible, de nouveaux panneaux métalliques avaient été usinés exactement aux spécifications d'origine de la voiture par une entreprise de la région que Stark avait trouvée. Ils avaient ensuite peint la caisse avec exactement la même teinte turquoise que l'originale. Ils avaient également refait tout le circuit électrique et avaient acheté de nouvelles vis et écrous ou restauré ceux qu'ils avaient.

Une fois la peinture terminée, ils avaient passé de l'isolant Dynamat grâce auquel le bruit et la chaleur des gaz d'échappement restaient à leur place, sous la voiture. Le moteur d'origine était un V-8 289, un de la petite centaine qui avaient été installés dans ce modèle. Mais en 1967, la Mustang avait connu sa première modification majeure et cela avait permis d'utiliser un choix de moteurs plus large.

Ils avaient donc installé un gros bloc 390 qui équipait la grande majorité des Mustang construites cette année-là. D'où le besoin d'une double ligne d'échappement puisque le 390 ne pouvait pas tourner à plein régime avec une seule sortie d'échappement. Le 390 V-8 développait une puissance de 320 chevaux, beaucoup de muscles pour une voiture de cette taille.

Le toit décapotable était irréparable mais Stark avait trouvé une entreprise qui en fabriquait des neufs. Pine l'avait installé avec Stark. Ils avaient ensuite monté les nouveaux pneus sur les jantes, les pare-chocs avant et arrière en chrome, de nouveaux phares à l'avant et à l'arrière, remis à neuf la calandre et le tableau de bord, les sièges en cuir crème à l'avant et à l'arrière grâce à une tonne d'huile de coude et à plus d'argent que Stark voulait vraiment dépenser. Mais, Pine sentait que le vieil agent, veuf et sans enfants, voulait une occupation qui remplirait une vie devenue solitaire et qui le serait infiniment plus lorsqu'il aurait rendu son insigne.

Comme Pine était tout aussi seule, ils formaient un bon duo. Ils pouvaient travailler ensemble pendant des heures, voire des jours, sans se dire autre chose que « Peux-tu me passer cette clef ? » ou « Fais-moi passer une bière fraîche ».

Le petit coup de main avait duré presque deux ans. Stark avait pris sa retraite un mois après la fin de la restauration et Pine avait été réaffectée au même moment. Mais avant son départ, ils avaient fait une longue balade dans la Mustang complètement restaurée. Stark l'avait laissé prendre le volant au retour et elle avait lâché les chevaux sur l'autoroute, laissant les quatre carbus du gros bloc cracher toute leur puissance sur l'asphalte. La Mustang filait comme le vent.

Ils avaient déjà décidé que si les flics les arrêtaient, ils utiliseraient leurs insignes du FBI pour échapper aux poursuites. Les deux agents fédéraux avaient décidé de s'offrir une carte sortie de prison gratuite.

La capote baissée, le vent s'engouffrant dans ses cheveux et le compteur à presque 190 km/h, cela faisait des lustres que Pine ne s'était pas sentie aussi libre. Elle était littéralement aux anges. Si Stark n'avait pas eu trente ans de plus qu'elle et un naturel soupe au lait, elle l'aurait peut-être, dans un mouvement d'euphorie, embrassé sur le front.

Malheureusement, un mois après que Pine avait rejoint sa nouvelle affectation, Stark était mort d'une crise cardiaque. On l'avait retrouvé dans son garage, affalé sur sa chaise, une clef à cliquet sur le sol, apparemment là où elle était tombée de sa main au moment de sa mort.

Pine avait eu la surprise d'apprendre que Stark lui avait légué la voiture dans son testament. Elle était allée la chercher et, depuis, la Mustang l'avait accompagnée dans chacune de ses affectations.

À chaque nouvelle réaffectation, elle la conduisait un peu plus à l'ouest. À son arrivée à Shattered Rock, au lieu de la laisser dans un garage de son bâtiment, elle l'avait garée dans ce parking où elle était protégée du soleil et de certains prédateurs à deux pattes. Elle avait encore des cauchemars dans lesquels elle voyait quelqu'un carjacker la voiture de collection et s'enfuir avec.

C'était la seule chose qui lui ait vraiment appartenu. Chaque fois qu'elle la conduisait, elle mesurait la quantité de travail qu'avait nécessité sa restauration. Cela représentait deux ans de sa vie. C'était l'engagement personnel le plus long qu'elle ait jamais pris. Beaucoup plus longtemps que toutes ses relations amoureuses.

Elle passa la main sur une aile en repensant à Stark, ce vieux renard, qui avait certainement toujours rêvé d'avoir une fille et qui avait vu son rêve exaucé le jour où Pine avait pris son poste un an jour pour jour après être sortie parmi les premiers de sa promotion à Quantico.

Il était devenu un ami proche, peut-être le seul vrai ami qu'elle ait eu au Bureau, ou peut-être ailleurs.

Il lui avait dit le jour où ils installaient le carburateur Holley quatre corps que le Bureau avait vraiment été toute sa vie. Sauf quand il restaurait de vieilles voitures.

Il avait essuyé ses mains sur un vieux chiffon, avalé une gorgée de bière dans une tasse en plastique et avait tourné ses sourcils blancs touffus vers elle. « Ne commets pas la même erreur, Pine », avait-il grogné. « Trouve-toi une vie en dehors du boulot. »

Elle avait serré le dernier écrou sur le carburateur et avait levé les yeux vers lui.

— Comment sais-tu que c'était une erreur ? avait-elle demandé.

— Si tu poses cette question, c'est que tu n'as rien appris pendant tout ce truc.

Comme si restaurer la Mustang était bien plus que juste remettre en état une vieille voiture.

Et cela l'était peut-être. Et peut-être que Pine l'avait compris. Mais cela ne voulait pas dire pour autant qu'elle suivrait ce conseil.

Elle remit la bâche sur la voiture. Elle était dans l'escalier lorsque son téléphone sonna.

C'était son ami informaticien de Salt Lake City.

— Tu as trouvé quelque chose ? demanda-t-elle en arrivant dans le couloir conduisant à son bureau.

— Oui, mais il y a un truc bizarre.

— Toute cette enquête est bizarre. Qu'as-tu trouvé ?

— Beaucoup de personnes ont consulté ce site web au cours des derniers mois. Je n'ai pas pu toutes les retrouver mais il y en a une qui a attiré mon attention.

— Laquelle ?

Sa réponse fut surprenante.

— J'ai reconnu une des adresses IP.

— Comment as-tu pu ? demanda-t-elle.

— Parce que c'est la tienne, Atlee.

— Je le sais, répondit-elle un peu exaspérée. J'ai consulté ce site dernièrement pour me renseigner sur cette vieille histoire. Mon assistante aussi. C'est elle qui m'en a parlé.

— Je savais que c'était ton adresse grâce à ton mail. Mais lorsque j'ai regardé d'un peu plus près, j'ai remarqué des lignes de code bizarres au milieu. Tu devrais peut-être demander à l'équipe de geeks du FBI d'examiner vos ordinateurs.

— Pourquoi ?

— Parce que je pense qu'ils ont peut-être été piratés.

CHAPITRE 14

UN CAFÉ, AGENT PINE ?

Blum était déjà à son poste. Sa tenue était, comme toujours, très professionnelle. Jupe, veste, escarpins, collants, juste ce qu'il faut de bijoux et un poil moins de maquillage que d'habitude.

Pine, l'esprit ailleurs, hocha la tête et s'engouffra dans son bureau.

Elle ferma la porte, s'assit et alluma l'ordinateur.

Piratés ?

Par qui et pourquoi ?

Son ami lui avait dit autre chose. Que ce genre d'attaque pouvait s'effectuer très facilement à distance. En substance, prendre le contrôle de son ordinateur et lui faire faire tout ce qu'il voulait sans que l'assaillant ait besoin de mettre un orteil dans le bâtiment.

« S'il a accès à ton ordinateur, il peut voir toutes les touches sur lesquelles tu appuies », lui avait expliqué son ami.

Pine débranchait le cordon d'alimentation de l'ordinateur lorsque Blum entra avec une tasse de café.

— Un problème ? s'enquit cette dernière.

— Mon ordi a été piraté.

Blum fronça les sourcils et posa le café devant Pine.

— Est-ce que je dois débrancher le mien ?

— Probablement.

— J'appelle immédiatement les techniciens du service informatique à Flagstaff pour qu'ils nous envoient quelqu'un.

— Merci.

— Cela a-t-il un rapport avec le site que je vous ai montré ?

— Je l'ignore. Peut-être.

Blum referma la porte derrière elle.

Pine sortit son téléphone et le regarda attentivement. Avait-il été piraté lui aussi ?

Elle regarda le fixe sur son bureau. Pour le mettre sur écoute, il aurait fallu que quelqu'un pénètre dans son bureau ou, au moins, jusqu'au coffret de communications. Mais ce dernier se trouvait dans le garage souterrain, dans une pièce fermée à clef équipée d'un système de vidéosurveillance, grâce à la présence de l'ICE en ces murs. L'hypothèse lui parut, somme toute, peu vraisemblable.

Lorsque les techniciens du service informatique viendront de Flagstaff, elle leur demandera de tout vérifier. En attendant, Pine décida de n'appeler personne, de n'envoyer aucun mail ni aucun texto de son bureau ou de son téléphone personnel.

Elle ne toucha pas à son café et sortit de son bureau en trombe ne laissant le temps à Blum que le temps de dire « Agent Pi... » avant de disparaître dans le couloir.

Elle dévala les escaliers deux par deux jusqu'au garage, monta dans son SUV et quitta le bâtiment.

Il y avait une supérette environ trois rues plus loin. Cette supérette avait quelque chose dont elle avait vraiment besoin, quelque chose qu'il était presque impossible de trouver de nos jours.

Pine se gara sur une place libre devant la supérette et se précipita vers la cabine téléphonique adossée au mur extérieur, à côté du distributeur automatique de glaçons.

Il y avait, en fait, plusieurs cabines téléphoniques à Shattered Rock pour deux raisons : même si cela semble difficile à croire, tout le monde n'avait pas un téléphone portable. Et la réception dans le coin pouvait parfois laisser fortement à désirer.

Elle inséra des pièces et composa un numéro.

Le ranger Lambert décrocha à la deuxième sonnerie.

— Allô ?

— Colson, c'est Atlee.

— D'où appelez-vous ?

— C'est une longue histoire qui ne vous intéressera pas. Est-ce qu'il y a eu quelque chose de bizarre de votre côté en relation avec la disparition de Priest ?

Pine n'avait pas encore dit à Lambert, ni à quiconque, que l'homme qui se faisait appeler Benjamin Priest n'était pas Benjamin Priest.

— Qu'est-ce que vous entendez par « bizarre » ?

— Qui sorte de l'ordinaire. Par exemple quelqu'un de haut placé dans la chaîne alimentaire qui vous aurait appelé pour vous poser des questions sur cette enquête ?

— Non, rien de tout cela.

— L'enquête progresse ?

— Les chiens de détection n'ont rien trouvé, comme je l'ai déjà indiqué dans mon rapport. Nous avons fouillé tous les endroits possibles.

— Est-ce que les agents de votre service d'enquête vont prendre le relais ?

— C'est une décision qui n'est pas de mon ressort.

Pine fronça les sourcils. Cela ne ressemblait pas au Colson Lambert qu'elle connaissait.

— Est-ce qu'Edward Priest vous a envoyé une photo de son frère ?

— Écoutez, Atlee, je ne veux pas me montrer impoli mais il faut que j'y aille. Des trucs à faire au bureau. On en rediscute.

Et il raccrocha.

Pine reposa lentement le récepteur. Eh bien, il avait, indirectement, répondu à sa question. Il se passait quelque chose de bizarre, de son côté.

Elle inséra d'autres pièces et composa un autre numéro.

Le téléphone sonna et sonna et la boîte vocale d'Edward Priest se déclencha. Elle était saturée. Pine ne put donc pas laisser de message.

Frustrée, elle raccrocha, remonta dans son SUV et démarra. Elle regarda dans le rétroviseur intérieur et dans les latéraux si un véhicule anonyme faisait preuve d'un intérêt manifeste envers son SUV.

Tout en roulant vers son bureau, elle se demandait ce qu'elle devait faire.

Lambert ne voulait, de toute évidence, pas lui parler. La boîte vocale d'Edward Priest était pleine. Son ordinateur et peut-être aussi son téléphone avaient été piratés. La Direction de la sécurité nationale du Bureau s'intéressait à cette enquête. Le directeur de son superviseur l'avait appelée pour lui poser des questions uniquement sur cette enquête avant de lui conseiller, de façon peu subtile, de surveiller ses arrières.

Et cerise sur le gâteau, elle devait retrouver un disparu qui était censé être quelqu'un d'autre mais qui ne l'était pas. Où était-il ? Et où était Benjamin Priest ?

Et qui avait tué et mutilé cette maudite mule et pourquoi ? Et qu'est-ce qu'une histoire probablement bidon vieille de plus d'un siècle à propos d'Égyptiens dans le Grand Canyon avait à voir avec tout ça ?

Elle passa la main dans ses cheveux encore humides et se dit que c'était le moment idéal de retourner sur la scène du crime.

Elle fit demi-tour et mit cap à l'ouest.

Trente-cinq minutes plus tard, elle arrivait sur le versant sud du canyon. Son insigne fédéral lui permit de pénétrer dans le parc. Elle se gara sur un emplacement libre à côté des bureaux du Service des parcs nationaux sur les places réservées à la Police des parcs nationaux. Sa voiture avait des plaques fédérales. Elle ne pensait pas que quelqu'un y trouve à y redire.

Elle descendit de voiture et observa les alentours. Il y avait beaucoup de touristes. La plupart se contenteraient d'emprunter le sentier bordant versant sud pour admirer les points de vue et prendre des photos. Certains resteraient pour la nuit dans les nombreux lieux d'hébergement. D'autres retourneraient d'où ils venaient. Et quelques-uns monteraient sur un mulet ou descendraient à pied jusqu'au fond du canyon.

Bien qu'étant une destination touristique populaire, le canyon n'en restait pas moins un environnement dangereux. Des gens y décédaient chaque année. Les causes étaient nombreuses : crises cardiaques, chutes, rencontres avec des animaux, déshydratation et hyponatrémie, un trouble hydroélectrolytique provoquant un gonflement du cerveau dû à une surhydratation.

Sans oublier les rafteurs qui se noyaient dans les impitoyables rapides du Colorado.

Pine remarqua un homme en short de sport, débardeur et chaussures de running qui courait sur la chaussée conduisant au parking. Il s'arrêta, fit quelques étirements avant de se diriger vers une Jeep décapotée qui avait dû récemment emprunter quelques chemins boueux. La Jeep avait un treuil électrique sur le pare-chocs avant.

Un autocollant ARMY STRONG sur l'aile arrière.

— Bonjour, Sam.

Sam Kettler se retourna en entendant Pine l'appeler.

Elle le rejoignit.

— Je pensais que vous travailliez de nuit.

— En général, mais pas la nuit dernière.

Elle l'observa de pied en cap. Le débardeur et le short laissaient admirer ce que son uniforme avait dissimulé. Il avait une musculature des plus harmonieuses. Chaque muscle se fondait parfaitement dans son voisin. Et à la différence de beaucoup d'hommes qui avaient des torses et des bras volumineux mais un bas du corps sous-développé, ses cuisses, ses ischios et ses mollets étaient ses muscles les mieux ciselés.

— Que faites-vous là à cette heure ?

— Je suis venu courir sur les sentiers. Je viens juste de finir.

Pine regarda par-dessus son épaule.

— Lequel avez-vous fait ? Il fait déjà très chaud.

— Sud-nord et retour.

— Versant-versant-versant ?

Il acquiesça, farfouilla dans sa Jeep et saisit une serviette pour essuyer la transpiration.

— Combien de temps avez-vous mis ? demanda-t-elle.

— Six heures et cinquante-huit minutes. Je suis parti de très bonne heure.

Elle en resta bouche bée.

— Pour parcourir 67,592 kilomètres avec 6 700 mètres de dénivelé dont 1 524 pour remonter sur le versant sud ?

Il finit de s'essuyer et prit une bouteille d'eau de la banane qu'il portait autour de sa taille.

— Dans ces eaux-là, ouais. C'est très loin du record. Je ne le battrai jamais.

— Mais il y a moins d'une personne sur un million qui soit capable de parcourir cette distance à cette vitesse.

Il vida la bouteille d'eau.

— Et vous, que faites-vous là ? demanda-t-il.

— Je suis venue chercher des informations.

— Vous avez découvert ce qui est arrivé à la mule ?

— Pas encore, mais je m'y emploie.

— Je suis certain que vous découvrirez le fin mot de l'histoire.

Il détourna le regard et sembla se crisper, le regard au loin.

Elle attendit quelques instants mais devant son mutisme, elle prit congé avant de s'éloigner.

— Eh bien, à un de ces jours.

— Hey, Atlee ?

Elle se retourna.

— Ouais ?

— Vous avez le temps de prendre une bière et peut-être même dîner ce soir ?

— Vous ne travaillez pas ce soir non plus ?

— Autre raison pour laquelle j'ai couru aujourd'hui, répondit-il avec un sourire espiègle. Je n'ai plus vingt ans. Il me faut du temps pour récupérer.

Après quelques secondes de réflexion, elle répondit :

— Cela me semble une bonne idée.

— Je connais un endroit à Shattered Rock.

Elle sourit.

— Laissez-moi deviner : Tony's Pizza.

— Comment avez-vous deviné ?

— C'est pratiquement le seul endroit à Shattered Rock où on peut boire une bière.

— Dix-neuf heures, ça vous convient ?

— Je vous retrouve là-bas.

Pine entra dans le bâtiment abritant les bureaux du Service des parcs nationaux et demanda à voir non pas Colson Lambert mais l'autre ranger, Harry Rice.

On lui répondit que Rice se trouvait à l'écurie des mulets. Pine s'y rendit donc. Elle trouva Rice avec les mulets et un muletier, Mark Brennan.

— Vous n'accompagnez pas un groupe aujourd'hui ? demanda Pine à Brennan tandis que Rice la regardait avec un air que Pine trouva inutilement soucieux.

Mais peut-être pas, vu ce que ses supérieurs lui avaient dit.

Brennan passait du baume sur les pattes antérieures d'un mulet.

— Nous attendons une cargaison de fournitures qui doit arriver dans la journée. C'est moi qui suis chargé de la réceptionner. Deux autres guides escortent le groupe jusqu'au fond du canyon.

Pine acquiesça et se tourna vers Rice.

— J'ai parlé à votre ami, Colson. Je n'ai pas l'impression que l'enquête avance beaucoup.

— Nous l'avons cherché partout, répondit Rice, le regard braqué sur un point à gauche de l'épaule de Pine. Nous n'avons rien trouvé.

Ils gardèrent tous les trois le silence pendant environ une demi-minute.

— Colson ne semblait pas avoir envie de poursuivre l'enquête. Vous êtes sur la même longueur d'onde, Harry ?

Rice évita, là encore, de croiser son regard.

— Je suis un ranger, pas un flic.

— Mais et votre service d'enquête ? Est-ce qu'ils reprennent l'enquête ? J'ai demandé à Colson mais il a fait la sourde oreille.

Rice haussa les épaules.

— La décision n'est pas de mon ressort.

— Cela semble être la réponse à la mode en ce moment, répondit Pine, en se demandant si lui et Lambert avaient reçu des consignes.

Le regard de Brennan allait de l'un à l'autre.

— Il se passe quelque chose que j'ignore ?

— Probablement, répondit Pine. Mark, vous avez vu ce Priest. Je veux que vous veniez avec moi voir une personne qui dresse des portraits-robots avec laquelle je travaille et que vous le lui décriviez.

Rice intervint :

— Pourquoi ? On fait un portrait-robot lorsqu'on essaie d'identifier quelqu'un. Nous connaissons déjà l'identité du disparu.

— Vraiment ? demanda Pine.

Rice paraissait décontenancé.

— Son frère nous l'a dit. Il s'appelle Benjamin Priest.

— J'ai demandé à Colson si son frère lui avait envoyé une photo de Priest. Il ne m'a pas répondu.

— Attendez une minute, êtes-vous en train de dire que ce type n'était pas Ben Priest ? demanda Brennan.

— Je préfère ne rien laisser au hasard. Et éviter de supposer.

Pine se tourna vers Rice.

— Est-ce que vous êtes resté au stade des suppositions ou avez-vous vérifié ?

— Je n'aime pas beaucoup votre ton, Atlee, rétorqua Rice.

— Et je n'aime pas qu'on me prenne pour une idiote, Harry.

Le regard de Brennan allait d'un agent fédéral à l'autre, on voyait à son visage qu'il était de plus en plus troublé.

— Voilà pourquoi, Mark, j'ai besoin que vous m'accompagniez pour dresser un portrait-robot.

— Mais j'ai des choses à faire ici.

— Trouvez quelqu'un qui les fera à votre place.

En sortant de l'écurie, Brennan demanda à voix basse :

— Qu'est-ce qui se passe, agent Pine. Vous travaillez tous les deux pour le gouvernement fédéral, n'est-ce pas ?

— Oui. Mais le gouvernement fédéral est parfois un gros animal maladroit. Et je suis ma propre voie.

Elle sortit son téléphone et lui montra la photo qu'Edward Priest lui avait envoyée.

— Vous voyez le grand sur cette photo ? Vous le reconnaissez ? Aurait-il pu se trouver dans le groupe de dix avec Priest ?

— Non, impossible. Il n'y avait personne d'aussi grand dans le groupe. Et personne qui ressemblait, même vaguement, à ce type.

— Avez-vous pris une photo de groupe ? Est-ce que certains ont pris des photos les uns des autres ?

— Il est possible que des membres du groupe se soient pris en photo. Mais je ne me souviens d'aucune photo de groupe.

Pine rangea son téléphone.

— OK, allons faire ce portrait-robot.

CHAPITRE

15

JENNIFER YAZZIE ÉTAIT MARIÉE avec Joe Yazzie Sr., membre de la police de la nation navajo, un des deux cents policiers assermentés. Il patrouillait le district de police de Tuba City sis à l'ouest de la réserve navajo. Dans son Chevy Blazer de fonction, Yazzie devait veiller sur un territoire d'une superficie d'environ 180 km^2. Pine savait que la police tribale lui avait confié pour remplir sa mission un Glock 22 comme arme de poing, du spray au poivre, un AR-15, un fusil à pompe, un gilet pare-balles, une matraque télescopique. Mais ses outils les plus importants étaient son flegme naturel et une connaissance de la région et de ses habitants que seuls ceux qui ont grandi sur ces terres peuvent avoir.

Jennifer Yazzie était une des trois cents membres du personnel administratif de la police de la nation. Elle était affectée au département informatique. Elle était également une artiste accomplie dont les œuvres se vendaient dans tout le sud-ouest et avaient été présentées dans de nombreuses expositions régionales. Elle était la dessinatrice de portrait-robot officieuse de la police tribale.

Yazzie travaillait elle aussi au district de police de Tuba City et c'était donc là que Pine conduisit Brennan.

Bien qu'ayant un fils de vingt-quatre ans, Yazzie n'en avait que quarante-cinq. Mince, 1 mètre 65, avec de longs cheveux noirs et de toutes petites rides autour des yeux et de la bouche, elle avait le sourire facile comme si tout ce qu'elle faisait lui procurait une joie immense.

Pine l'avait rencontrée moins d'un mois après son arrivée à la RA de Shattered Rock. Pour nouer de bonnes relations avec toutes les forces de l'ordre de la région, Pine n'avait pas hésité à leur faire profiter de ses ressources et de son aide sur de nombreuses enquêtes. Pine avait également éclusé quelques débits de boisson en leur compagnie afin de mieux les connaître et de s'informer des réalités du travail de police dans la région. Le Bureau évaluait un agent sur sa capacité à nouer de bonnes relations avec les forces de l'ordre locales et n'hésitait pas à contacter lesdites forces de l'ordre pour savoir si tel agent du FBI y était parvenu ou pas.

Pendant un de ces moments de convivialité, Yazzie avait dit en plaisantant à Pine que vu le peu de femmes dans les forces de l'ordre, celles-ci devaient se serrer les coudes. Pine avait acquiescé. Le pourcentage de femmes dans les forces de l'ordre était encore effroyablement faible dans la majeure partie du pays. Et ici, dans le sud-ouest sauvage et rebelle, Pine le qualifierait d'insignifiant.

Pine avait présenté Brennan à Yazzie et lui avait expliqué ce dont elle avait besoin. Yazzie les conduisit dans une petite salle de réunion où elle avait, non pas des feuilles et des pinceaux ou des crayons, mais un ordinateur portable.

Yazzie sourit et leur expliqua :

— Comme presque tout en ce bas monde, les portraits-robots se font sur ordinateur aujourd'hui.

Pine et Brennan s'assirent en face d'elle pendant qu'elle ouvrait son logiciel.

Elle se tourna vers Brennan.

— Vous êtes prêt ?

Il acquiesça. Pine le trouvait nerveux et peu sûr de lui. On aurait dit qu'il était sur le point de subir un examen médical douloureux ou d'être soumis au détecteur de mensonges. Alors qu'on lui demandait seulement de faire appel à ses souvenirs pour décrire un individu à Yazzie pour qu'elle puisse en dessiner un portrait-robot sur l'écran de son ordinateur.

Yazzie lui posa une série de questions, chacune un petit peu plus précise que la précédente. De la plus simple, homme ou femme, à la forme du nez, la courbe du menton, les rides sur le cou et autour des yeux, au type de cheveux et à leur couleur.

Après environ une heure de ce ballet de questions et de réponses, Yazzie tourna l'ordinateur vers eux pour qu'ils puissent voir le résultat.

— C'est ressemblant ?

Pine regarda le portrait mais Brennan resta bouche bée.

— Génial, madame, c'est lui.

— Cela fait plaisir d'avoir un retour positif, répondit Yazzie en souriant.

— Jen, pouvez-vous m'imprimer cette image et également me l'envoyer par mail ? demanda Pine.

— Bien sûr.

Avant de prendre congé, Pine demanda à Brennan de l'attendre dans sa voiture et prit Yazzie à part.

— J'ai croisé votre fils l'autre soir devant chez moi.

Le sourire débonnaire de Yazzie laissa place à une moue renfrognée.

— Joe Jr. ?

Pine acquiesça.

— Il était avec un connard couvert de coups de soleil qui a une dent contre les feds. J'ai dû lui sonner les cloches.

— Tim Mallory. Il a été renvoyé de l'armée pour ébriété et consommation de stupéfiants. Il est originaire de Philadelphie. Il est arrivé l'année dernière. Joe traîne avec lui.

— Il n'a pas une bonne influence. Et Joe m'a dit qu'il attendait Kyle Chavez. Une autre mauvaise influence.

— Je ne savais pas qu'il traînait avec Kyle, dit Yazzie.

— Ils étaient en train de fumer de l'herbe et de boire. Écoutez, je sais que c'est fréquent chez les jeunes de cet âge, mais je ne voudrais pas voir Joe s'attirer des ennuis dont il ne pourrait pas se sortir.

— Son père a essayé de le convaincre de postuler dans la police mais cela ne l'intéresse pas.

— Que fait-il ?

— Pas grand-chose. Des petits boulots. Il passe à la maison parfois. Je lui prépare des petits plats. J'essaie de l'inciter à trouver un métier. Mais il ne veut rien entendre.

— Ses frères ?

— Thomas est à la fac à Portland, dans l'Oregon. Matt est en terminale. Il va entrer à West Point.

— C'est génial. Très impressionnant.

— Mais pas Joe. Son père le vit mal. Il ne pense qu'à ça. Ils portent le même prénom. Vous comprenez ?

— Non parce que je n'ai pas d'enfants. Mais j'imagine à quel point cela doit être pénible pour vous.

— Joe ne sait plus quoi faire. Tout ce qu'il dit semble rester lettre morte.

Elle haussa les épaules et sourit tristement.

— Le nom navajo de mon fils est Ahiga. Vous savez ce que cela signifie ?

Pine secoua la tête.

Yazzie émit un petit soupir résigné.

— Cela veut dire « celui qui se bat ». Et Joe Jr. porte bien son nom. Du moins vis-à-vis de ses parents.

— Je voulais juste vous prévenir.

— Merci, Atlee. Je le dirai à mon mari. Et bonne chance pour votre enquête sur votre disparu.

Pine sortit sous le soleil brûlant en se disant qu'elle aurait besoin de quelque chose d'un peu plus fort que la chance. Et que la maternité n'était pas faite pour elle.

Elle déposa Brennan au parc, fit demi-tour et regagna Shattered Rock sans détour.

Carol Blum se leva lorsque Pine entra dans le bureau.

— Les techniciens informatiques ont examiné nos ordinateurs. Ils ont fait ça à distance. Ils ont trouvé des choses qui n'auraient pas dû y être et ils les ont supprimées.

— Nos ordinateurs avaient donc bel et bien été piratés ?

— Oui. Ils cherchent d'où cela a pu venir. Je pense que c'est peut-être lorsque j'ai consulté ce site. Si c'est le cas, je suis vraiment désolée, agent Pine.

— Ne vous tracassez pas trop pour ça, répondit Pine. Je pense que nos ordinateurs auraient quand même été infectés.

— Ils ont également vérifié nos téléphones. Les portables et les fixes. Ils n'ont rien trouvé de suspect.

— Tant mieux. Parce que je n'ai plus de monnaie.

— Le service de médecine légale de Flagstaff a appelé. Ils veulent que vous les rappeliez. J'ai le numéro.

Pine emporta ces informations dans son bureau et ferma la porte.

Elle composa le numéro. À la deuxième sonnerie, quelqu'un décrocha.

C'était Marjorie Parks, un médecin légiste adjoint du FBI avec qui Pine avait déjà travaillé.

— Eh bien, Atlee, je dois l'admettre, je n'avais encore jamais autopsié une mule. Je pense que je dois vous remercier pour ça.

— Ouais, c'était la première pour moi aussi. Qu'avez-vous trouvé ?

— La blessure qui a entraîné la mort a été faite avec un couteau avec une longue lame concave, pas autant que celle d'une faux, mais quelque chose qui s'en approche.

— Les lettres sur la peau ?

— Gravées au couteau elles aussi. Une idée de ce à quoi J et K font référence ?

— Nous avons fait quelques recherches et nous avons peut-être trouvé une piste.

— Bonne chance sur ce point.

— Sinon, quel sédatif a été utilisé sur Sallie Belle ?

— Qui vous en a parlé ? demanda Parks surprise. Je gardais ça pour la fin.

— Il ne viendrait à l'idée de personne de charcuter une mule d'une demi-tonne sans l'avoir endormie au préalable.

— En effet. D'après les tests, de la romifidine. C'est un sédatif utilisé habituellement en médecine vétérinaire sur les grandes espèces, comme les chevaux et les mulets.

— OK. Nous connaissons donc le comment. Il ne nous reste plus qu'à découvrir le qui et le pourquoi.

— Et ce sont généralement les plus durs à trouver.

— C'est pour cela qu'on me paie si cher.

CHAPITRE 16

POUR UNE RAISON ÉTRANGE, Pine avait du mal à choisir sa tenue pour aller dîner et boire une bière avec Kettler.

Ce n'est pas ton premier rendez-vous, Pine, se dit-elle en faisant défiler ses tenues devant le miroir accroché au dos de la porte de sa penderie. *Même si ça fait un bail.*

Elle opta enfin pour une robe d'été, sur laquelle elle enfila un pull, et des sandales. Elle glissa son Glock dans son sac et laissa le Beretta chez elle. Elle espérait ne pas avoir besoin d'une arme d'appui pendant ce rendez-vous.

Il ne lui fallut que quelques minutes pour rejoindre le restaurant. Elle aperçut la Jeep garée le long du trottoir. Elle jeta un coup d'œil à sa montre, 19 heures moins une. M. Kettler aimait, semblait-il, arriver en avance.

Elle se gara et entra. Elle le repéra immédiatement, près du fond. L'endroit était tellement étriqué. Il se leva et lui fit signe.

Il portait un jean et une chemise blanche déboutonnée qui faisait encore plus ressortir son bronzage. Le dernier bouton était défait, laissant entrevoir une peau hâlée et imberbe. Les cheveux courts un peu en bataille comme s'il avait laissé l'air chaud les sécher pendant le trajet. Cela le rendait encore plus séduisant, se dit Pine.

Au lieu d'une poignée de main formelle, ils échangèrent une brève accolade et s'assirent.

— Vous semblez différente quand vous n'êtes pas en service. Dans le bon sens du terme.

Puis il se mura dans un silence gêné, dans lequel elle le laissa mijoter un petit peu avant de le tirer de là.

— Merci. Je ne sais pas si je vous préfère en short et débardeur ou dans votre tenue de ce soir.

Ils éclatèrent de rire tous les deux. La glace était officiellement rompue.

Ils commandèrent des bières puis une salade et une pizza.

Ils entrechoquèrent leurs cannettes et avalèrent une longue gorgée.

Il jeta un regard par la fenêtre.

— Vous aimez vivre ici ?

Elle haussa les épaules.

— C'est près du boulot. Mon bureau se trouve juste au bout de la rue.

— Dans le même bâtiment que l'ICE, n'est-ce pas ?

— Comment le savez-vous ?

— Ils nous rendent visite de plus en plus souvent dans le parc. Pour arrêter des clandestins. J'ai dû me rendre dans leurs bureaux deux ou trois fois pour leur donner des informations. Et tous les rangers ont dû s'y rendre pour assister à plusieurs conférences.

— Des conférences ? Sur quoi ?

— Nous faire comprendre qu'il est de notre devoir en tant qu'agents du gouvernement de les avertir de la présence de clandestins pour qu'ils puissent venir les appréhender.

— Il n'y a aucun clandestin qui travaille au Service des parcs nationaux. Ils ne pourraient pas passer le contrôle des antécédents.

— Non, mais nous avons des entrepreneurs, des paysagistes, des personnes qui travaillent dans les boutiques de souvenirs et les restaurants, qui conduisent les camions de livraison, ce genre de choses.

— Vous en dénoncez beaucoup ?

— Aucun pour l'instant. Hé, si ce sont des criminels, je n'aurai aucun scrupule à les dénoncer. Mais s'ils travaillent dur et restent du bon côté de la barrière, je ne vois aucune raison de le faire.

— Cela me semble une bonne philosophie. Combien de temps avez-vous dormi après votre course d'aujourd'hui ? demanda-t-elle avec un petit sourire espiègle.

— À peu près autant de temps que j'ai passé entre les deux versants. Je ne rajeunis pas.

— Des Forces spéciales au Service des parcs nationaux. Un parcours pas banal.

— Comment avez-vous appris pour les Forces spéciales ?

— Colson. Il m'a dit qu'il le tenait de quelqu'un qui avait servi avec vous. Torse bardé de médailles, la Purple Heart. Impressionnant.

— Cela semble beaucoup plus impressionnant que cela ne l'est en réalité.

— Pardon ? Vous avez servi votre pays dans une zone de guerre.

Kettler termina sa bière et fit signe à la serveuse pour en commander une autre. Elle la lui apporta. Il but une gorgée et dit :

— Ce n'était pas une guerre, Atlee.

— Qu'est-ce que c'était alors ?

— Je ne me sus pas engagé pour tirer...

Il s'arrêta brusquement et détourna le regard.

— Tirer sur quoi, Sam ?

— Rien.

Il resta silencieux quelques secondes, puis :

— Hey, changeons de sujet. Je ne vous ai pas invitée pour parler d'une guerre stupide.

Elle le regarda attentivement.

— Vous avez fait votre devoir, Sam. Vous avez fait ce qu'on vous avait demandé de faire. Ni plus ni moins. C'est tout ce que nous pouvons faire.

Il leva les yeux vers elle.

— Pour répondre à votre question, j'ai rejoint le Service des parcs nationaux parce qu'il s'agit de préserver quelque chose qui mérite de l'être ici, dans ce pays. Je n'ai pas besoin de sortir mon arme. J'aide les gens à passer un agréable séjour dans le canyon. Je me lève tous les matins avec ce seul objectif en tête. Et c'est un endroit extraordinaire. Je me réveille tous les matins avec le sourire en pensant à la journée qui m'attend.

— Et pendant votre temps libre, vous jouez les Superman en courant d'un bout à l'autre du parc, ajouta-t-elle en souriant.

Il lui rendit son sourire.

— Je suis certain que vous l'avez fait vous aussi.

— J'ai randonné sur beaucoup de sentiers. Mais jamais en courant, du moins pas comme vous.

— C'est vraiment grisant. Cela vous permet d'apprécier la vie et d'avoir la chance de vivre une telle expérience. J'adorerais partager cette sensation avec vous.

— Eh bien, votre souhait pourrait être exaucé, répondit-elle avec un certain enthousiasme.

La serveuse apporta leurs pizzas et leurs salades. Ils prirent quelques minutes pour manger tout en discutant de sujets variés, passant de la politique locale aux relations avec les tribus indiennes pour finir par s'émerveiller qu'un énorme trou dans le sol ait pu devenir un des endroits les plus beaux de la planète.

Leur repas terminé, ils terminèrent leur deuxième bière et sortirent faire un tour.

Un camion de glace s'arrêta pas très loin d'eux en faisant tinter sa cloche. Pine acheta spontanément deux cônes à la vanille.

Ils déambulèrent en dégustant leur dessert dans la chaleur de la nuit.

Pine enleva son pull et le noua autour de la taille.

— Je ne vous imaginais pas avec des tatouages, dit Kettler en regardant ses bras et ses deltoïdes.

— J'aime surprendre.

— Gémeaux et Mercure, dit-il.

— Vous avez des connaissances en astrologie ?

— Juste assez pour lire mon horoscope. Que signifient les « No Mercy » ?

— Quelque chose de personnel, répondit-elle d'une voix tendue.

— Oh, d'accord, dit-il rapidement en remarquant son malaise.

— Désolée. Je suis un peu susceptible sur mes tatouages.

— Pas de souci. Je suis moi aussi susceptible sur certaines choses.

— Je n'ai pas vu de tatouage sur vous l'autre jour, dit-elle.

— J'en ai un, mais pas à un endroit visible.

— Je me demande où il peut bien se trouver ? dit-elle d'un ton espiègle.

Il baissa la ceinture de son jean, pour montrer le haut de da hanche. Elle se pencha pour voir parce que le tatouage était petit.

— Mais c'est Hobbes ?

— Ouais, de Calvin et Hobbes.

— Un ancien des Forces spéciales avec un tigre de bande dessinée sur la hanche. Je suis estomaquée.

— Que puis-je dire pour ma défense ? C'était mon comic strip préféré quand j'étais gosse.

Il remonta son pantalon et montra d'un léger signe de la tête les bras musclés de Pine.

— Haltérophile de niveau olympique, donc ?

— OK, pour information, je n'ai rien à voir avec cette page Wikipédia, répondit Pine.

Elle le fixa avec une petite lueur inquisitrice dans le regard.

— Vous avez fait des recherches sur moi avant de venir ?

Le ton de la question se voulait légèrement minaudeur.

— J'ai fait des recherches sur vous après notre première rencontre.

Une réponse qui déclencha un petit rire chez Pine.

— Je suppose que votre métier ne vous laisse pas beaucoup de temps libre, dit-il.

— Très peu en effet.

— Eh bien, je suis heureux que vous ayez pu vous libérer ce soir.

Elle posa la main quelques secondes sur son épaule.

— Ouais, moi aussi. J'ai passé un bon moment.

Il baissa les yeux vers son mollet exposé.

— Avec quoi vous a-t-on tiré dessus ?

— La plupart des gens pensent que c'est un grain de beauté.

Kettler haussa les épaules.

— Je ne suis pas la plupart des gens. J'ai vu beaucoup trop de plaies d'entrée à mon goût.

— Heureusement pour moi, juste un calibre 22. La balle est restée logée à l'intérieur. Une bonne chose parce que l'orifice de sortie n'aurait certainement pas été joli à voir.

— Comment est-ce arrivé ?

— Une arrestation qui a mal tourné. J'ai commis une erreur. J'ai retenu la leçon. Cela ne s'est jamais reproduit.

Elle s'arrêta.

— Voilà, vous savez tout. Où avez-vous été blessé pour recevoir votre médaille ?

Il secoua la tête et termina sa crème glacée.

— Pas à un endroit que je peux montrer à un premier ni à un deuxième, ni peut-être même à un dixième rendez-vous. Je suis du genre vieux jeu.

Elle passa son bras sous le sien.

— Tant mieux parce que je suis moi aussi du genre vieux jeu.

CHAPITRE

17

PINE TOURNAIT DANS SON SOMMEIL, sur la droite du lit puis sur la gauche. Elle émergeait d'un rêve confus et il y avait quelque chose qui voletait à proximité de son oreille, le bourdonnement ô combien désagréable d'un moustique.

Elle ouvrit enfin les yeux. C'était son téléphone qui sonnait sur sa table de nuit.

Le moustique électronique qui avait réduit le monde entier en esclavage.

Elle décrocha et répondit d'une voix endormie :

— Pine.

— Agent Pine. C'est Ed Priest.

Pine se redressa immédiatement sur son lit, complètement réveillée à présent. Comme si elle avait avalé une cafetière pleine et s'en était versé une deuxième sur la tête.

— J'ai tenté de vous joindre mais votre boîte vocale était pleine. Je n'ai pas pu laisser de message.

— Il se passe quelque chose de bizarre, dit Priest.

— Ne m'épargnez aucun détail.

— Je ne suis pas sûr de vouloir en parler au téléphone.

— Je peux venir vous voir. Je peux prendre un avion dans la matinée.

— Vous n'en aurez pas besoin. Je suis en Arizona.

Pine regarda l'heure sur son téléphone. Il était presque 23 heures.

— Est-ce que vous êtes à Sky Harbor ?

— Non. J'ai pris un vol direct depuis la côte Est. J'ai atterri à Phoenix et ensuite j'ai sauté dans le vieux coucou qui assure la liaison Phoenix-Flagstaff. Je viens juste d'atterrir.

— Restez où vous êtes. Je viens vous retrouver. Je suis là dans deux heures.

— L'aérodrome est en train de fermer. Mon vol était le dernier de la soirée.

— Il y a un IHOP à Flagstaff.

Elle lui donna l'adresse.

— C'est ouvert 24 heures sur 24. Vous avez loué une voiture ?

— Non, mais il y a une station de taxis.

— Il se trouve en ville, à six kilomètres de l'aérodrome. Je vous y retrouve.

Pine s'habilla rapidement, prit ses deux armes et quitta son appartement.

Il n'y avait personne sur la route à cette heure de la nuit. Elle roulait sous un ciel rempli d'étoiles dans lequel passait de temps en temps un satellite. Pour Pine, c'était une des principales différences entre cette région et l'est des États-Unis avec toutes ses lumières ambiantes.

Le ciel.

Elle pouvait en voir chaque millimètre. Immense. Impénétrable. Il faisait partie de la vie quotidienne, un regard ascendant dans le cosmos. Il paraissait, chaque nuit, rappeler aux habitants de la région leur insignifiance. Et vous finissiez par le croire. Et recevoir chaque jour une leçon d'humilité n'a jamais fait de mal à personne.

Pendant que Pine filait, pied au plancher, en direction du sud, son cerveau, lui, vagabondait dans plusieurs directions à la fois. Avant d'être réveillée par l'appel de Priest, elle cherchait un moyen de contacter Ed Priest, parce qu'il était le seul, selon elle, qui pourrait la conduire à son frère. Et voilà qu'on le lui livrait sur un plateau.

Elle se gara sur le parking du IHOP. Elle bondit hors de son SUV et atteignit l'entrée principale en deux grandes foulées. Elle ouvrit la porte et scruta la salle. Il y avait une quinzaine de clients qui occupaient plusieurs tables et plusieurs alcôves, mais il ne lui fallut pas très longtemps pour repérer Ed Priest. La photo qu'il lui avait envoyée l'autre jour était très ressemblante. Il était tout au fond d'une alcôve. Il tentait de se faire le plus discret possible en s'abritant des regards derrière un grand menu tout en jetant des regards nerveux autour de lui. Il avait une valise à roulettes avec des sangles et des autocollants à ses pieds.

Elle se dépêcha de le rejoindre, jeta un rapide coup d'œil à sa valise et se glissa sur la banquette en face de lui.

— Agent Pine ?

Elle sortit sa carte et son insigne et les lui montra.

Il se redressa sur sa banquette, l'air soulagé.

— Au risque de vous paraître paranoïaque, pourriez-vous me montrer une pièce d'identité ?

Il sortit son permis de conduire du Maryland et le lui montra.

— Parfait. Pourquoi avez-vous décidé de venir ici ? demanda-t-elle.

— Parce que j'ignore où se trouve Ben. Je n'ai aucune nouvelle de lui. Personne n'en a. À croire qu'il s'est volatilisé.

— Je veux vous montrer quelque chose, dit Pine.

Elle sortit son téléphone et cliqua sur la pièce jointe d'un mail que Jennifer Yazzie lui avait envoyé un peu plus tôt.

Elle montra la photo à Priest.

— Vous reconnaissez cet homme ?

— Non. Je devrais ?

— C'est un portrait-robot numérique de l'homme se faisant appeler Benjamin Priest qui a effectué la descente à dos de mulet jusqu'au fond du canyon et a disparu. Comme vous pouvez le constater, il ne ressemble pas du tout à votre frère. Il vous ressemble beaucoup plus. C'est pour cela que je vous ai confondu avec Ben sur la photo que vous avez envoyée.

Ed Priest posa son menu et continua de scruter l'image sur l'écran du téléphone.

— Je... Je ne comprends pas. Pourquoi cet homme se ferait-il appeler Benjamin Priest ? Et alors, où diable se trouve mon frère ?

— Quand avez-vous réellement vu votre frère pour la dernière fois ?

La serveuse vint prendre la commande. Pine commanda un café. Priest un petit déjeuner complet.

— Je n'ai rien mangé de la journée, expliqua-t-il à Pine pendant que la serveuse s'éloignait. J'ai peur en avion. Je ne peux rien avaler à bord.

— Cela vaut probablement mieux pour vous. La nourriture servie à bord des avions est infecte. Revenons à votre frère.

— Cela doit faire environ deux semaines. Il est venu à la maison.

— Avait-il une raison ?

— Pas vraiment. Il a appelé et a demandé s'il pouvait venir dîner. Il a dit qu'il avait du temps libre et qu'il avait envie de voir la famille.

— Comment vous a-t-il paru ?

Priest se redressa et se mit à triturer les bords de sa serviette de table en papier.

— Vous devez comprendre que mon petit frère a toujours été la star de la famille. Major au lycée, quarterback de l'équipe de football et ailier shooteur vedette de l'équipe de basket. Alors qu'il détestait le basket. Mais il savait qu'il était doué pour ce sport. Sorti premier de sa promotion à Georgetown alors que je suis allé à l'université du Maryland.

— Deux bonnes universités.

— Ouais, eh bien Ben jouait à un autre niveau. Je suis heureux d'être l'aîné. Il aurait été très dur de marcher dans ses pas. Il réussissait tout ce qu'il entreprenait. Et il était grand et séduisant. Vous avez vu sa photo. Tout ce que je ne suis pas.

— Mais il ne s'est jamais marié ? Pas d'enfants ?

— Non. Il a eu des rendez-vous au lycée et à la fac. Mais après, il s'est consacré à sa carrière.

— Qui consistait en ?

Il s'arrêta. La serveuse apportait leurs cafés.

Pine but une gorgée du sien.

— La carrière de votre frère ?

— Là, je n'en sais pas plus que vous. Tout ce que je sais c'est qu'il a voyagé dans le monde entier. Tenez, il y a deux ans. J'avais emmené les enfants à Disney World. Il m'a appelé pour me souhaiter un joyeux anniversaire. Je lui ai demandé où il était et il m'a répondu : « Oh, quelque part au Proche-Orient. » Une autre fois, il était au Kazakhstan, vous imaginez. Il envoyait des cadeaux à mes enfants. Il y avait plein d'autocollants étrangers, d'étiquettes et d'autres trucs sur les boîtes. J'ai même dû payer des droits de douane pour certains avant que les services postaux acceptent de me les remettre.

— Et vous ne lui avez jamais demandé ce qu'il faisait pour gagner sa vie ?

— Bien sûr que si. Comme je vous l'ai dit. Et j'ai eu droit à la fameuse plaisanterie. Je n'ai pas voulu insister. J'ai juste pensé qu'il n'avait pas le droit d'en parler. Ce genre de chose est, somme toute, fréquent dans les environs de DC.

— Capricorn Consultants ?

— Le nom qu'il m'a donné un jour où je lui avais demandé comment allait son travail. Il m'a dit qu'il avait monté sa propre boîte. Je lui ai demandé ce qu'il faisait et il m'a répondu qu'il aidait les personnes qui en avaient besoin.

— Je n'ai trouvé aucune trace dans la Beltway d'une entreprise du nom de Capricorn Consultants.

— Je sais. J'ai fait des recherches moi aussi. Je suis comptable. Je travaille dans un cabinet d'expertise comptable dans le Maryland. J'ai vérifié dans le registre du commerce. Je n'ai rien trouvé.

— Vous ne m'avez pas dit comment vous l'aviez trouvé lorsqu'il est venu dîner chez vous il y a deux semaines.

— Vous devez comprendre que mon frère peut se montrer très évasif. Il est extrêmement intelligent. Il sait tout sur tout. Je lui dis toujours qu'il ferait un malheur à Jeopardy. Mais, ce soir-là, il semblait détendu. Je ne me souviens pas l'avoir jamais vu aussi disert.

— De quoi a-t-il parlé ?

— Politique. Nationale et internationale. Baseball. C'est un fan des Nats.

— Est-ce qu'il vous a demandé quelque chose ? Vous a-t-il donné quelque chose ? Est-ce qu'il vous a demandé de faire quelque chose pour lui ?

— Non, rien de tout cela.

La commande de Priest arriva. Il s'interrompit pour saler et poivrer ses œufs et verser une tonne de sirop d'érable sur ses pancakes.

Il leva les yeux vers Pine qui l'observait.

— Je parie que vous ne mangez jamais ce genre de choses, dit-il.

— Vous seriez surpris.

Elle but une autre gorgée de café.

— Et donc, quelles étaient vos attentes en débarquant ici ?

— Aucune. Je suis juste très inquiet pour mon frère. Jusqu'ici, chaque fois que j'avais tenté de le joindre, il m'avait toujours rappelé. Il lui fallait parfois quelques heures, voire un jour, mais il m'avait toujours rappelé. Pas cette fois. Je suis persuadé qu'il lui est arrivé quelque chose. Et maintenant, vous m'annoncez que ce n'était même pas lui au Grand Canyon. Mais cet autre type utilisant le nom de mon frère. Pensez-vous qu'il a fait quelque chose à mon frère ? Et volé son identité ?

— Je l'ignore, répondit Pine. Mais est-ce qu'il y a quelque chose de précis qui vous a incité à venir ici ?

Priest semblait mal à l'aise.

— Votre boîte vocale était pleine, dit-elle. Vous êtes comptable. Vous me faites l'effet d'être quelqu'un qui connaît les règles du jeu et qui sait donc que les clients détestent qu'on ne les rappelle pas.

Elle marqua une pause.

— D'où ma question : quelle est cette personne qui vous appelait autant à qui vous ne vouliez pas répondre ?

Priest posa sa fourchette et tritura sa tasse de café.

— Je suis un citoyen lambda. J'ai une femme et des enfants. Comme je vous l'ai dit, je vais en vacances à Disney World. Je coache l'équipe de baseball de mon fils. Comment pourrais-je être impliqué dans je ne sais quel complot international insensé ?

— Un complot international ? Voulez-vous prendre la peine de m'expliquer ?

— C'est juste une impression.

— Votre frère serait, selon vous, un espion ?

— Proche-Orient, Kazakhstan ? Une entreprise qui n'existe pas ? Et maintenant ça ? J'ai un certain mal à l'admettre mais je ne sais absolument rien sur mon frère. Du moins de sa vie professionnelle.

— Mais vous m'avez dit que vous saviez que votre frère devait se rendre au Grand Canyon.

— Ouais. Il m'avait téléphoné pour me parler de ce voyage. Il n'avait jamais fait la descente à dos de mulet. Il m'a dit que cela figurait sur la liste des choses qu'il voulait absolument faire. Il était radieux. C'était prévu de longue date. Je suppose que vous ne pouvez pas faire autrement.

— En effet. Et vous n'avez pas la moindre idée de comment l'homme que je vous ai montré sur mon téléphone a pu prendre sa place ?

— Non. Êtes-vous certaine que mon frère ne faisait pas partie du groupe qui est descendu dans le canyon ?

— J'ai montré la photographie de votre frère que vous m'avez envoyée au muletier qui accompagnait le groupe ce jour-là. Il m'a dit que votre frère ne faisait pas partie du groupe et qu'il n'y avait personne qui lui ressemblait, même s'il avait porté un déguisement. Votre frère doit mesurer dans les 1 mètre 90 et peser environ 80 kilos ?

— Exact. Il est également le plus grand de la famille, ajouta-t-il nerveusement en jetant un regard à l'insigne du FBI de Pine. Mais mon frère est quelqu'un de bien. Il ne prendrait jamais part à une exaction, j'en suis certain.

— Vous venez juste de me dire que vous ignoriez tout sur votre frère, du moins sur sa vie professionnelle.

Priest s'affaissa de nouveau.

— Ouais, c'est ce que j'ai dit en effet.

— Et donc, tous ces appels sur votre boîte vocale ?

— Des gens qui ont raccroché sans laisser de message. J'ai regardé ça de plus près. Ils provenaient tous du même numéro. Lorsque j'ai rappelé ce numéro, personne n'a répondu.

— Pouvez-vous me le donner ? Je peux savoir à qui il appartient.

Priest sortit son téléphone et lut le numéro à voix haute. Pine l'ajouta à sa liste de contacts sur son téléphone.

— Quelles sont vos intentions maintenant que vous êtes là ? demanda-t-elle.

— Je n'en ai aucune. J'ai pris l'avion sur un coup de tête, à cause de la panique. C'est pour cela que je vous ai appelée. Pour savoir si vous aviez une idée.

— Je ne suis pas sûre d'avoir la réponse à votre question. Mais vous devez comprendre, monsieur Priest, que si votre frère est impliqué dans quelque chose de grave, vous pourriez être en danger.

— Moi ! Pourquoi ?

— Certains individus pourraient supposer que votre frère vous a dit quelque chose d'important. Ou en apprenant votre venue, ils peuvent penser que votre frère est entré en contact avec vous et vous a demandé de venir le retrouver.

— Mais vous êtes la seule à savoir que je suis ici.

— Avez-vous réservé votre vol avec une carte de crédit ?

— Eh bien, oui. Bien sûr.

— Vos coordonnées sont donc dans le système. Et les personnes qui ont accès au système connaissent vos déplacements. Ils sont peut-être en train de nous observer en ce moment même.

Les yeux de Priest balayèrent tout le restaurant avant de revenir sur elle.

— Merde, vous êtes sérieuse ?

— Très sérieuse.

— J'ai vraiment l'impression d'être dans un film. Qu'est-ce que je fais maintenant ? Est-ce que je dois prendre une chambre dans un hôtel quelque part ? Ou je peux peut-être rester avec vous ?

Pine réfléchit pendant quelques secondes.

— Vous pouvez rester chez moi au moins pour ce soir, ou ce qui en reste, jusqu'à ce que nous trouvions d'autres arrangements.

— Vous êtes sûre ? Je ne veux pas être un fardeau. Et si vous avez raison et que des gens me surveillent, vous pourriez être en danger, vous aussi.

— C'est un risque que j'ai accepté lorsque j'ai pris ce boulot, monsieur Priest.

— S'il vous plaît, appelez-moi Ed. Est-ce que je peux aller aux toilettes avant que nous partions ? Avec tous ces événements, j'ai l'estomac tout retourné.

— Bien sûr. Je me charge de la note.

En se dirigeant vers la caisse pour régler l'addition, Pine regarda du coin de l'œil Priest se rendre aux toilettes. Quelques minutes plus tard, elle le conduisit jusqu'à son SUV et déposa son bagage dans le coffre.

Ils démarrèrent et mirent cap au nord.

Elle regarda sa montre. Il était presque deux heures du matin.

Il y avait une chose dont Pine était certaine : elle ne dormirait pas beaucoup cette nuit.

CHAPITRE 18

PINE LAISSA SA CHAMBRE à Priest et prit le canapé dans la pièce à vivre. Elle avait insisté. Elle s'allongea sur le canapé et ferma les yeux. Les premiers rayons du soleil n'allaient pas tarder à poindre.

Elle estima que trente minutes s'étaient écoulées lorsqu'elle entendit le premier bruit. Un bruit sourd, un bruit de pas, un grincement de porte ou de fenêtre. Ou quelque chose d'autre.

Ses doigts se refermèrent autour de la crosse de son pistolet. Elle cligna rapidement des yeux pour s'habituer au faible niveau de lumière.

Le tic-tac de l'horloge de la cuisine résonnait dans sa tête pendant qu'elle attendait que les bruits reprennent. Lorsque ce fut le cas, elle se leva sans bruit du canapé. Elle disposa deux oreillers dans le sens de la longueur et les recouvrit de la couverture sous laquelle elle s'était glissée. Elle se faufila ensuite sans bruit sur le plancher en bois dur pour se nicher dans un des coins opposés de la pièce. Elle s'accroupit et braqua son pistolet sur l'autre côté de la pièce. Elle tendit sa main libre vers sa gauche.

Tic-tac, tic-tac.

Un grincement puis des pas.

Elle maintint son arme braquée sur un point de l'autre côté de la pièce.

La silhouette apparut dans l'embrasure de la porte et se précipita vers le canapé.

Elle distinguait la forme d'une arme de poing pointée vers le canapé. La silhouette s'immobilisa pendant quelques secondes. La main qui tenait l'arme tremblait comme une feuille. La silhouette baissa son arme, fit un pas en arrière et commença à se retourner.

Avec sa main libre, Pine appuya sur l'interrupteur.

La silhouette sursauta.

— Posez votre arme et allongez-vous sur le sol, face contre terre, mains sur la tête, doigts entrelacés, pieds écartés. Tout de suite ou je tire.

Ed Priest fit exactement ce que Pine venait de lui ordonner.

Il tremblait de tous ses membres. Il posa le pistolet, s'allongea sur le sol, mit les mains derrière la tête et écarta les jambes.

Elle l'entendit se mettre à sangloter doucement.

Pine se leva, s'approcha de lui, ramassa le pistolet et le posa sur la table basse.

Elle s'assit sur le canapé sans jamais le quitter des yeux.

— Comment... comment avez-vous su ? demanda Priest, les joues ruisselantes de larmes.

— Vous m'avez facilité la tâche. D'abord, vous mentez vraiment très mal. Le FBI m'a appris à repérer quand les gens me racontent des craques. Mais je n'en ai pas vraiment eu besoin. Lorsque je vous ai demandé qui vous avait appelé autant de fois et que vous m'avez répondu que vous les aviez rappelés mais que personne n'avait décroché, je voyais parfaitement que vous étiez en train de mentir. Et j'ai appelé le numéro que vous m'avez donné. Il n'est pas en service. Sans oublier tous les regards furtifs dans ma direction au IHOP. Et votre valise. C'est elle qui vous a trahi.

— Ma valise ?

— L'autocollant CAGPT collé dessus. On le colle sur les bagages qui contiennent des objets de valeur ou des objets fragiles. Mais aussi sur les valises qui contiennent une arme à feu. Mais j'ai su que vous transportiez une arme à feu dans votre valise parce que la compagnie aérienne l'a entourée avec un collier de serrage en plastique, probablement à l'arrivée. C'est la procédure en vigueur depuis la tuerie de Fort Lauderdale. Un collier de serrage pour un pistolet, deux pour un fusil. La vôtre en avait un, donc un pistolet. Sans compter que votre valise était assez petite pour voyager en cabine. Et pourtant, vous avez été obligé de la faire enregistrer, comme le montre l'autocollant de récupération des bagages sur la poignée. Là encore, parce qu'il est interdit d'avoir une arme à bord d'un avion. Et donc pourquoi un expert-comptable en apparence sans histoires transporterait-il une arme à feu ? Peut-être pour l'utiliser contre la première personne qu'il appellerait après avoir atterri en Arizona ? Lorsque vous avez rapidement suggéré que vous pourriez dormir chez moi pour la nuit, vous avez, en quelque sorte, confirmé tous mes soupçons.

— Si vous saviez tout cela, pourquoi vous ne m'avez pas arrêté tout de suite ?

— Parce que vous n'aviez rien fait d'illégal. Vous avez le droit de transporter une arme à feu dans une valise. Vous avez le droit de porter une arme dissimulée en Arizona. Je devais voir ce que vous comptiez en faire. J'attendais que vous abattiez votre jeu pour montrer mes cartes.

Elle s'arrêta.

— Maintenant, je veux savoir pourquoi. Vous êtes Ed Priest, expert-comptable avec une famille qui passe ses vacances à Disney World et j'en passe. Vous n'avez rien d'un assassin à la solde de je ne sais quel gouvernement ou d'un tueur à gages de la mafia.

— Vous avez fait des recherches sur moi ?

— Bien sûr que j'ai fait des recherches sur vous. Je ne crois personne sur parole tant que je n'ai pas vérifié leurs dires. Maintenant, vous allez avoir l'obligeance de vous relever, de vous asseoir sur une chaise et de me raconter pourquoi vous avez tenté de me tuer il y a quelques instants.

Priest se releva difficilement et se laissa tomber lourdement sur la chaise en face d'elle. Il portait encore ses vêtements de voyage.

— Je vous ai dit la vérité lorsque je vous ai dit que j'avais rappelé le numéro. Mais je mentais lorsque j'ai dit que personne n'avait répondu. Ils ont dû le mettre hors service après notre dernier échange.

— Que vous ont-ils dit ?

— Que si je ne venais pas ici pour vous tuer, ma femme et mes enfants étaient morts.

— Et vous les avez crus ?

— Il m'ont également envoyé des photos de ma femme en train de faire des courses et de mes enfants à l'école. De toute évidence, ils les surveillaient.

Pine réfléchissait. Pourquoi envoyer ce type faire le sale boulot ? Pourquoi ne pas avoir engagé un pro pour la descendre ?

— Vous ont-ils dit pourquoi ils voulaient ma mort ?

— Parce que vous enquêtiez sur la disparition de mon frère.

— Et vous ont-ils dit pourquoi votre frère avait disparu ?

Priest hésita.

— Non, pas vraiment, mais j'ai compris que c'était grave.

— Aussi grave que d'assassiner un agent fédéral ? Cela peut vous valoir la peine de mort.

— Je suis prêt à donner ma vie pour ma famille, glapit Priest.

Il retrouva lentement son calme.

— Mais je n'ai pas pu presser la détente. Je... Je suppose que je ne suis pas un tueur.

— De toute évidence non. Je vous observais.

— Qu'est-ce qui va m'arriver à présent ? Est-ce que je vais aller en prison ?

— J'ai vu que vous n'aviez pas vraiment envie de me tuer. Mais lorsque votre commanditaire découvrira que vous n'avez pas appuyé sur la détente, il risque de mal le prendre.

Priest se prit la tête dans les mains et se mit à sangloter lourdement.

— Oh, mon Dieu, ma famille. J'ai tué ma famille.

— Nous pouvons l'éviter. Je les ferai placer sous protection jusqu'à ce que nous ayons découvert le fin mot de l'histoire.

Priest s'arrêta de sangloter et leva les yeux vers elle.

— Vous... vous pouvez faire ça ?

— Mais en retour, vous devez m'aider.

— Mais comment ? Je ne sais rien.

— Vous en savez peut-être plus que vous le pensez. Et, pour l'instant, vous êtes ma meilleure piste.

— Comment allons-nous procéder ?

— Je vais passer un coup de fil pour qu'on protège votre famille. Et bien que ce soit presque le matin, je suggère que nous allions dormir. Nous avons pas mal de pain sur la planche.

— Je suis vraiment désolé pour tout ça, agent Pine.

— Ce n'est pas la première fois que quelqu'un veut m'assassiner.

Il poussa un profond soupir.

— Mon Dieu, je ne sais pas comment vous pouvez faire ce genre de travail.

— C'est marrant, c'est le seul travail que j'ai jamais voulu faire.

CHAPITRE

19

VOTRE FAMILLE SE TROUVE dans une résidence protégée du FBI dans le Maryland, annonça Pine à Priest autour d'une tasse de café, dans sa cuisine, un peu plus tard ce matin-là.

— Comment avez-vous justifié cette mise sous protection ?

— Vous voulez dire comment ai-je expliqué votre implication dans toute cette histoire ?

— Oui.

— Je sais comment formuler ce genre de demande, Ed. Vous pouvez respirer, pour l'instant, du moins.

— Qu'allons-nous faire ?

— Nous devons trouver votre frère, pour commencer.

— Mais comment ?

— Vous avez un moyen de le joindre ?

— Bien sûr. Je lui ai laissé des dizaines de messages. Il n'a répondu à aucun.

— Nous allons peut-être devoir reformuler vos messages.

La mine de Priest s'assombrit encore un peu plus.

— Que voulez-vous dire ?

— Appelez-le. Dites-lui qu'on a menacé de tuer votre famille si vous ne tuez pas un agent fédéral et que vous avez désespérément besoin de son aide parce que vous envisagez sérieusement de presser sur la détente. Dites-lui qu'il a une demi-heure pour vous recontacter avant que vous passiez à l'acte.

Priest dévisagea Pine pendant plusieurs secondes.

— Vous plaisantez.

— Absolument pas. Et si vous ne le faites pas immédiatement devant moi, je vous arrête pour tentative de meurtre sur ma personne.

— Je croyais que vous essayiez de m'aider.

Pine secoua la tête.

— Je n'ai jamais dit ça. Mon travail consiste à découvrir la vérité. Je ne laisserai personne s'interposer entre elle et moi, ni vous ni votre frère.

Priest ferma les yeux et se frotta le front d'une main tremblante, cachant son visage.

Pine lui prit la main.

— Il est temps de vous ressaisir, Ed. Vous ne pouvez plus vous cacher. Prenez votre téléphone et passez cet appel.

Priest composa le numéro.

— Mettez le haut-parleur.

— Vous n'avez pas confiance en moi ?

— Est-ce que j'ai vraiment besoin de répondre à cette question ? Je vous rappelle que vous êtes venu ici pour me coller une balle dans la tête.

Priest mit le téléphone sur haut-parleur.

La boîte vocale se déclencha.

« C'est Ben. Laissez-moi un message. Je vous rappellerai le plus vite possible. »

Pine fit un signe de la tête à Priest qui laissa son message en suivant ses instructions à la lettre. Quand il eut terminé, elle appuya sur le bouton Fin et se tourna vers lui.

— Et maintenant ? demanda-t-il.

— Maintenant, nous attendons trente minutes.

— Et s'il ne rappelle pas ?

— Vous franchissez le Rubicon. Je devrai vous arrêter.

Priest fronça les sourcils.

— Sauf que cette histoire selon laquelle je serais venu ici pour vous assassiner, c'est ma parole contre la vôtre.

Pine sortit son téléphone et appuya sur plusieurs touches.

La voix de Priest sortit du haut-parleur et expliqua pourquoi il était venu ici pour tuer Pine.

— Vous avez tout enregistré ? demanda Priest.

— Bien sûr. Bienvenue dans la cour des grands, Ed. Si vous voulez survivre à tout ça, il va falloir augmenter votre niveau de jeu.

— Je n'ai jamais voulu jouer à ce jeu, répondit-il d'une voix acariâtre.

— Ce n'est pas à cause de moi que vous êtes dans cette situation, c'est à cause de votre frère. S'il appelle d'ici trente minutes, vous conviendrez d'un rendez-vous avec lui. Et je vous accompagnerai.

— Mais nous n'avons pas la moindre idée de l'endroit où il se trouve.

— C'est pour cela que nous attendons qu'il nous le dise.

Pine se tut et se rassit. Priest paraissait extrêmement anxieux. Mais lui non plus ne dit plus un mot.

Pendant vingt-huit minutes. Jusqu'à ce que son téléphone sonne.

Priest regarda Pine, qui acquiesça.

— Ne mettez pas le haut-parleur, cela pourrait éveiller ses soupçons.

— Qu'est-ce que je lui dis ?

— Soyez naturel. Vous êtes énervé, vous ne savez plus où vous en êtes et vous voulez savoir la vérité.

Priest décrocha et plaça le téléphone à côté de son oreille. Pine se rapprocha pour écouter.

— Allô ?

— Eddie ?

— Ben, où diable étais-tu ? Qu'est-ce qui se passe ? Toute ma vie s'écroule autour de moi, dit Priest d'une voix dans laquelle on sentait poindre l'énervement.

— Calme-toi, grand frère. Tout ira bien. Mais s'il te plaît, dis-moi que tu n'as pas tué un agent fédéral.

— Pas encore. Mais Mary et les enfants.

— Ils ne risquent rien.

— Tu n'en sais rien !

Pine tapa sur le bras de Priest et posa un doigt sur ses lèvres.

Elle murmura les mots « Laissez-le parler ».

Priest se tut. Quelques secondes plus tard, son frère prit la parole.

— Tu n'étais pas censé te retrouver impliqué dans toute cette histoire, Eddie. Je suis désolé. C'est parti en vrille.

— Qu'est-ce qui est parti en vrille ?

— Je ne peux pas t'en parler, pas au téléphone.

Pine tapa de nouveau sur l'épaule de Priest, le montra du doigt et ensuite le téléphone.

Priest dit :

— Il faut qu'on se voie alors. Tu peux m'expliquer ça en tête à tête ?

— Où es-tu là ?

— En Arizona. À côté du Grand Canyon, là où tu es censé avoir disparu. C'est pour ça que j'ai sauté dans un avion pour venir ici. Où es-tu ?

— Pas très loin, en fait.

— Où veux-tu qu'on se retrouve ?

— Il y a un hôtel au Grand Canyon, sur le versant sud. El Tovar.

Pine regarda Priest et lui fit un petit signe de la tête.

— OK, je ne devrais pas avoir trop de mal à le trouver.

— Nous pouvons nous y retrouver ce soir, pour dîner. Réserve à ton nom. Assez tard. 21 heures. Pour que tu ne sois pas surpris, tu... tu risques d'avoir un peu de mal à me reconnaître.

— Tu es blessé ?

— Non. Je porterai un déguisement.

— Oh, d'accord.

— Est-ce que quelqu'un sait que tu es là ?

— Non. Je n'en ai parlé à personne.

— 21 heures à El Tovar. Je te dirai tout ce que je peux ce soir.

Priest n'eut pas le temps d'ajouter quelque chose. Son frère avait raccroché.

Il raccrocha et posa le téléphone. Priest expira longuement, comme s'il avait retenu sa respiration tout au long de l'appel et s'affala sur sa chaise.

Pine se leva de la sienne et se versa une autre tasse de café.

— Donc, on ne fait rien jusqu'à ce soir ? demanda-t-il.

— Vous ne faites rien jusqu'à ce soir. J'ai pas mal de choses à faire.

— Je reste ici alors ?

— Oui, mais pas tout seul. Je vais demander à un de mes amis de venir vous tenir compagnie.

— Vous voulez dire veiller à ce que je ne joue pas les filles de l'air.

— C'est une façon de voir les choses. Mon ami est un flic à la retraite. Un ancien ranger de la police hopi. Les Hopis sont un peuple respectueux et pacifique. Mais si vous tentez quoi que ce soit, mon ami vous mettra hors d'état de nuire en deux temps trois mouvements.

— Merci. Vraiment, grogna Priest.

— De rien. Vraiment.

CHAPITRE

20

L'HÔTEL EL TOVAR avait ouvert ses portes en 1905. Il se trouvait sur le versant sud du Grand Canyon et devait son nom à un ancien explorateur espagnol. Il appartenait à une chaîne d'hôtels qui, à l'origine, étaient gérés par la Fred Harvey Company. Construit dans un style rustique en pins de l'Oregon et en roche calcaire des environs, il se trouvait à six mètres du versant du canyon. Il avait un toit en forme de pyramide, des tourelles, des vérandas, des lucarnes et des pignons. L'intérieur était un subtil mélange des designs du mouvement *Arts and Crafts*, de l'art contemporain des Indiens du sud-ouest et du design suisse pour les boiseries. Les fenêtres au fond de la salle à manger offrent une vue panoramique sur le canyon.

Ed Priest monta les larges marches de l'escalier devant l'hôtel.

Il était 21 h 01, mais il faisait encore chaud dehors, même si le soleil avait depuis longtemps disparu à l'ouest.

Il traversa rapidement le hall d'entrée et entra dans la salle à manger à l'arrière du bâtiment.

Il donna son nom au maître d'hôtel qui le conduisit à une table tout au fond de la salle. Il était tard pour dîner. La salle était presque vide.

Il n'y avait personne à la table dressée pour deux convives.

Priest s'assit et regarda autour de lui.

Il consulta sa montre en triturant sa serviette.

La serveuse lui demanda ce qu'il souhaitait boire. Il lui répondit qu'il préférait attendre l'arrivée de son convive.

Dix nouvelles minutes s'écoulèrent. L'anxiété de Priest grandissait.

Il se rongeait les ongles et levait constamment les yeux vers l'entrée de la salle à manger tout en faisant tinter machinalement sa fourchette sur son couteau.

— Eddie ?

Priest leva les yeux et vit une femme de grande taille qui le regardait fixement.

Au bout de quelques secondes, la confusion initiale laissa place à l'effarement.

— Ben ?

— Parle moins fort, Eddie, je n'ai aucun problème d'audition.

Benjamin Priest portait un pantalon bleu, un corsage blanc à manches longues, une veste en lin beige et des escarpins à petits talons. Il avait une perruque brune, le visage recouvert d'une légère couche de maquillage et des lunettes teintées.

Il s'assit et posa son sac à main à côté de lui.

— Lorsque tu as parlé de déguisement, je ne pensais pas à ça, dit Ed d'une voix nasillarde.

— C'est l'idée. Être imprévisible.

— J'espérais que vous diriez cela, dit Pine en se glissant sur un siège en face de Ben.

Il sursauta et fit mine de se lever, mais se ravisa lorsque Pine posa son insigne du FBI sur la table et entrouvrit sa veste pour lui montrer son arme dans son étui.

— Inutile de faire un esclandre, Ben, dit Pine, et il se rassit lentement sur son siège.

— Qui êtes-vous bon sang ?

— Votre gentil agent du FBI en charge de veiller sur les environs. Les présentations étant faites, expliquez-moi ce qui se passe.

— Je ne peux pas. Vous n'avez pas le niveau d'habilitation.

— Si je n'ai pas le niveau d'habilitation, je doute que votre frère l'ait. Et si vous ne pouvez rien lui dire, pourquoi êtes-vous là ?

— C'est compliqué.

— Je n'en ai jamais douté.

— Écoutez, je ne peux pas en parler ici.

— Alors où ? C'est vous qui avez choisi ce lieu de rencontre.

Ben regarda autour de lui l'air nerveux.

— Dehors. J'ai un véhicule. Mais vous devez comprendre que tout cela vous échappe.

— Je suis entièrement d'accord. Et c'est pour cela que je suis là. Pour comprendre.

— Vous êtes vraiment du FBI ?

Elle lui colla son insigne sous le nez et fit glisser le porte-documents contenant sa carte sur la table de l'autre.

Ben examina les deux et dit :

— Dehors.

Ils se dirigèrent vers l'entrée du bâtiment. Ben et Pine balayaient la pièce du regard. Pine était à l'affût du moindre regard dans leur direction. Mais il n'y avait que quelques clients qui entraient et sortaient et quelques membres du personnel de l'hôtel. Ed Priest, en revanche, regardait fixement devant lui.

Une fois à la porte, Pine prit la direction des opérations. Elle ouvrit la porte, sortit, scruta les environs et fit un signe de la tête aux deux hommes.

— Où se trouve votre véhicule ? demanda-t-elle à Ben Priest.

— Dans le parking là-bas. L'Explorer vert clair.

— Nous allons prendre votre voiture et nous reviendrons chercher la mienne plus tard. Donnez-moi les clefs. Je conduis.

— Où allons-nous ? demanda Ben.

— Faire un petit tour et beaucoup parler. Enfin, surtout vous.

Ben prit place sur le siège passager. Ed monta à l'arrière.

— Commencez par le début, dit Pine en sortant du parking pour rejoindre la route qui permettait de quitter le parc. Capricorn Consultants ?

— Elle n'existe pas.

— Mais tu m'as dit que c'était là que tu travaillais, Ben.

Ben se retourna pour regarder son frère aîné.

— Je suis désolé, Eddie. Cela fait partie du métier.

— Qui consiste en quoi, exactement ? demanda Pine. Est-ce que vous travaillez pour les services secrets ?

— Plus maintenant, répondit Ben.

— De notre côté ?

— Ce n'est pas aussi simple.

— Ça l'est pour moi, répondit Pine. Si vous espionnez pour le compte d'un autre pays, nous allons avoir un gros problème.

— Merde, Ben, s'il te plaît, dis-moi que ce n'est pas vrai ! s'exclama Ed.

— Je peux travailler pour des intérêts étrangers sans travailler contre notre pays. Mais des alliés sont des alliés jusqu'à ce qu'ils deviennent des ennemis. Et, parfois, nos ennemis peuvent être des alliés. C'est un univers fluctuant.

— Si vous le dites… Travaillez-vous pour un de nos alliés ou un de nos ennemis ?

— Je travaille à mon compte après avoir travaillé pour celui de l'Oncle Sam et d'autres. Bien et de façon honorable.

— Continuez.

— J'ai monté ma société.

— Vous faites quoi ?

— J'aide à arranger certaines choses.

— Comme quoi ? Le mec sur la mule qui se fait passer pour vous ?

— Vous avez certainement entendu parler de blanchiment d'argent ?

— Je ne me suis pas contentée d'en entendre parler. J'ai enquêté sur plusieurs affaires de blanchiment.

— Eh bien l'argent n'est pas la seule chose qu'il soit possible de blanchir. On peut faire la même chose avec des individus.

— Changer leurs identités ? Les faire disparaître ?

— Quelque chose dans ce genre, répondit Priest.

Pine voyait qu'il mentait, mais elle décida de continuer.

— Parlez-nous de l'homme sur le mulet. Il a disparu en laissant derrière lui un animal mort avec les lettres J et K gravées sur la peau.

Ben expira longuement.

— Je ne sais pas ce que cela signifie.

Pine se dit qu'il disait peut-être la vérité sur ce point.

— Est-ce que son escapade nocturne sur le dos d'un mulet faisait partie du plan ?

— Oui.

— OK. Quel était ce plan ?

Ben secoua la tête.

— Je ne peux pas vous le dire.

— Savez-vous où il se trouve en ce moment ?

Ben secoua de nouveau la tête.

— Je n'ai aucune nouvelle de lui.

— Est-ce que notre gouvernement est au courant de ce qu'il fait ?

Aucune réponse.

— La division de la sécurité nationale du FBI montre beaucoup d'intérêt pour toute cette histoire. Étiez-vous au courant ?

Ben ôta ses lunettes et s'essuya les yeux.

— Je ne l'ignore pas.

— Bel usage du double langage, fit Pine d'un ton sarcastique. Vous ne m'avez absolument rien dit et je ne suis pas quelqu'un de très patient.

— Ben, tu dois collaborer avec l'agent Pine, implora Ed. Elle a mis ma famille en sécurité. Nous étions menacés.

— Je sais, Eddie. Tu me l'as déjà dit, mais il n'y a rien que je puisse faire.

— Arrête tes conneries ! C'est toi qui nous as mis dans ce pétrin.

Ben lui répondit sèchement :

— Non, tu t'y es mis tout seul. Tu n'aurais pas dû t'en mêler. Et ils ne s'en seraient jamais pris à vous.

— Tout ce que j'ai fait, c'est d'essayer de te contacter lorsque tu as disparu. Qu'est-ce que tu voulais que je fasse ?

Ben montra Pine du doigt.

— Tu lui as parlé. Tu as parlé au FBI. Ils le savent.

— Qui sont ces « ils » ? demanda Pine du tac au tac.

Là encore, Ben garda le silence.

— Elle m'a appelé, expliqua Ed. Qu'est-ce que j'étais censé faire ?

— Nous tournons en rond, dit Ben. Je dois rentrer.

— Vous n'irez nulle part, répondit Pine. Vous collaborez avec moi sinon je vous arrête.

— Pour quel motif ?

— Obstruction à la justice et gaspillage des ressources policières. Les opérations de recherche pour vous retrouver ont coûté plusieurs milliers de dollars et mobilisé beaucoup de secouristes qui auraient pu venir en aide à d'autres personnes.

— Cela ne tiendra jamais et vous le savez !

— Nous pouvons laisser un juge en décider. Mais je préférerais que vous répondiez à mes questions pour que nous puissions connaître le fin mot de cette histoire.

— Qui a dit que je voulais connaître le fin mot de cette histoire ? répondit Ben calmement. Ou que je voulais que vous le connaissiez ?

— Vous avez mis votre frère et sa famille en danger. Vous devez nous aider à les tirer de là.

— Non, je n'ai pas à le faire.

— Ben ! s'exclama Ed. Nous sommes ta famille !

Son frère se retourna pour le regarder.

— Dans ce genre de circonstances, ma famille passe en second. C'est trop important. Je suis désolé, Eddie, mais je ne peux rien faire.

— Sale fils de pute ! hurla Ed. Et tout le monde te prend pour le petit prodige ! Tu n'es qu'un salaud égoïste.

Pine ne faisait pas attention à eux. Ils roulaient sur un tronçon désert. L'obscurité était totale et elle ne voyait pas de phares derrière elle.

Mais, pourtant, elle sentait son radar professionnel s'affoler.

— Accrochez-vous ! hurla-t-elle.

Quelques secondes plus tard, quelque chose les percuta violemment sur le côté. Les roues arrière de l'Explorer décollèrent de la route sous la puissance du choc. Le SUV retomba lourdement sur ses roues. Les trois passagers furent violemment projetés vers le plafond, mais heureusement retenus par leur ceinture de sécurité. Sous l'impact, tous les airbags se déclenchèrent.

Le véhicule quitta la route et glissa sur le bas-côté en terre.

Après le bas-côté, il y avait une bande d'herbe d'un peu moins de deux mètres de large puis un mur d'arbres épais.

Pine n'essaya pas de braquer les roues. Regardant au-dessus de l'airbag, elle tournait doucement le volant dans la même direction que la voiture afin de pouvoir en reprendre le contrôle.

Ils glissèrent sur le bas-côté puis sur la bande d'herbe.

— Accrochez-vous ! hurla-t-elle.

Quelques secondes plus tard, le véhicule percutait le mur d'arbres.

Pine avait mis un léger coup de volant pour éviter une collision latérale avec les arbres, qui auraient écrasé le côté conducteur de la voiture. Le SUV percuta les arbres avec le coin du pare-chocs.

Les airbags étant déjà déployés, la tête de Pine heurta la vitre.

Le réservoir déjà endommagé céda complètement. L'essence qui s'en échappait entra en contact avec une étincelle. Une mince colonne de flammes remonta le long du SUV.

À l'intérieur du véhicule, Pine émit un grognement et perdit conscience.

CHAPITRE

21

UNE PETITE FILLE. En train de lui faire signe.

Une petite main tendue pour offrir son aide.

Un murmure pressant.

Dépêche-toi, Lee. Allez. Tu es en danger. Allez. Vite, Lee.

Pine reprit connaissance aussi vite qu'elle l'avait perdue. Elle repoussa l'airbag dégonflé et les rideaux pare-soleil latéraux et vit dans le rétroviseur les flammes qui rampaient vers elle.

Les odeurs mêlées de plastique et de cuir brûlés soulevaient le cœur.

Elle sentait l'essence qui s'était échappée et savait que le choc avait percé le réservoir.

L'image de sa sœur en train de l'appeler s'estompa lentement.

Lee, au lieu d'Atlee. C'est ainsi que Mercy l'avait toujours appelée. Le prénom tronqué l'avait accompagnée pendant toute son enfance. Elle avait été Lee Pine jusqu'à ce qu'elle entre à l'université.

Pour on ne sait quelles raisons, le retour à Atlee ne l'avait pas dérangée outre mesure. Le prénom Lee représentait son passé. Mais, en ce moment Pine n'était pas certaine d'avoir un avenir.

Elle défit sa ceinture et regarda du côté du siège passager.

Ben Priest était affalé contre la porte, un mince filet de sang coulait le long de son front.

Sur le siège arrière, Ed Priest gémissait et se tenait l'épaule.

Pine essaya d'ouvrir la portière mais elle était bloquée. L'impact l'avait condamnée. Elle se glissa sur la banquette arrière, passa le bras au-dessus d'Ed et ouvrit la portière. Elle défit la ceinture de sécurité du blessé et le sortit du SUV. Les flammes gagnaient du terrain.

Elle sentait la chaleur l'envelopper. Elle était infernale et lui piquait la peau. Les vapeurs d'essence dans le réservoir percé pouvaient s'enflammer à tout instant. Les flammes feraient exploser les vapeurs inflammables et tout serait fini. On ramasserait ses restes dans un sac poubelle.

Ses bottes touchèrent le sol et elle tira Ed hors du véhicule.

Ignorant le danger, elle repartit en courant vers le SUV en flammes, ouvrit violemment la portière du passager et détacha la ceinture de sécurité de Ben pour le libérer. Malgré sa grande taille, elle réussit à le charger sur son épaule et l'emmena rapidement loin du véhicule, jusqu'à son frère à côté duquel elle l'allongea.

Elle s'accroupit, sortit son arme et regarda autour d'elle.

Le véhicule qui les avait percutés devait être encore là. Elle essuya le sang sur le bord de son visage et, avec sa main libre, composa le 911 pour appeler les secours, en indiquant sa localisation le plus précisément possible.

Elle regarda sa montre. Il était presque 22 heures. Elle ignorait combien de temps il faudrait aux policiers du coin pour arriver sur les lieux.

L'explosion illumina la nuit. Pine baissa la tête pour éviter les débris de la Ford qui volaient dans les airs. Des morceaux de véhicule tombèrent tout autour d'eux.

Ed Priest poussa un cri.

Elle se retourna dans sa direction et vit un morceau de métal sortir du haut de son bras.

C'était un morceau de l'habitacle de l'Explorer. Il lui avait transpercé la peau comme une flèche enflammée. La blessure saignait abondamment.

Elle enleva sa veste pour lui faire un garrot qu'elle noua près de la plaie. Elle n'essaya pas d'enlever le morceau de métal. Cela pourrait provoquer une hémorragie si une artère avait été touchée.

— Les secours arrivent, dit-elle.

Il hocha la tête et s'allongea de nouveau sur le sol en gémissant.

Et là, Pine aperçut les phares.

Pas sur la route.

Dans le ciel.

L'hélico se rapprochait, son faisceau lumineux explorait lentement le sol comme la langue d'un serpent. Il s'arrêta d'abord sur Pine et Ed. Il trouva ensuite le toujours inconscient Ben Priest et resta fixé sur lui.

Il atterrit à une quinzaine de mètres, le souffle du rotor les clouait au sol et alimentait en oxygène le véhicule en feu, ventilant les flammes et la fumée sur toute la largeur de la route.

Une autre mini explosion se produisit, obligeant Pine à baisser momentanément la tête et à interrompre son observation de l'hélico.

Elle étudiait sa forme et la configuration de ses pales.

— Que se passe-t-il ? gémit Ed.

— Restez immobile. Pas un mot, lui glissa-t-elle dans un murmure, les yeux rivés sur l'hélico.

Pine fouilla à l'intérieur d'un petit compartiment de l'étui fixé à son épaule et en sortit sa visée laser. Elle la fixa sur le rail au-dessus de son arme et braqua son pistolet sur le rotor principal de l'appareil.

Elle changea de cible lorsque les portes gauches de l'hélico s'ouvrirent et que deux silhouettes avec des gilets pare-balles et des casques de combat en descendirent. Ils portaient tous les deux des M16, avec visée laser.

Ces mecs étaient prêts pour la guerre.

Voyant cela, Pine se colla au sol, mains et jambes écartées, pour être une cible moins compacte.

Mis elle savait que la lutte n'était plus équitable, si elle l'avait jamais été.

Son Glock et son Beretta d'appoint n'avaient aucune chance contre une arme conçue pour offrir une puissance de feu maximale et semer la mort sur les champs de bataille. Il était pratiquement impossible de survivre après avoir été atteint au torse ou à la tête par une arme de guerre. Ce genre d'armes n'infligeait pas des blessures. Elles pulvérisaient des organes.

Elle décida quand même de tenter quelque chose. Elle cria :

— FBI. Identifiez-vous ou j'ouvre le feu !

Aucun des deux ne semblait enclin à s'identifier.

L'un d'eux jeta quelque chose dans sa direction.

Elle enfouit la tête dans le sol en se disant que tout serait fini dans une seconde. Aucune douleur. Juste... rien.

Une partie de Pine faisait ses adieux à ce monde.

Mais une autre maudissait l'idée de mourir sans même savoir pourquoi.

L'objet lancé toucha le sol. Il y eut un éclair de lumière et une explosion.

Et Atlee Pine perdit connaissance de nouveau.

CHAPITRE 22

AGENT SPÉCIAL PINE ?

Pine inspira à pleins poumons et une odeur d'antiseptique lui emplit les narines.

Elle se demanda si le paradis était d'une propreté immaculée.

Elle doutait qu'en enfer quelqu'un se soucie que le ménage soit fait.

— Agent spécial Pine ?

Ses paupières s'ouvrirent et se refermèrent aussitôt.

Avant de s'ouvrir de nouveau et de le rester.

Carol Blum la dévisageait. Elle avait l'air anxieuse.

Elle laissa échapper un soupir de soulagement en voyant le regard de sa supérieure se stabiliser et rester sur elle.

Pine bougea la tête de gauche à droite et constata qu'elle était allongée sur une civière.

— Où suis-je ?

— Aux urgences.

Pine se toucha le front. Elle avait une bande en gaze enroulée autour de la tête.

— Comment suis-je arrivée ici ?

— En ambulance.

— Et les autres ?

— Les autres ?

Pine tenta de s'asseoir, mais Blum posa une main sur son épaule et l'incita gentiment à rester en position allongée.

— J'étais avec deux hommes, expliqua Pine.

— Personne ne m'a parlé d'eux. On m'a téléphoné pour me dire que vous aviez eu un accident et que vous aviez été conduite ici.

— Qui vous a appelée ?

— L'hôpital.

— Pourquoi vous ont-ils appelée, vous ?

— En fait, ils ont appelé le bureau. Ils ont dû voir votre insigne. J'ai eu le message en écoutant le répondeur. Je les ai rappelés et j'ai sauté dans ma voiture.

— J'ai téléphoné aux flics pour leur dire que venions d'être attaqués. Nous avons été percutés par l'arrière. Quelqu'un a essayé de nous tuer.

Blum secoua la tête.

— Là encore, personne ne m'a parlé de ça.

Un médecin portant une blouse blanche sur une casaque médicale bleu clair entra avec un iPad dans la main. Plus très loin de son cinquantième anniversaire, cheveux clairsemés, il arborait un air calme, presque las.

— Comment allez-vous, madame ? demanda-t-il d'une voix enjouée.

— Bien, répondit Pine. Et les deux personnes avec moi ? Elles étaient blessées, elles aussi. Une gravement.

L'attitude désinvolte du médecin s'envola.

— D'autres personnes ? Il n'y avait personne d'autre. Vous avez une commotion cérébrale. Je crains que vous n'ayez pas les idées claires.

— J'ai les idées très claires, répondit Pine. Il y avait deux hommes dans le véhicule avec moi.

Il secoua la tête.

— Écoutez, je suis le seul médecin de garde aux urgences. Une ambulance est venue hier soir. Elle vous a déposée. Un accident de voiture. Vous avez fait une sortie de route et vous avez été blessée.

— Qui vous a dit ça ?

— Les ambulanciers.

— Et la police ?

— Je n'ai vu aucun policier.

— Merde.

Pine s'assit et repoussa les efforts du docteur pour l'en empêcher.

— Où sont mes vêtements ? Et mes armes ?

— Dans un casier fermé à clef, répondit le médecin.

— Allez les chercher. Je dois sortir d'ici.

— Nous vous gardons en observation.

— Hors de question.

— Je suis le médecin et je vous ordonne…

Pine balança ses jambes hors du lit, ses pieds nus touchèrent le sol et elle commença à retirer tous les appareils médicaux attachés à son corps.

— Je suis un agent du FBI. Je vous ordonne d'aller chercher mes affaires ou je vous arrête pour obstruction à une enquête fédérale.

Le médecin regarda Blum. Pine, vêtue d'une mince robe d'hôpital, le défiait du regard. Même pieds nus, elle faisait presque une tête de plus que lui. L'expression menaçante sur son visage, accentuée par la bande de gaze ensanglantée enroulée autour de son front, montrait qu'elle n'était pas du genre à s'en laisser conter.

Le médecin demanda à Blum :

— Elle est sérieuse ?

— Toujours. Vous avez donc de grandes chances de vous retrouver derrière les barreaux si vous n'accédez pas à sa demande, ce que je ne saurais que trop vous conseiller de faire.

Vingt minutes plus tard, Pine, habillée et armée, sortait de l'hôpital à vive allure avec Blum à ses côtés.

Le soleil était sur le point de se lever.

— Comment avez-vous eu le message du bureau ? demanda Pine.

— Lorsque j'ai consulté le répondeur tôt ce matin.

— Qu'entendez-vous par tôt ?

— Quatre heures tous les matins. Au cas où. Je regrette de ne pas l'avoir fait plus tôt.

— Il y avait deux hommes, expliqua Pine en enlevant le bandage autour de sa tête qu'elle jeta dans une poubelle. On nous a percutés sciemment pour nous faire sortir de la route. Un hélico a atterri. Deux hommes en sont descendus avec des gilets pare-balles et des armes de guerre. L'un d'eux a lancé une grenade assourdissante ou une grenade incapacitante et j'ai perdu connaissance. J'avais déjà été blessée pendant l'accident. Voilà pour les événements de la soirée.

Elle leva les yeux au ciel pour regarder la position du soleil en train de se lever. Sa montre avait été endommagée pendant l'accident et son téléphone n'avait plus de batterie.

— J'ai dû rester dans les vapes pendant environ huit heures.

Elle se tourna vers Blum.

— Est-ce que vous me croyez ?

— J'espérais que vous ne me poseriez pas cette question, agent spécial Pine. Bien sûr que je vous crois. Vos deux compagnons ont dû être enlevés par les hommes dans l'hélico.

— Ou par les passagers de la voiture qui nous a percutés. Mais, une chose est sûre, ils ont bien été enlevés.

— Est-ce que cela concerne l'affaire du mulet mort et de la personne disparue, Ben Priest ?

Pine acquiesça. Elles étaient devant la Prius vert clair de Blum sur le parking.

— Mais le Ben Priest qui a disparu n'était pas le véritable Ben Priest.

Elles grimpèrent dans la voiture et Blum démarra.

— Et où se trouve le véritable Ben Priest ? demanda Blum.

— C'était un des deux hommes qui se trouvaient avec moi hier soir. Lui et son frère, Ed. Ed a pris un vol depuis la côte Est et m'a appelée. Je l'ai récupéré dans un IHOP à Flagstaff et je l'ai emmené chez moi. Il pensait que j'étais endormie et il a tenté de me tuer.

Blum intégra cette information saisissante avec le plus grand stoïcisme.

— Vraiment ? Combien de côtes lui avez-vous fracturées ?

— Aucune. Il s'est dégonflé. Ce n'est pas un tueur. Sa famille était menacée. C'était eux ou moi. Il est donc venu ici pour faire le boulot et il a flanché au dernier moment. Mais grâce à lui, j'ai pu entrer en contact avec le véritable Ben Priest. Nous l'avons retrouvé, hier soir, au El Tovar. Nous sommes montés dans son Explorer et nous avons pris la direction du sud. C'est là que nous avons été attaqués.

— C'est ce qu'on appelle avoir une soirée agitée.

— Nous devons nous rendre sur les lieux de l'accident. J'ai besoin de vérifier deux ou trois trucs.

Elle donna les coordonnées à Blum. Elles arrivèrent sur les lieux, environ une heure plus tard.

Il n'y avait rien.

La carcasse brûlée de l'Explorer avait disparu. Les traces de pneu sur le bas-côté avaient été nettoyées et les débris évacués.

Blum se gara sur le bord de la route et elles sortirent de la voiture.

Elles arpentèrent le site ensemble.

— Ils ont bien nettoyé la scène, dit Pine. Mais pas suffisamment.

Elle montra du doigt un arbre abattu.

— Quelqu'un a coupé cet arbre à la tronçonneuse hier soir. On peut voir les marques de la lame sur le bois. Et ils ont utilisé la tronçonneuse pour découper l'endroit où l'Explorer a percuté le tronc. Mais si vous creusez un peu là, vous trouverez de la peinture verte et d'autres débris du véhicule.

Elle montra ensuite du doigt plusieurs cercles de terre sur le bas-côté en herbe.

— Ils ont été obligés de couper l'herbe parce qu'elle avait été brûlée. Et je vous parie que si je reviens avec un détecteur de métal, je trouverai ici tout un tas de minuscules morceaux de l'Explorer. Lorsqu'il a explosé, je suis certaine qu'il y a des morceaux qui ont atterri très loin d'ici et dans les bois là-bas.

— N'empêche, quelqu'un s'est donné beaucoup de mal pour nettoyer la scène, dit Blum.

— J'ai extrait les deux hommes du SUV. Lorsqu'il a explosé, Ed a été touché par un débris de shrapnel dans le bras. C'est pour cela que je n'ai pas de veste. Je l'ai utilisée pour faire un garrot autour de sa blessure.

Elle montra les taches de sang sur la manche de son chemisier.

— Et ils ont raté ça. C'est son sang. Des éclaboussures lorsque je m'occupais de sa blessure.

— Vous dites que vous avez appelé la police ?

Pine acquiesça.

— J'imagine qu'ils ont dû arriver sur les lieux à un moment ou un autre et il est impossible qu'ils aient eu le temps de se débarrasser de toutes les preuves avant leur arrivée.

— Je peux me renseigner là-dessus, dit Blum. Et voir ce qui s'est passé.

Elle marqua une pause, le temps de scruter l'endroit où l'attaque s'était produite.

— Vous n'aviez parlé du faux Ben Priest à personne ?

Pine se tourna vers elle.

— Non, à personne.

— Parce que vous, vous sentiez qu'il y avait un loup ?

— Oui.

— Eh bien, des hélicos, des gilets pare-balles et des soldats armés de fusils d'assaut qui vous lancent des grenades assourdissantes, je comprends pourquoi.

— Cette enquête devient de plus en plus étrange.

— Oh, je la trouve un peu étrange dès le début. Une mule morte avec des lettres gravées sur la peau, ce n'est pas quelque chose qu'on voit tous les jours.

Elles venaient juste de regagner leurs locaux lorsque le téléphone de Pine sonna. Elle l'avait rechargé dans la voiture grâce au chargeur de Blum. Elle eut une moue contrariée en lisant le nom de son correspondant.

Blum la regarda.

— Laissez-moi deviner. C'est la chaîne de commandement qui appelle ?

Pine grimaça.

— Ouais.

— La seule question étant : à quel niveau ? s'enquit Blum.

— Assez haut, dirait-on, répondit Pine d'une voix lugubre.

CHAPITRE

23

CLINT DOBBS était l'agent spécial qui dirigeait le bureau de Phœnix. Il chapeautait tous les bureaux du FBI de l'État d'Arizona et il avait une légion d'agents sous ses ordres. Mais pour l'instant, il semblait que toute son attention était concentrée sur un seul qui avait la responsabilité du dernier bureau créé et le seul à n'avoir qu'un seul agent de tout l'État.

Atlee Pine.

— Votre travail en tant que seule agente dans une agence résidente est de tout faire, Pine, dit Dobbs, d'une voix stridente à Pine qui l'écoutait assise derrière son bureau. Mais aussi de tout faire selon les règles. Vous n'avez aucune marge d'erreur.

— Oui, monsieur. J'en suis consciente et c'est ce que j'ai fait.

— Ah, bon, c'est ce que vous avez fait sur cette enquête ? demanda-t-il d'un ton sceptique.

— Oui, monsieur.

— Alors pourquoi est-ce que j'ai une famille dans le Maryland placée sous protection rapprochée à votre demande qui appelle le Bureau et qui exige de savoir où se trouve leur mari et leur père ? Et cet individu se trouve être le frère de l'homme qui a récemment disparu dans le Grand Canyon ? Une enquête dont vous êtes chargée ? Je me suis entretenu avec vos supérieurs directs et ils ne savaient rien de tout cela, Pine. Peut-être, aimeriez-vous changer votre réponse selon laquelle vous avez tout fait selon les règles sur cette maudite enquête ?

— La situation exigeait une action immédiate, monsieur. Je n'avais pas le temps d'informer tout le monde. Mais je comptais tout mentionner dans mon prochain rapport.

— Ne me racontez pas d'histoires. J'ai mieux à faire de mon temps que d'appeler la huitième et plus petite RA sous mes ordres. Je m'attendais à mieux de votre part, Pine. Vous avez accompli de grandes choses chez nous, mais une bourde comme celle-là peut ruiner une carrière.

— Oui, monsieur.

— Je suis en train d'essayer de vous donner un avertissement amical, Pine.

— Oui, monsieur. Je vous en suis reconnaissante, monsieur.

— Je n'en suis pas sûr. Toutes les erreurs que vous commettez finissent par me retomber dessus et entacher ma réputation. C'est le prix à payer quand on est directeur d'un bureau régional.

— Je comprends parfaitement, monsieur.

— Non, là encore, je ne pense pas que vous compreniez ou vous n'auriez pas fait ce que vous avez fait. Vous croyez que je vous appelle pour passer le temps ? J'ai des choses beaucoup plus importantes à faire. Mais mon téléphone portable sonne depuis 5 heures du matin. C'était Washington. Le directeur adjoint en personne. Bon sang, encore un peu et c'était le directeur qui appelait.

— Et comment va le directeur adjoint ?

— Ne faites pas preuve d'insubordination, Pine. Je ne le supporterais pas.

— Ce n'était pas mon intention, monsieur.

— Quoi qu'il en soit, le directeur adjoint était dans tous ses états. Je suis sûr que je n'entendrai rien de l'oreille droite pendant plusieurs jours. Cela ne doit pas se reproduire, Pine. En aucun cas. Je me suis bien fait comprendre ?

— Compris, monsieur.

— Et voilà que j'apprends que vous avez été impliquée dans un accident de voiture ?

— J'ai eu un accident, monsieur. Mais je vais bien. Juste un peu secouée. J'ai été autorisée à quitter l'hôpital et je suis de retour au travail.

— Avez-vous détruit votre véhicule de fonction ?

— Non, je me trouvais dans un autre SUV, monsieur.

— Et cet autre véhicule se trouve à quel stade ?

— Celui d'épave. Mais tout est à mes frais. J'ai une assurance.

Le Bureau n'aura rien à débourser, monsieur. Je n'étais pas en service.

— Priez pour que je ne découvre pas que vous m'avez menti.

— Oui, monsieur.

— Et, Pine, prenez des vacances. D'après ce que je comprends, l'affaire de la personne disparue est dans une impasse. Et vous savez comme tout le monde que des gens disparaissent tout le temps dans le Grand Canyon. On en retrouve certains et parfois on ne retrouve que leurs corps. Mais je ne pense pas que ce soit une bonne utilisation de votre temps et de l'argent du contribuable de vous laisser sur cette enquête. Pour l'instant, tout ce que nous avons vraiment c'est une mule morte. La police du coin peut s'en occuper. Prenez quelques jours de vacances, aérez-vous l'esprit, remplissez vos papiers d'assurance et évitez les ennuis. Suis-je clair ?

— Vous ne pourriez pas l'être plus, monsieur.

Mais Dobbs avait déjà raccroché.

Pine posa le téléphone et leva les yeux en entendant frapper à la porte.

Blum passa la tête dans l'embrasement de la porte.

— La voie est libre ?

Pine hocha la tête.

— Je viens de me faire officiellement botter le train par Phœnix.

— Laissez-moi deviner : Clint Dobbs ? demanda Blum.

Pine hocha la tête.

— Le seul et unique.

— J'ai travaillé sous ses ordres une fois, il y a longtemps, lorsqu'il se démenait pour gravir les échelons. À l'époque, déjà, il était évident qu'il voulait devenir directeur d'un bureau régional. Il y a des agents qui veulent travailler sur le terrain et d'autres qui veulent travailler derrière un bureau. Dobbs appartenait à la deuxième catégorie.

Pine s'abstint de tout commentaire.

— C'était un véritable connard à l'époque. Il paraît qu'il s'est adouci, l'âge aidant.

Blum se tut et observa Pine.

— Il m'a, ni plus ni moins, ordonné de prendre des vacances.

— Allez-vous obtempérer ?

Pine regarda Blum.

— Je suis un agent du FBI. Je suis censée respecter les règles.

— Mais vous n'en avez pas envie ?

— J'ai failli me faire tuer par, semblerait-il, mon propre gouvernement. Le mec qui dirige la Division de la Sécurité nationale est en copie des mails concernant cette enquête. Mon über patron vient juste de me dire que le directeur adjoint vient de l'appeler pour lui passer un savon et, au final, m'a ordonné de prendre des vacances.

— La question est donc : allez-vous poursuivre l'enquête à l'insu de votre hiérarchie ou être un bon petit soldat ?

Pine ne répondit pas tout de suite. Lorsqu'elle le fit, ce fut en pesant chaque mot.

— Ils auraient très facilement pu me tuer hier soir. J'étais neutralisée. Ils ont enlevé Ben et Ed Priest. Ils auraient pu m'enlever moi aussi.

— Pourquoi ne l'ont-ils pas fait selon vous ?

— Tuer un agent du FBI aurait attiré l'attention sur toute cette affaire.

Blum acquiesça.

— J'ai découvert deux ou trois choses pendant que vous étiez au téléphone avec Dobbs. Primo, la police a bien reçu votre appel mais quelqu'un les a rappelés avant qu'ils arrivent sur les lieux. Ils disent que c'est vous pour leur dire qu'il s'agissait d'une erreur.

— Quoi d'autre ?

— Le tronçon de route sur lequel vous étiez ?

— Qu'a-t-il de si particulier ?

— J'ai appelé un de mes amis qui travaille dans la police d'État. Cette autoroute fait partie de sa zone de patrouille. Un de ses potes était de service hier soir. Il a vu une équipe de l'entretien des routes fermer à la circulation un tronçon de cette autoroute.

— Une équipe de l'entretien des routes ? répéta Pine.

— Ouais. Mais je sais de source sûre que cette route vient juste d'être refaite. Que faisaient-ils donc là-bas ?

— Ils étaient là pour empêcher Ben Priest de me parler. Et cela explique pourquoi je n'ai pas vu d'autres voitures.

Elle avait merdé. Rencontrer Priest en public lui avait semblé l'option la plus sûre. Mais elle avait sous-estimé ses adversaires, qui qu'ils soient. Son erreur avait peut-être coûté la vie aux deux frères.

Blum l'interrompit dans ses pensées.

— Il faut un certain entregent pour fermer une route à la circulation, agent Pine.

— Oui, en effet.

— Pensez-vous que le FBI sache ce qui se trame ? En d'autres termes, qu'ils savent ce qui s'est produit hier soir et qu'ils vous retirent de l'enquête avant que vous soyez blessée ?

— Ou avant que je découvre la vérité.

Blum secoua la tête, le visage chafouin.

— J'ai toujours eu entière confiance dans le Bureau, même si je ne suis pas d'accord avec tout ce qu'il a fait. Après tout, nous sommes les gentils.

— J'ai rejoint le FBI pour faire deux choses : protéger les honnêtes gens et punir ceux qui ne l'étaient pas. Rien de plus. Même si ça donne l'impression que tout est soit blanc soit noir.

— Et dans cette histoire, tout n'est manifestement pas blanc ou noir, dit Blum. Quelles options cela nous laisse-t-il ?

— Je ne peux plus utiliser les ressources du Bureau pour continuer l'enquête.

— Cela limite les options. Comment allons-nous procéder ?

— Nous ? demanda Pine en la fixant du regard. Non, hors de question. S'ils apprennent que je continue l'enquête et qu'ils découvrent que vous m'avez aidée, ils vous vireront vous aussi.

— Mais je suis votre secrétaire. C'est mon travail de vous aider.

— Carol, nous ne sommes plus dans le cadre normal dans votre fonction. Je vais devoir passer sous les radars. Je ne peux pas vous laisser me suivre sur cette voie.

— Pourquoi pas ? Je suis certainement assez vieille pour prendre mes propres décisions.

— Mais cela pourrait être un suicide professionnel pour vous.

— Eh bien, je songeais justement à changer de carrière. Mon mari a divorcé pour pouvoir vivre avec une traînée. Mes enfants sont tous grands et vivent aux quatre coins du pays, sauf à proximité de l'endroit où j'habite. Je ne sais pas vraiment quoi penser à propos de toute cette histoire, mais je suppose que je suis à un âge où ce genre de considération n'entre plus en ligne de compte.

— Quelle nouvelle carrière comptiez-vous embrasser ?

— Ma foi, je songeais à devenir détective privé. Franchement, après toutes ces décennies au Bureau, j'ai tout vu, des rapports d'enquête aux rapports d'autopsie. J'ai vu des enquêtes être bien menées et d'autres de façon déplorable. Et, bon sang, j'ai rédigé suffisamment de rapports à la place des agents qui étaient censés les écrire pour comprendre comment les choses s'imbriquent. J'ai également tenu la main de suffisamment d'agents débutants pendant qu'ils tentaient de comprendre les excentricités du Bureau. Et j'ai écouté et j'ai tout mémorisé. Et physiquement, je suis parfaite pour le rôle. Franchement, regardez-moi. Personne ne me prendrait pour une menace. Et je peux écouter et observer tout mon saoul.

— Je vois un aspect de vous dont j'ignorais l'existence, madame Blum.

Blum lui lança un regard chargé d'incrédulité.

— Eh bien, il était temps, agent spécial Pine. Franchement, je vous aurais cru un peu plus rapide à la détente.

CHAPITRE

24

PINE SE BROSSAIT les cheveux en se regardant dans le miroir de sa salle de bains.

Elle avait pris une douche et fait disparaître le sang de la blessure près de sa tempe. Elle avait encore un peu la tête qui tournait à cause du choc contre la vitre de la voiture et des stigmates de l'explosion.

Elle avait mis un pansement sur la plaie qui, comme la contusion, était recouverte par ses cheveux noirs.

Elle souleva ses cheveux de l'autre côté et regarda la cicatrice de son autre blessure.

Celle d'il y a longtemps.

Celle qui ne disparaîtrait pas. Un cadeau laissé par l'homme qui avait enlevé sa sœur.

La nuit était tombée. Blum avait conduit Pine jusqu'au Grand Canyon pour récupérer son SUV. Les deux femmes étaient retournées au bureau et avaient travaillé pendant le reste de la journée.

Pine détourna le regard du reflet de la cicatrice sur sa tempe, prit son téléphone et regarda attentivement l'image sur le petit écran. C'était le portrait-robot numérique que Jennifer Yazzie avait fait à sa demande. C'était celui de l'homme qui avait disparu, le faux Ben Priest, du moins d'après les souvenirs de Mark Brennan.

Il existait des bases de données de reconnaissance faciale. Elle pourrait les consulter pour comparer avec le portrait-robot mais si Pine accédait à ces plateformes avec ses mots de passe du FBI, ils sauraient qu'elle continuait l'enquête.

Et si Clint Dobbs tenait parole, elle risquait de devoir dire adieu à sa carrière d'agent du FBI. Pour le moment, le portrait-robot ne lui servait donc à rien, jusqu'à ce qu'elle trouve une échappatoire. Ce qu'elle comptait faire le plus rapidement possible.

Elle posa son téléphone et laissa courir son doigt sur la cicatrice.

Il y avait jadis une fracture du crâne sous cette estafilade.

Une fille de six ans avec une fracture du crâne. C'était une blessure grave en effet, encore plus quand on a passé toute la nuit baignant dans son sang, meurtrie et inconsciente avec l'os du crâne fracturé et le cerveau contusionné.

Pourtant, Pine ne s'en était jamais plainte. Elle avait eu de la chance. Mercy n'en avait pas eu.

Elle voulait être certaine, à 100 %, que Daniel James Tor était celui qui avait enlevé sa sœur. Pine avait besoin de le savoir parce que c'était sa seule chance de refermer la plaie ouverte par la disparition de sa sœur.

Elle venait juste de se dévêtir pour se mettre au lit lorsque son téléphone sonna.

C'était Sam Kettler.

— Désolé d'appeler si tard, dit-il.

— Non, c'est bon. Quoi de neuf ?

— Je me demandais si cela vous dirait de boire une bière ce soir ?

— Je ne pense pas que Tony's soit ouvert à cette heure, répondit-elle.

— Je sais. Mais je n'habite qu'à vingt minutes de chez vous et, eh bien, je me disais que vous voudriez peut-être prendre un peu l'air. C'est une belle nuit.

Pine ne répondit pas. Elle était sur le point de s'embarquer dans un voyage qui pourrait bien être le début de la fin de sa carrière au FBI.

C'était ce qui s'appelait un mauvais timing.

— Hé, Atlee, ce n'est pas grave. J'ai été idiot d'appeler autant à l'improviste et si tard, aussi. Je ne sais pas où j'avais la tête. Je vais juste…

— Non, c'est OK. Passez. Cela me semble une bonne idée là.

Et c'en est une. Et, surtout, qui sait quand j'aurai une autre chance d'en boire une ?

— Hé, vous êtes sûre ? Je ne veux pas vous forcer la main et j'ai un peu l'impression que c'est ce que je fais.

— Vous découvrirez que je suis, en quelque sorte, immunisée contre ce genre de pression. Mais nous la boirons dans votre Jeep. Mon appartement est sens dessus dessous.

— Oh, absolument. Je ne cherchais pas à m'inviter chez vous. Je me disais que nous pourrions juste nous asseoir sur des marches ou ailleurs.

Elle sourit.

— Vieux jeu, je sais.

Elle lui donna son adresse et enfila un short et un T-shirt.

Elle se mit à la fenêtre pour guetter son arrivée. Lorsqu'elle aperçut sa Jeep, elle descendit les escaliers sans prendre la peine d'enfiler des chaussures. Cela s'avéra une mauvaise idée parce que cela l'obligea à sautiller sur l'asphalte qui avait emmagasiné la chaleur de la journée pour rejoindre la Jeep.

Ils prirent place à l'intérieur et ouvrirent deux bières fraîches. Il était presque 23 heures, mais la température avoisinait encore les 27 degrés.

— Putain, ça fait du bien, lâcha-t-elle, en descendant la moitié de sa cannette.

Il sourit en regardant à travers le pare-brise.

— Les plaisirs simples de la vie, n'est-ce pas ?

Il se tourna vers elle et fronça les sourcils.

— Que vous est-il arrivé, là ?

Il montrait du doigt le bord de son visage, à côté de sa tempe, que ses cheveux avaient déserté lorsqu'elle s'était tournée.

Elle toucha le pansement.

— Oh, juste une maladresse de ma part.

— Vous ne me semblez pas être quelqu'un de maladroit.

— Ah bon, eh bien, vous pourriez avoir des surprises. Mais, vraiment, ce n'est rien, Sam.

Il hocha la tête et se mit à gigoter, légèrement mal à l'aise.

Elle perçut son trouble et lui demanda :

— Qu'y a-t-il ?

Sans lâcher le volant des yeux, il répondit :

— Il y a... un concert demain soir à Phoenix. J'ai changé de poste avec le collègue qui est de garde la journée pour pouvoir y aller. C'est Santana. Cela vous intéresse ?

Il se tourna vers elle.

Pine se sentit très mal à l'aise.

— Euh, merci pour l'invitation. Mais je ne peux pas. Je suis désolée.

Il détourna rapidement le regard.

— Hé, pas de souci. Je m'y prends trop tard. Je ne sais pas où j'avais la tête, dit-il avec un petit rire forcé. J'ai toujours voulu jouer de la guitare comme Carlos. Moi et un million d'autres personnes. Le seul problème, c'est que je suis incapable ne serait-ce que de chantonner juste.

— Une autre fois ?

— Vous pouvez y compter.

Ils restèrent cois pendant quelques instants, les yeux rivés sur le pare-brise.

Pine se sentait gênée et en porte-à-faux. Une partie d'elle pensait à l'homme assis à côté d'elle. Et l'autre moitié passait en revue tous les détails de l'expédition qu'elle entreprendrait dans quelques heures.

Kettler, quant à lui, semblait s'être recroquevillé dans sa coquille après son refus poli.

Pine se racla la gorge et dit :

— Alors, pourquoi êtes-vous venu travailler au Grand Canyon ?

La question le revigora.

— Mon Dieu, c'est un endroit fascinant. Et pas uniquement du pont de vue géologique, des paysages, des randonnées et tout ça. Il a une histoire incroyable. Tellement de choses ont commencé ici.

— Comme quoi ?

— Vous avez déjà entendu parler de Maasaw ?

— Non.

— C'est le dieu de la mort chez les Hopis. Selon eux, il vivait dans le canyon. Et il y a les greniers des Anasazis à Nankoweap Creek. Et Eagle Rock à Eagle Point sur le versant ouest. Qui est considéré comme un endroit sacré pour les Hualapais. Et certains Hopis pensent que c'est dans le canyon que se trouve le *sipapu*, le portail par lequel ils ont escaladé un roseau poussant à travers ciel pour atteindre le Quart Monde.

— Vous croyez à tout ça ? demanda Pine en haussant les sourcils.

Il avait l'air un peu penaud.

— Eh bien, j'aimerais croire à certaines de ces histoires. Pour moi, le canyon n'est pas qu'une attraction touristique. C'est un endroit qui vit et qui respire. Il y a des dizaines de végétaux que l'on ne trouve nulle part ailleurs. Et l'endroit ne cesse d'évoluer. Les algues dans le fleuve ont amené les crustacés, qui ont amené les truites qui ont amené le pygargue à tête blanche. C'est une des seules espèces d'oiseau qui utilisent le couloir fluvial comme habitat hivernal.

Kettler se toucha la tempe.

— Vous voyez, c'est une forme d'intelligence. C'est un organisme vivant. Difficile de faire plus cool, non ?

Pine sourit.

— Votre explication est plutôt cool, réellement. J'entrevois une autre facette de votre personnalité, monsieur Kettler.

— J'ai toujours un sac d'escapade avec moi. Parfois, lorsque je ne suis pas en service, je vais randonner ou courir. Ou même faire un peu d'alpinisme.

— De l'alpinisme ?

— Ouais, j'étais ranger à l'armée. Pour être admis dans ce régiment, il faut suivre un entraînement en alpinisme. En Géorgie. C'est devenu un de mes hobbies. J'ai toujours des cordes d'alpinisme, des mousquetons et d'autres ustensiles dans mon sac d'escapade. J'ai escaladé toutes les montagnes des alentours.

Il se tourna vers elle.

— Cela pourrait vous plaire.

— Peut-être. Avec les bonnes personnes.

Elle sourit et lui toucha doucement le bras avec son poing.

Le front de Kettler se plissa.

— Quelque chose ne va pas ?

— Pour ne rien vous cacher. Il y a une autre raison pour laquelle je suis venu ce soir.

Pine se redressa un peu.

— Laquelle ?

— Colson Lambert et Harry Rice ?

— Qu'est-ce qu'ils ont fait ?

— Ils ont été réaffectés.

— Quoi ? Où ?

— Parc national de Zion en Utah. Avec effet immédiat. Sacrée tuile quand on sait qu'ils ont tous les deux une famille avec des enfants scolarisés dans les écoles de la région. Harry et Colson vont rejoindre leur nouvelle affectation, mais leurs familles restent ici jusqu'à ce qu'ils trouvent une solution.

Il se tourna vers elle.

— À votre réaction, j'en déduis que vous l'ignoriez.

— Complètement.

— Est-ce que cela a quelque chose à voir avec la mule ? Même si le rapport entre les deux m'échappe. Mais c'est le seul événement qui sorte un tant soit peu de l'ordinaire. Enfin...

Il laissa sa phrase en suspens.

— Peut-être, Sam. Probablement, en fait.

— OK. Je suppose que vous n'avez pas le droit de m'en parler ?

— Non, je ne peux vraiment pas.

— Je comprends. Mais je pensais que vous deviez être informée à propos de Lambert et de Rice.

— En effet, et je vous remercie pour le renseignement. Vraiment.

Ils gardèrent le silence jusqu'à ce que Pine dise :

— Si jamais il y a des choses dont vous avez envie de parler...

— Comme ?

— Votre passage dans l'armée ?

— Eh bien, je ne suis plus dans l'armée. C'est le passé. Je veux me concentrer sur le futur.

Pine pensa à ses propres problèmes personnels.

— Parfois, il est impossible d'aller de l'avant tant qu'on n'a pas réglé certains problèmes de son passé.

— Oui, je suppose. Mais j'étais un soldat, comme beaucoup d'autres. Je vais bien. Vraiment. Aucun problème.

— OK.

Ils prirent congé, avec entre autres une accolade qui dura un petit peu plus longtemps que celle à Tony's Pizza.

Pine sentait la puissance des doigts de Kettler sur sa peau à travers le mince tissu de son T-shirt. Elle respira son odeur, un mélange de sueur, de savon et de shampooing. Elle se sentit légèrement étourdie. Mais ce qui l'attendait le lendemain lui revint soudain en mémoire comme une chape de plomb.

Elle s'écarta et lui posa un léger baiser sur la joue.

— Merci pour la bière. Et l'invitation au concert de Santana. J'ai beaucoup aimé.

— Je vous en prie, répondit-il, sa main effleurant son bras nu. J'espère que nous remettrons ça.

Elle reprit le chemin de son appartement et dut, cette fois encore, traverser la partie en asphalte en sautillant pour atteindre le trottoir plus frais. Elle se retourna vers Kettler qui lui souriait.

Elle baissa les yeux vers ses pieds nus.

— Je sais, dingo, n'est-ce pas ?

— Je n'ai rien vu de dingo. J'ai même trouvé ça d'une grâce folle.

Deux minutes plus tard, après avoir regardé Kettler partir dans sa Jeep, Pine se laissa tomber sur son lit.

D'une grâce folle, hein ?

Elle avait le sourire aux lèvres en se remémorant le moment passé en compagnie de Kettler. Mais la réalité de ce qui l'attendait prit le dessus et son sourire s'effaça.

Quelles étaient les chances qu'elle trouve enfin quelqu'un avec qui elle aimait passer du temps et que son travail vienne creuser entre eux un fossé de la taille, eh bien, de la taille du Grand Canyon ?

C'est la vie que tu as choisie, Atlee, lorsque tu as accroché ton insigne.

Le lendemain, elle se leva à 7 heures, décrocha le téléphone et appela Carol Blum.

— Je vous retrouve dans une heure au bureau.

— J'y serai. Vous avez raison, avant que vous partiez en vacances, nous ferions bien de prendre un moment pour mettre de l'ordre dans tous les rapports de vos enquêtes classées.

— Bien reçu.

— Où allez-vous ?

— Randonner et camper au mont Nébo dans l'Utah. Besoin de m'aérer l'esprit. Mes affaires sont prêtes. Je décolle immédiatement après le boulot sans repasser par chez moi. Je serai absente deux semaines. Flagstaff prend la relève. Tout est arrangé. Le bureau est officiellement fermé pendant mon absence. Vous allez pouvoir, vous aussi, vous octroyer des vacances.

— Alors je vais en profiter pour rendre visite à ma fille à Los Angeles. J'ai un nouveau petit-enfant que je n'ai pas encore eu l'occasion de gâter.

Pine enfila ses lunettes de soleil, monta dans sa voiture, se rendit à son bureau, se gara dans le parking souterrain et monta les escaliers conduisant à l'ascenseur.

Blum était déjà là. Avec du café.

À 20 heures, ce soir-là, la porte du garage s'ouvrit et le SUV noir de Pine en sortit, tourna à droite et partit en direction de l'entrée d'autoroute au nord de la ville. La Prius de Blum quitta les lieux quelques secondes plus tard et partit dans la direction opposée.

Deux SUV démarrèrent. Le premier suivit celui de Pine tandis que l'autre filait le train à la Prius de Blum.

À minuit, la porte du garage s'ouvrit de nouveau.

La Mustang de 1967 en sortit, capote et vitres levées.

Pine était au volant. Blum sur le siège passager. Pine portait un jean, une chemise manches longues en coton et un coupe-vent. Blum avait troqué sa jupe, sa veste et ses escarpins contre un pantalon, des chaussures plates et un pull bleu clair.

Elles avaient toutes les deux retiré un paquet de liquide de leurs comptes en banque parce qu'elles devaient, pour un temps, faire une croix sur les cartes de crédit et de retrait.

Il y avait une autre voiture sous la bâche customisée de la Mustang dans le parking souterrain.

Pine tourna à gauche pour rejoindre la Route 89, en direction du sud.

Le duo venait « officiellement » d'entrer dans la clandestinité.

CHAPITRE 25

VOUS ÊTES SÛRE qu'ils ne surveillent pas cette voiture ? s'enquit Blum.

Elles venaient juste de s'engager sur l'autoroute 40, en direction du soleil levant.

— Je suis arrivée à son volant au milieu de la nuit lorsque j'ai emménagé à Shattered Rock et depuis, elle est garée dans le parking souterrain du bureau. Je ne la conduis que la nuit et cela fait une paye que je ne l'ai pas fait. D'où le chargeur constamment branché, sans quoi la batterie serait morte.

— Mais ils pourraient retrouver le propriétaire grâce aux plaques minéralogiques.

— S'ils essaient, ils ne trouveront pas mon nom sur le titre de propriété parce que je n'ai jamais mis les papiers du véhicule à mon nom.

— Pourquoi ?

— Parce que l'homme à qui elle appartenait devrait encore en être le propriétaire, s'il n'était pas mort. Pour les instances légales, elle lui appartient encore.

— Combien de temps allons-nous mettre ?

— Il y a un peu plus de 3 500 kilomètres. Trente-trois heures si nous ne nous arrêtons pas.

— Je ne suis pas une perdrix de l'année. Nous devrons nous arrêter ou vous devrez refaire les sièges.

— Ma vessie ne tiendra pas deux jours elle non plus. Mais nous serons sur l'autoroute 40 presque tout du long et jusqu'au

Mississippi nous pourrons fendre les airs. Je dirais deux jours. Enfin, si vous conduisez vous aussi.

— C'est ambitieux. Mais je suis partante. En parlant de fendre les airs, je suppose que l'avion était hors de question ?

— Cartes de crédit, pièces d'identité. Tout cela laisse des traces. Oui, hors de question. C'est pour cela que nous ne devons utiliser que du liquide. J'ai une carte de retrait pour les urgences, mais elle est au nom d'une amie, pas au mien. Je rembourserai mon amie si je dois l'utiliser. Et dans la mesure du possible, il faudra éviter d'utiliser nos véritables noms. Tout ce qui pourrait nous faire repérer. Et nous ne défaisons jamais nos bagages au cas où nous devions quitter un endroit précipitamment.

— Compris. Où votre ami conduit-il ma Prius ?

— Suffisamment loin pour que quiconque qui vous filerait le train soit persuadé que vous allez à LA. Ne vous inquiétez pas, il en prendra grand soin.

— Et votre SUV ?

— Je n'ai pas choisi le mont Nébo au hasard. L'amie à qui je l'ai confié va réellement randonner et camper là-bas pendant deux semaines. Je doute que ceux qui la suivent restent tout le séjour une fois qu'ils auront vu où elle se rend.

— Et votre smartphone ?

— Dans le coffre. Pour ceux qui le surveilleraient, je suis dans l'Utah pendant les deux prochaines semaines. J'ai mis le vôtre dans la Prius. J'ai tout un tas de téléphones prépayés que nous pourrons utiliser. Ils sont dans mon sac derrière votre siège. Et j'ai chargé ma liste de contacts sur chacun d'eux ainsi que le portrait-robot numérique du faux Ben Priest.

— Mais s'ils sont au courant de l'achat de téléphones prépayés, il leur suffit de surveiller la carte SIM ?

— Ils pourraient si c'était moi qui les avais achetés. Mais ce n'était pas moi. Quelqu'un l'a fait pour moi. Il me devait un service. Et c'était il y a six mois.

— Avant de savoir que nous nous lancerions dans cette aventure ?

— J'aime être préparée à presque n'importe quoi et pouvoir passer sous les radars chaque fois que j'en ai envie, mais sans me priver d'outils de communication.

Pine se tourna vers sa complice.

— Nous devons être à notre meilleur niveau, OK ? Nous jouons dans la cour des grands.

— Je l'ai compris dès que j'ai rejoint le FBI, dit Blum en consultant sa montre. Il est presque une heure du matin. Vous n'êtes pas trop fatiguée pour conduire ?

— J'ai dormi sur le sol de mon bureau pendant huit heures. Je peux tenir au moins jusqu'à Oklahoma City.

— Un sacré relais. Combien de temps pensez-vous mettre ?

— Environ treize heures pied au plancher. Nous pourrons nous y arrêter pour déjeuner en début d'après-midi.

— Votre endurance m'impressionne.

— J'ai rejoint l'Utah depuis la côte Est au volant de cette voiture en deux jours et demi. Je ne me suis arrêtée que pour aller aux toilettes et faire un petit somme sur les parkings. J'ai mangé au volant.

Pine tapota le tableau de bord de la voiture.

— Cette voiture a quelque chose de spécial. Vous ne voulez pas lâcher le volant.

À un moment, pendant le trajet, Pine demanda :

— Vous ne croyez pas que ces Jordan et Kinkaid ont trouvé une grotte secrète remplie d'artéfacts égyptiens dans le canyon ?

— Non.

— Votre père y croyait ?

Blum prit quelques secondes pour répondre.

— Je pense que mon père voulait y croire. Il est souvent descendu là-bas pour la chercher. Il ne l'a jamais trouvée, bien sûr.

— Malgré les J et K complaisamment gravés au-dessus de l'entrée ?

Blum sourit.

— Mon père a fait toute sa vie un travail qu'il détestait. Il aurait voulu être un aventurier. Vous savez, une sorte d'Indiana Jones.

— Est-il encore en vie ?

— Non. Mes deux parents sont décédés. Et les vôtres ?

— Ma mère est encore en vie.

— Où habite-t-elle ?

— Vous feriez mieux de dormir un peu pour être prête à prendre le relais lorsque je serai crevée.

Pine conduisit en silence.

Elles s'arrêtèrent pour déjeuner à Oklahoma City, un barbecue. Blum, qui avait dormi pendant la plus grosse partie du trajet, était parfaitement reposée et elle prit le relais. Pine recula le siège passager au maximum, étira ses longues jambes et s'endormit immédiatement.

Blum assura son relais en ne faisant que quelques brefs arrêts pour aller aux toilettes et se dégourdir les jambes. Et une fois pour un petit somme d'une heure sur un parking. Lorsqu'elles approchèrent de Nashville, elle fit un nouvel arrêt et réveilla Pine.

— Arrêt toilettes, annonça Blum. Et c'est à vous de prendre le volant. Je suis vannée.

Pine hocha la tête. Il faisait nuit noire à présent. Les premiers rayons du soleil ne darderaient que dans quelques heures. Il n'y avait qu'un lampadaire qui marchait sur l'aire de repos et il n'éclairait pas grand-chose. À cette heure, il n'y avait pas d'autre véhicule.

Pine bâilla, s'étira, fit craquer son cou et suivit Blum dans les toilettes des dames.

La porte, qui venait juste de se refermer derrière elles, s'ouvrit à nouveau.

Trois hommes entrèrent.

Grands, minces, séduisants. Vingt, vingt et un ans, grand maximum. Ils portaient des vêtements de mode qui étaient chers mais conçus pour avoir l'air de ne pas l'être. Deux portaient des shorts kaki sur des jambes bronzées et musclées et des chemises de couleur manches courtes Robert Graham et des chaussures bateau. Le troisième portait un jean baggy élastique délavé, une chemise blanche à manches longues déboutonnée et des mocassins Gucci.

Un d'eux écrasa une cannette de bière et la jeta dans une cabine vide. Debout devant la porte, ils lorgnaient les deux femmes.

Blum se retourna et les regarda droit dans les yeux.

— Vous vous trompez. Les hommes, c'est l'autre porte.

Celui en jean fit un pas en avant. Il se tourna vers ses amis et sourit, révélant des dents d'une blancheur immaculée.

— Non, c'est bien ici que nous voulons être parce que c'est ici que vous êtes.

— C'est une mauvaise blague, répondit Pine d'une voix incrédule. Vous sortez d'une fête dans une fraternité étudiante ou quoi ?

L'homme lui sourit et sortit une bouteille de Maker's Mark de sa poche arrière.

— Le mot important étant fête, mesdames.

Blum regarda Pine qui fixait la bouteille à moitié vide.

— Même pas en rêve, mon grand, répondit Blum.

— Faites pas vos bégueules, vous êtes toutes les deux exactement ce que nous recherchions, dit le jeune homme. Des femmes mûres, y a rien de mieux. Et faites-moi confiance, vous allez prendre du bon temps avec nous.

Il dévissa le bouchon de la Maker's et avala une gorgée avant de la passer à ses amis qui burent une lampée chacun à leur tour.

Pine les jaugea l'un après l'autre.

— C'est vraiment le seul moyen que vous avez trouvé pour vous envoyer en l'air ?

— Non, on n'a que l'embarras du choix. Je n'ai pas mon pareil quand il s'agit de faire un numéro de charme. Et ma famille est riche.

Avec son index recourbé, il montra ses deux comparses qui se tenaient derrière lui.

— Les leurs aussi.

— Alors pourquoi attendez-vous tapis devant les toilettes des dames le passage d'une proie ?

— Parce qu'il n'y a personne pour nous empêcher de le faire et que nous en avons envie, répondit-il avec un large sourire.

— Je prévois un empêchement avec nous, rétorqua Blum.

Le sourire de l'homme s'estompa lentement.

— Je ne pense pas que vous ayez vraiment le choix.

— Et je ne pense pas que vous ayez bien évalué la situation, dit Pine.

L'homme sortit un petit couteau de sa poche et l'ouvrit.

— Je n'aime pas en passer par là mais la fin justifie les moyens. Et maintenant, faites tout ce qu'on vous dit et personne ne sera blessé.

— Oh, quelqu'un va être blessé, répondit Pine.

Elle avança vers lui et le désarma en lui brisant le poignet. Il gémit et se plia de douleur. Elle glissa les mains derrière son cou, le tira vers le bas et fit sauter ses deux jolies incisives avec un méchant uppercut du genou. Puis, en se servant de sa carrure contre lui, Pine l'envoya valdinguer contre le miroir du mur au-dessus des lavabos qui vola en éclats. Il retomba sur la porcelaine, se cogna le visage sur un robinet, roula et tomba sur le sol. En sang, incapable de se relever, gémissant de douleur.

— Hey ! Hey ! hurla un des deux autres.

Il se précipita sur Pine. La semelle de cette dernière le cueillit à la gorge et le renvoya d'où il venait. Il heurta violemment le mur et retomba sur son séant, le souffle coupé.

Elle s'approcha de lui et lui assena un coup avec son avant-bras. Sa tête cogna sur le mur carrelé et il s'affala sur le sol, inconscient.

Le dernier cria :

— Tu es morte, salope. Je suis ceinture noire !

Il s'arrêta de grogner et eut un mouvement de recul en voyant Pine sortir son arme et la braquer sur lui.

Avec son autre main, elle sortit son insigne du FBI.

— Et j'ai ça, monsieur l'abruti.

— Oh, merde ! s'exclama-t-il. Les enfoirées !

— Sur le sol, à plat ventre, ordonna Pine. Tout de suite !

L'homme obtempéra en bafouillant :

— Hé, si vous aviez un putain de flingue, pourquoi ne l'avez-vous pas sorti tout de suite ? Pourquoi leur avoir refait le portrait ?

C'est Blum qui répondit :

— Parce qu'il n'y avait personne pour l'en empêcher et qu'elle en avait envie.

Pine sortit des colliers de serrage en plastique de la poche de sa veste et attacha leurs trois agresseurs ensemble, poings et pieds liés, dos à dos, pour qu'ils ne puissent pas bouger d'un millimètre. Elles purent enfin utiliser les toilettes et se rafraîchir. Avant de reprendre la route, Pine composa le 911, raconta au préposé au standard ce qui s'était passé, donna sa localisation et ajouta :

— Je ne peux pas rester pour porter plainte, mais mettez-les à l'ombre pensant quelques années pour les guérir de leur stupidité.

Pine se glissa derrière le volant de la Mustang.

— Vous avez été très impressionnante là-dedans, la complimenta Blum.

— Je n'avais pas vraiment le choix.

— Oui, bien sûr. Nos vies étaient en danger.

— Non. J'avais vraiment envie d'aller aux toilettes.

Un peu plus tard, Pine prit l'autoroute 81 en direction du nord et appuya sur le champignon.

Ce tronçon d'asphalte qui serpentait à travers les montagnes était surnommé l'Autoroute des routiers et elles durent doubler bon nombre de camions. Elles firent une halte pour acheter un repas à emporter à un restaurant ouvert 24 heures sur 24 un peu avant Roanoke, en Virginie. Au volant, Pine faisait un sort à un double cheeseburger en piochant allègrement dans la barquette de frites graisseuses coincée entre ses genoux. Blum mordillait dans le sien en croquant dans une frite de temps en temps.

— Vous n'aimez pas les burgers et les frites ? demanda Pine.

— Oh, si. Mais à mon âge, ils ne m'aiment plus autant qu'avant. Sur ce plan, ils ressemblent beaucoup aux hommes.

Quelques minutes plus tard, elle s'appuya contre son siège et s'endormit.

Quelques heures après, Pine s'engageait sur la Route 66 qui les conduirait jusqu'à Washington.

C'est à ce moment-là que Blum se réveilla. Elle s'étira et demanda :

— Où sommes-nous ?

— À environ deux heures de DC.

— Je ne suis jamais allée à DC.

— Vous, l'admiratrice inconditionnelle de M. Hoover ? Cela me surprend.

— Eh bien, il était déjà mort lorsque j'ai rejoint le Bureau, alors...

— Mais il y a le Hoover Building qui est en décrépitude, soit dit en passant.

— Vous n'y avez jamais travaillé. Vous étiez au WFO, ajouta-t-elle en utilisant l'abréviation couramment utilisée pour désigner le bureau régional de Washington.

Pine lui jeta un coup d'œil furtif.

— Vous avez fait des recherches sur moi ?

— Bien sûr. Vous vouliez une idiote comme secrétaire ?

— Je me suis très souvent rendue au Hoover. Ils cherchaient d'autres locaux mais le Congrès, semblait-il, refusait de leur allouer les fonds.

— Eh bien, il est temps que quelqu'un arrête de gaspiller l'argent du contribuable.

— Oui. Pour que le Pentagone puisse le dépenser pour s'offrir des toilettes à plus de 10 000 dollars.

— Où logerons-nous une fois arrivées ?

— J'ai un ami qui est déployé à l'étranger. Nous logerons chez lui dans le nord de la Virginie.

— Pour une solitaire, vous avez vraiment beaucoup d'amis.

— Je m'entends bien avec les gens, tant qu'ils savent garder une certaine distance.

Elles continuèrent en silence. Le trajet touchait à sa fin.

CHAPITRE 26

L'APPARTEMENT DE L'« AMI » se trouvait à Arlington, en Virginie, dans le quartier de Ballston. Kurt Ferris était enquêteur au Service d'enquêtes criminelles de l'Armée de terre. Il avait été récemment déployé à l'étranger pour six mois pour enquêter sur des crimes survenus dans d'autres pays dans lesquels des individus portant l'uniforme vert de l'Armée de terre étaient impliqués. Pine l'avait rencontré au cours d'une enquête conjointe sur un réseau de contrebande ayant des ramifications internationales qui opérait à partir de Fort Belvoir.

Ils avaient démantelé le réseau et avaient sympathisé, ce qui l'avait incitée à le contacter pour lui demander s'il connaissait un endroit où loger en Virginie. Il lui avait proposé son appartement puisqu'il ne l'utilisait pas. Pine lui avait dit qu'il s'agissait d'une mission d'infiltration dans le cadre d'une enquête pour le Bureau et il lui avait donné sa parole de ne pas toucher un mot de leur arrangement à quiconque.

L'appartement se trouvait à proximité du Ballston Mall. Le quartier avait été complètement rénové et était devenu un des quartiers résidentiels les plus prisés par les membres la génération Y diplômés et à l'aise financièrement venus travailler et jouer dans la région. Pine avait été surprise que Ferris puisse s'offrir un logement dans le quartier avec sa solde de militaire jusqu'à ce qu'elle se souvienne que ses parents avaient laissé à leur fils unique un héritage assez conséquent lorsqu'ils étaient décédés dans un accident de voiture.

Les appartements étaient récents. Toutes les portes s'ouvraient, non pas avec des clefs, mais avec des codes. Ferris avait fourni à Pine tous les codes nécessaires. C'était une bonne chose parce qu'elle ne voulait pas donner son nom ou montrer une carte d'identité au personnel du bâtiment.

Blum déposa son sac dans sa chambre, sans rien en sortir, au cas où elles doivent déguerpir en quatrième vitesse, comme Pine le lui avait conseillé.

Elle fit le tour du T4. Les plafonds étaient hauts et il y avait un petit balcon surplombant un parc rectangulaire. Le mobilier était raffiné et luxueux. La cuisine était bien approvisionnée et équipée d'appareils électroménagers Wolf et Sub-Zero.

Blum venait d'inspecter le garde-manger et les nombreux ustensiles de cuisine lorsque Pine sortit de sa chambre.

— Bel appartement. Votre ami est célibataire ?

— Oui.

Blum prit une photo posée sur une crédence sur laquelle on voyait un homme grand et séduisant dans son uniforme d'apparat bleu de l'Armée de terre avec deux personnes plus âgées.

— C'est lui ?

— Ouais, c'est Kurt avec sa mère et son père.

— Plutôt joli garçon et vraiment un très bon ami pour vous laisser habiter ici. Vous devez être proches.

Elle fixait Pine avec le regard de celle qui espère recevoir une confidence.

— Je ne suis pas très conversations de filles, répondit Pine.

— Moi non plus, vu qu'aucune de nous n'est une est fille.

Pine poussa un soupir.

— Je pense que Kurt a envie que nous soyons plus que des amis. Non, il veut que nous soyons plus que des amis. Mais je ne pense pas que ce serait une bonne idée.

— À cause de vos carrières. Il est stationné à l'est et vous à l'ouest ?

— En partie, oui.

— Quelle est l'autre partie ?

— Je ne l'ai peut-être pas encore cernée.

— Je vous comprends. Les hommes sont peut-être simples mais les relations ne le sont pas, du moins du point de vue de la femme.

— J'ai rencontré, enfin, j'ai... il y a ce ranger du parc.

— Vraiment, quel est son nom ?

— Pourquoi, vous connaissez beaucoup de rangers du parc ?

— En fait, oui.

— Sam Kettler.

— Connais pas.

— Il ne travaille au Canyon que depuis deux ans. Il était de garde à Phantom lorsque le type a disparu.

— C'est là que vous vous êtes rencontrés et que vous avez commencé à sortir ensemble ? Vous n'avez pas perdu de temps.

— Je n'appellerai pas ça sortir ensemble. Nous sommes allés manger une pizza et boire une bière un soir. Et il apporté des bières chez moi, la veille de notre départ. Nous les avons bues dans sa Jeep.

— Il doit vous plaire.

— Qu'est-ce qui vous permet de dire ça ?

— Vous venez de me dire que vous êtes descendue boire une bière avec lui dans sa Jeep juste avant de partir pour cette expédition. Vous aviez beaucoup de choses à l'esprit. Vous auriez pu très facilement décliner l'invitation. Mais vous ne l'avez pas fait. Déduction, somme toute, assez facile.

— Eh bien, disons qu'il me plaît.

— Gentil garçon ?

— Ouais.

— Vous en êtes restée où avec lui ?

— Nulle part, vraiment. Je pense qu'il aimerait me revoir.

— Et vous ?

Pine inspira profondément et se passa la main autour de la bouche.

— C'est compliqué.

— Et vous êtes peut-être plus compliquée que la plupart.

— Pourquoi dites-vous ça ? demanda Pine sèchement.

— Je sais ce qui s'est passé, agent Pine. Lorsque vous étiez enfant ?

— Cela n'a pas le moindre rapport.

— En êtes-vous sûre ? Ces événements auraient traumatisé n'importe qui.

— Je ne suis pas traumatisée. Je ne serais pas au FBI si je l'étais. J'aurais été recalée aux tests psychologiques.

Blum acquiesça.

— OK. Dans un souci de totale transparence, je sais aussi que vous vous êtes rendue à ADX Florence parce que vous espériez y trouver certaines informations.

Pine lui jeta un regard froid.

— Je n'en ai parlé à personne.

— Mais vous aviez besoin d'une autorisation spéciale pour vous y rendre en dehors des heures de visite. Cette demande a transité par les services administratifs du FBI. Je l'ai vue. Avez-vous trouvé ce que vous cherchiez ?

— Non, répondit Pine sur un ton qui indiquait sans équivoque que cette conversation était terminée.

Blum reposa la photo.

— Et maintenant ? demanda-t-elle.

— Je vais prendre une douche. J'ai encore des résidus de notre rencontre avec les trois pervers dans les toilettes des dames sur moi. Je vous suggère d'en faire autant.

Pine se dévêtit dans la chambre et observa son reflet dans le miroir vertical accroché au mur.

Elle regarda d'abord les cicatrices contractées dans l'exercice de ses fonctions au FBI. La blessure par balle à l'arrière de son mollet que Kettler avait remarquée. Une arrestation qui avait mal tourné. Elle avait eu de la chance d'en réchapper. La plaie était petite et vilaine. Comme elle l'avait expliqué à Kettler, la balle n'était pas ressortie. C'était le scalpel d'un chirurgien qui l'avait extraite. Heureusement parce qu'en ressortant, elle aurait pu sectionner une artère. Aujourd'hui, elle ressemblait à un petit grain de beauté boursouflé.

L'estafilade sur son triceps gauche était due à un couteau et à une erreur d'un agent avec qui elle travaillait pendant qu'ils maîtrisaient un suspect. Heureusement, elle avait pu rétablir la situation et le neutraliser, leur évitant par là même, à elle et à son coéquipier, une issue fatale.

La cicatrice ressemblait à un mille-pattes.

Elle se retourna et regarda le bas de son dos. Celle-ci n'était pas due à son travail au Bureau. Elle était due à ses séances dans la salle de sport. Les opérations dans la région lombaire étaient plutôt monnaie courante chez les haltérophiles de niveau olympique.

Ses yeux refusèrent de regarder les tatouages sur ses deltoïdes : Gémeaux et Mercure.

Mais elle leva les bras pour lire les mots « No Mercy ».

Non, pas les mots. Le nom.

Elle prit une douche, laissant l'eau chaude et le savon faire disparaître les restes de leur rencontre pendant leur pause toilette. Elle se sécha avec une serviette, enfila des vêtements propres et coiffa ses cheveux avec les doigts.

Elle entra dans la cuisine dans laquelle Blum faisait sauter des légumes sur la table de cuisson.

— Qu'est-ce que vous faites ?

— Nous avons toutes les deux besoin d'un repas fait maison. Et votre ami a laissé un réfrigérateur bien garni. Je suppose que nous pouvons nous servir ?

— C'est ce qu'il a dit. Je lui laisserai un chèque pour les aliments que nous aurons consommés. Donc, vous cuisinez ?

— J'avais six enfants à nourrir. Qu'est-ce que vous croyez ? Bien qu'en réalité, lorsqu'ils étaient petits, c'était plus plats préparés et macaronis au fromage. Avec six enfants, je n'avais pas le temps de passer des heures à préparer un repas. Sans compter que j'avais également un travail. Est-ce que votre mère cuisinait ?

Pine ne répondit pas à la question. Elle s'assit à la table de la cuisine et sortit son ordinateur portable.

— Déjà le nez sur l'ordinateur ? demanda Blum en poivrant les légumes. Nous venons de traverser le pays en voiture. Vous pouvez faire une pause pendant une heure.

Pine saisit quelques informations et attendit que les résultats de la recherche s'affichent.

— Le petit somme que j'ai piqué pendant que vous conduisiez m'a revigorée. Cela faisait des années que je n'avais pas aussi bien dormi, dit-elle.

— C'est une très belle voiture. Mon ex en avait une dans le même genre. Loin d'être aussi jolie. Il ne connaissait rien aux voitures, malheureusement. Elle a fini à la casse.

— Celui à qui elle appartenait était très spécial. Il m'a beaucoup aidée à mes débuts au Bureau. Je serais loin d'être aussi extravertie sans lui.

Pine ponctua sa déclaration d'un très bref sourire, comme si elle essayait de confirmer les soupçons que nourrissaient la plupart des gens qui la connaissaient.

— Alléluia pour les amis, dit Blum.

— Que préparez-vous ? demanda Pine.

— Escalopes de poulet à la milanaise. Je les réussis très bien, en toute modestie. Et des petits pains ciabatta que je réchaufferai au four. Vous voulez préparer une salade ? Les crudités sont dans le réfrigérateur. N'utilisez pas la roquette, c'est pour le poulet.

Pine se leva, se lava les mains et les sécha avec un torchon à vaisselle. Elle attrapa un grand saladier dans un des placards et ouvrit le réfrigérateur pour y prendre les ingrédients nécessaires.

— Je dois dire que je ne nous aurais jamais imaginées en train de préparer un repas ensemble sur la côte Est, ou ailleurs, en fait, dit Blum,

— La vie est pleine de surprises, dit Pine en tranchant successivement une tomate et un concombre sur une planche à découper qu'elle avait prise dans un tiroir.

Blum coupa les escalopes de blanc de poulet, les nappa de yaourt grec et les recouvrit d'une chapelure faite de miettes de pain, d'origan, de basilic et de thym. Elle versa de l'huile d'olive extra-vierge dans une poêle et fit cuire les escalopes trois minutes de chaque côté.

Après avoir préparé la salade, Pine dressa la table et déposa le saladier sur la table.

Blum pressa une rondelle de citron sur les escalopes de poulet cuites et les déposa sur des assiettes au milieu des feuilles de roquette. Elle sortit les petits pains du four et les plaça dans un panier qu'elle avait tapissé d'une serviette de table en tissu.

— Je vois que votre ami a un cellier, dit-elle en montrant du doigt l'appareil électroménager sous le plan de travail de la cuisine. Je préfère le vin rouge mais un chardonnay ou même un pinot gris se mariera très bien avec le poulet. Vous voulez vous en charger pendant que j'apporte les assiettes et le pain ?

Une minute plus tard, Pine la rejoignit avec une bouteille débouchée de pinot et un verre à vin dans une main et une bouteille de bière belge Fat Tire dans l'autre.

— Je préfère ce blanc, dit Pine, en montrant la bière.

Elle versa le vin dans le verre et le posa en face de Blum avant de s'asseoir.

Blum souleva son verre et trinqua avec la bouteille de bière de Pine.

Elles mangèrent en silence jusqu'à ce que Pine dise :

— C'est vraiment bon.

— Je peux vous apprendre à les faire.

Pine attendit un peu avant de répondre :

— J'aimerais bien. Je ne suis pas une très bonne cuisinière.

— Le secret c'est la simplicité. Et des ingrédients frais.

— C'est noté. Donc, euh, vous pourrez peut-être m'apprendre quelques plats.

Elle détourna le regard et avala une petite gorgée de bière.

Blum regarda Pine attentivement.

— Pour Sam Kettler ?

— Que voulez-vous dire ?

— Oh, s'il vous plaît, agent Pine. J'ai passé l'âge pour qu'on me raconte des histoires.

Pine sourit.

— OK, oui il me plaît. Nous avons l'air de bien nous entendre.

— Eh bien, Dieu merci, il n'y a pas de loi contre ça. Vous dites que vous lui plaisez et d'après ce que vous m'avez dit, je suis du même avis. Et même si vous pensez que c'est compliqué, je pense que vous devriez le revoir quand nous rentrerons en Arizona.

— Si nous rentrons, dit Pine, retrouvant tout son sérieux.

— Au temps pour moi. Quelle est la prochaine étape ?

Pine posa sa fourchette et son couteau pour prendre sa bière.

— Son frère m'a donné l'adresse de Priest à Old Town Alexandria. Je m'attends à ce qu'elle soit sous surveillance. Nous allons donc chercher les observateurs et en profiter pour faire une petite reconnaissance en même temps.

— OK.

— Et il y a la famille de Ed Priest. Je dois entrer en contact avec eux sans que personne ne le sache.

— Sont-ils toujours sous protection rapprochée ?

— Je l'ignore. Je n'avais pas pu les faire transférer dans une véritable résidence sécurisée mais plusieurs agents du FBI avaient été dépêchés à leur domicile pour veiller sur eux. Ils ont peut-être été rappelés après l'appel du directeur adjoint à Dobbs.

— Et il y aussi les hommes dans l'hélicoptère qui ont enlevé les frères Priest. Une idée de qui il pourrait s'agir ?

— Je peux me livrer à certaines déductions.

Blum avala une gorgée de son vin et regarda, avec un air songeur, sa supérieure hiérarchique assise de l'autre côté de la table.

— Lesquelles ? Et, surtout, sur quoi reposent-elles ?

— J'ai reconnu le modèle de l'hélico.
— Qui était ?
— Un UH-72A Lakota. J'ai déjà volé dessus.
— Qui l'utilise ?
— Pour l'essentiel, l'Armée de terre des États-Unis.

CHAPITRE

27

KURT FERRIS avait également laissé sa Kia Soul qui n'avait que deux ans à la disposition de Pine. Elle savait que lorsqu'il était stationné dans les étendues sauvages de Fort Hood, au Texas, son affectation avant de venir à DC, il avait un pick-up Dodge Ram à suspension rehaussée avec des roues jumelées à l'arrière. Mais il avait dû très vite se rendre à l'évidence que le Ram, par sa taille, n'était pas adapté pour évoluer dans le trafic dense ou se garer dans les parkings limités en place de Ballston. Il l'avait donc remplacé par la Kia. Pine savait que cela n'avait pas été de gaieté de cœur parce qu'il le lui avait dit. Il se sentait, selon ses dires, comme un avorton monté sur roues.

Elle s'était garée le long du trottoir à environ cinq blocs de la maison de ville du dix-neuvième siècle de Ben Priest sur Lee Street à Old Town, à Alexandria, Virginie. Un quartier historique huppé, au bord du Potomac.

Elle avait fait une recherche sur Google sur le prix de l'immobilier dans le quartier et avait estimé que la maison de Priest valait plus de deux millions.

Elle se demanda quel métier il avait exercé pour pouvoir s'offrir ce genre de résidence.

Laisser un homme prendre sa place pendant une descente à dos de mulet jusqu'au fond du Grand Canyon pour ensuite disparaître ? Priest avait parlé de « blanchiment » d'individus mais elle ne l'avait pas cru. Mais elle devrait peut-être y réfléchir un peu plus.

Priest lui avait dit qu'il avait travaillé pour les services de renseignement américains avant de monter sa propre entreprise. Si Pine avait pu utiliser les ressources que le Bureau met à la disposition de ses agents, elle aurait peut-être pu creuser un peu plus dans son passé et peut-être trouver pour quelle agence il avait travaillé et quel type de travail il avait effectué en son sein. Mais Pine faisait quelque chose qu'elle n'était pas censée faire. Ces ressources officielles n'étaient donc pas disponibles.

Elle observait la maison depuis un petit moment. Suffisamment pour la convaincre que personne d'autre ne surveillait la maison de Priest.

Cela offrait une ouverture à Pine.

Elle avait vu la femme sortir de chez elle un peu plus tôt. Elle habitait dans la maison voisine de celle de Priest. En fait, les maisons étaient mitoyennes. Pine avait observé l'arrière des maisons. Les arrière-cours n'étaient séparées que par une barrière basse. Cela laissait soupçonner quelques discussions entre voisins.

La femme devait avoir plus de soixante ans avec des cheveux blancs clairsemés coiffés d'une façon qui indiquait qu'elle avait de l'argent et qu'elle prenait soin de son apparence. Comme le montraient également ses habits, ses chaussures et ses lunettes de soleil design. Bronzée et en bonne forme physique, elle avait le maintien de quelqu'un qui avait eu le plaisir de donner des ordres plutôt que d'y obéir. Cela avait été confirmé par la présence d'une autre femme que Pine avait supposée être une domestique ou une gouvernante sans uniforme à qui elle avait tendu un enchevêtrement de sacs sortis du cabriolet Jaguar bordeaux dernier cri garé devant sa maison. La domestique les avait transportés à l'intérieur.

Depuis son poste d'observation, grâce à ses jumelles, Pine avait lu les noms sur les sacs des courses : Gucci, Dior, Louis Vuitton et Hermès. Le panthéon de la haute couture.

Pine n'avait jamais possédé un seul article de ces marques.

Elle préférait les vêtements de sport. Mais même si elle l'avait voulu, elle doutait qu'elle puisse s'offrir le moindre de leurs produits. Elle doutait qu'elle puise s'offrir les sacs dans lesquels ces produits étaient emballés. Sans compter que ses mensurations ne correspondaient pas aux standards de la haute couture. Elle avait du volume là où les normes sociétales disaient aux femmes de ne pas en avoir et elle en manquait là où les femmes étaient supposées en avoir.

La femme repartit à pied, évoluant prudemment avec ses talons aiguille, sur les pavés en terre cuite posés anarchiquement, tout en consultant son téléphone, Pine sortit de la Kia et descendit la rue à sa rencontre. Elle calcula son allure de façon qu'elles se croisent à la rue suivante.

— Excusez-moi, madame ? dit Pine.

La femme, tirée de sa bulle numérique, toisa Pine, son jean, son coupe-vent et ses bottes d'un air méfiant.

— Je n'ai pas besoin de ce que vous vendez, dit-elle immédiatement, d'une voix grave et raffinée.

— Je ne vends rien.

— Et je n'ai pas de liquide si vous faites la manche. Au revoir.

La femme poursuivit son chemin. Pine la suivit.

La femme s'arrêta et lui montra son téléphone avec sa coque de protection dorée.

— Je vais appeler la police si vous continuez à m'importuner.

— Je suis la police, dit Pine, en lui montrant son insigne du FBI.

La femme baissa lentement son téléphone.

— Vous êtes du FBI ? Incroyable.

— Et pourtant si.

La femme promena son regard sévère sur Pine et dit :

— Vous n'en avez pas l'air.

— C'est un peu l'idée lorsque vous êtes en planque.

— Vous surveillez quelqu'un ?

La femme sembla horrifiée et glapit :

— Qu'est-ce que Jeffery a fait ?

— Jeffery ?

— Mon mari. Il est gestionnaire de fonds. Ils sont toujours en train de faire des trucs illégaux. C'est mon second mari, ajouta-t-elle comme si cela l'exonérait de toute responsabilité associée qu'elle pourrait avoir.

Sa main s'agitait devant sa poitrine.

— Dieu merci, nos actifs sont distincts. Le sale petit cafard.

— Je ne suis pas là pour Jeffery. Je suis là pour votre voisin.

— Mon voisin ? Lequel ?

— Ben Priest.

La femme regarda Pine sous un nouveau jour et la regarda d'un air entendu.

— C'est un homme intéressant, celui-là.

— Puis-je connaître votre nom ?

— Melanie Renfro.

— Cela fait-il longtemps que vous habitez ici ?

— Oui. Vingt ans. Jeffery a emménagé avec moi après notre mariage. Il habitait à DC. Sur la colline du Capitole. Même si vous me payiez, je refuserais de vivre là-bas. Les impôts sont deux fois plus élevés qu'en Virginie. Il n'avait pas le choix, soit il emménageait ici, soit il n'y avait pas de mariage.

— Vous voulez prendre un café ?

— J'allais justement en prendre un.

Pine accompagna Renfro dans un coffee shop sur King Street, la principale avenue qui coupait Old Town en deux et débouchait sur le Potomac. Elles commandèrent leurs cafés et ressortirent pour s'asseoir en terrasse. Elles étaient les seules clientes bien qu'il y ait du passage devant l'établissement. Essentiellement des mamans avec des poussettes et quelques hommes et femmes portant costumes et attachés-cases.

Renfro avala une gorgée de son café et s'essuya les lèvres avec une serviette en papier.

— Qu'est-ce que Ben a fait ?

— Vous avez dit que c'était un homme intéressant ?

Renfro acquiesça et regarda autour d'elles comme si elles étaient dans un film et qu'elle vérifiait que personne ne les écoutait. Lorsqu'elle remarqua que Pine avait surpris son manège, elle sourit et lui dit :

— C'est tellement excitant. Le moment le plus excitant de ma journée aujourd'hui était supposé être une coloration capillaire et une épilation. C'est tellement plus passionnant. Et beaucoup moins douloureux qu'une épilation.

— Ravie de vous procurer ce petit frisson. Donc, Priest ?

— Oui. Il a emménagé il y a environ, oh, sept ans. J'étais encore mariée avec Parker, mon premier mari. Il est mort d'une crise cardiaque il y a quatre ans. J'ai épousé Jeffery deux ans plus tard. Certaines de mes amies trouvaient que c'était trop tôt. Mais à mon âge, hé, vous ne savez pas combien de temps il vous reste. Il faut brûler la chandelle jusqu'au bout, j'ai pas raison ?

— En effet. Donc vous connaissez Priest ?

— Oh, oui. Je l'ai souvent invité à des dîners, des cocktails, des barbecues, ce genre de choses. J'ai un excellent traiteur si un jour vous cherchez quelqu'un.

— Que vous a-t-il dit de lui ?

— Oh, qu'il avait été partout, qu'il avait tout fait. Il pouvait disserter avec éloquence sur un grand nombre de sujets. Il parlait plusieurs langues. Et il était grand et très beau. Je l'invitais parce que je savais que les autres invités le trouveraient fascinant et pour permettre à quelques-unes de mes amies de se rincer l'œil. Il flirtait avec elles, rien de sérieux, mais elles adoraient ça. Il paraissait savoir parfaitement se comporter en société et séduire un auditoire.

— Est-ce qu'il vous a dit ce qu'il faisait dans la vie ?

— Il m'a dit qu'il avait enseigné en Angleterre, Cambridge ou Oxford, je ne sais plus, une des deux. Et qu'il avait fait quelques bons placements financiers et parcouru le monde. Je pensais qu'il bénéficiait d'une indépendance financière. Il avait un rythme de travail complètement atypique. Il s'absentait pendant de longues périodes et, un jour, je voyais un taxi le déposer à deux heures du matin.

— Il n'a jamais dit qu'il travaillait pour le gouvernement ?

— Écoutez, si vous êtes du FBI, je ne demande qu'à vous aider. Mais je ne vous connais ni d'Ève ni d'Adam. Et de nos jours il est très facile de se procurer des faux insignes et des faux papiers que l'on jurerait authentiques.

— Je comprends tout à fait. Je cherche Ben Priest parce qu'il a disparu lorsqu'il se trouvait en Arizona. C'est là que je suis stationnée.

— Oh, mon Dieu. Avez-vous une idée de ce qui lui est arrivé ?

Pine souleva ses cheveux pour montrer la blessure reçue lorsque l'Explorer avait percuté l'arbre.

— J'étais avec lui lorsqu'il a été enlevé. J'ai bien failli être tuée. Voyez-vous, je n'aime pas que l'on enlève des gens et j'aime encore moins que l'on essaie de me tuer.

Le visage de Renfro devint blême.

— Oh, mon Dieu, ma pauvre.

— Et donc, toute l'aide que vous pourrez m'apporter me sera d'une très grande utilité.

— Absolument. Quant à Ben, eh bien, il m'est arrivé de me dire, est-ce qu'il ne serait pas une sorte d'espion ? Il est manifestement brillant et il parle toutes ces langues. Et il ressemble un peu à James Bond, n'est-ce pas ? Je l'ai vu en smoking. Mon Dieu, si j'avais vingt ans de moins, j'aurais peut-être tenté ma chance. Allez, dix ans de moins. Jeffery est brillant et il gagne une tonne d'argent mais il est le portrait craché de Don Rickles.

— Vous a-t-il déjà invitée chez lui ?

Renfro parut perplexe.

— Maintenant que vous le dites, non. Attendez, je retire ça. Nous avons bu un verre plusieurs fois dans son arrière-cour.

— Mais jamais à l'intérieur de la maison ?

— Non. Je pense n'y avoir jamais accordé de l'importance. Après tout, c'était un homme. Et j'ai toujours aimé organiser des réceptions chez moi. Et peut-être que sa maison était en désordre. Il était célibataire, après tout.

— Elle marqua une pause.

— Il l'était, n'est-ce pas ? Je n'ai jamais vu de femme chez lui. Attendez, est-ce qu'il est gay ? Voilà qui déprimerait vraiment quatre de mes amies. Et moi aussi, très franchement.

— Pas à notre connaissance. Aurait-il dit un jour quelque chose qui vous a paru bizarre ?

Renfro but son café et réfléchit longuement à cette question.

— Bizarre comment ?

— Le sens traditionnel du terme. Quelque chose qui vous aurait paru hors de propos.

— Eh bien, il y a eu quelque chose. J'organisais une réception en extérieur. Il n'y a pas très longtemps.

— Que s'est-il passé ?

— Eh bien, Ben était charmant, comme d'habitude. Il régalait les invités avec le récit d'un voyage à l'étranger.

— Vous vous rappelez où ?

— Pas exactement. Laissez-moi réfléchir. Il a dit quelque chose à propos d'une frontière traversée par mégarde et qu'il avait eu de la chance de s'en sortir indemne.

— Continuez.

— Ça y est, je me souviens. Il a dit que c'était un des Stan. Je ne voyais pas trop de quoi il parlait. Stan qui ?

— Un des Stan. Ouzbékistan, Kazakhstan. D'anciens bouts de l'Union soviétique. En Asie centrale.

— Oh, je comprends maintenant ! Hé, pour ma défense, je suis allée à la fac pour trouver un mari. Eh bien, il a dit que la mode était vraiment imprévisible et que vous ne savez jamais ce qui va arriver. Je lui ai demandé s'il parlait de quelque chose en particulier.

— Qu'a-t-il répondu ?

— Il a dit que je devrais attendre et voir.

— Comment l'avez-vous interprété ?

— Eh bien, il a ri et il a fini son verre de vin. Puis il m'a légèrement pincé le bras et m'a dit de ne pas l'écouter. Qu'il plaisantait. Qu'il avait trop bu. Mais voyez-vous, la réception commençait à peine. Ce n'était que son deuxième verre.

— L'aviez-vous déjà vu faire ce genre de chose auparavant ?

— Non, pas vraiment. Enfin pas comme ça. Il semblait, comment dire, anxieux. Je me souviens de l'avoir surpris le regard dans le vide. Il n'avait jamais eu ce genre de comportement pendant mes réceptions. Il était toujours le centre d'intérêt, toujours à divertir les invités. C'était bizarre.

Pine sortit son téléphone et lui montra le portrait-robot numérique réalisé par Jennifer Yazzie.

— Avez-vous déjà vu cet homme dans le quartier ? En compagnie de Priest ?

Renfro regarda attentivement la photographie.

— Vous savez, il me dit quelque chose.

— Ah oui ?

Renfro se recula sur sa chaise et laissa le soleil inonder son visage.

— Je ne dors pas très bien. Je n'ai jamais bien dormi. Ma mère était insomniaque et je suis persuadée que j'ai hérité ça d'elle.

Elle se pencha en avant et enroula les mains autour de son café.

— Il était, oh, peut-être une heure du matin. J'étais en haut. Je remontais de la cuisine avec une tasse de thé. Je regardais par la fenêtre qui donne sur la rue. La lune était levée. On y voyait vraiment comme en plein jour. J'ai vu une voiture descendre la rue et s'arrêter devant chez Ben.

— Quel type de voiture ? Un taxi ?

— Non. Une voiture normale. Mais de nos jours, c'était peut-être un Uber ou quelque chose dans le même genre. Quoi qu'il en soit, un homme est descendu. Il a fait le tour de la voiture jusqu'à l'arrière du véhicule. Le chauffeur a ouvert le coffre. Il a sorti son sac. Et, là, il a, par réflexe, levé les yeux et j'ai pu bien le voir.

Elle toucha le téléphone de Pine.

— Et il ressemblait beaucoup à ce type.

— Est-il entré chez Priest ?

— La porte s'est ouverte. Il y avait quelqu'un. L'homme est entré et la porte s'est refermée.

— Vous pensez qu'il s'agissait de Priest ?

— Je n'ai pas pu voir qui avait ouvert la porte. Mais qui d'autre cela aurait-il pu être ?

— Avez-vous revu cet homme ?

— Non.

— Vous vous souvenez de la date ?

— Je peux vous donner la date exacte parce que Jeffery était en voyage d'affaires. C'était il y a dix jours.

La femme leva les yeux sur Pine qui avait le regard dans le vide.

— Est-ce que cela vous aide ? demanda Renfro.

— Ouais.

— Si c'est un espion, peut-être, je ne sais pas, qu'il est détenu par nos ennemis, dit-elle d'une voix haletante.

Ou c'est peut-être nous qui le détenons, pensa Pine.

CHAPITRE 28

CAROL BLUM RÉGLA le rétroviseur de la Mustang de Pine afin d'avoir une meilleure vue.

Il lui semblait que Ed Priest avait plutôt bien réussi dans la vie. Il vivait avec sa famille dans un quartier huppé de Bethesda, dans le Maryland. Ils habitaient une maison en briques blanches de deux étages avec un garage pouvant accueillir trois voitures. L'extérieur était bien entretenu, que des fleurs qui ont besoin d'eau et des grands pans de pelouse, deux ornements que Blum n'avait pas vraiment l'habitude de voir.

Et toute cette paille ! Elle en avait des frissons.

Elle se contracta un peu lorsque la voiture sortit du garage et descendit la rue.

Mary Priest était au volant et il y avait deux jeunes garçons sur la banquette arrière.

Lorsque le Lexus SUV passa à sa hauteur, Blum parvint à entrevoir le profil de Priest à travers la vitre ouverte de la voiture.

Elle avait le visage pâle, les traits tirés, les joues rougies.

La femme avait manifestement traversé et connaissait probablement encore des moments difficiles, même s'il semblait que la protection rapprochée demandée par Pine pour Mary Priest et ses fils avait été supprimée.

Blum suivit Priest. Les deux voitures descendaient une des principales artères conduisant au centre-ville de Bethesda. Les enfants étaient manifestement en âge d'être scolarisés mais il semblait qu'au vu des événements récents, Mary avait préféré les dispenser d'école et les garder à la maison.

Elle la suivit à une distance raisonnable. Il n'y avait pas beaucoup de trafic et la Mustang passait difficilement inaperçue.

Le Lexus s'arrêta devant un bâtiment sur une rue transversale à Bethesda. L'inscription en façade indiquait qu'il s'agissait d'un de ces centres d'éducation dans lesquels les parents envoyaient leur progéniture se perfectionner en maths, en anglais et dans d'autres matières. Priest descendit et conduisit ses fils dans le bâtiment pendant que Blum trouvait une place libre le long de la rue.

Cinq minutes plus tard, Priest ressortit mais elle ne remonta pas dans sa voiture. Elle descendit la rue. Blum sortit de sa voiture et la suivit.

Il était presque midi et Blum se demandait si elle allait faire du shopping en attendant ses enfants. Priest entra dans un bâtiment.

Blum s'empressa de la suivre.

C'était un cinéma.

Priest acheta un billet et Blum en acheta un pour le même film.

Elle suivit Priest dans le hall puis dans la salle.

Elle était vide.

Priest s'assit au milieu tandis que Blum prenait le même fauteuil plusieurs rangs derrière.

Elle s'installa et attendit. Elle pensa d'abord que Priest attendait quelqu'un. Mais cette dernière ne consultait pas son téléphone ni sa montre et elle ne regardait pas vers l'entrée. Elle gardait les yeux baissés, rivés sur ses mains.

Pendant les bandes-annonces, Blum prit une initiative.

Elle quitta sa place, avança jusqu'à la rangée de Priest et s'assit en laissant un siège libre entre elle et la femme qu'elle surveillait.

Priest ne leva même pas les yeux. Elle semblait perdue dans ses pensées.

Cela offrit une chance à Blum d'étudier la femme. Elle ne devait pas avoir plus de quarante ans, petite avec des cheveux blond foncé qui tombaient sur ses épaules. Bien habillée et en bonne forme physique, elle portait un pantalon crème, des chaussures plates et un chemisier bleu clair à manches courtes qui laissait apparaître des bras galbés et bronzés. Elle avait posé son sac à main Kate Spade sur le siège à côté d'elle.

Elle se tapotait les yeux avec la main. Les larmes coulèrent plus abondamment et elle se prit la tête dans les mains.

Blum ouvrit son sac, sortit un paquet de mouchoirs en papier et le lui tendit.

En les voyant, Priest sursauta et leva les yeux vers Blum. Mais en découvrant que la main appartenait à une femme plus âgée qu'elle, elle se détendit immédiatement, afficha un bref sourire et la remercia. Elle prit quelques mouchoirs et lui rendit le paquet. Elle s'essuya les yeux et se moucha.

— Je... Je crois que ce sont les allergies, dit Priest sans croiser le regard de Blum.

— Je crois que c'est peut-être juste la vie, dit Blum. Je me suis assise plus souvent qu'à mon tour dans des cinémas avec des problèmes d'« allergies ».

Priest laissa échapper un petit rire et paraissait gênée.

— Ce n'est même pas un film que j'avais envie de voir. Je l'ai juste choisi parce que la séance commençait maintenant.

— J'ai fait la même chose, dit Blum. J'avais juste besoin de sortir.

— Je m'appelle Mary.

— Carol, dit Blum.

Elles se serrèrent la main.

— C'est bientôt l'heure du déjeuner, si vous préférez. À mon âge, les repas sont des moments que j'attends avec impatience. Et vous avez l'air d'avoir besoin de manger quelque chose.

— Je suis incapable de me souvenir de quand j'ai avalé quelque chose pour la dernière fois. Est-ce que vous... habitez dans les environs ?

— Non, je suis de passage. J'ai des amis dans la région mais ils travaillent aujourd'hui. Connaissez-vous un bon restaurant ?

— Oui.

— On y va ?

Priest rit.

— J'ai du temps à tuer alors pourquoi pas ?

Elles sortirent et Priest conduisit Blum dans une autre rue.

— C'est une ambiance brasserie parisienne. La cuisine est bonne, peut-être un peu trop riche et j'ai vraiment besoin d'un verre de vin.

Blum approuva d'un geste de la tête.

— Cela me paraît très bien. Il y a longtemps que j'ai arrêté de compter les calories et de restreindre ma consommation d'alcool.

— Cela me fait rêver. Je suis vraiment impatiente de pouvoir faire de même, dit Priest d'un air triste et rêveur.

L'hôtesse les conduisit à une table au fond.

Elles prirent place et pendant qu'elles consultaient le menu, Blum dit :

— Je sais que cela fait un peu cliché mais je suis très douée pour écouter. J'ai six enfants et je suis divorcée, et non, ce n'était pas un divorce à l'amiable. J'ai beaucoup de petits-enfants, dont quelques-uns que je n'ai pas encore vus. J'ai beaucoup voyagé et j'ai été confrontée à presque toutes les situations. Si vous avez envie de parler, je peux être d'excellent conseil.

Priest sourit et se frotta les yeux.

— Mon Dieu, j'ai l'impression que vous êtes tombée du ciel pile au moment où j'avais besoin de vous.

— Le hasard fait parfois bien les choses.

Elles commandèrent deux verres de merlot. Elles burent chacune une gorgée et Priest déballa tout ce qu'elle avait sur le cœur.

— Cela va vous paraître insensé, même à quelqu'un comme vous.

— Ne vous inquiétez pas pour ça.

— C'est mon mari.

— Cela ne me semble pas du tout insensé.

— Non, non, vous ne comprenez pas. Il ne me trompe pas, il n'a rien fait de mal. Ed est un homme bien.

— Quel est le problème alors, Mary ?

Priest secoua la tête.

— Vous n'allez pas me croire.

— Je vous promets que oui.

— Mon mari. Eh bien, cela a commencé avec son frère.

— Qu'est-ce qui a commencé ?

— Son frère est impliqué dans quelque chose, j'ignore de quoi il s'agit. Et maintenant, nous nous retrouvons embringués dans cette histoire.

— Dans quelque chose ? Quelque chose de criminel ?

— C'est bien ça le problème, je l'ignore. Tout ce que je peux vous dire, c'est que mon mari est soudain parti pour l'aéroport sans me dire où il allait. Il ne fait jamais rien à l'improviste. Il est routinier au possible. Il est expert-comptable, bonté divine.

— Est-il rentré ?

— Non, et voilà l'autre chose. Ce putain de FBI a débarqué chez nous en nous annonçant qu'ils étaient là pour nous protéger.

— Dieu du ciel ! Et vous pensez que cela a un lien avec votre beau-frère ?

— C'est obligé. Franchement, ce genre de choses ne nous est jamais arrivé.

— Avez-vous parlé à votre mari ?

— Pas depuis son départ. Je suis terrifiée. Je ne sais pas s'il va bien.

— Mais vous n'êtes plus sous protection ? Puisque vous avez pu sortir sans être entourée de gardes du corps armés.

— C'est l'autre chose étrange. Ils se sont soudain levés et ils sont partis. Ils nous ont dit que tout allait bien. Fausse alarme.

— Qu'avez-vous fait ?

— J'ai fait ce que toute épouse aurait fait. J'ai pété une durite, pardonnez-moi l'expression.

— Il n'y a rien à pardonner. J'aurais fait la même chose dans votre situation.

— J'ai hurlé à ces hommes : « Où est mon mari ? Que se passe-t-il ? Que faites-vous ici ? »

— Et que vous ont-ils dit ?

— Absolument rien. Ils sont juste partis. J'ai pris mon téléphone et j'ai commencé à appeler tous les amis et toutes les relations professionnelles d'Ed. Mais aucun d'eux n'était au courant de rien.

— Et son frère ?

— Je l'ai appelé lui aussi mais il ne m'a pas répondu. J'ai laissé un tas de messages. Rien. Ce connard. On ne le voit presque jamais, vraiment. Et maintenant ça !

— Mais vous n'êtes pas sûre qu'il soit impliqué dans tout ceci.

— Alors pourquoi ne m'a-t-il pas rappelée ?

— Est-ce qu'il habite dans le coin ?

— À Old Town. Old Town Alexandria. C'est dans le nord de la Virginie, juste de l'autre côté du fleuve.

— Êtes-vous allée le voir ?

— J'ai sauté dans ma voiture et j'y suis allée le jour où le FBI est parti. J'ai frappé et j'ai frappé. Aucune réponse.

— Je suppose que vous n'avez pas de clef ? Vous auriez pu entrer pour voir s'il allait bien. Il est peut-être blessé ou je ne sais quoi.

Mary farfouilla dans son sac et en sortit une clef.

— J'en ai une. Ed l'a depuis longtemps. Son frère a probablement oublié qu'il nous l'avait donnée. C'était pour qu'Ed aille jeter un œil sur sa maison pour voir si tout allait bien lorsqu'il s'absentait pendant une longue période.

— Êtes-vous entrée ?

— J'ai eu peur. D'ailleurs, il y a un système d'alarme et je ne connais pas le code. Il n'y a qu'Ed qui le connaît. Et nous n'y allons jamais.

— C'est une histoire extraordinaire. J'aimerais pouvoir vous donner un conseil mais je ne m'attendais vraiment pas à quelque chose comme ça. Je supposais qu'il s'agissait d'un problème d'ordre familial ou professionnel ou peut-être même un parent éloigné.

— Je sais mais cela m'a fait du bien d'en parler à quelqu'un. J'avais l'impression de devenir folle. Vraiment. Et vous arrivez comme un ange.

Blum éprouva un sentiment de culpabilité envers la femme assise en face d'elle mais elle n'avait pas de comptes à lui rendre. Il y avait des enjeux beaucoup plus importants.

— Je suis juste heureuse que nos chemins se soient croisés, dit Blum dans un accès de sincérité.

Elles passèrent leur commande et discutèrent en mangeant.

— Je pense que vous devriez continuer d'essayer de joindre votre mari mais ne retournez pas chez votre beau-frère. Si le FBI est sur l'affaire, il y a peut-être du danger. Vous devez penser à votre sécurité et à celle de vos enfants. Pour l'instant, la meilleure option est de ne rien faire. Si votre beau-frère est impliqué dans quelque chose de criminel, vous ne voulez surtout pas vous retrouver au milieu, lui dit Blum.

— Mais est-ce que je dois déclarer la disparition d'Ed ? Parce qu'il a disparu. Mon Dieu, je n'en crois pas mes oreilles. Mon pauvre mari.

Blum la regarda avec un air songeur.

— Attendez un jour. Ensuite, vous devrez envisager sérieusement de le faire. Je suis vraiment désolée qu'il vous arrive tout cela. Vous me faites l'effet d'être quelqu'un de bien et de bienveillant. Et, manifestement, vous n'êtes pour rien dans toute cette histoire.

Le visage de Priest se décomposa et des larmes coulèrent sur ses joues.

— Je sais. Franchement, la vie est déjà suffisamment compliquée sans cette histoire. J'ai deux fils à élever. Ed gagne très bien sa vie mais cela l'oblige à faire des horaires de dingue. La plupart du temps, je me retrouve toute seule avec les enfants. Jusqu'à présent, c'était parfait. Mais là, franchement, je n'ai pas la moindre idée de l'endroit où Ed peut être.

Elles se mirent à parler de leurs familles respectives. Une fois le repas terminé, Blum lui suggéra :

— Pourquoi n'allez-vous pas aux toilettes pour vous rafraîchir ? Votre maquillage ne coule pas. Vous n'avez pas à vous inquiéter de ce côté mais vos yeux sont méchamment gonflés et rougis. Tenez.

Elle sortit un flacon de gouttes ophtalmiques de son sac et le tendit à Priest.

— Je surveille vos affaires. Et j'insiste pour vous offrir le déjeuner.

— Oh, non, vous n'avez vraiment pas à le faire.

— C'est le moins que je puisse faire après tout ce que vous avez souffert.

Un peu plus tard, les deux femmes prirent la direction du centre d'éducation devant lequel elles se séparèrent.

— Merci beaucoup, Carol.

— Je n'ai absolument rien fait.

— Oh, si. Vous m'avez écoutée et vous m'avez crue. Cela suffit.

Les deux femmes se serrèrent la main et Blum retourna à sa voiture.

Une fois à l'intérieur, elle ouvrit son sac et en sortit la clef du domicile de Ben Priest qu'elle avait subtilisée dans le sac de Mary pendant que cette dernière était aux toilettes.

Le déjeuner s'était révélé un excellent investissement.

Et peut-être qu'elle et Pine pourraient retrouver le mari de Mary Priest. Vivant de préférence.

CHAPITRE

29

DEUX HEURES DU MATIN, une bonne heure pour commettre un cambriolage.

C'était ce que Pine se disait, accroupie dans l'arrière-cour de Ben Priest, en train de désactiver le câble électronique connecté au système d'alarme et à la ligne téléphonique de la maison de Priest. Quelques légères incisions, un circuit dérouté et elle pourrait entrer sans que le système de surveillance repère l'effraction.

Elle n'avait pas appris cette ficelle pendant sa formation officielle au FBI, mais Pine avait enrichi ses connaissances grâce à de nombreuses séances d'auto-apprentissage. C'était le patron d'une entreprise qui installait des systèmes de surveillance qui lui avait enseigné cette astuce. Les particuliers et les organisations qui avaient les poches pleines pouvaient facilement se prémunir contre ce que Pine était en train de faire en renforçant le câble ainsi que les mesures de sécurité autour de l'alimentation électrique du système d'alarme. La plupart des propriétaires, même les semblables de Ben Priest, ne pouvaient, en général, pas le faire ou, du moins, ne pouvaient pas le faire assez bien.

Pine se releva, s'assura que personne ne l'observait grâce à un rapide balayage visuel à 360 degrés et se dirigea rapidement vers la porte de derrière. Elle resta dans l'ombre parce qu'elle savait que Melanie Renfro souffrait d'insomnies et qu'une fenêtre de sa maison donnait sur l'arrière-cour de Priest.

Elle inséra la clef que Blum lui avait donnée dans la serrure et la tourna. Quelques secondes plus tard, elle était à l'intérieur de la maison et refermait la porte derrière elle alors que le vent se levait et que les premières gouttes de pluie atterrissaient sur le perron en brique.

Pine tendit l'oreille mais aucun bip ne se fit entendre. L'opération déroutage du système de sécurité était un franc succès. Elle prit sa lampe torche et balaya la pièce. La maison avait une petite odeur de renfermé, ce qui n'avait rien d'inhabituel dans une maison aussi ancienne et, cela, quelle que soit la qualité de son entretien.

La porte de derrière s'ouvrit sur une entrée secondaire avec des étagères encastrées et des bottes en caoutchouc posées dans un coin. Elle la parcourut et entra dans la cuisine adjacente.

Elle était petite et pas particulièrement bien agencée. En l'observant à la lumière de sa lampe torche, elle vit que les appareils électroménagers étaient vieux, les rangements avaient plusieurs décennies et le revêtement du sol ressemblait, à la vue et au toucher, à du linoléum. Elle ouvrit le réfrigérateur. Il était vide et pas particulièrement propre.

Elle fouilla tous les tiroirs et les placards. Ils étaient pour la plupart vides. Quelques assiettes, quelques ustensiles. Pine eut le sentiment qu'ils étaient là pour la galerie ou qu'ils avaient été oubliés là par le précèdent propriétaire des lieux.

La pluie tombait vraiment à verse maintenant. Elle l'entendait gifler le toit et taper sur les fenêtres. Un éclair illumina l'intérieur de la maison, suivi presque immédiatement par un gros coup de tonnerre.

Elle quitta la cuisine et entra dans la petite salle à manger. N'étant pas meublée, elle n'en avait que le nom. Il y avait de la poussière sur les cimaises et les moulures murales aux motifs élaborés qui auraient bien besoin d'une couche de peinture. Le lustre accroché à un médaillon de plafond en forme d'ananas était passé de mode depuis… des lustres.

Elle avait espéré que Priest aurait un bureau chez lui et son souhait fut exaucé lorsqu'elle ouvrit la porte de la pièce en face de la salle à manger de l'autre côté du vestibule de devant.

Une fois entrée, elle promena sa lampe torche dans la pièce et vit un grand bureau d'associé carré, un fauteuil en cuir, un mur de livres, un ordinateur de bureau et une petite armoire de bureau en bois. Enfin une pièce qui semblait avoir été utilisée.

Elle fouilla partout. L'armoire de bureau était vide.

Tout comme les tiroirs du bureau.

Elle ouvrit tous les livres et les secoua pour voir si quelque chose en tombait.

Rien.

Elle s'assit devant l'ordinateur, certaine qu'il serait protégé par un mot de passe.

Elle se retrouva face à un écran noir. Il n'y avait même pas d'invite de saisie de mot de passe. L'ordinateur avait été complètement nettoyé. Son disque dur avait probablement été enlevé ou détruit.

Merde.

La question était : était-ce l'œuvre de Priest ou de quelqu'un d'autre ?

Elle sortit du bureau et s'aventura dans l'escalier étroit qui menait à l'étage.

Il y avait trois chambres avec des salles de bains contiguës.

Pine fouilla chaque chambre et termina par celle de Priest.

Elle le savait parce que c'était la seule qui soit meublée. À l'instar de Margaret Mitchell, Priest ne souhaitait manifestement pas avoir d'invité.

Il y avait un lit avec une tête de lit décorée, une vieille armoire qui contenait quelques vêtements et c'était tout.

Le doute n'était plus permis. Ben Priest était un adepte du minimalisme. La salle de bains était petite et l'armoire à pharmacie était aussi vide que le réfrigérateur à l'étage inférieur.

Pine en vint même à se demander s'il vivait ici.

À moins qu'il ait vidé l'endroit avant de se rendre dans l'ouest.

Ou que quelqu'un d'autre l'ait fait.

Melanie Renfro n'avait pas parlé de camion de déménagement et les meubles étaient encore là même s'il n'y en avait pas beaucoup.

Elle observa le lit et fit ce que tout le monde ferait : elle regarda dessous.

Sa lampe torche repéra une forme. Les pieds du lit étaient grands. Il y avait pas mal de place. Elle tendit son bras au maximum, s'en empara et la tira vers elle.

Elle s'assit en position de squat profond et examina le contenu de la vieille boîte en carton.

Un maillot de basket miteux, un trophée terni. Elle regarda la date. Cela remontait à plus de vingt ans. Elle lut l'inscription.

« Most Valuable Player Football, Ben Priest. »

Décerné par le lycée dans lequel Priest avait suivi sa scolarité.

Il y avait une paire de chaussettes de sport avec des bandes bleues.

Et un vieux ballon de basket, à moitié dégonflé.

Pourquoi garder tout ça ? Avait-il oublié qu'ils étaient là-dessous ?

Elle s'assit sur le lit et examina de nouveau les objets.

Maillot, chaussettes, trophée, ballon de basket.

Ballon de basket ?

Qu'avait dit Ed Priest ?

Son frère n'aimait même pas le basket mais il savait qu'il était doué pour ce sport.

Pourquoi, dès lors, garder un ballon de basket dans sa chambre ? Et un ballon à moitié dégonflé de surcroît.

Elle examina le ballon avec sa lampe torche, centimètre par centimètre.

Puis avec ses doigts.

À cause de sa taille, Pine avait été recrutée pour jouer au basket au lycée et elle avait également participé aux compétitions organisées par l'AAU. Elle avait tenu des milliers de ballons de basket. Ses doigts reconnaissaient d'instinct les sensations procurées par le cuir même si chaque ballon était légèrement différent.

Et ses doigts ne reconnurent pas celle-là.

Il y avait une petite couture presque imperceptible qui ne s'alignait pas vraiment avec les autres.

Elle éclaira cette partie du ballon avec sa lampe torche. Elle se trouvait le long d'une des bandes noires du ballon, presque imperceptible. Elle ne l'aurait pas vue si elle n'avait pas senti l'anomalie. Elle ne mesurait que cinq centimètres. Elle passa ses doigts le long de cette ligne et sentit une petite bosse.

De la colle durcie. Elle n'était pas le fait du fabricant. Elle avait été ajoutée.

Pine sortit le couteau suisse dont elle ne se séparait jamais et découpa le cuir en suivant la couture. Le cuir s'ouvrit facilement sous sa lame et l'air restant s'échappa pendant qu'elle coupait le ballon en deux.

Il n'y avait pas de vessie à l'intérieur, juste une doublure noire sous le cuir.

Ce n'est pas ça qui retint son attention. Ses yeux étaient rivés sur la clef USB qui était collée à l'intérieur. Collée, pas juste introduite par le trou. Parce que sinon, elle aurait bougé dans tous les sens lorsque quelqu'un aurait pris le ballon et trahi sa présence.

Avec son couteau, elle sépara doucement l'appareil de la doublure.

Elle la glissa dans sa poche, remit le ballon de basket découpé dans la boîte et la fit glisser sous le lit.

Elle venait de se relever lorsqu'elle entendit la porte d'en bas s'ouvrir.

CHAPITRE 30

PINE SORTIT SON PISTOLET.

Elle savait que si elle bougeait, le vieux plancher se mettrait à craquer et avertirait les individus à l'étage en dessous de sa présence.

Elle regarda la fenêtre une trentaine de centimètres plus loin. Pourrait-elle l'atteindre sans poser le pied sur le sol ?

Certainement pas ; elle resta donc immobile.

Mais cette position deviendrait vite intenable.

En temps normal, dans cette situation, elle signalerait sa présence et demanderait aux individus de s'identifier. Mais elle avait pénétré par effraction dans une maison alors qu'elle n'était pas en service. Si c'était la police qui se trouvait en dessous, elle risquait de se retrouver dans un sacré pétrin.

Si ce n'était pas la police, elle risquait quand même de se retrouver dans un sacré pétrin.

Elle resta donc immobile et attendit.

Si c'étaient des policiers, il y aurait eu une semonce intimant aux individus qu'ils soupçonnaient de se dissimuler de se montrer.

Elle tourna la tête vers le côté de la maison donnant sur la rue. Elle ne vit aucune lumière à travers la vitre. Il n'y avait donc pas de voiture de police dehors gyrophares allumés.

Elle entendit des pas sur le plancher en bas puis plus rien.

Déplacement, arrêt, fouille. Redéplacement. Arrêt. Fouille.

Les pas atteignirent l'escalier et elle les entendit monter.

La situation n'allait pas tarder à devenir très délicate parce qu'à l'endroit où elle se tenait, elle serait complètement exposée dès qu'ils ouvriraient la porte de la chambre.

Soudain, un éclair déchira la nuit.

Attends. Attends.

Le coup de tonnerre retentit si fort qu'il fit trembler la maison.

Pine en profita pour glisser sur le sol et se dissimuler derrière la porte.

Les pas reprirent. Il lui sembla entendre un échange de mots. Elle n'était pas parvenue à entendre ce qu'ils se disaient mais cela signifiait qu'il y avait bien plus d'une personne en dessous.

Malgré cela elle pensait encore avoir le dessus dans une confrontation si elle bénéficiait de l'effet de surprise. Sinon, les choses pourraient rapidement tourner en sa défaveur.

Les bruits de pas et les voix étouffées atteignirent l'étage du haut. Ils passaient, comme elle, d'une chambre à l'autre, jusqu'à ce qu'il ne reste plus que celle-là.

Elle suivit leur progression en écoutant les craquements et les grincements du plancher.

Pine ne bougea pas. Les pas s'approchaient de la porte.

Elle vit la porte bouger de quelques centimètres. Et s'ouvrir en grand jusqu'à ce que le bas de la porte se bloque contre le sol inégal et s'arrête avant de la heurter.

Deux silhouettes entrèrent.

Pine passa prudemment la tête à côté de la porte pour regarder. Ce n'étaient pas des policiers, à moins que les policiers aient adopté le port de la cagoule noire.

Les deux hommes étaient armés. En position accroupie tous les deux, ils scrutaient la pièce.

Pine espéra qu'ils ne se tournent pas dans sa direction.

Son espoir fut déçu.

Lorsque l'homme l'aperçut, Pine donna un coup de pied dans la porte et son bord percuta l'homme en plein visage. Il poussa un grognement, bascula en arrière et heurta violemment son complice dans sa chute. En tombant, son arme fut entraînée vers le haut. Une seule balle se logea dans le plafond quand son doigt pressa la détente par réflexe. L'impact de la balle dans le plafond fit tomber des morceaux de plâtre et de la poussière sur eux.

Le premier se retrouva sur son séant et avant qu'il ait pu se redresser complètement, Pine l'étendit pour le compte avec un coup de pied circulaire à la tête dans lequel elle mit tout son poids et la puissance de sa jambe. Il s'écroula sans émettre le moindre son.

Le second se hissa péniblement sur ses pieds mais avant qu'il ait pu la mettre en joue, le poing gauche de Pine lui écrasa la mâchoire, un coup de poing descendant assené depuis une position à demi accroupie pour maximiser son énergie cinétique. Elle entendit l'os craquer sous le choc. Il laissa échapper son arme et s'écroula de douleur. Elle enchaîna avec un balayage qui lui faucha les jambes et le réexpédia au sol. Elle se positionna au-dessus de lui et le frappa dans l'œil avec l'index. Il hurla de douleur et se prit la tête à deux mains. Avec le talon de sa botte, elle le frappa à la tête qui heurta violemment le sol.

Il poussa un gémissement et tomba dans les vapes à côté de son complice déjà inconscient.

Pine les fouilla rapidement. Ils n'avaient aucun papier d'identité. Elle leur enleva leurs masques et les prit en photo avec son téléphone. Elle prit un instant pour examiner leurs armes et les prit en photo elles aussi.

Quelques secondes plus tard, elle dévalait les escaliers.

Elle repartit par où elle était entrée.

Pine sauta par-dessus le mur en brique à l'arrière du jardin et retomba dans une rue parallèle. Elle marcha rapidement jusqu'à l'intersection suivante et tourna à gauche pour rejoindre la rue de Priest. Une fois dans la rue, elle scruta discrètement les environs pour voir si quelqu'un surveillait la maison, tapi dans l'ombre.

Elle ne vit personne. Ils étaient peut-être dans une des voitures garées des deux côtés de la rue, mais il faisait beaucoup trop sombre pour distinguer qui que ce soit à l'intérieur des véhicules.

Elle se frotta les jointures à l'endroit où elles étaient entrées en contact avec la mâchoire de son adversaire.

Elle y mettrait de la glace plus tard.

Ce n'étaient pas des flics. Ce n'étaient pas des agents fédéraux. C'étaient deux hommes cagoulés et armés. Qui étaient-ils ?

Et surtout, pour qui travaillaient-ils ? Et pourquoi s'intéressaient-ils à Priest ?

Elle n'avait pas d'autre choix que de supposer que leur présence sur les lieux n'était pas liée à la sienne. S'ils l'avaient vue s'introduire dans la maison, ils auraient fait montre de beaucoup plus de prudence pour entrer dans la seule pièce dans laquelle elle aurait pu se cacher. Le premier serait entré et l'aurait obligée à sortir de sa cachette et le second l'aurait neutralisée.

En tout cas, c'est ainsi qu'elle aurait manœuvré.

Son cerveau tournait tellement à plein régime qu'elle sentait à peine la pluie qui pourtant tombait dru. C'est grâce à un autre éclair qu'elle se rendit compte qu'elle se trouvait sous un des nombreux très gros arbres qu'on trouvait dans les rues de Old Town et dont les vieilles racines éventraient les trottoirs en brique.

Elle tourna dans la direction opposée de la maison de Priest et retourna vers la Kia.

Il était trois heures passées. Dans quelques heures, l'aube se lèverait.

Elle voulait regagner son logement et voir ce qu'il y avait sur la clef USB.

En approchant de la voiture, Pine remarqua un mouvement sur sa gauche.

Il n'était pas furtif. L'individu ne comptait pas la surprendre.

— Pouvons-nous discuter ?

Elle se tourna pour faire face à l'individu. C'était un homme de petite taille, d'apparence soignée, d'origine asiatique qui devait avoir un peu plus de quarante ans. Il portait un imperméable, des lunettes et un chapeau à bord large. Il tenait un parapluie mais curieusement du mauvais côté.

Pine répondit à sa question en braquant son arme sur lui.

La vue de l'arme ne le fit pas tressaillir.

— Je crois sincèrement que vous êtes quelqu'un d'intelligent, lui dit-il. Je pense qu'il servirait nos intérêts de la meilleure des façons à tous les deux que nous ayons une discussion.

Il parlait avec un léger accent mais sa maîtrise de la langue était parfaite, même si ses tournures de phrase étaient un poil trop ampoulées.

— Qui êtes-vous ?

— Quelqu'un qui peut peut-être, au moins en partie, expliquer la, euh, situation délicate dans laquelle vous vous trouvez.

— Je suis tout ouïe.

— Pas ici. Nous serons plus à l'aise ailleurs.

— Je n'irai nulle part avec vous.

— Je me vois obligé de vraiment insister.

Pine montra son arme.

— Je pense être en position de décliner votre invitation.

Son geste fut d'une telle rapidité qu'elle ne vit pas réellement le parapluie attraper son arme et l'arracher de sa main. Pine se rendit juste compte qu'elle était soudain désarmée, chose qu'elle n'avait jamais aimée.

Pine s'accroupit et feignit de prendre une position de combat. Elle leva le bas de son pantalon et saisit son Beretta.

Avant qu'elle ait eu le temps de le lever, il fit un bond en avant et d'un coup de pied précis le lui fit voler des mains.

Elle se redressa et lui fit face.

— Qui êtes-vous ?

L'homme posa son parapluie sur le capot d'une voiture garée dans la rue.

— Je dois insister pour que vous m'accompagniez. J'ai un véhicule à proximité.

— Hors de question.

Cette fois encore, son geste fut si rapide que Pine eut à peine le temps d'essayer de bloquer son coup de pied. Elle fut projetée vers l'arrière. Elle rebondit sur le capot de la voiture et atterrit sur le trottoir de l'autre côté.

Elle se releva prestement mais pas assez vite. Le coup suivant la fit décoller du sol et heurter violemment un arbre qui poussait à travers le trottoir en brique.

Elle se relava, essuya le sang de sa bouche et mit ses mains et ses pieds en position de défense.

— Vous êtes vraiment têtue, lui dit-il.

Pine ne répondit pas. Elle économisait son souffle. Elle n'avait jamais affronté quelqu'un d'aussi rapide que ce type, pas même ses entraîneurs de MMA. Il lui rendait 12 centimètres et demi et 14 kilos, et pourtant, ses coups étaient les plus violents qu'elle ait jamais encaissés.

Elle feignit un coup de pied circulaire qu'il bloqua facilement. Emportée par son élan, elle se retrouva en position accroupie, ce qui était son intention. Elle poussa violemment sur ses jambes et tenta de lui assener un coup de coude à la gorge. L'enchaînement était subtil mais il l'esquiva facilement et lui assena un coup de pied dans le dos qui l'envoya s'étaler de tout son long sur la chaussée mouillée.

Pine se releva lentement, essora son pantalon et souffla sur ses paumes éraflées.

— Je pense que nous pouvons convenir du fait que cette situation devient un tantinet ridicule, dit-il.

Pine ne voyait qu'une issue à ceci.

Elle se précipita en avant et reçut un violent coup de pied à la tête puis un autre sur son oblique.

La douleur ressentie aux deux endroits était lancinante, mais Pine avait le crâne bigrement dur et une sangle abdominale en acier, forgée par toutes ces années passées à soulever des charges extraordinairement lourdes.

Elle se mit à tituber comme si elle allait s'écrouler.

Au dernier moment, elle plongea en avant, enroula ses jambes autour du torse et du bras gauche de son adversaire, tira son bras droit vers le haut et l'immobilisa avec une clef de bras.

Sous le poids de l'élan de leurs attaques, ils s'écroulèrent au milieu de la rue.

Son adversaire en perdit son chapeau.

Pine serra ses jambes musclées autour de son torse tout en tirant le bras droit de son adversaire au-dessus de sa tête pour le déboîter.

Elle l'entendait respirer lourdement. Elle accentua la pression sur son torse. Elle voulait bloquer son diaphragme, l'empêcher de descendre et de remonter. Sans cette mobilité, personne ne peut rester conscient ou en vie.

Elle le sentait s'affaiblir.

Elle avait tort.

Avec l'index de sa main gauche immobilisée, il frappa très fort à l'intérieur de la cuisse de Pine. Il l'enfonça en appliquant une énorme pression. Pine perdit toute sensation dans sa jambe. La douleur se propagea à travers ses muscles et ses articulations et remonta sur tout le côté.

Elle hurla, impuissante pendant qu'il écartait sa jambe inerte de son torse.

Un instant plus tard, son coude s'écrasa contre le côté de sa mâchoire avec une telle force que cela brisa sa clef de jambe. Un autre coup avec le coude le libéra de sa clef de bras et lui permit de rouler sur sa gauche, se remettre sur pied, s'accroupir et lui porter un terrible coup de pied écrasant sur le ventre.

Elle vomit le peu qu'elle avait dans l'estomac.

Elle était allongée sur la chaussée et tellement étourdie qu'elle vit à peine son adversaire se placer au-dessus d'elle.

— Je vous ai mal jugée, dit-il en serrant le poing. Vous n'êtes pas aussi intelligente que je l'avais cru au premier abord.

La sirène déchira le silence de la nuit. Elle semblait approcher à grande vitesse.

Il tourna la tête vers l'endroit d'où venait elle venait. Cela offrit à Pine la seule ouverture dont elle avait besoin.

Il l'avait peut-être battue à plate couture et était peut-être un bien meilleur combattant mais il avait commis une erreur : il avait mal évalué la longueur de ses jambes.

Elle leva la jambe droite et lui porta un violent coup dans les parties avec le bout de sa botte.

Il poussa un cri, se plia en deux et recula en titubant.

Pine le regarda au niveau du sol, encore plié par la douleur, saisir son chapeau et disparaître rapidement dans l'obscurité pendant que la sirène se rapprochait d'eux.

Pine se releva difficilement et, traînant sa jambe gauche encore engourdie, récupéra ses deux armes, ouvrit la Kia, s'écroula à l'intérieur et se recroquevilla sur son siège quelques secondes avant que la voiture de police tourne dans la rue et passe à toute allure devant elle.

Quelqu'un avait dû entendre la bagarre et avait appelé la police.

Pine baissa la vitre, cracha du sang avec un morceau de dent, alluma le moteur, enclencha une vitesse et démarra lentement.

Cette maudite clef USB avait intérêt de le valoir.

CHAPITRE 31

AVEZ-VOUS BESOIN de plus de glaçons, agent Pine ?

Blum était devant la porte de la salle de bains.

À l'intérieur, Pine était assise nue dans la baignoire qu'elle avait en partie remplie de glaçons fabriqués par le distributeur de glaçons sous le plan de travail et par celui du réfrigérateur.

— Non, cela ira, répondit Pine.

— Vous ne m'avez toujours pas dit ce qui s'était passé.

Pine bougea très doucement les bras et les jambes dans son bain de glaçons.

— Je vais le faire. Laissez-moi juste quelques instants.

Elle avait retrouvé des sensations dans sa jambe gauche mais elle lui faisait encore un mal de chien.

— Voulez-vous quelque chose à manger ou à boire ?

— Une bière.

— Il est sept heures du matin.

— Deux bières alors. Merci.

Pine entendit Blum s'éloigner et elle s'affala de nouveau dans la glace.

Elle ne pourrait y rester assise que quelques minutes de plus. Elle était entrée et sortie plusieurs fois de la glace depuis presque trois heures. Même si elle avait besoin de la glace pour faire disparaître la douleur et les boursouflures, la tolérance humaine à ce genre de traitement avait des limites.

Lorsque Blum revint et toqua à la porte, Pine s'extirpa lentement du lit de glaçons.

Elle s'enroula dans une serviette, ouvrit la porte et accepta une des bières apportées par Blum.

— Vous faites peur, dit Blum. Vous avez la mâchoire enflée, la lèvre déchirée et l'œil gauche tuméfié. Et vous marchez comme si vous aviez cent ans. Vous vous êtes battue ou vous êtes tombée d'un immeuble ?

— Les deux, j'ai l'impression, marmonna Pine en s'asseyant sur le couvercle des toilettes.

Elle avala une longue rasade de bière. Elle glissa quelques glaçons pris dans la baignoire dans un gant de toilette et le posa contre son visage.

— Je vous échange la deuxième bière contre toute l'histoire, dit Blum en montrant la cannette.

Pine leva les yeux vers elle et hocha la tête.

— Asseyez-vous, je risque d'en avoir pour un moment.

Blum s'assit très droite sur le rebord de la baignoire et l'implora du regard.

Pine lui fit le récit des événements, du moment où elle était entrée dans la maison de Priest à celui où elle s'était fait rétamer le portrait avant de regagner leur repaire en voiture.

— C'est le meilleur que j'ai jamais vu, dit Pine. J'ai affronté des adversaires très doués. Ce type était beaucoup trop fort pour moi.

— Mais à l'arrivée, vous l'avez battu, fit remarquer Blum.

Pine toussa, grimaça, posa sa bière et se massa les côtes.

— Ce ne sont pas les sensations de la victoire.

Elle se leva, ouvrit l'armoire à pharmacie, sortit un flacon d'ibuprofène, en avala quatre avec de l'eau du robinet et reprit sa place.

— Cette clef USB, vous l'avez ouverte ? demanda Blum.

Pine secoua la tête.

— J'espère juste qu'elle contient quelque chose qui nous aidera.

— Priest doit avoir pensé que c'était très important pour s'être donné autant de mal pour la cacher.

— J'y compte bien. Parce qu'à part ça, il n'y avait rien chez lui.

— Voulez-vous que je vous prépare quelque chose à manger ?

— Ça ira. J'ai juste besoin de consulter la clef USB et d'un peu de repos. La glace commence à faire effet. Je sens que cela commence à désenfler.

Pine se leva et rejoignit très lentement sa chambre après avoir fait couler de l'eau chaude dans la baignoire pour faire fondre les glaçons. Elle enfila un sweat et des socquettes et revint dans la cuisine avec son ordinateur portable et la clef USB. Elle tenait encore une poche de glace contre son visage.

Blum posa une tasse de thé chaud devant elle.

— À la menthe poivrée. Cela guérit tous les maux.

— La menthe poivrée ne donne pas un sentiment de bien-être.

— C'est un autre genre de bien-être. Buvez.

Pine posa la poche de glace, but quelques gorgées de la tasse, alluma son portable et inséra la clef USB.

Elle appuya sur les touches requises et le contenu de la clef USB commença à s'afficher sur l'écran. Une invite de saisie vide.

— Merde ! s'exclama Pine. Bien sûr, elle est protégée par un mot de passe.

Elle secoua la tête.

— C'est pour ça que je me suis fait refaire le portrait ?

— Pouvez-vous trouver le mot de passe ?

— Peut-être. Si Priest a utilisé des informations personnelles pour le créer. Mais si c'est un mot de passe généré de façon aléatoire par ordinateur, il faudra une grosse puissance de calcul pour le décoder.

— Eh bien, nous trouverons un moyen. Une idée de qui étaient les deux hommes dans la maison ?

— Non, mais j'ai un moyen de le savoir.

Elle sortit son téléphone et afficha les photos qu'elle avait prises de leurs armes.

— Je n'ai jamais vu ces pistolets. Je vais voir ce que je peux trouver en ligne.

— Ils nous ont déjà piratés une fois, dit Blum d'une voix inquiète. Ne pourraient-ils pas nous repérer grâce à votre ordinateur ?

— Ils le pourraient si je n'utilisais pas un VPN.

— VPN ?

— Réseau virtuel privé. Un logiciel qui permet de dissimuler vos empreintes numériques dans des tunnels sécurisés. J'utilise un des meilleurs sur le marché. Il me permet de me connecter au Web quasi anonymement.

Pine ouvrit une base de données de pistolets. Elle la fit défiler page après page, en comparant chaque pistolet avec les photos qu'elle avait prises.

Elle s'arrêta sur une.

— Merde.

— Quoi ?

— Attendez.

Pine continua de faire défiler et s'arrêta lorsqu'elle arriva sur une photo correspondant à l'autre pistolet. Elle leva les yeux vers Blum.

— Pas étonnant que je ne les aie pas reconnus.

— Que voulez-vous dire ?

— Le premier est un Grach MP-443. Et l'autre un GSh-18.

— Ce ne sont certainement pas des pistolets américains. Je n'ai jamais entendu ces noms.

— Non. Ils sont russes. Le Grach est utilisé par les forces de police et le GSh par l'armée.

Les deux femmes échangèrent un long regard et Blum lâcha d'une voix neutre :

— Eh bien sûr, les Russes sont dans le coup. Ce sont toujours les méchants.

— Mais pourquoi ? Quel rapport entre Moscou et une mule morte dans le canyon ?

Ni l'une ni l'autre n'avaient la réponse.

— Il faut aller vous coucher, agent Pine. Vous avez besoin de panser vos blessures et de vous reposer. Quelque chose me dit que vous devrez être au top de vos capacités.

— Je pense qu'il faudra que nous le soyons toutes les deux.

Une fois dans sa chambre, Pine retira ses vêtements parce que même le contact du sweat large et léger contre son corps tuméfié la faisait souffrir le martyre. Elle baissa les yeux vers son oblique. Il y avait une énorme contusion jaune-violacé à l'endroit où son adversaire l'avait violemment frappée. Elle passa la main sur sa jambe sur le point sur lequel il avait fait pression avec son doigt pour casser sa clef de jambe. Elle ressentait encore des picotements. Il avait dû trouver un nerf dont elle ignorait l'existence.

Elle s'allongea délicatement sur le lit, la poche de glace encore collée au visage. Elle serrait son Glock dans son autre main.

Elle respira profondément plusieurs fois, ce qui lui valut quelques protestations de ses côtes endolories.

Pine ferma les yeux et repensa aux deux hommes dans la maison.

Les deux *Russes*.

Et il y avait le rétameur de portrait manieur de parapluie.

Il voulait qu'elle l'accompagne quelque part. Il disait vouloir lui expliquer des choses, la situation malencontreuse dans laquelle elle se trouvait.

Elle se demandait comment il était tombé par hasard sur elle. Était-il en train de surveiller la maison et il l'avait vue entrer ? Ou l'avait-il vue sortir et suivie ?

C'était le scénario le plus probable parce qu'elle avait pris beaucoup de précautions pour que personne ne la voie entrer.

Travaillait-il avec les deux autres ? Elle n'aurait pas su dire pourquoi mais elle ne le pensait pas.

Était-il leur adversaire ?

Les Russes n'étaient, de toute évidence, que des gros bras. L'Asiatique semblait se situer plus haut dans la hiérarchie.

Elle posa la poche de glace et tendit la main vers la table de nuit pour prendre son insigne.

Elle connaissait le moindre recoin de cette sculpture métallique. Lorsqu'on le lui avait remis, à sa sortie de Quantico, elle l'avait tenu toute la nuit, passant le doigt dessus encore et encore, comme si elle avait été en train de lire du braille.

De bien des façons – non, peut-être d'une seule –, la silhouette de Justice représentait tout ce qu'il y avait de plus essentiel pour Pine dans ce monde.

Justice. Pas l'intérêt collectif. Le bien et le mal au niveau individuel. Individu par individu. Parce que si on négligeait les individus, le concept d'intérêt collectif n'était qu'une chimère créée de toutes pièces par ceux dont l'idée de l'« intérêt collectif » se résumait presque toujours à une tendance à favoriser leurs intérêts et ceux de leurs semblables.

Elle croisa les bras sur sa poitrine. L'insigne dans une main, le Glock dans l'autre.

Deux éléments essentiels non seulement à son travail mais aussi, peut-être, à son identité.

Sans eux, qu'était-elle ?

La petite fille endeuillée perdue d'Andersonville, Géorgie ?

Elle ferma les yeux et, avant de s'endormir, murmura les mêmes mots qu'elle murmurait depuis presque trente ans :

Je ne t'oublierai jamais, Mercy. Jamais.

CHAPITRE 32

L'ORAGE GRONDAIT ENCORE lorsque Pine se réveilla en début de soirée. Elle se retourna et poussa un grognement. Ses muscles et articulations endoloris se rappelaient à son souvenir.

Elle fila dans la salle de bains pour prendre une douche chaude et laissa l'eau apaiser ses douleurs. Elle se sécha, s'habilla et entra dans la cuisine. Blum était assise devant l'ordinateur portable de Pine et une tasse de café.

— Vous avez bien meilleure mine, lui fit remarquer Blum.

— Les apparences sont parfois trompeuses.

— Vous voulez du café ? Je viens juste de faire une cafetière.

— Sans façon.

— Vous voulez quelque chose à manger ?

— J'ai ce qu'il me faut.

Pine ouvrit le réfrigérateur et sortit un yaourt. Elle prit une cuillère dans le tiroir, s'assit à la table et porta lentement le yaourt à sa bouche.

— Ce n'est pas très nourrissant, objecta Blum.

— Pour quelqu'un qui vient de se faire démolir le portrait par un marteau piqueur humain, c'est l'aliment idéal. Je suis incapable de mastiquer pour l'instant. Ou de boire une boisson chaude. Le thé que vous m'avez donné un peu plus tôt a martyrisé l'intérieur de ma bouche.

— Oh, d'accord.

Pine regarda l'écran de l'ordinateur portable.

— Vous avez trouvé le mot de passe ?

— Même pas en rêve. Comment allons-nous le cracker sans les ressources du Bureau ?

Pine posa son yaourt et sa cuillère.

— Remettons les choses dans leur contexte. J'ai trouvé la clef USB dans un ballon de basket. À côté d'un vieux trophée de football. Il y avait également des chaussettes de sport et un maillot de basket.

Pine s'arrêta et fit appel à ses souvenirs.

— Il y avait inscrit « Catholic Church League » sur le maillot.

— Il y a un championnat de basket des églises catholiques ? demanda Blum.

— Il semblerait.

— Quel est le mot de passe Wi-Fi de votre ami ?

— « Semper Primus », répondit Pine. « Toujours premier » en latin. C'est la devise de l'Armée de terre, s'empressa-t-elle d'ajouter devant le regard perplexe de Blum.

Blum se connecta à Internet et lança une recherche pour trouver les églises catholiques à proximité du domicile de Priest.

— Il y a la basilique Sainte-Marie à Old Town, à Alexandria. Elle ne se trouve qu'à quelques encablures du domicile de Priest.

Pine se leva et prit sa veste sur le dossier de la chaise.

— Où allez-vous ?

— À l'église.

— Vous voulez que je vous accompagne ?

— Non. Il vaut mieux que vous restiez ici.

— Puisque vous vous rendez dans un lieu de culte, je dirai une prière pour vous.

— Peut pas faire de mal, répondit Pine par-dessus son épaule.

* * *

La basilique Sainte-Marie était la plus vieille église catholique de Virginie. Elle se trouvait sur South Royal Street. Sa façade en pierres grises était de style gothique. Son aspect austère était quelque peu atténué par quatre doubles portes en bois pourvues de plaques de poussée en laiton.

La pluie s'était calmée lorsque Pine s'arrêta de l'autre côté de la rue et regarda autour d'elle. Il y avait peu de monde sur les trottoirs. Les feux arrière du véhicule qui descendait lentement la rue ne tarderaient pas à disparaître dans l'obscurité.

D'après la plaque sur le mur de l'église, elle avait été bâtie en 1795. Il y avait une statue blanche de la Vierge Marie en l'honneur de laquelle elle avait été baptisée dans une niche creusée dans la façade très haut au-dessus de la porte principale.

Pine descendit et traversa la rue. Elle inspecta les alentours avant de monter les marches.

La porte n'était heureusement pas fermée. Elle entra et referma la porte derrière elle.

Après avoir franchi une autre double porte, elle déboucha dans la partie dévolue à la pratique du culte.

Les vitraux étaient immenses et colorés.

Sur le mur en face, elle vit une statue de Jésus sur sa croix accrochée au mur, surplombant l'autel en marbre. La large nef était encadrée par deux rangées de bancs.

Pine ne savait même pas ce qu'elle venait chercher en ces lieux. Tout ça à cause d'une référence à un championnat de basket entre églises ? Un lien hasardeux s'il en était. Mais c'était la seule piste qu'elle avait.

Elle s'assit sur un banc au premier rang et continua d'étudier les lieux, à la recherche du moindre indice qui pourrait l'aider.

Un homme entra par une porte derrière l'autel.

Son col blanc indiquait qu'il était prêtre. Il était grand, environ 1 mètre 98, et jeune, quarante ans grand maximum, avec une crinière rousse et le visage maculé de taches de rousseur.

L'archétype du prêtre irlandais, se dit Pine. Elle se demanda combien il y en avait d'autres dans cette partie du pays.

— Bonjour, dit-il. J'ai peur que vous arriviez trop tard. La dernière messe est terminée.

— Je suis juste entrée en passant, pour méditer un peu, je suppose. J'espère que cela ne vous dérange pas.

— Certainement pas. Notre porte est ouverte à tous ceux qui ont besoin d'un endroit au calme pour réfléchir et pratiquer.

Il s'approcha et tressaillit en voyant son visage tuméfié.

— Est-ce que vous allez bien ?

— Un accident de voiture, il y a quelques jours. Encore un peu secouée.

Il la regarda avec un air circonspect.

— Vous n'êtes pas la première à me donner cette réponse. Si vous avez des soucis chez vous, je suis là pour écouter. Personne ne doit porter la main sur son prochain. Je peux faire quelque chose pour vous à ce sujet. Nous pouvons vous offrir un refuge. Et vous devriez peut-être envisager d'avertir la police.

En guise de réponse, Pine lui adressa un sourire et lui montra sa main sans bague.

— Je ne suis pas mariée. Et je pratique le MMA. Il n'y a pas beaucoup d'hommes qui pourraient lever la main sur moi. J'ai vraiment eu un accident.

— Oh, je suis désolé de l'apprendre. Mais vu la façon dont les gens conduisent dans le coin. Et tout le monde qui envoie des textos au volant.

Il lui tendit la main.

— Je suis le père Paul.

— Lee, dit Pine en la lui serrant.

— Vous habitez dans le coin ?

— Non, je suis de passage. Je vis dans l'ouest.

— Ah, au milieu des grands espaces ?

— Dans un endroit beaucoup plus vaste qu'ici, en effet. Mon père, est-ce que je peux vous poser une question ?

— Certainement. Les gens posent beaucoup de questions aux prêtres. Mais n'espérez pas que j'aie toujours la bonne réponse, lui répondit-il en souriant.

Pine lui adressa un sourire chaleureux.

— Je crois qu'un de mes amis est un de vos paroissiens.

— Oh, oui ?

— Ben Priest.

— Oh, Ben. Oui, il appartient bien à cette paroisse. Même si cela fait un petit moment que je ne l'ai pas vu.

— Il m'a dit qu'il jouait dans un championnat de basket interparoisses ?

Le père Paul sourit.

— Oui, c'est une compétition informelle que j'ai créée il y a deux ans. Et comme vous le devinez à ma taille, je joue dans l'équipe. Mais Ben, bien qu'il ait quelques années de plus que moi, est un joueur exceptionnel. Ailier. Nous affrontons les autres églises de la région. Rien d'officiel, mais un bon niveau et une franche camaraderie.

— Vous dites que cela fait un moment que vous ne l'avez pas vu ?

— Oui. Nous avions un match la semaine dernière mais il n'est pas venu. Je l'ai appelé mais il ne m'a pas rappelé. Mais il s'absente assez souvent. Il reviendra.

Il marqua une pause.

— Et donc, vous êtes une amie de Ben ?

— Oui. Et de son frère et de sa famille.

Le front du prêtre se plissa.

— C'est drôle. Il ne nous a jamais dit qu'il avait un frère.

— Ed Priest. Il habite dans le Maryland avec sa femme et ses enfants.

— Hum. Eh bien, maintenant que j'y repense, Ben n'a jamais vraiment parlé de lui. Il est plutôt du genre à écouter.

— Ouais, c'est tout à fait lui.

— Comment avez-vous fait sa connaissance ?

— Par le biais d'amis communs. Je ne le connais pas depuis si longtemps mais je lui avais promis de lui rendre visite pendant mon séjour. Mais il ne répond pas à mes appels non plus.

— Êtes-vous allée chez lui ?

— Oui. Mais il n'y avait personne.

— Et il savait que vous veniez ?

— Oui. Nous avions convenu de nous voir.

Le père Paul parut inquiet.

— J'espère qu'il ne lui est rien arrivé.

— Je suis sûre qu'il va bien. Comme vous l'avez dit, il lui arrive parfois de s'absenter.

Elle marqua une pause avant d'ajouter :

— Mais je me demande où.

Le père Paul s'assit sur le banc à côté du sien.

— Vous dites que vous avez fait connaissance de Ben par le truchement d'amis. Est-ce que vous le connaissez vraiment bien ?

— C'est drôle. Il m'a toujours fait l'effet de quelqu'un qui parle très peu de lui. Comme vous venez de l'insinuer. Que savez-vous de lui ?

— Probablement guère plus que vous.

— Je ne sais même pas ce qu'il fait dans la vie. Dans la sphère politique, en lien avec le gouvernement, ce genre de choses, m'a-t-il répondu de façon évasive, un jour. Comme beaucoup de personnes dans la région, je suppose.

— Oui. Probablement la moitié de mes paroissiens travaillent dans une organisation en relation avec le gouvernement fédéral.

Pine contrefit un sourire.

— Je sais que cela va paraître idiot…

— Quoi ?

— J'ai toujours pensé que Ben était peut-être une sorte, eh bien, d'espion.

Son sourire s'élargit comme si elle pensait que c'était une idée ridicule, en espérant que le prêtre mordrait à l'hameçon.

— Si vous voulez savoir la vérité, je me suis fait exactement la même réflexion.

Pine feignit la surprise.

— Vraiment ? Pourquoi ?

— Un million de petites choses qui, prises individuellement ne veulent pas dire grand-chose. Mais qui, agrégées, m'ont laissé penser que son travail requerrait une sorte de, eh bien, *clandestinité*, à défaut d'un meilleur terme.

— J'aimerais bien pouvoir le localiser. Connaissez-vous d'autres amis à lui ?

Le père Paul réfléchit quelques instants.

— Oui, un dénommé Simon Russell. Il joue lui aussi dans notre championnat. C'est Ben qui l'a recruté, en réalité. Nous avons fait une exception parce qu'il n'est pas membre de la paroisse. De ce que j'ai pu voir, je pense qu'ils travaillaient ensemble. Ou que du moins qu'ils ont travaillé ensemble autrefois.

— Que fait-il dans la vie ?

Le père Paul sourit.

— Il semble souffrir de la même affection que Ben. Il ne parle pas beaucoup de lui. Mais il marque des trois points comme personne.

— Vous pouvez me le décrire ?

Le prêtre parut surpris.

— On croirait entendre un policier.

— Non, c'est juste que si je le croise, je veux être à même de le reconnaître.

— Eh bien, il est légèrement plus grand que moi et très mince. Plus beaucoup de cheveux sur le caillou. Une barbe bien taillée. Le même âge que Ben, je dirais, peut-être un ou deux ans de plus.

— Avez-vous ses coordonnées ?

— Oui. J'ai pris un verre chez lui, une fois, avec Ben et d'autres membres de l'équipe. Nous avons remporté la finale du championnat la saison dernière, au prix d'une sacrée remontée, et Simon nous a tous spontanément invités chez lui pour fêter ça. J'ai trouvé cela très sympa de sa part. Je veux dire, Ben habite tout près mais il ne nous a jamais invités chez lui.

— Ben est quelqu'un de très réservé.

— Presque à l'excès.

Le père Paul nota une adresse et la donna à Pine.

— Si vous trouvez Ben, dites-lui de m'appeler. Je veux savoir s'il va bien, lui dit-il en la raccompagnant.

— Comptez sur moi.

Pine admira l'intérieur de l'église.

— C'est un endroit magnifique.

— Oui. Mais ce ne sont que des ornements. La véritable force d'une église réside, je l'espère, dans ses paroissiens. Jésus était un homme pauvre. Sa foi était sa fortune. Êtes-vous catholique ?

— Non. Mes parents ne nous emmenaient pas à l'église. Et, une fois devenue adulte, je ne me suis jamais trop intéressée à la religion.

— Eh bien, il n'est jamais trop tard.

Elle le regarda d'un air triste.

— Vous le pensez vraiment ?

CHAPITRE

33

PINE ARRÊTA LA MUSTANG le long du trottoir en face de la grande maison de ville de Simon Russell, près de Capitol Hill. Le quartier, comme Old Town, à Alexandria, était friqué. Nul ne pouvait en douter. Pine avait travaillé deux ans à DC, au WFO. Ses émoluments ne lui permettaient que de louer un T1 dans un motel miteux à 90 minutes du centre-ville.

Elle ignorait ce que faisait Russell dans la vie mais cela payait bien. Elle se demanda si l'intérieur de sa maison était aussi spartiate que celui de Priest. Elle ne le découvrirait peut-être pas ce soir. La maison comptait de nombreuses fenêtres mais il n'y avait pas la moindre lumière allumée à l'intérieur, du moins que Pine pouvait voir.

Elle descendit de la voiture, traversa la rue, tourna à gauche puis à droite à la première intersection. Elle tourna à droite dans une ruelle à la moitié de la rue et la remonta. Quelques minutes plus tard, elle arrivait derrière la maison de Russell. Il y avait aussi un garage pour une voiture à l'arrière. Il ressemblait à une vieille étable réaménagée, comme on en trouvait en Angleterre.

L'enceinte autour de la maison de Russell était constituée d'un haut mur en brique et d'un grand portail en bois. Elle essaya de l'ouvrir mais il était fermé à clef.

Elle regarda des deux côtés, agrippa le haut du mur et se hissa suffisamment haut pour voir par-dessus. Ce simple geste la fit presque hurler de douleur. Toutes les fibres de son corps meurtri avaient hurlé leur désapprobation.

Accrochée au bord du mur, elle aperçut un petit jardin avec une fontaine en pierre avec un lion sculpté, des chaises et une table en fer forgé assorties, quelques pots de fleurs avec des plantes bien entretenues et une porte de derrière en bois massif. Apaisant, bien rangé et absolument d'aucune aide pour elle.

Elle ne vit aucune lumière à l'intérieur de ce côté-là non plus.

Elle abandonna son perchoir et revint sur ses pas. Chemin faisant, elle décida d'essayer l'approche directe.

Elle marcha jusqu'à la porte de la maison de Russell et frappa.

Rien.

Elle frappa de nouveau, en surveillant les alentours pour voir si quelqu'un lui accordait ne serait-ce que la moindre attention. Et également pour s'assurer que le ninja au parapluie n'était pas dans les parages.

Elle frappa de nouveau.

Personne ne vint ouvrir. Elle regarda à travers les petites fenêtres à côté de la porte. Il faisait trop sombre pour voir quoi que ce soit.

OK. Quel était le plan B ?

Elle n'avait pas envie de pénétrer par effraction dans une autre maison. Elle avait suffisamment tenté le diable la nuit dernière.

Elle revint à sa voiture et reprit place derrière le volant. Elle décida de laisser une chance à la partie la plus fastidieuse et parfois la plus fructueuse de toute enquête de police.

La planque.

Elle se cala sur son siège et garda les yeux rivés sur la maison.

Un peu après minuit, sa vigilance porta ses fruits.

Un homme de grande taille descendait la rue en provenance du Capitole. Il portait un manteau imperméable, une casquette en feutre et un attaché-case en cuir.

Il monta les quelques marches devant sa maison, fouilla dans ses poches et sortit ses clefs.

Il était en train d'insérer la clef lorsque Pine l'apostropha.

— Monsieur Russell ?

Il se tourna et baissa les yeux vers elle.

— Qui êtes-vous ? Que voulez-vous ?

OK, paranoïa ou angoisse légitime ?

Elle sortit son insigne.

— Je suis du FBI. Je suis ici au sujet de votre ami, Ben Priest.

Son visage devint encore un peu plus soupçonneux.

— Ben ? Qu'est-ce qui lui arrive ? Pourquoi est-ce que le FBI s'intéresse à lui ?

— Pouvons-nous en discuter à l'intérieur ?

Russell hésita mais finit par hocher la tête.

— D'accord.

Il la fit entrer, débrancha le système de sécurité et ferma la porte à clef. Il ôta son couvre-chef et son manteau et les accrocha sur un portemanteau mural dans le petit vestibule.

Pine vit qu'il se dégarnissait et qu'il laissait le peu de cheveux qu'il lui restait pousser dans toutes les directions. Comme l'avait dit le père Paul, Russell avait une barbe et une moustache, toutes les deux bien taillées, peut-être pour compenser la perte à l'autre extrémité. Il était très mince. Elle estima qu'il devait chausser du 50 ce qui n'avait rien d'étonnant pour quelqu'un qui mesurait presque 2 mètres. Il avait un long nez osseux, des yeux marron et vifs surmontés d'une paire de sourcils qui, comme ses cheveux, partaient dans tous les sens sur son front étroit.

Elle observa les lieux. Le logis de Russell était beaucoup plus avenant que celui de Priest avec ses meubles d'époque patinés qui donnaient à l'endroit une ambiance de petit nid confortable et douillet. Il y avait une cheminée dans la pièce juste à côté du vestibule. Avec une bordure en pierre calcaire dont les motifs rappelaient ceux qu'on peut voir dans les églises. Les tableaux à l'huile sur les murs avaient l'air d'être des originaux.

Le tapis sous ses pieds semblait avoir au moins un siècle. Papier peint luxueux et coloré. Moulures de couronnement aux motifs recherchés. Plafonds et murs en plâtre. À l'extérieur, elle avait remarqué que les gouttières et les descentes étaient en cuivre et que le toit était en ardoise.

On n'en faisait plus des comme ça. À moins que vous ayez les moyens de vous les offrir.

La question de son hôte interrompit ses observations.

— Voulez-vous boire quelque chose ? Ou êtes-vous en service ?

— Qu'est-ce que vous avez ?

— Gin tonic. Le Bombay Sapphire est mon arme de prédilection.

— Je me contenterai du tonic. Merci.

Il la guida le long du vestibule jusqu'à une grande porte en bois ovale qui semblait appartenir à un château. Il l'ouvrit et la fit entrer dans une pièce assez grande aménagée en bibliothèque ou en bureau.

Trois murs avec des étagères qui ployaient sous les livres. Un grand bureau d'associé trônait au milieu de la pièce les pieds posés sur un tapis persan carré décoloré. Une cheminée. Un canapé en cuir confortable et des fauteuils. Et une petite crédence sur laquelle étaient posés des bouteilles et des verres.

— Des glaçons ? demanda-t-il en préparant deux verres. Avec votre tonic ?

— Pourquoi pas ?

Il fit coulisser la porte à panneau du placard à côté de la crédence pour accéder au distributeur de glaçons. Il coupa un citron vert pris dans un récipient sur la crédence, mit une tranche dans chaque verre au-dessus des glaçons et versa le gin et le tonic dans son verre et juste du tonic dans celui de Pine, qui ne quitta pas ses mains des yeux pour éviter toute mauvaise surprise.

Deux petits coups de touillette et il tendit un verre à Pine. Il prit une télécommande et la pointa vers la cheminée. Un clic, suivi par le souffle du gaz libéré et des flammes bleuâtres firent soudain leur apparition dans l'âtre. Il s'assit sur le canapé en l'invitant à prendre place sur un des fauteuils.

— Joli cadre, dit Pine en s'asseyant et en admirant les lieux.

— Oui. C'est dans cette pièce que j'effectue l'essentiel de mon travail.

— Et de quel travail s'agit-il ?

Il but une petite gorgée. Son visage, qui n'avait déjà rien d'engageant, se referma immédiatement encore un peu plus.

— « Cela ne vous regarde pas » est la première réponse qui me vient à l'esprit. À moins que vous ayez un mandat. Et même là, cela ne vous regarderait toujours pas. Maintenant, parlez-moi de Ben.

— Il a disparu.

Russell ne répondit pas. Il tourna légèrement la tête et concentra son attention sur le ballet des flammes.

— Cela ne semble pas vous surprendre.

Il haussa les épaules.

— Ben est coutumier du fait.

Pine décida de tenter quelque chose pour rendre son interlocuteur plus loquace.

— A-t-il l'habitude de se faire kidnapper et enlever en hélicoptère ?

Cela piqua l'intérêt de Russell. Il tourna la tête vers Pine.

— S'agit-il d'un scénario hypothétique ou de faits avérés ?

— Il a des ennuis. De gros ennuis. Restons-en là pour l'instant.

— Je suis tout à fait prêt à en rester là.

Pine observa la pièce.

— Si je devais vous profiler à partir de ce que je vois dans votre maison, je dirais que vous êtes né dans un milieu aisé, vous avez beaucoup voyagé, vous vous intéressez à la géopolitique, vous prenez votre sécurité très au sérieux, et que les intérêts de votre pays vous tiennent à cœur.

— Je ne prolongerai pas cette discussion en vous demandant sur quoi reposent ces déductions.

Mais Pine enchaîna :

— Le service à thé sur la table là-bas vient de chez Tiffany. Le monogramme montre qu'il s'agit probablement d'un objet de famille. Je parierais qu'il est plus vieux que vos grands-parents. Cela signifie que vous en avez hérité. Les gens à qui on lègue ce genre d'objet ont, en général, eu droit à d'autres égards. Vos livres, les nombreuses serrures et le système de sécurité, et les cartes détaillées de la Chine et du Proche-Orient sur vos murs m'ont permis de déduire le reste.

— Et mon patriotisme ?

— La lettre de remerciement d'un ancien Président pour service rendu dans le cadre sur le mur.

Russell sembla la voir sous un nouveau jour. Il but son verre et hocha la tête.

— Bon. Admettons que vous ayez raison. Pourquoi êtes-vous venue me voir ce soir ?

— Savez-vous sur quel dossier potentiellement dangereux travaillait Ben ?

— Nous n'avons jamais travaillé ensemble.

— Ce n'est pas ce que j'ai cru comprendre.

— Alors vous avez manifestement mal compris.

— Vous n'avez jamais discuté de votre travail avec lui ?

— Il n'y avait aucune raison.

— Et il n'a jamais discuté du sien avec vous ?

— Il me semblait que je venais de vous répondre.

— Il habite à Alexandria et vous ici. Comment a-t-il pu vous proposer de disputer le championnat interparoisses ?

— Probablement au cours d'une de ces réceptions ennuyeuses comme la pluie dans laquelle nous nous sommes croisés et étions suffisamment désabusés pour parler église et basket.

— Je suppose donc que vous ne savez rien au sujet de l'autre homme ?

— Quel autre homme ? demanda-t-il sèchement.

— Ou du message protégé par mot de passe que Ben a laissé.

Russell observait attentivement Pine tout en faisant tournoyer doucement le glaçon dans son verre.

— Qu'est-il arrivé à votre visage ? demanda-t-il.

— Je me suis cognée dans une porte.

— Vous vous êtes cognée dans quelque chose. Peut-être un poing.

— Les risques du métier.

— Puis-je savoir comment vous êtes-vous retrouvée impliquée dans tout ça ?

— C'est mon travail.

Russell se racla la gorge.

— Vous appartenez à la Division de la sécurité nationale du Bureau ? Ou à la Division du renseignement ?

Il marqua une pause.

— Sauf que vous ne me semblez pas avoir le profil. D'un agent de la sécurité nationale ou du renseignement.

— Vous connaissez donc leurs profils. Et vous connaissez ces divisions du Bureau. Enfin des informations que vous acceptez de partager.

Comme il ne répondait pas, elle ajouta :

— De quoi ai-je le profil selon vous ?

— D'un cheval fou, répondit-il du tac au tac.

Pine montra du doigt les étagères de livres.

— Vous possédez des livres écrits en russe, chinois, coréen et arabe. Vous parlez toutes ces langues ?

— Comme beaucoup de personnes dans cette ville.

— Je suis venue vous voir sur une intuition. J'ai pour habitude de me fier à mes intuitions.

— Désolé d'avoir déçu vos attentes.

— Et vous n'êtes donc que des coéquipiers de basket qui ne se croisent pas en dehors des terrains de basket ?

Russell avala une bonne gorgée avant de répondre. Il s'essuya les lèvres avec le revers de la main avant de se lancer dans une longue tirade :

— C'est un bon ailier. Capable de faire une passe en sortie de dribble et d'éliminer son défenseur. Son shoot à mi-distance est réglé comme du papier à musique. Je le lui concède. Avec ma taille, je campe dans la raquette. Tirs en se retournant, bras roulés, faire le ménage au-dessus du cercle et prendre les rebonds. Fut un temps où j'arrivais à dunker. Mais aujourd'hui mes genoux ne me le permettent plus.

Pine posa son verre et se leva.

— Eh bien, merci pour le tonic.

Russell leva les yeux vers elle.

— Vous êtes vraiment du FBI ?

Elle prit un morceau de papier et y nota quelque chose.

— Voilà où vous pouvez me joindre si vous changez d'avis.

Russell prit le papier sans le regarder et le posa sur une table à côté du canapé.

— Vous m'avez, en réalité, donné pas mal matière à réfléchir, lui dit-il, en faisant de nouveau tournoyer le glaçon dans son verre.

Les flammes faisaient ressortir la finesse de ses traits.

— Je regrette de ne pas pouvoir en dire autant. Je trouverai la sortie.

Elle ne retourna pas à sa voiture parce qu'elle savait qu'il l'observait de sa fenêtre. Elle tourna à gauche, descendit rapidement la rue et tourna à droite au premier carrefour. Elle prit position à côté d'un arbre qui lui permettait d'avoir une vue dégagée sur sa porte d'entrée.

Elle n'avait rien retiré de son entretien avec Russell, hormis une impression des plus étranges.

Vingt minutes plus tard, Pine entrevit la possibilité d'en apprendre enfin un peu plus.

Russell venait de sortir de chez lui et de partir dans la direction opposée.

Pine se dirigea rapidement vers sa voiture, démarra et le suivit.

CHAPITRE

34

LA DÉCISION DE PINE de suivre Russel en voiture s'avéra fructueuse. Russell n'avait eu le temps que de traverser deux rues lorsqu'un SUV noir s'arrêta le long du trottoir. La porte s'ouvrit et il prit place à l'intérieur. Le véhicule quitta rapidement le quartier de Capitol Hill et prit la direction du nord de la ville.

Pine connaissait bien DC parce qu'elle y avait travaillé. Ils allaient vers l'ouest, en traversant le quartier d'affaires. Ils bifurquèrent ensuite légèrement au nord en direction de quelques-uns des quartiers les plus riches de la ville.

Le SUV ralentit en entrant dans Cleveland Park, dans le nord-ouest de la ville. Pine l'imita. Malgré l'heure tardive, le trafic était dense, ce qui était loin de déplaire à Pine, parce que cela lui permettait de se fondre au milieu. Et elle était versée dans l'art de la filature. Elle était certaine que personne à l'intérieur du SUV ne s'était rendu compte qu'elle les suivait.

En voyant le SUV tourner sur International Place, Pine se raidit. Elle pensait savoir où il se rendait.

Une intuition qui se confirma lorsque le SUV ralentit et s'arrêta à un poste de contrôle.

Le célèbre architecte Ieoh Ming Pei avait beau avoir été consulté pour concevoir le bâtiment, Pine avait toujours trouvé qu'il ressemblait à une forteresse.

Mais, d'un autre côté, pouvait-on s'attendre à autre chose de la part de l'ambassade de la République populaire de Chine ?

Le SUV franchit la grille et disparut.

Pine ne pouvait pas le suivre. Elle descendit la rue, fit demi-tour et trouva une place sur la rue pour se garer. Elle éteignit ses feux, se tapit derrière le volant et prit son mal en patience.

Les Chinois. L'homme qui l'avait rossée était-il chinois ?

Et Simon Russell et vraisemblablement Ben Priest fricotaient-ils avec les Chinois ?

Pine n'avait pas le droit de pénétrer dans l'ambassade. Même dans le cadre d'une enquête officielle pour le FBI. Ce bâtiment pourrait tout aussi bien se trouver à Pékin. En vertu des traités internationaux, il était bâti sur le sol chinois.

Mais si les Chinois étaient impliqués, que venaient faire là les deux Russes qu'elle avait mis KO chez Priest ?

Malgré l'heure tardive, elle appela Blum pour lui faire le récit des derniers événements.

— Selon vous, pourquoi ce Simon Russell s'est-il rendu là-bas, agent Pine ?

— Impossible de croire que sa visite en ces lieux ne soit pas la conséquence de notre petite discussion. Cela signifie donc que l'histoire dans laquelle Ben Priest est impliqué, quelle qu'elle soit, doit concerner, du moins en partie, les Chinois.

— Qu'allez-vous faire à présent ?

— Attendre que Russell ressorte pour lui filer le train.

Pine raccrocha et se recroquevilla un peu plus sur son siège pour éviter que les feux de la voiture qui descendait la rue révèlent sa présence.

L'horloge de sa voiture indiquait 2 heures lorsque le même SUV noir ressortit.

Pine savait que c'était le même SUV à cause des plaques.

Elle n'avait, malheureusement, aucun moyen de savoir si Russell se trouvait à l'intérieur.

Elle n'avait pas d'autre choix que de le suivre.

Il n'y avait presque plus de circulation à cette heure, Pine décida de tenter quelque chose. Elle doubla le SUV et tourna la tête lorsque les deux véhicules furent à la même hauteur. Ses vitres étaient, malheureusement, teintées. Impossible de voir à l'intérieur.

Elle roula jusqu'à la maison de Russel, se gara et attendit.

Elle le vit arriver à pied quelques minutes plus tard. Le SUV l'avait, manifestement, déposé à une certaine distance de là.

Elle se demandait si elle devait le confronter de nouveau lorsque quatre hommes fondirent sur Russell qui était en train d'ouvrir sa porte.

Ils le poussèrent violemment à l'intérieur et refermèrent la porte derrière eux.

Pendant un instant, Pine resta immobile dans sa voiture. Puis elle entra en action.

Elle fit demi-tour, tourna à droite, et encore à droite et entra dans la ruelle qu'elle avait déjà empruntée un peu plus tôt dans la soirée.

Elle s'arrêta devant l'arrière-cour de Russell, escalada le mur et atterrit doucement sur l'herbe de l'autre côté. Elle se faufila discrètement jusqu'à une fenêtre de la maison pour voir ce qu'il s'y passait.

Elle ne voyait rien mais elle entendait des bruits. Elle ignorait qui étaient ces hommes et ce qu'ils voulaient à Russell.

Mais elle était certaine que ce n'étaient pas des policiers. Des policiers auraient montré leurs insignes et l'auraient embarqué sur le perron. Ils ne l'auraient jamais poussé à l'intérieur de sa maison.

En temps normal, Pine aurait immédiatement appelé la police. Mais cela n'avait rien d'une situation normale.

Elle jeta un œil sur le verrou de la fenêtre de derrière. Elle sortit son couteau et s'en servit comme d'un levier pour soulever le pêne. La fenêtre s'ouvrit en silence. Elle entra sans faire de bruit et vit qu'elle se trouvait dans la cuisine.

Elle sortit son arme en franchissant la porte de la cuisine. Grâce à sa précédente visite, elle avait l'avantage de connaître un peu la disposition des pièces.

Elle s'immobilisa en entendant le dialogue animé.

— Je ne sais pas ce que vous voulez.

C'était la voix de Simon Russell.

Pine sortit son téléphone prépayé et appela la police.

Elle indiqua l'adresse, décrivit la situation et conclut son message par un « Dépêchez-vous » avant de ranger le téléphone.

Elle sortit son Beretta de l'étui à sa cheville et entra dans le vestibule avec une arme dans chaque main. Quoi qu'elle fasse ou ne fasse pas, elle avait le sentiment que cela finirait mal pour tout le monde.

Mais la marche arrière n'était pas une vitesse qu'elle avait l'habitude d'utiliser.

Elle s'arrêta juste avant d'atteindre l'entrée du salon sur sa droite, en face du bureau de Russell.

La maison était plongée dans la pénombre parce que personne n'avait pris la peine d'allumer. Pine ne s'attendait certes pas à ce que les intrus veuillent prendre le risque de commettre leur litanie de crimes en pleine lumière.

Elle s'approcha avec précaution du coin de la porte et s'immobilisa dès qu'elle put entrevoir ce qui se tramait dans le salon.

Grâce à la lumière ambiante venant de la rue, elle distingua les quatre hommes, debout en demi-cercle autour de Russell qui était assis sur un fauteuil.

— Je ne sais pas de quoi vous parlez. Je ne connais personne à l'ambassade de Chine.

— Tiens donc. Alors que vous en sortez, dit un des hommes.

— Vous m'avez confondu avec quelqu'un d'autre.

— Que vous a dit Ben Priest ?

Russell se redressa lentement.

— Qu'est-ce que cette information me rapportera ?

— Que voulez-vous ? demanda le même homme.

— L'immunité.

— Je ne crois pas. Vous savez trop de choses.

— Je ne sais rien.

Les cinq hommes tournèrent la tête vers la fenêtre en entendant les sirènes dehors.

— Merde ! lâcha un des hommes.

— Sérieux ? demanda un autre.

— Occupe-t'en, ordonna le premier. Prends les autres avec toi. Tu connais la chanson.

Les trois hommes se dirigèrent vers la porte de la maison. Pine les vit prendre quelque chose dans leurs poches.

Le quatrième resta seul avec Russell.

Pine l'observa d'un peu plus près. La cinquantaine, cheveux poivre et sel avec d'assez longues rouflaquettes. Costume cravate, visage buriné et nez qui avait été cassé au moins une fois. Il avait l'air de ne pas faire de sentiments et il n'en faisait probablement pas.

Pine se faufila jusqu'à une des fenêtres de devant et vit une voiture de patrouille se garer le long du trottoir.

Deux agents du DCPD descendirent du véhicule. Les trois hommes étaient sortis à leur rencontre.

— Merde, murmura Pine.

Ils montraient des insignes et des cartes, comme elle l'avait fait des milliers de fois.

Ces types bossaient pour une agence du gouvernement fédéral.

Les deux agents vérifièrent les cartes et commencèrent à discuter avec eux.

Elle regagna son poste de surveillance pour voir où l'homme et Russell en étaient.

— Vous n'avez pas le droit de faire ça, dit Russell. C'est illégal.

— Rien n'est illégal lorsque vous *êtes* la loi.

— Je veux un avocat. Immédiatement.

— Nous n'avons pas le droit d'arrêter qui que ce soit, Russell. Ce n'est pas comme cela que nous travaillons. Alors n'attendez pas à ce qu'on vous lise vos droits. Personne ne le fera.

— Vous ne pouvez pas me contraindre à quoi que ce soit.

— C'est là que vous faites erreur. La sécurité nationale prend le pas sur tout.

— Même sur mes putains de droits constitutionnels ?

— La Constitution est là pour protéger tous les Américains. Si nous devons en sacrifier quelques-uns pour y parvenir, ainsi soit-il. Calcul mathématique élémentaire de mon point de vue.

— Je vous ordonne de sortir de chez moi.

— Oh, ne vous inquiétez pas. Nous allons partir. Mais vous venez avec nous.

— Je n'irai nulle part.

— Faux, là encore. Dès que mes hommes en auront terminé avec les péquenots du coin, nous irons faire un tour. Un avion nous attend.

— Pour aller où ?

— Top secret.

— Conneries.

— OK, je vais vous donner un indice. Nous vous emmenons dans un endroit en dehors des frontières de ce pays, dans lequel il sera plus facile d'avoir une discussion franche avec vous.

Il marqua une pause avant d'ajouter :

— Par tous les moyens nécessaires.

— Quoi, vous allez me torturer ? Ne me faites pas rire. Vous n'avez plus le droit de le faire.

— C'est drôle, je n'ai pas reçu ce mémo.

— Votre tête roulera dans la sciure si vous jouez à ce petit jeu.

— Vous croyez que vous êtes le seul que nous ayons dû persuader récemment ? Et ma tête se trouve encore là où elle a toujours été.

Russell blêmit.

— Écoutez, tout ceci est ridicule. Je suis un citoyen américain.

— Tout comme moi. La situation est limpide. Vous savez des choses qui peuvent mettre en danger la vie de beaucoup d'Américains. Si nous devons faire quelque chose pour l'empêcher, alors nous le ferons.

— C'est n'importe quoi. Je vais sortir parler aux flics.

L'homme sortit une arme et la braqua sur la tête de Russell.

— Non.

— Quoi, vous allez m'abattre ? Ici ?

L'homme tapota sur le canon de son arme.

— Silencieux. Ils n'entendront rien. À vous de choisir. Les deux options me conviennent.

— Écoutez, vous n'êtes pas obligé de faire ça.

— Si, j'en ai peur.

L'homme s'écroula soudain sur le sol.

Russell le regarda, incrédule. Lorsqu'il leva les yeux, il vit Pine qui tenait son pistolet, par le canon. Elle avait utilisé la crosse pour l'assommer.

Elle fit signe à Russell de la suivre.

— Bougez-vous. Maintenant !

CHAPITRE

35

MERCI.

Pine se tourna vers le siège passager de sa Mustang.

Ils étaient loin du quartier de Russell. Elle tourna dans une rue parallèle, se gara le long du trottoir et coupa le moteur.

Russell était encore blême et bouleversé, mais son visage commençait à retrouver des couleurs.

— Je ne vous ai pas sauvé pour que vous me remerciez ! hurla -t-elle. Maintenant vous allez m'expliquer ce qui se passe.

— Écoutez, je ne peux pas, OK ? Je ne pouvais pas leur dire et je ne peux pas vous le dire.

— Ces types allaient vous tuer. Ou, du moins, vous torturer presque à mort.

— Peut être.

— Il n'y a pas de peut-être. Qui étaient-ils ?

— Je l'ignore.

— Foutaises. C'étaient des employés du gouvernement, mais votre ami a dit qu'ils n'avaient pas le droit d'arrêter qui que ce soit dans le pays. Ça réduit pas mal la liste. Et vous le savez !

Russell secoua la tête obstinément.

— Ce type bluffait.

— Vous en êtes sur ?

— Ouais. Nous sommes aux États-Unis, pas à Moscou.

— C'est drôle que vous parliez de Moscou parce qu'il y avait deux Russes chez Ben Priest à Alexandria qui ont essayé de me tuer.

Russell lui lança un regard acéré et inspira longuement. Il secoua la tête.

— Écoutez, personne ne va me jeter par une fenêtre ou m'inoculer un agent innervant.

Pine redémarra la voiture.

— Très bien, je vous ramène là-bas, alors. Aucun souci. Amusez-vous bien là où ils vous emmèneront. Et avec je ne sais quel produit qu'ils vous inoculeront.

Russell posa une main sur le volant.

— Non, attendez, je vous en prie, ne faites pas ça.

— Alors ce sera donnant donnant et maintenant.

— Que voulez-vous savoir ?

— Vous vous êtes rendu à l'ambassade de Chine. Et ne me mentez pas. Je vous ai suivi jusque là-bas, comme l'ont fait les quatre autres. Pourquoi y êtes-vous allé ?

Russell regarda par la fenêtre dans le noir. Il avait l'air d'un animal acculé, cherchant désespérément en vain une issue.

— Votre visite m'a incité à m'y rendre.

— Expliquez.

— Ben Priest.

— Quelles sont ses relations avec les Chinois ? Et les Russes ?

— Il s'agit de géopolitique, les choses sont donc complexes. Quel est votre niveau aux échecs ?

— Vous le verrez.

— Les alliés deviennent parfois des ennemis. Et vice versa. Ce statut peut être temporaire ou pérenne. Il peut être situationnel. Transactionnel. Occasionnel. Bref, il peut prendre toutes les formes, vraiment.

— Ben m'a dit quelque chose dans ce sens.

— Je n'en doute pas.

— Vous *travaillez* donc bien avec lui ?

— Je sais ce qu'il *fait.* Laissons ça en suspens.

— Je ne suis pas en position de laisser quoi que ce soit suspendu nulle part. Que fait Priest dans la vie ?

— Il a énormément d'entregent. Il fait des choses qui doivent être faites en dehors des canaux officiels. C'est vraiment tout ce que je peux dire.

— Revenons aux échecs. Quel est le premier coup ? Et comment en sommes-nous arrivés là ?

— Je ne suis sûr de rien. Ce ne sont que des spéculations.

— Au fait, quelles sont vos relations avec la Chine ?

— Il m'est arrivé de travailler pour eux.

— En espionnant votre pays ?

Russell plissa le front.

— Ne soyez pas stupide. Ils ont des intérêts légaux et je me charge d'en informer les bons cercles. Mais je peux vous dire que les Chinois craignent que quelque chose d'important soit sur le point de se produire. Ils ne sont pas certains de savoir de quoi il s'agit mais ils ont des soupçons. Comme moi.

— Laissez libre cours à vos spéculations.

— Le monde est secoué par de nombreuses crises en ce moment. Nous avons toujours eu des points de friction. Le Proche-Orient, l'Iran notamment. La Russie. La Corée du Nord. Mais ils n'avaient encore jamais éclaté tous en même temps. Certaines personnes, dans ces circonstances, cherchent la solution rapide et facile.

— Il y a un Asiatique impliqué dans cette histoire, nord-coréen ou chinois. Il a failli me tuer.

— C'est intéressant. Je suis certain que vous savez que notre pays a entamé des pourparlers de paix avec la Corée du Nord dans le but de les convaincre de renoncer à leurs armes nucléaires ?

— Ouais, je sais. Et je sais que les Chinois sont particulièrement attentifs à l'issue de ces pourparlers.

— Eh bien, ces pourparlers ne se déroulent pas très bien. Ils risquent même de capoter à tout instant.

— Quel serait donc l'intérêt pour un Nord-Coréen de faire capoter ces négociations ?

— Peut-être provoquer un changement à la tête du gouvernement ?

Pine collée à la portière dévisagea l'homme assis sur le siège passager de la Mustang.

— Où ? En Corée du Nord ?

— Pourquoi pas ici ?

Pine écarquilla les yeux.

— C'est insensé.

— S'il y a bien une chose que j'ai apprise au cours de toutes ces années, c'est de ne jamais dire jamais.

— Comment quelqu'un pourrait-il réussir ce genre de choses dans ce pays ?

Il secoua la tête.

— Quel qualificatif ai-je employé à votre propos lors de notre première rencontre ?

— Cheval fou. Attendez, êtes-vous en train de dire que des membres de *notre* gouvernement fomenteraient un complot pour le renverser ?

— C'est réellement possible.

Pine s'appuya contre le dossier de son siège.

— Et quoi, ils s'associeraient à la Corée du Nord pour arriver à leurs fins ? C'est de la folie.

Russell sortit un paquet de cigarettes et une boîte d'allumettes.

— Ça vous dérange si je fume ? Je suis tendu comme une arbalète en ce moment.

— Baissez la vitre et expirez la fumée à l'extérieur. Comment pouvez-vous jouer au basket et fumer ?

— Je fume peut-être une cigarette par mois. Si cela doit me tuer, ainsi soit-il.

Il baissa la vitre, alluma la Marlboro, tira une taffe et expira la fumée par la vitre ouverte.

— OK, puisque vous avez enfin décidé de jouer cartes sur table, je peux vous dire que Ben avait prévu de longue date de descendre à dos de mulet au fond du Grand Canyon mais qu'il a cédé sa place à un homme qui a disparu depuis.

— Quel homme ?

Pine lui montra le portrait-robot numérique sur son téléphone.

— Est-ce que vous le connaissez ?

Russell regarda la photo attentivement et secoua la tête.

— Si je devais me livrer à une quelque spéculation, je dirais que cette personne savait peut-être ce qui se tramait et a demandé de l'aide à Ben.

— Pour faire quoi ?

— Ce type voulait peut-être communiquer ces informations aux bonnes personnes mais ne savait pas comment entrer en contact avec elles. Vous avez dit que Ben avait été enlevé à bord d'un hélicoptère ? Comment le savez-vous ?

— Parce que j'étais là. Et il s'agissait d'un modèle d'hélico utilisé par l'Armée de terre.

— Merde, cette affaire remonte très haut, alors, dit Russell d'une voix dans laquelle on sentait poindre une certaine angoisse.

— Très haut, à quel point ? demanda Pine.

— Peut-être plus haut que nous voulons le croire. S'ils ont enlevé Ben, ils essaient peut-être de faire le ménage. Ou de placer tout le monde en quarantaine, comme cela se fait avec Ebola. C'est pour ça qu'ils sont venus chez moi.

— Mais ils m'ont laissé vivre, dit Pine.

Russell se tourna vers elle.

— Alors vous avez beaucoup de chance.

— Vous croyez vraiment que des membres de notre gouvernement fomentent une sorte de coup d'État ?

Russell parut amusé par son incrédulité.

— Ne venez-vous pas juste de dire que Ben avait été enlevé dans un hélicoptère de l'Armée de terre ? Et je sais que le FBI a le sang rouge, blanc et bleu mais votre agence s'est retrouvée dans les cordes, n'est-ce pas ? Vous seriez tous corrompus, selon eux.

— Mais renverser le gouvernement ?

— Les gens en ont marre de DC. Ils le considèrent comme un obstacle. Dans le même temps, ils voient des gouvernements autocratiques faire ce qu'ils veulent dans le monde entier et ils veulent, eux aussi, faire la même chose.

— Cela ne correspond pas à nos valeurs.

— Nos valeurs sont définies par ceux qui sont assez puissants pour *dire* quelles sont nos valeurs. Nous sommes, au mieux, une ploutocratie et cela depuis longtemps maintenant. Et les ploutocraties finissent invariablement par se transformer en oligarchies. Je ne suis pas en train de faire un cours magistral. Je ne fais qu'énoncer des faits. J'ai vu cela se produire dans beaucoup d'endroits.

— Est-ce qu'il y a quoi que ce soit dont vous *pouvez* parler qui pourrait m'aider à trouver Ben Priest ?

Russell tira longuement sur sa cigarette et expira la fumée par la fenêtre.

— Avez-vous entendu parler de la SPB ?

— Non, je devrais ?

— C'est un acronyme. Leur véritable dénomination est Société Pour le Bien.

— Ça sonne vraiment ringard.

— En réalité, il s'agit d'un groupe d'individus très sérieux. Ils s'intéressent à un grand nombre de sujets importants pour la planète. Ils comptent dans leurs rangs quelques poids lourds dans toutes sortes de disciplines professionnelles dans le monde entier. C'est une sorte de laboratoire d'idées.

— Il y a déjà des laboratoires d'idées de gauche et de droite.

— Celui-là n'a pas d'orientation politique. Il existe depuis environ quatre-vingts ans. Ils font beaucoup de conférences TED. Ils publient des articles, organisent des conférences, travaillent avec les gouvernements et des entreprises dans le monde entier. En essayant de faire le bien, comme leur nom l'indique.

— Et qu'est-ce que cela a à voir avec mon enquête ?

— Ben Priest est membre de la SPB.

Pine garda le silence pendant quelques instants, le temps pour elle d'assimiler tous ces éléments.

— Je vois. Vous pensez que le plan qu'il a concocté avec le disparu, dont nous ignorons tout, pourrait avoir été mis en œuvre en utilisant les ressources de cette société ?

— Je l'ignore. Mais je peux vous dire que la SPB a joué un rôle *actif* dans la révélation de certains scandales, notamment des malversations gouvernementales dans certains pays en développement, des choses dans ce genre.

— Mais pas de corruption dans ce pays ?

— La corruption n'a pas de frontières. Et de ce que je sais de ses membres, ils n'hésiteront pas à faire ce qu'ils considèrent comme étant leur devoir.

— Où puis-je les trouver ?

— Ils ont un immeuble à DC, sur H Street.

Pine se cala contre le dossier de son siège et posa les mains sur le volant.

— Pouvez-vous m'obtenir un entretien avec ces personnes ? Vous êtes l'espion qui agit dans l'ombre. Je suis une enquêtrice au sang rouge, blanc et bleu.

— Je ne sais pas. Je dois y réfléchir.

— Nous n'avons pas de temps à perdre.

Russell se tourna et expira de nouveau la fumée par la vitre ouverte.

Un instant plus tard, il s'affala sur le côté vers Pine. Un pied venait de passer à travers la fenêtre ouverte et l'avait frappé sur le côté de la tête.

Russell heurta violemment le volant, rebondit et bascula vers l'avant sans vie, uniquement retenu sur son siège par sa ceinture de sécurité.

Pine regarda sur sa droite et vit l'Asiatique. Il ne tenait pas de parapluie cette fois. Sa main se dirigeait vers la poignée de la portière.

Pine démarra pied au plancher.

La Mustang s'arracha du trottoir comme si elle avait le diable aux trousses.

Pine avait atteint le 110 avant d'arriver au premier carrefour qu'elle traversa en trombe.

— Bordel de merde ! hurla-t-elle.

Elle fit demi-tour au deuxième carrefour et repartit dans la direction d'où elle venait. Elle sortit quelque chose de sa poche.

Elle remontait la rue à fond quand il apparut dans son champ de vision.

Il marchait d'un pas rapide sur la chaussée.

Elle ralentit. Il en fit de même.

Elle baissa la vitre et leva la main.

L'homme se prépara à une attaque sans la quitter des yeux.

Pine le prit en photo avec son téléphone et sortit son arme.

Je vais descendre ce fils de pute.

Mais il s'était volatilisé en un clin d'œil.

Pine appuya sur le champignon.

Cinq minutes plus tard, après avoir dessiné de nombreux méandres, elle entra sur un parking derrière un Starbucks.

Elle se gara et regarda Russell. Aucun pouls, yeux vitreux, sans réaction. Il était mort. Elle passa la main sur l'arrière de sa nuque.

Ses vertèbres ressemblaient à des morceaux de puzzle tombés de leur boîte.

Un coup de pied à la tête porté à travers la minuscule ouverture d'une fenêtre de voiture avait littéralement brisé la colonne vertébrale d'un homme de 2 mètres.

Elle resta là à réfléchir pendant quelques minutes. La décision qu'elle prit ne lui plaisait pas, mais elle ne voyait aucune alternative. Du moins aucune qui lui permettrait de rester agent du FBI et d'éviter la prison.

Pine démarra la voiture et se dirigea vers la sortie.

Elle devait faire quelque chose qu'elle n'aurait jamais imaginé faire.

Je dois me débarrasser d'un cadavre.

CHAPITRE 36

ATLEE PINE POSSÉDAIT UNE FORCE INCROYABLE.

Mais un cadavre est, chose qui se conçoit aisément, un poids mort et donc pas si facile à déplacer.

Elle ouvrir la porte passager de la Mustang, s'accroupit, saisit feu Simon Russell sous les aisselles et le hissa hors de la voiture. Avant qu'il bascule en avant, elle le plaqua contre l'aile de la voiture et l'empêcha de glisser en calant sa cuisse contre ses genoux, immobilisant ainsi ses longues jambes contre la Mustang. Elle maintenait son torse droit avec son avant-bras.

OK, c'est juste une charge à soulever. Une de plus.

Elle compta jusqu'à trois et lâcha le corps. Pendant qu'il s'affaissait vers l'avant, elle s'accroupit, le cueillit au niveau de la taille avec ses épaules et se redressa. L'homme grand et mince fut hissé dans les airs, plié en deux sur ses larges épaules.

Elle avança lentement.

Pine avait eu un mal fou à se résoudre à faire ce qu'elle s'apprêtait à faire. Il était complètement « anormal » pour un agent du FBI de transporter un cadavre dans le but de l'abandonner quelque part. Elle violait tous les protocoles entourant une scène de crime ainsi qu'une ribambelle de lois.

Assise dans sa Mustang, elle avait envisagé toutes les alternatives. Rongée par la culpabilité et en proie au doute comme elle ne l'avait jamais été, Pine avait conclu que c'était sa seule option. Si elle tentait d'aller au Bureau avec un cadavre dans le coffre, elle aurait, d'après ses calculs, l'âge de Blum lorsqu'elle reverrait la lumière du jour.

Cela aurait été plus facile pour elle d'abandonner le corps de Russell dans les bois, mais elle ne put s'y résoudre. Il serait profané par les animaux sauvages, ce qui serait non seulement un manque de respect à son égard mais également une entrave à l'enquête médico-légale qui s'ensuivrait. Atlee Pine, enquêtrice criminelle, ne pourrait jamais se rendre complice d'un tel acte.

Elle avait bien choisi le lieu, au fin fond d'une zone rurale de Virginie.

Pas de caméras de vidéosurveillance, personne aux alentours. Une route pour entrer, une pour sortir. Elle avait tourné un moment avant de le trouver. Elle connaissait l'endroit. Elle avait travaillé sur une scène de meurtre il y a plusieurs années lorsqu'elle était en poste au WFO. L'archétype du terrain de chasse des tueurs en série : reculé, beaucoup de terre dans laquelle enterrer des corps, pas de police aux alentours, des routes désertes, pas de témoins. Toujours le même refrain. Toujours le même refrain.

La vieille bâtisse avait dû être construite dans les années 1960.

Le grillage était troué de toutes parts. Le perron en béton était fissuré. La peinture se décollait des murs extérieurs et la cour était envahie par les herbes.

Mais elle avait des portes et des fenêtres et pas le moindre voisin.

Elle ignorait à qui elle appartenait ou pourquoi quelqu'un l'avait construite ici.

Il émanait une odeur de pourriture, de rouille et de tous les ravages du temps sur toute chose ici-bas.

Elle ouvrit la porte avec sa botte, porta Russell à l'intérieur et le déposa sur le plancher. Elle sortit de sa poche un petit mot qu'elle avait écrit et le glissa dans la chemise de Russell. Il donnait des précisions à propos de ce qui était arrivé à Russell pour que la police le trouve et s'en serve.

Surplombant l'homme mort qui la fixait, Pine lui dit :

— Je suis désolée, Simon. Je… Je ne voulais pas que cela se finisse ainsi. Mais je coincerai votre assassin. Coûte que coûte.

Elle quitta la maison, remonta dans sa voiture et s'éloigna lentement, tous feux éteints.

Ce n'est qu'après avoir regagné la route principale qu'elle alluma ses feux et accéléra.

Vingt minutes plus tard environ, elle utilisa un nouveau téléphone prépayé pour appeler la police et leur indiquer l'emplacement ainsi que ce qu'ils y trouveraient.

Elle regagna l'appartement à Ballston au petit matin.

Elle trouva Blum en pyjama en train de somnoler sur le canapé.

Pine hésita à la réveiller. Elle lui appuya délicatement sur l'épaule.

Blum cligna des yeux et se mit sur son séant pendant que Pine se rendait dans la cuisine, ouvrait le réfrigérateur et prenait une bière.

— Où étiez-vous ? demanda Blum d'une voix fatiguée.

— Je suis désolée, je n'aurais pas dû vous réveiller.

— Vous avez bien fait. Je vous attendais mais je suppose que j'ai dû m'assoupir. Que s'est-il passé ?

Pine décapsula la bière et s'assit sur la chaise en face d'elle.

— Je ne suis pas sûre de devoir vous le dire.

— Pourquoi pas ?

— Cela pourrait faire de vous ma complice.

— J'ai peur de l'être déjà depuis un petit moment, ma chère. Et si cela vous aide à vous sentir mieux, sachez que j'étais on ne peut plus partante sur ce coup.

Pine avala une gorgée de sa bière et grimaça. La partie de sa bouche qui avait croisé le coude de l'Asiatique l'élançait encore.

— C'est une longue histoire.

— Personne ne m'attend.

Pine lui fit le récit méthodique des événements.

Lorsqu'elle évoqua la mort de Russell, tué d'un seul coup de pied, Blum l'interrompit :

— Vous avez de la chance que cet homme ne vous ait pas tuée l'autre nuit.

— Je ne me sens pas trop chanceuse, là, mais je vois ce que vous voulez dire. J'ai réussi à prendre ceci.

Elle sortit son téléphone, afficha la photo de l'homme sur l'écran et la lui montra.

— Il a l'air complètement inoffensif.

— Il cache bien son jeu parce que tous ses membres sont potentiellement létaux.

Pine finit sa bière.

— Je vais manifestement devoir rendre une petite visite aux membres de cette SPB.

— Je ne voudrais pas avoir l'air d'une maman inquiète, mais je pense que vous devriez d'abord dormir un peu. Si vous êtes épuisée, vous ne serez pas d'une grande utilité pour quiconque.

Pine se leva lentement et dit d'une voix contrite :

— Je n'aurais pas dû vous embarquer dans cette histoire, Carol. Ce n'était pas juste de ma part de vous le demander. J'ai enfreint un nombre incalculable de lois. Ma carrière au FBI est terminée, quoi qu'il arrive désormais. Et je vais probablement finir en prison.

— Eh bien, c'est une façon de voir les choses.

Pine la regarda d'un air surpris.

— Quelle est l'autre façon ?

— Vous résolvez cette affaire et on vous donne une grosse médaille. *Et* une chaise de bureau digne de ce nom.

Pine lui adressa un sourire affligé.

— Serait-ce une citation de J. Edgar Hoover ?

— Non, agent spécial Pine, celle-ci elle est signée Carol Blum.

CHAPITRE

37

S'ÉTAIT-ELLE JAMAIS endormie facilement ?

Jamais ?

Pine se retourna et regarda l'heure sur son téléphone.

9 heures.

Elle entendait les habitants des autres appartements marcher dans le couloir. Le ronron de l'ascenseur. Et dehors, les voitures qui passaient dans la rue.

Que des bruits anodins. Rien qui n'aurait dû interrompre son sommeil. Les rideaux étaient tirés de façon à empêcher la lumière du jour d'entrer.

Elle était épuisée.

Et, pourtant, elle était incapable de trouver le sommeil.

Elle descendit du lit, avança à pas feutrés jusqu'à la commode et sortit le porte-documents avec sa carte d'agent.

Coincé sous sa carte d'identité professionnelle se trouvait son bien le plus précieux. Plus important à ses yeux que son deuxième bien le plus précieux : son insigne du FBI.

Elle fit glisser la photo dans sa paume. Elle était petite, comme les personnes dont elle avait capturé le reflet.

C'était la dernière photo d'elle et de Mercy ensemble. En fait, c'était la seule photo sur laquelle on les voyait ensemble dont Pine se souvenait. Elle avait été prise trois jours avant l'enlèvement de sa sœur. C'était un de ces instantanés couleurs Polaroid jadis si populaires.

Pine se souvenait très bien de cet instant.

Elle et sa sœur étaient avec leur mère à la zone commerciale près de l'endroit où elles vivaient. Leur mère leur avait acheté des crèmes glacées et les avait assises sur un banc rêche pendant qu'elle fumait et échangeait des ragots avec deux de ses amies.

Une des amies de sa mère avait sorti son appareil pour prendre en photo une robe qui lui plaisait dans la vitrine d'un magasin. Elle n'avait pas les moyens de se l'offrir, l'avait entendue dire Pine, mais elle pensait pouvoir trouver les matériaux et s'en fabriquer une quasi identique. Après qu'elle avait pris la photo, la mère de Pine lui avait demandé de lui prêter l'appareil pour prendre une photo de ses filles ensemble. Les Pine n'avaient pas d'appareil photo, c'est pour cela que Pine savait qu'il n'existait aucune autre photo des deux sœurs.

Même si elle était souvent défoncée, l'instinct maternel de la mère de Pine faisait surface de temps à autre. Pine était certaine qu'elle aimait ses filles, de sa façon quelque peu désorganisée et maladroite. C'était juste qu'elle ne savait pas s'en occuper la plupart du temps. Elle avait eu ses filles à dix-neuf ans alors qu'elle était encore, elle-même, davantage une enfant qu'une adulte.

Elle avait pris la photo que le Polaroid avait automatiquement éjectée. L'amie de leur mère avait montré aux jumelles comment la tenir avec précaution par les coins en attendant que leur image apparaisse lentement et miraculeusement sur le papier. Leur mère avait ensuite acheté un cadre en bois bon marché et l'avait mise dans la chambre des filles. Elle était là lorsque l'intrus était entré et reparti avec Mercy. Témoin silencieux d'un crime absolument abject.

Pine fit courir son doigt sur les cheveux de sa sœur sur la photo ; ils avaient la même couleur et étaient coupés de la même manière que les siens. Il n'y avait qu'une seule façon de les distinguer. Les cheveux de Mercy étaient légèrement bouclés, tandis que ceux de Pine étaient raides comme des baguettes de tambour.

Symbolique, peut-être.

Elle s'était souvent demandé à quoi aurait ressemblé Mercy à l'âge adulte. Elle était certaine que la petite fille au grand cœur serait devenue une adulte avec une énorme capacité à prendre soin et à témoigner de l'empathie envers son prochain. Et qu'elle aurait choisi une carrière dans laquelle elle aurait aidé les gens qui en avaient besoin.

Oui, telle aurait certainement été la vocation de Mercy.

Atlee était le petit diable qui semait le bazar.

Mercy était l'ange.

L'ange s'était envolé.

Le petit diable était devenu flic.

Les vicissitudes de la vie.

Elle ouvrit les rideaux, fit coulisser la porte du patio et sortit sur le balcon qui surplombait un carré de verdure rare dans ce quartier surpeuplé.

L'air était vif, le ciel sans nuages et le soleil déjà haut mais elle ne pouvait pas encore sentir sa chaleur parce qu'elle était actuellement face à l'ouest.

Tous les signes annonciateurs d'une belle journée dans les environs de la capitale.

Et elle s'était débarrassée d'un cadavre la nuit dernière.

Avec cette idée en tête, elle regagna la chambre et consulta l'application qui agrégeait les brèves sur son téléphone.

Rien.

Elle alluma la télévision et fit défiler les chaînes d'info régionales.

Simon Russell avait eu raison. Les pourparlers de paix avec la Corée du Nord venaient d'être officiellement abandonnés selon un présentateur télé à la mine sombre. Elle se demanda si Russell en avait été averti au préalable. Peut-être par les Chinois. Ce segment fut suivi par un reportage sur un incendie survenu dans un établissement scolaire de la région puis par un autre sur une fusillade et, enfin, par un dernier sur un enseignant coupable d'avoir eu des relations sexuelles avec une élève. Mais pas un mot au sujet d'un cadavre découvert dans une vieille maison par la police qui s'était rendue sur les lieux à la suite d'un appel téléphonique et y avait également trouvé la description de l'assassin obligeamment laissée sur le cadavre. Cela n'était, semblait-il, pas suffisamment important pour figurer dans le fil d'info de la journée qui défilait en bas de l'écran. À moins que la police n'ait pas divulgué cette information pour on ne sait quelle raison. À moins que la police se soit vu intimer l'ordre de ne pas la divulguer par les mêmes forces qui avaient enlevé les frères Priest.

Elle rangea la photo, dormit de façon intermittente pendant encore quelques heures avant de renoncer et de passer vingt minutes sous la douche en laissant l'eau chaude brûler sa peau dans une tentative futile d'effacer le souvenir de la nuit dernière.

Elle avait enfilé des habits propres. Ceux de la veille imprégnés de l'odeur du violent trépas de Simon Russell et de l'abandon de son corps qui s'ensuivit avaient atterri dans la machine à la laver avec une double dose de lessive.

— J'ai préparé le déjeuner et du café frais si cela vous intéresse, dit Blum qui sortait de la cuisine en tenant une tasse dans la main.

— Voilà une excellente idée, merci. Ma bouche va beaucoup mieux.

— Votre visage tout entier a l'air d'aller mieux. Le pouvoir guérisseur de la glace, de l'ibuprofène et d'un peu de repos.

Elles mangèrent leurs sandwiches et burent leur café dans le petit coin repas dans le prolongement de la cuisine. La fenêtre surplombait la rue qui grouillait de monde à cette heure de la journée.

Blum observait ce ballet.

— Je pense qu'il y a plus de gens qui descendent cette rue que d'habitants à Shattered Rock.

— Cela ne fait pas le moindre doute, acquiesça Pine, en avalant sa dernière bouchée de sandwich et en piochant quelques chips sur son assiette.

— J'avais oublié à quel point la côte Est est peuplée.

— Une des raisons pour lesquelles je suis partie. Trop de gens.

— Et peut-être trop de bureaucrates qui essayaient de vous dire comment faire votre travail ?

— Ça aussi.

Pine débarrassa la table et mit les assiettes préalablement passées sous le robinet dans le lave-vaisselle. Lorsqu'elle revint dans la pièce, Blum avait allumé l'ordinateur portable.

— J'ai fait des recherches sur cette association, Société Pour le Bien, pendant que vous dormiez. Cela semble vraiment très intéressant. Leur site web est loin de casser des briques, mais j'ai écouté certaines de leurs conférences TED. Je dois avouer que je suis impressionnée.

— Y a-t-il une liste de membres ?

— Je n'en ai pas trouvé. Mais leurs bureaux se trouvent sur H Street.

— C'est ce qu'a dit Russell.

— Vous comptez vous y rendre maintenant ?

— C'est mon intention.

— J'aimerais vous accompagner.

Pine hésita.

— À moins que vous craigniez que nous soyons attaquées en plein jour par une bande de ninjas. Et, même là, je viendrais quand même avec vous mais je devrais emporter mon arme. À vous de décider.

Pine en resta comme deux ronds de flan.

— Vous avez une arme ?

En guise de réponse, Blum sortit de son sac un petit modèle au design sobre.

Pine regarda de plus près.

— C'est un Colt Mustang.

— Oui. Calibre .380 ACP.

— C'est parfait comme arme d'appoint mais son pouvoir d'arrêt n'a rien d'extraordinaire.

— Mais il est compact, ultraléger et d'une satanée précision à courte portée.

— Je ne savais pas que vous vous y connaissiez en armes à feu.

— Je suis de l'Arizona. C'est dans notre ADN. Selon la rumeur, je serais sortie du ventre de ma mère avec une tête pleine de cheveux et un Derringer en acier nickelé incrusté de bijoux serré dans mon adorable poing replet.

— Mais le Colt n'a qu'un magasin à six balles.

— Si j'ai besoin de plus de six balles pour faire le boulot, je me suis trompée de métier.

Pine sourit et elles franchirent ensemble la porte de l'appartement.

CHAPITRE 38

ELLES PRIRENT LA KIA. La Mustang avait été vue plusieurs fois désormais et Pine craignait qu'elle se remarque trop. Si elle n'avait pas dû utiliser son SUV comme leurre, elle n'aurait jamais pris la Mustang. Le recul a un niveau de perfection que la prise de décision en temps réel était incapable de fournir.

Le bâtiment devant lequel elles se trouvaient avait été construit dans un style d'architecture grecque classique orné avec deux colonnes ioniques surmontées de chapiteaux aux nombreuses volutes encadrant l'entrée principale. Il offrait un contraste saisissant avec les deux immeubles de bureaux de huit étages ceints d'une carapace de verre et de métal qui l'entouraient. Elles s'étaient garées dans un parking souterrain situé un petit peu plus loin et avaient regagné la surface.

Des hommes et des femmes en costume avec sacs à dos et attachés-cases allaient et venaient à vive allure. Ils avaient tous les yeux rivés sur leurs téléphones et un air important lorsqu'ils déambulaient en prétendant être au service du peuple dans l'ombre des couloirs des ministères.

— Voilà une ville qui déborde d'énergie, fit remarquer Blum.

— C'est une façon de la décrire, répondit Pine. Capitale du faux-semblant en est une autre.

Elles arrivèrent au siège de la SPB. Les imposantes doubles portes en chêne massif semblaient assez solides pour résister à une roquette de LRAC.

Il y avait une sonnette incrustée dans le mur avec un interphone à côté.

Un écriteau en laiton demandait de sonner.

Pine s'exécuta.

Une voix retentit immédiatement.

— Puis-je vous aider ?

— Nous sommes du FBI. Nous aimerions nous entretenir avec quelqu'un au sujet de Benjamin Priest.

— Pouvez-vous montrer vos cartes à la caméra, s'il vous plaît ?

Pine remarqua l'objectif qui l'observait.

Merde.

Elle montra son insigne mais pas sa carte.

— Merci. Un instant.

Elles n'eurent pas à patienter très longtemps. Des pas retentirent très vite de l'autre côté de la porte.

Celle-ci s'ouvrit sur un homme grand portant un bouc et un costume gris avec une cravate bleue.

— Si vous voulez bien me suivre.

Elles lui emboîtèrent le pas.

Les deux femmes observaient les pièces spacieuses de chaque côté du couloir qu'elles empruntaient. Mobilier luxueux, tableaux aux lignes élégantes, une sculpture ici et là. Et suffisamment de cimaises, de moulures de couronnement, de pilastres, de colonnes, de médaillons, de balustrades, de frises et de fresques pour satisfaire les desiderata les plus outranciers d'un junkie de l'architecture.

Elles furent escortées jusqu'à un grand bureau tapissé de livres aux allures de capharnaüm. Des effluves de tabac à pipe semblaient émaner de chaque centimètre de la pièce.

L'homme au bouc sortit en fermant la porte derrière lui sans prononcer le moindre mot.

Pine regarda autour d'elle.

— Pourquoi ai-je l'impression d'entrer dans un roman d'espionnage des années 60 ? Où êtes-vous, George Smiley, lorsque j'ai besoin de vous ?

Blum remarqua une pile de livres sur une table basse.

— Est-ce que c'est de l'arabe ?

Pine regarda par-dessus son épaule.

— Oui. Simon Russell avait des livres en arabe lui aussi.

— Vraiment ?

Pine et Blum sursautèrent et se tournèrent vers une haute bergère à oreilles dont elles ne voyaient que le dos.

La bergère pivota. Un homme de petite taille avec une épaisse chevelure blanche y était juché. Il portait un costume trois pièces, une cravate de couleur et un foulard qui dépassait de sa poche de poitrine.

Il se leva et elles purent constater qu'il mesurait moins de 1 mètre 55.

— Asseyez-vous, je vous en prie, leur dit-il en leur indiquant deux chaises devant le bureau massif qui était recouvert de tout un tas de livres ouverts.

Il s'assit derrière le bureau et les observa toutes les deux, formant un clocher devant lui avec ses doigts.

— Nous ignorions qu'il y avait quelqu'un dans cette pièce, dit Pine.

— Manifestement, répondit-il. Au fait, je m'appelle Oscar Fabrikant.

— Merci de nous recevoir, monsieur Fabrikant.

— Oh, je vous en prie, appelez-moi Oscar. Êtes-vous toutes les deux des agents du FBI ?

Pine montra son insigne.

— Je suis l'agent. Elle est mon assistante.

Pine voulait à tout prix expédier les présentations sans révéler leurs identités.

Fabrikant hocha la tête.

— Bien. Passons aux choses sérieuses. Vous venez de mentionner Simon Russell ?

— Oui.

Pine s'en voulait de ne pas avoir convenablement examiné la pièce avant de parler. Leur interlocuteur savait désormais qu'il y avait un lien entre elle et un homme mort.

— Et comment connaissez-vous Simon ?

— Je ne le connais pas.

— Mais vous connaissez ses goûts en matière de lectures ?

— Une information que je tiens de Ben Priest, mentit Pine.

— Je vois. Et vous êtes venues ici à propos de quelque chose en rapport avec Ben ?

— Oui.

Elle observa le bureau.

— Est-ce que c'est vous qui dirigez la Société ?

— Je ne suis pas sûr que quelqu'un « dirige » cet endroit. Notre organisation est beaucoup plus démocratique, d'aucuns diraient chaotiques, que hiérarchique.

Il sourit à sa réflexion.

— Et, pourtant, c'est dans votre bureau que l'on nous a conduites.

— Eh bien, je suis ici depuis plus longtemps que la plupart. Et il semble que beaucoup des tâches administratives m'incombent. Cela ne me dérange pas.

Il se cala un peu plus sur son siège.

— J'ai vu quelques-unes des conférences TED produites par la Société, dit Blum. Je les ai trouvées d'un grand intérêt.

— Merci, répondit Fabrikant.

— Une idée où pourrait se trouver Ben ? demanda Pine.

— Pourquoi pensez-vous que je le saurais ?

— Ne travaille-t-il pas ici ?

— Personne ne travaille vraiment ici. Nous offrons notre temps et nos compétences.

— Et quel type de travail faites-vous en ces murs ?

— Nous analysons. Nous lisons. Nous débattons. Nous discutons. Nous écoutons. Nous voyageons. Nous rédigeons des articles. Nous donnons des conférences. Nous préconisons des politiques. Nous faisons du lobbying auprès des personnes au pouvoir sur des questions importantes.

Il montra Blum de la main.

— Et nous produisons des conférences TED, ce qui nous offre une tribune mondiale. Je crois que le total de nos vues cumulées dépasse le milliard sur les différents sites de réseaux sociaux. Vraiment remarquable. Que ferions-nous sans les réseaux sociaux ?

— Eh bien, ils ont assurément des avantages et des inconvénients, fit remarquer Pine.

Fabrikant se recula sur son siège et les observa pendant quelques instants.

— En quoi puis-je vous aider ?

— Que pouvez-vous nous dire au sujet de Ben Priest ?

— Ben est un ami. Un esprit de premier plan. Il a parcouru le monde entier. Quelqu'un de très intéressant.

— D'accord, mais que fait-il ?

— Il fait beaucoup de choses. Il a travaillé pour le gouvernement pendant un temps.

— Quelle branche du gouvernement ?

— Le Département d'État, il me semble.

— N'est-ce pas ce que disent tous ceux qui ne veulent pas dire ce qu'ils font vraiment ?

— Voilà des considérations qui me dépassent, répondit Fabrikant.

— Très bien, nous savons que Priest vient en aide aux personnes qui en ont besoin. Et qu'il aide quelqu'un en particulier en ce moment.

— Qui ?

— Je ne connais pas son nom, mais j'ai une photographie.

Pine lui montra le portrait-robot numérique sur son téléphone. Elle le regardait attentivement, à l'affût du moindre signe qui montrerait que Fabrikant le reconnaissait.

— Je n'ai pas l'honneur de le connaître, dit Fabrikant sans s'étendre davantage sur le sujet.

Pine se dit qu'elle était en face soit d'un exceptionnel joueur de poker soit de quelqu'un qui ne connaissait vraiment pas ledit individu.

— Savez-vous sur quoi travaillait Priest dernièrement ?

— Pas vraiment, non.

Pine regarda autour d'elle.

— C'est un bel endroit.

— Je le trouve un peu voyant, en fait. C'était l'hôtel particulier d'un industriel véreux. Il n'était pas d'ici mais il l'avait fait construire parce qu'il avait compris à quel point il était avisé d'habiter à proximité des membres du gouvernement qu'il soudoyait.

— Certaines choses sont immuables, fit remarquer Blum.

Fabrikant acquiesça.

— En effet.

— Toutes ces discussions, ces voyages et ces analyses. Cela doit coûter beaucoup d'argent, dit Pine.

— Comme je vous l'ai dit, nos membres ne touchent aucune rétribution pour leur travail. Nous payons leurs frais de déplacement et leurs faux-frais afférents, bien sûr mais nous ne versons aucun salaire.

— Mais vous avez quand même une forme de financement, insista Pine.

— Nous avons des bienfaiteurs.

— Et qui sont-ils ?

— Ils sont anonymes. Et ils le resteront. Êtes-vous inquiète à propos de la sécurité de Ben ?

— Probablement.

— C'est fâcheux.

— Cela l'est certainement pour lui.

Elle l'observa.

— Puis-je vous parler en toute franchise ?

— Je vous trouvais d'une grande franchise.

— Je n'ai pas encore atteint mon seuil d'alerte de niveau 1.

Fabrikant écarta les mains.

— Je vous en prie.

— Je pense que des ressortissants étrangers pourraient être impliquées dans cette disparition.

— À savoir ?

— Écoutez, je vais supposer que vous êtes *vraiment* une société œuvrant pour le bien et vous révéler une information que d'ordinaire je ne divulguerais pas à ce stade parce que, franchement, je ne vous connais pas. Mais j'ai le sentiment d'être engagée dans une course contre la montre et j'ai besoin d'avancer sur cette enquête.

— Je vous écoute.

— Je fais référence à un foutoir de grande envergure qui frapperait ce pays en plein cœur et pourrait le détruire.

Le regard amusé de Fabrikant s'évanouit.

— J'espère que c'est votre seuil d'alerte numéro 1. Je n'aimerais pas croire qu'un autre seuil puisse être atteint.

Il marqua une pause.

— De quoi parlez-vous exactement ?

Pine regarda Blum et dit :

— Peut-être un coup d'État fomenté contre notre gouvernement.

Fabrikant en resta bouche bée.

— Un coup d'État ? Nous parlons des États-Unis d'Amérique, pas d'une république bananière.

— Ce pays est né d'une révolution.

— Oui, eh bien, c'était il y a longtemps.

— L'Histoire ne se répète donc jamais ?

— Si, tout le temps.

— Vous voyez.

— Vous en êtes convaincue ?

— Des personnes au courant de ces événements en sont convaincues.

— Ben Priest et Simon Russell, par exemple ?

— Les Chinois sont peut-être dans le coup eux aussi.

— Pourquoi dites-vous ça ?

Pine prit son téléphone et le lui montra.

Fabrikant se pencha en avant et étudia la photo.

— Qui est-ce ?

— Un homme qui a essayé de me tuer deux fois. J'aimerais connaître son nom et ses antécédents.

— Je vais appeler quelqu'un qui pourrait le savoir.

Il prit le combiné, prononça quelques mots et reposa le récepteur.

Pine compta dix clics dans sa tête et quelqu'un frappa à la porte.

— Entrez, dit Fabrikant.

La porte s'ouvrit et un homme en costume et guère plus grand que Fabrikant entra.

— Montrez la photo à Phillip, dit Fabrikant.

Phillip ne regarda la photo que pendant une seconde. Il tourna la tête vers Fabrikant et hocha la tête.

— Vous pouvez lui dire, dit Fabrikant.

— Il s'appelle Sung Nam Chung.

— Et qui est-il ?

— Votre pire cauchemar.

— Aussi dangereux soit-il, il ne sera *jamais* mon pire cauchemar, répondit Pine d'un ton sec.

— Est-il Chinois ? demanda Blum.

Phillip tourna la tête vers elle.

— Non.

— Quelle est sa nationalité ? demanda Pine.

— Coréen.

— Coréen ? Nord ou Sud ? demanda Pine.

— D'après ce que je sais, il est né au Sud. Il s'est rendu au Nord enfant où il fut emprisonné. Dans un camp. Il en est sorti vivant et maintenant il travaille pour tous ceux qui ont le moyen de le payer. C'est un agent d'une très grande efficacité. Et très létal lorsqu'il doit l'être.

— Sung est donc son nom de famille ? demanda Pine.

Le nouveau venu secoua la tête.

— C'est Chung. Il réside dans ce pays depuis un bon moment et il a occidentalisé son nom. Il est très prudent. Les autorités ne peuvent rien prouver contre lui.

— Et comment quelqu'un comme lui a pu être autorisé à entrer aux États-Unis ? demanda Blum.

— Si vous avez les ressources, il existe des moyens, répondit Phillip.

Pine regarda Fabrikant.

— Les pourparlers de paix avec la Corée du Nord viennent juste d'échouer. La présence sur le sol américain de cet homme est avérée. Croyez-vous qu'il y ait un lien ?

— Je ne peux pas affirmer à cent pour cent qu'il n'y ait *pas* un lien.

Il se tourna vers Phillip.

— Merci, ce sera tout.

— Est-ce que Priest a un bureau ici ? demanda Pine après son départ.

— Oui.

— Pouvons-nous le voir ?

Fabrikant l'observa pendant un long moment.

— Je vous en serais vraiment reconnaissante.

— Oui, j'imagine. Suivez-moi.

CHAPITRE

39

IL N'Y AVAIT AUCUN EFFLUVE de tabac à pipe dans le petit bureau de Priest, mais il y régnait le même désordre et il y traînait autant de documents de toute sorte que dans celui de Fabrikant. De toute évidence, ce cénacle de génies bienveillants diplômés des meilleures universités n'étaient pas des maniaques du rangement. Pine remarqua aussi l'absence d'effets personnels, pas de photos, pas de souvenirs de voyage ou d'événements familiaux. Comme si Priest n'avait pas de vie en dehors de son travail.

Eh bien, nous ne sommes pas très différents sur ce point.

Les livres qui n'avaient pas trouvé place sur les étagères pleines à craquer étaient empilés sur le sol. Des classeurs remplis de documents formaient des colonnes sur le sol et les tables. Le bureau croulait lui aussi sous des piles de documents, de livres et de chemises de dossiers.

Un ordinateur de bureau Apple étincelant occupait une place centrale sur le bureau.

Fabrikant observait Pine pendant qu'elle inspectait les lieux avec Blum.

— Ben est un homme de la Renaissance. Il a de nombreux centres d'intérêt.

— J'imagine que vous êtes tous comme lui entre ces murs, fit remarquer Blum.

— Oui, en effet. Même si certains d'entre nous ont des spécialités.

Pine s'assit au bureau et alluma l'ordinateur.

— J'ai besoin de voir le contenu de son ordinateur.

— Je ne suis pas sûr de pouvoir l'autoriser mais je suis certain, en tous cas, qu'il a un mot de passe.

— Priest a laissé une clef USB qui, je le pense, contient quelque chose d'important. Mais elle est, elle aussi, protégée par un mot de passe.

— Voir le contenu de l'ordinateur de Ben ne vous aidera en rien.

— Vous vous trompez.

— Comment ?

— Je vais vous montrer.

Se doigts volèrent au-dessus des touches pendant qu'elle regardait les nombreux objets sur le bureau de Priest.

— Que faites-vous ? demanda Fabrikant.

— Profilage, à défaut d'un meilleur terme.

Son regard continua de voler d'un objet à l'autre jusqu'à ce qu'il s'arrête sur un.

Un mug de café rempli de stylos. Avec une affiche d'un film sur son pourtour.

Elle saisit le nom *Keyser Söze*.

Rien.

Elle ajouta un autre mot à *Keyser Söze*. Elle ajouta ensuite d'autres mots puis elle changea leur ordre.

L'ordinateur s'alluma.

— Comment avez-vous fait ça ? demanda Fabrikant.

— Il est très difficile de se souvenir des mots de passe. Certaines personnes utilisent des coffres-forts de mots de passe qui génèrent des mots de passe pour beaucoup d'applications différentes, supprimant par là même le besoin pour un individu de mémoriser ses mots de passe hormis celui du coffre-fort, mais la plupart des gens n'utilisent pas cette méthode. Ils élaborent leurs mots de passe à partir d'objets qu'ils gardent à portée de main. Cela les aide à s'en souvenir.

Elle balaya la pièce du regard.

— Il n'y a aucun effet personnel dans cette pièce. Pas de photo, ni d'objet d'art ni de souvenir. Rien qui montre la personnalité de celui qui travaille ici. Hormis ceci.

Elle pointa du doigt le mug.

— *The Usual Suspects*. Kevin Spacey interprétait le personnage de Verbal. J'ai essayé plusieurs combinaisons élémentaires, comme « Verbal est Keyser Soze ». Mais ayant rencontré Priest, j'ai compris que c'était trop élémentaire pour lui. Son cerveau fonctionne différemment. J'ai donc essayé l'inverse, « Soze Keyser est Verbal », et bingo.

Fabrikant applaudit silencieusement.

— Impressionnant. J'aime la façon dont votre cerveau fonctionne.

Pine inséra la clef USB et cliqua sur l'icône. L'écran afficha une boîte de dialogue demandant un mot de passe.

— Pensez-vous que ce soit le même mot de passe ? demanda Blum.

— Peu probable mais je vais essayer. La chance nous sourira peut-être.

Elle saisit « Soze Keyser est Verbal ». Sans effet.

— OK, nous sommes dans une impasse.

— Êtes-vous certaine que ce qui se trouve sur cette clef USB a un lien avec votre enquête ? demanda Fabrikant.

— Priest s'est donné beaucoup de mal pour la dissimuler, donc toutes choses étant égales par ailleurs, oui, j'en suis vraiment certaine.

Elle appuya sur d'autres touches et une liste de dossiers s'afficha sur l'ordinateur de Priest.

— Est-ce que je peux imprimer la liste de ses fichiers ? Pour pouvoir l'étudier plus en détail plus tard.

— Certainement. Mais juste la liste des fichiers, pas les fichiers eux-mêmes. Je ne peux pas vous autoriser à prendre le produit du travail de Ben sans sa permission.

— Eh bien, j'espère qu'il reviendra un jour pour donner sa permission.

— Est-ce vraiment aussi grave ?

— Avec ce Sung Nam Chung dans le coup, c'est à craindre.

Pine imprima la liste des fichiers et éteignit l'ordinateur.

Fabrikant les raccompagna jusqu'à l'entrée du bâtiment. Avant de fermer la porte, il lui tendit sa carte.

— Tous les numéros pour me joindre sont dessus. Si quelque chose survient ou si vous avez besoin d'aide, n'hésitez pas.

— Merci, dit Pine en prenant la carte.

En descendant la rue vers le parking souterrain, Blum lui demanda :

— Pourquoi n'essayez-vous pas de profiler Priest une nouvelle fois ? Cela pourrait nous aider à trouver le mot de passe.

— Je peux essayer, répondit Pine. Mais s'il s'est uniquement servi de son cerveau pour le créer, nous n'y arriverons pas.

— Le verre à moitié plein.

— Exact.

— Que pensez-vous des personnes que nous venons de rencontrer ?

— Qu'ils sont soit ce qu'ils semblent être, soit la façade de quelque chose de particulièrement louche.

— Ils ne nous auraient pas aidées s'ils étaient du mauvais côté.

— Tout dépend de votre définition d'*aider* et de *mauvais côté.*

— Exact.

Elles rejoignirent la Kia et prirent place à l'intérieur.

Pine s'intercala dans le trafic et tourna à gauche. Elle regardait son rétroviseur tout en conduisant.

— Tiens tiens.

— Qu'y a-t-il ?

— Nous sommes suivies.

— Je me demande qui ça peut être.

— Allons, Carol. Vous n'avez pas besoin de trois essais. La Société Pour le Bien nous file le train. Mon Dieu, je les aurais crus un peu moins faciles à repérer.

— Qu'allons-nous faire ? Les semer ?

— Pas vraiment.

— Pourquoi ?

— J'aimerais avoir quelques réponses.

Blum se cala sur son siège.

— Il est vrai que vous avez un don pour toujours poser les bonnes questions.

CHAPITRE 40

L'HOMME QUI SUIVAIT Pine et Blum tourna dans une autre rue sans jamais les perdre de vue dans le trafic.

La Kia tourna une nouvelle fois à gauche, puis à droite. Son poursuivant faillit bien griller un feu tellement il avait peur de se laisser distancer.

Il perdit la Kia de vue pendant environ une minute mais la repéra de nouveau.

Quelques secondes plus tard, il regardait la Kia faire un créneau pour se garer sur un emplacement libre.

L'homme regarda derrière lui et vit une place libre.

Il enclencha la marche arrière et s'y gara. Il mit la voiture au point mort et attendit.

Il vit Blum descendre de la voiture.

L'homme consulta sa montre et se cala dans son siège.

La porte côté passager s'ouvrit brusquement et il se retrouva avec une arme braquée sur lui.

Pine s'installa sur le siège en disant :

— Je me suis dit que nous allions couper court à la poursuite.

Son regard alla d'elle à Blum qui le regardait à travers la vitre côté conducteur.

Elle fit un petit signe de la main à Pine et grimpa sur la banquette arrière.

C'était l'homme qui leur avait ouvert la porte à la Société Pour le Bien et les avait conduites jusqu'au bureau de Fabrikant.

— Vous n'avez pas le droit de faire ça, dit-il. C'est illégal.

Pine sortit son insigne.

— Ceci me donne le droit d'arrêter quiconque ayant un comportement suspect.

— Je n'avais pas un comportement suspect.

— Alors que *faisiez*-vous ? demanda Pine.

— Je voulais vous parler.

— À propos de quoi ?

— Je connais Ben.

Pine baissa son arme.

— Je vous écoute. Mais d'abord, quel est votre nom ?

— Will Candler.

— OK, Will, nous vous écoutons.

Candler s'éclaircit la gorge et agrippa le volant tellement fort que ses jointures se mirent à trembler.

— Il travaillait sur quelque chose. Quelque chose de vraiment dangereux.

— Dites-moi quelque chose que j'ignore, répliqua Pine. Et fissa.

— Il y a quelque temps, j'ai croisé Ben au bureau tard un soir. Il avait l'air tellement troublé que je lui ai demandé ce qui n'allait pas.

— Et qu'a-t-il répondu ? demanda Blum.

— Au début, il a essayé de nier. Il m'a dit que tout allait bien, bla bla bla. Mais j'ai insisté. Je lui ai dit que je pourrais être capable de l'aider. Cela fait un moment que je suis à DC. J'ai travaillé pour plusieurs gouvernements. J'ai des contacts. Et j'ai occupé des postes dans le monde entier.

— S'est-il confié à vous ?

— Un peu, oui. Vous devez comprendre que Ben est quelqu'un de très discret. Il a peu d'amis et son travail est toute sa vie.

— Ouais, je sais, il passe également avant sa famille.

— Ben n'est pas beaucoup entré dans les détails mais il a dit que quelque chose d'incroyable se tramait. Et que si cela se produisait, cela aurait des répercussions dans le monde entier. J'en ai déduit que Ben essayait d'empêcher ça.

— Mais il ne vous a jamais dit exactement de quoi il s'agissait ? demanda Pine.

— Non.

— Mais si Ben Priest a découvert ce qui se tramait et que les conspirateurs l'ont appris, cela devrait les inciter à renoncer à leur projet, dit Blum en se tournant vers Pine. N'est-ce pas ?

— Je ne sais pas, répondit Candler. J'ai constaté que les personnes au pouvoir peuvent être incroyablement déconnectées des réalités et donc développer une certaine propension à se croire omnipotentes.

— En d'autres termes à se laisser griser par le pouvoir, dit Blum.

— C'est une description plus précise, ouais.

Pine repensa à l'hélico de l'Armée de terre qui s'était posé en Arizona et avait décollé quelques minutes plus tard avec les frères Priest blessés à son bord. Aux Russes chez Ben Priest. Aux « feds » chez Simon Russell. Et enfin, à Sung Nam Chung, un Coréen devenu tueur à gages international. Si un coup d'État se fomentait, qui conspirait contre qui ? Et pour qui travaillait Chung ?

— Il doit bien y avoir quelque chose que nous puissions faire, dit Blum.

Candler secoua la tête.

— Je suis universitaire, pas Jason Bourne.

— Merci pour les informations, dit Pine. Si quelque chose vous revient, voilà un numéro où vous pouvez me joindre.

Elle nota son numéro de téléphone sur un bout de papier et le lui tendit.

Elles sortirent de la voiture, mais Candler les arrêta.

— Attendez, ce n'est pas tout.

— Qu'y a-t-il d'autre ? demanda Pine du tac au tac, en rentrant la tête à l'intérieur de la voiture.

— M. Fabrikant est parti immédiatement après vous. Je l'ai entendu dire qu'il se rendait quelque part.

— Où ?

— Je n'ai pas pu entendre cette partie. Mais j'ai vérifié auprès de sa secrétaire. C'est elle qui se charge de toutes ses réservations pendant ses déplacements.

— Est-ce qu'elle le savait ?

— Oui. Elle a dit que c'était soudain. Il a surgi dans son bureau juste après votre départ.

— Où se rend-il ? S'il vous plaît, ne me répondez pas en Corée du Nord.

— Non. Il prend un vol pour Moscou. Ce soir.

CHAPITRE

41

TOUS LES VOLS pour Moscou en partance de la région de DC décollaient de l'aéroport international de Dulles. Il y avait deux vols cette nuit-là : un de la Lufthansa et un de Turkish Airlines.

Pine surveillait la porte d'embarquement de la Lufthansa pendant que Blum surveillait la zone de départ de Turkish Airlines. Pine avait essayé d'utiliser son insigne pour passer le contrôle de sécurité de la TSA.

Mais le personnel avait exigé de voir sa carte et celle de Blum.

Une fois rendues vers les zones d'embarquement, Pine dit à Blum :

— OK, nous venons peut-être de griller notre couverture. Si l'une de nous voit quelque chose de louche, elle envoie un texto à l'autre, d'accord ?

— Message reçu, répondit Blum.

Le vol de la Lufthansa décollait à 22 h 30. Celui de la compagnie turque à 23 heures tapantes. Pine estima que Fabrikant opterait pour le vol de la Lufthansa parce qu'il n'avait qu'une escale à Munich avant de rallier l'aéroport Domodedovo à l'extérieur de Moscou. L'autre vol n'arrivait à destination que plusieurs heures plus tard, bien qu'atterrissant à l'aéroport Vnukovo qui était plus proche de Moscou que celui de Domodedovo.

Elle consulta sa montre et regarda les voyageurs assis dans la zone de départ.

En guise de déguisement, elle portait une casquette de baseball et des lunettes de lecture qu'elle avait achetées dans une des boutiques de l'aéroport. Blum avait, elle aussi, fait l'acquisition d'un couvre-chef et de lunettes. Pine faisait semblant de lire un livre acheté, lui aussi, à la boutique.

Une minute plus tard, un sourire se dessina sur les lèvres de Pine. Elle avait vu juste. Oscar Fabrikant marchait d'un pas résolu vers la zone d'embarquement avec un petit sac de sport dans une main et un attaché-case dans l'autre.

Pine envoya un texto à Blum. Elle posa son livre, enleva ses lunettes, se leva et suivit Fabrikant. Elle sortit son téléphone et la carte qu'il lui avait donnée et composa son numéro de portable.

Elle le regarda fouiller rapidement dans ses poches, sortir son téléphone et regarder l'écran.

— Et si nous discutions plutôt en FaceTime, dit-elle en se plantant devant lui.

Son sursaut trahit sa surprise de la voir lorsqu'il leva les yeux de son téléphone.

— Eh bien, eh bien, quelle coïncidence, dit Pine. De vous croiser sur le terrain où je chasse à l'affût.

Fabrikant se tourna et partit rapidement dans l'autre direction mais comprit que sa tentative était vouée à l'échec en voyant Blum arriver de l'autre côté.

Il s'immobilisa. Sa silhouette sembla s'enfoncer dans le sol carrelé de l'aéroport.

Pine le rattrapa, le saisit par l'épaule et l'obligea à se retourner pour lui faire face.

— Moscou ? Vraiment ? Vous voulez bien m'expliquer ?

Il inspectait les alentours du regard lorsque Blum les rejoignit.

— Pas maintenant. Peut-être à mon retour et seulement si cela me chante, répondit-il d'une voix sévère.

Pine sortit son insigne.

— Vous n'irez nulle part. Vous êtes officiellement en état d'arrestation.

— Vous n'avez aucun motif pour m'arrêter. Il n'est pas illégal de se rendre en Russie. Donc, si vous voulez bien m'excuser.

Il tenta de forcer le passage.

Elle le saisit par l'épaule et l'empêcha de faire un pas de plus.

— Pourquoi vous rendez-vous à Moscou ?

— Pour affaires. *Mes* affaires.

Fabrikant saisit la main de Pine et tenta de lui faire lâcher prise mais sans résultat. Il s'emporta :

— Ai-je besoin d'appeler la police ?

— Si le cœur vous en dit. Mais je pense qu'il vaudrait mieux que nous trouvions un endroit pour en discuter.

— Je n'ai rien à vous dire. Et j'ai un avion à prendre.

— Alors vous feriez peut-être mieux d'appeler la police. Et je pourrais leur dire que la Société Pour le Bien abrite, en fait, un nid d'espions.

— C'est un mensonge éhonté.

— Vraiment ? Dons de sources que vous refusez de révéler ? Vos membres qui parcourent le monde pour recueillir des renseignements ? Oh, et un de vos membres qui se retrouve impliqué dans un complot visant peut-être à renverser le gouvernement et qui est introuvable. Et, à peine, vous ai-je informé de tout cela, vous sautez dans un avion pour Moscou ? Allons donc voir la police. Je suis sûre que vous pourrez leur expliquer tout cela avant de prendre votre avion pour aller voir Poutine. Après tout, ce n'est pas comme si les Russes n'avaient pas essayé de nous la faire à l'envers dans un passé récent.

Plus Pine parlait, plus Fabrikant semblait rapetisser.

— Où voulez-vous discuter ? demanda-t-il lorsqu'elle eut terminé sa phrase.

— Il y a un bar là-bas. Et j'ai besoin d'un verre.

Ils s'assirent aussi loin que possible des autres clients. Une serveuse vint prendre leur commande. Pine commanda une bière, Blum un Coca et Fabrikant un verre de merlot.

— Alors, pourquoi Moscou ? demanda Pine. Je sais, de source sûre, que votre envie de voyage est soudaine et la conséquence de *ma* visite.

— Je ne suis pas certain de devoir vous dire quoi que ce soit.

— Vous n'allez pas recommencer ? Je dispose d'assez d'éléments pour vous arrêter pour stupidité avérée.

— J'ai deux doctorats, décernés par des universités prestigieuses de la Ivy League, rétorqua Fabrikant.

— Commencez à agir intelligemment alors, le coupa Blum. Mon Dieu. Comme si vous avions du temps à perdre.

Personne ne dit plus rien avant l'arrivée des commandes.

Après le départ de la serveuse, Fabrikant essuya un filet de sueur sur son front et dit :

— D'accord, certaines choses que vous m'avez dites m'ont conduit à croire que je devais me rendre à Moscou.

— Lesquelles ?

— Les *Russes* chez Ben, principalement.

Il se tut et tapota le dessus de la table avec ses doigts.

— Oscar, nous attendons, le tança Pine.

— David Roth.

— Qui ?

— L'homme que vous m'avez montré sur votre téléphone. Celui qui a pris la place de Ben. Je le connais. Il s'appelle David Roth.

— Et pourquoi ne pas me l'avoir dit avant ? demanda Pine.

— Parce que je voulais m'accorder le temps de la réflexion. En fait, c'est pour cela que je me rends en Russie.

— Pourquoi ? Roth est russe ?

— Non. Mais il sait beaucoup de choses sur ce pays.

— Comment le connaissez-vous ?

— Il est très connu dans certains cercles.

— Quels cercles ?

Fabrikant se redressa et la regarda dans les yeux.

— David Roth est un des inspecteurs d'ADM les plus respectés de la planète.

Pine et Blum échangèrent un regard.

— Roth inspecte les armes de destruction massive ? demanda Pine.

— Il a de qui tenir. Voyez-vous, son père, Herman Roth, était un des principaux inspecteurs pendant les inspections START One mises en œuvre par notre pays et l'Union soviétique dans les années 1990. Les deux camps avaient accepté de réduire leurs arsenaux nucléaires et cela exigeait des inspections et des vérifications sur le terrain. L'Union soviétique s'est effondrée depuis, mais les inspections se sont poursuivies. Les réductions se sont achevées fin 2001. David a suivi les traces de son père.

— Pourquoi un expert en ADM voudrait descendre à dos de mulet au fond du Grand Canyon ? demanda Pine.

— Je n'en ai aucune idée. Mais c'est inquiétant.

— Je dirais que c'est l'euphémisme de l'année. Je vous ai dit que des membres du gouvernement étaient peut-être en train de fomenter un coup d'État pour le renverser.

— Êtes-vous sûre que cette conjuration ne regroupe *que* des membres du gouvernement ?

Pine, qui était sur le point de boire une gorgée de sa bière, reposa lentement la bouteille.

— Qu'insinuez-vous ?

Fabrikant scruta les alentours et répondit à voix basse :

— Les Russes ont tenté d'influencer le résultat de la dernière élection présidentielle en recourant à plusieurs subterfuges : réseaux sociaux, diffusion de faux articles de presse, tentatives de radier des électeurs des listes électorales, etc.

— C'est ce que l'enquête diligentée a prouvé.

— Oui, mais ce n'était peut-être que la première étape.

Pine avança sur son siège.

— Vous voulez dire que leur plan comportait plusieurs étapes ?

— Les Russes raisonnent à long terme. Sur ce plan, ils ressemblent beaucoup aux Chinois. Aujourd'hui, les Américains sont formatés pour penser à court terme. Les entreprises américaines, par exemple, ne raisonnent qu'en termes de trimestre fiscal parce que les pontes de Wall Street ont décrété qu'il devait en être ainsi.

— Seriez-vous en train de nous dire que ce qui s'est produit lors de la dernière élection n'était peut-être que la première salve ? demanda Blum.

— Envisagez ces événements sous un autre angle : leur attaque de notre processus électoral démocratique a eu certaines répercussions.

— Lesquelles ?

— Beaucoup d'Américains ont perdu confiance en nos institutions. Ils ne font plus confiance au Congrès ou aux médias.

Il pointa Pine du doigt.

— Ou au FBI.

— Où voulez-vous en venir ?

— L'Histoire a montré que la perte de confiance de la population en ses institutions est un signe annonciateur d'un changement de gouvernement.

— Mais cela ne peut en aucun cas se produire dans ce pays. Vous l'avez dit vous-même, nous ne sommes pas une république bananière, dit Blum.

— Ce à quoi je répondrai que tous les autres pays disaient cela jusqu'à ce que cela se produise, répliqua Fabrikant.

— De quel degré d'implication russe parlez-vous ? demanda Pine.

Fabrikant haussa les épaules.

— Je ne le sais pas précisément. Mais il y a, dans les hautes sphères du pouvoir, des Américains qui admirent les Russes. Ils trouvent leur modèle de gouvernement très largement supérieur. Ils pensent la même chose à propos des Chinois qui peuvent prendre des décisions et immédiatement les mettre en œuvre. Là où la démocratie est chaotique et inefficace et engendre souvent l'immobilisme. Cela fait de l'autocratie un modèle de gouvernance assez tentant.

— Pas pour moi, parce que cela implique l'abandon de sa liberté, rétorqua Pine. Je vote pour le chaos et l'inefficacité.

— Un abandon *partiel* de sa liberté, objecta Fabrikant. Pour des avantages dont vous ne bénéficierez pas sans cela. Je ne dis pas que je suis d'accord avec ce concept. Et je ne le suis pas. Mais il n'est pas si insensé que d'autres lui trouvent de l'attrait. Et je peux même vous affirmer que pour beaucoup de nos dirigeants, c'est le cas.

— Vous pensez donc que les Russes sont passés du piratage informatique à distance à une conjuration avec une poignée de dirigeants américains visant à transformer notre pays en quelque chose qui ressemblerait au leur ? demanda Blum.

— La formulation est succincte, mais elle énonce tous les points essentiels, répondit Fabrikant.

Pine et Blum échangèrent un nouveau regard.

— Et donc, votre voyage à Moscou ? demanda Pine.

— Pour voir si ma théorie est juste. J'ai passé énormément de temps là-bas et j'ai certains contacts dans des endroits hauts placés. Cela devrait me permettre de voir ce qu'il en est.

— Et que ferez-vous si votre théorie s'avérait juste ? demanda Blum.

— Je rentrerai ici et je m'efforcerai d'empêcher cela.

— Mais vous pourriez lire l'annonce du renversement du gouvernement dans le journal de demain pour autant que je sache.

— Nous devons quand même essayer, répondit Fabrikant.

— Oh, je n'ai pas l'intention d'abandonner, dit Pine. Je pense que nous devons passer à la vitesse supérieure.

— Comment suggérez-vous de procéder ? demanda Fabrikant. Je ne peux pas me mettre à courir dans tous les sens en hurlant comme un possédé qu'un complot visant à renverser le gouvernement des États-Unis se prépare avec le soutien des Russes. On me ferait disparaître.

Pine regarda sa montre.

— D'accord, vous avez encore le temps d'attraper votre vol. Vous avez mon numéro et j'ai le vôtre. Restons en contact.

Fabrikant parut surpris de son assentiment.

— Merci.

— Ne me remerciez pas encore. Nous ne savons pas ce que demain nous réserve.

Ils se levèrent et se rendirent ensemble jusqu'à la porte d'embarquement où ils tombèrent sur deux hommes en uniforme.

Rien ne va plus.

CHAPITRE

42

« WASHINGTON METROPOLITAN AIRPORT AUTHORITY »

C'était ce qui était inscrit sur les écussons de leurs uniformes et leurs insignes brillants comme des sous neufs.

Ils étaient deux, minces, musclés, des avant-bras avec les veines qui ressortent, le regard dans le vide, une main sur la boucle de leur ceinture de port d'arme, l'autre proche de la crosse de leur pistolet dans leur étui.

Celui de droite regarda Pine.

— Agent spécial Pine ?

Pine baissa la tête pour examiner le policier de la tête aux pieds. Ses yeux remontèrent sur son visage.

— Que se passe-t-il ?

— Nous avons reçu l'ordre de vous interpeller et de vous placer en détention, annonça l'autre.

— Ordre de qui et me placer en détention pourquoi ?

— On ne nous a pas transmis ces informations, madame, seulement de vous interpeller et de vous placer en détention jusqu'à ce que quelqu'un vienne vous chercher.

— Où comptez-vous me placer en détention ?

— Nous avons un local ici.

Il regarda Fabrikant et Blum.

— Et vos amis aussi.

— J'ai un avion à prendre, protesta Fabrikant.

Le premier policier secoua la tête. Il enleva sa casquette, montrant ses cheveux coupés très court, et s'essuya le visage. Il remit sa casquette.

— Non, impossible. Désolé.

— Vos ordres disent « amis et connaissances » aussi ? Les interpeller et les placer en détention ? demanda Pine.

— Nous ne faisons que suivre les ordres, madame. Veuillez nous suivre s'il vous plaît.

Il montra du doigt une porte sur sa gauche. La porte était équipée d'une serrure électronique requérant une carte d'accès.

Pine regarda la porte puis l'aéroport bondé.

— OK, allons-y.

Ils les escortèrent jusqu'à la porte. Un des agents passa sa carte et l'ouvrit. Ils pénétrèrent dans un couloir vide.

— Où allons-nous maintenant ? demanda Pine. Vous avez une cellule de détention ici quelque part ?

— C'est exact.

— Est-ce que je peux passer un coup de téléphone ?

— Je ne pense pas.

— Pourquoi pas ?

— Je ne fais que suivre les ordres.

— Vous n'avez que cette phrase à la bouche.

— Parce que c'est la vérité.

— Puis-je parler à votre supérieur alors ?

— Pourquoi ? Vous avez une réclamation ?

— Ouais, j'en ai une, mais réflexion faite, je vais vous la transmettre directement.

Pine l'envoya au tapis d'un coup de pied circulaire à la tête. Il tenta de se relever mais elle l'étendit pour le compte avec un violent coup de coude à l'arrière de la tête. Il tomba lourdement sur le sol et ne bougea plus.

Son partenaire essaya de prendre son arme mais Blum avait déjà sorti la sienne qu'elle braquait sur sa tête.

— Gardez les mains là où je peux les voir et tout ira bien. Votre main s'approche d'un millimètre de ce flingue, je vous colle une balle dans la tête.

Elle s'était mise en position de tir Weaver, montrant par là même très clairement qu'elle pouvait facilement mettre sa menace à exécution.

— Vous commettez une grave erreur, grommela l'homme.

— Mon Dieu ! s'exclama Fabrikant. Vous venez de frapper un policier.

— Oui, c'est ce qu'elle vient de faire. Maintenant, baissez votre arme, ordonna le policier à Blum.

— Dans vos rêves, répondit Blum.

— S'il vous plaît, faites ce qu'il vous dit. Nous risquons d'être abattus, plaida Fabrikant.

— Si je baisse mon arme, nous *serons* abattus, répondit Blum.

Pine sortit son arme et dit à l'agent :

— À genoux, maintenant.

— Vous allez avoir de graves ennuis, madame.

Pine inclina légèrement son pistolet d'un petit mouvement de poignet.

— À genoux. Je ne le demanderai pas une troisième fois.

L'agent se mit à genoux.

Dès que ses genoux touchèrent le sol, Pine lui assena un coup sur l'arrière de la tête avec la crosse de son pistolet. Il poussa un grognement de douleur et tomba en avant, inconscient.

Avec l'aide de Blum, elle mit les deux hommes dos à dos et les attacha avec des colliers de serrage.

— Ça ravive quelques bons souvenirs de cette pause toilette dans le Tennessee, fit remarquer Blum. Des hommes qui font des choses stupides. À croire que cela n'arrêtera jamais.

— Oh, mon Dieu ! s'écria Fabrikant. Vous avez assommé deux policiers.

Avant d'ajouter d'une voix énervée :

— Et vous avez fait de moi votre complice. Je pourrais me retrouver en prison.

— Je ne m'inquiéterais pas trop pour cela, dit Pine.

— Mais je vous ai vue les frapper. Vous ne pouvez pas le nier.

— Ce n'est pas ce qu'elle veut dire, dit Blum.

Fabrikant s'emporta :

— Alors merci de me l'expliquer parce que c'est loin d'être évident pour moi.

— Elle veut dire que ce ne sont pas de véritables policiers, expliqua Blum.

— Qu'est-ce que vous racontez ? dit Fabrikant en montra du doigt les deux hommes. Ils portent un uniforme, pour l'amour de

Dieu. Ils nous emmenaient en détention.

— Peu importe, dit Pine. Ce ne sont pas des vrais policiers.

— Comment le savez-vous ?

Blum montra du doigt le torse d'un des hommes.

— Aucune plaque d'identification. Grosse erreur numéro un. Aucun policier n'oublie sa plaque d'identification. Parce qu'il sait que sans elle, il sera déclaré inapte pour le service. Un visage doit toujours être associé à un nom pour de multiples raisons.

— Et ils ne portent pas les chaussures réglementaires, ajouta Pine en montrant les mocassins des deux hommes. Ce genre de chaussures est interdit en service.

Elle montra ensuite un des étuis où le canon dépassait en bas.

— Et bien sûr, les « vrais » agents de police n'ont pas de silencieux sur leurs pistolets.

— Trois erreurs et vous êtes éliminé, conclut Blum.

Fabrikant regarda les deux hommes.

— Vous prétendez que ces hommes sont des imposteurs ?

Pine acquiesça.

— Cela semble être un thème récurrent dans cette enquête.

Fabrikant la regarda, ébahi.

— Alors... ils allaient...

— Nous coller une balle dans la tête avec leurs flingues équipés de silencieux, j'imagine, dit Blum d'une voix calme.

Pine se tourna vers Fabrikant.

— OK, allez prendre votre avion. Et découvrez ce que vous pouvez. Et tenez-moi au courant dès que possible.

— Mais et eux ?

Il montra les hommes d'un geste de la main.

— Quelqu'un finira bien par les trouver. Et j'espère qu'ils passeront un sale quart d'heure pour avoir usurpé l'identité de deux policiers de l'aéroport. Pas mon problème – ce qui est une bonne chose, parce que ma marge de manœuvre est limitée.

Il hocha la tête et regarda de nouveau les hommes inconscients et sortit précipitamment. Pine et Blum l'imitèrent et partirent dans la direction opposée.

— C'était ce que je craignais. Ces deux types ont manifestement vu sur le fichier de la TSA dans lequel nos noms ont été entrés pour que nous puissions passer le contrôle de sécurité, dit Pine.

— Ils n'ont pas perdu de temps.

— Si vous avez les ressources, vous pouvez agir vite. Mais dans la précipitation, vous omettez les petits détails. Étiquettes d'identification, chaussures et silencieux. Cette dernière bourde était réellement énorme.

— Dieu merci pour les énormes bourdes, alors. C'est grâce à elles que nous pourrons voir le soleil se lever demain.

— La journée n'est pas encore terminée, dit Pine.

CHAPITRE 43

PINE DÉMONTA le Glock et le Beretta et prit tout son temps pour nettoyer avec minutie la moindre molécule des deux armes.

Blum était assise en face d'elle à la table de la cuisine.

— Laissez-moi deviner, votre technique de gestion du stress ? demanda-t-elle.

Pine ne leva pas les yeux. Elle passait une brosse sur le canon du Glock.

— Technique d'amélioration de la concentration. Qui soulage également le stress, admit-elle. Un mauvais entretien de votre arme peut vous coûter la vie.

Blum admirait les équipements de la cuisine en sirotant une tasse de thé.

Il était tôt le lendemain matin, l'aube venait juste de se lever et la lumière commençait à s'infiltrer par la fenêtre.

Les deux femmes avaient les traits tirés et les cheveux en bataille. Elles avaient manifestement eu, toutes les deux, du mal à trouver le sommeil.

— Lorsque j'étais jeune, j'aurais adoré avoir une cuisine comme celle-là avec six bambins qui me courent entre les pattes.

Pine leva les yeux.

— Mais c'est ce que vous aviez, non ?

— Oh, j'avais les enfants. Mais j'étais loin d'avoir une cuisine comme celle-là. Nous vivions dans un mobile home qui était à peu près aussi grand que cette cuisine. Scott, mon ex, n'avait pas les moyens de s'en offrir un plus grand. Il était trop occupé à boire sa paye. Enfin, quand il en avait une.

— Comment faisiez-vous pour vivre ?

— J'étais une bonne couturière. C'est ma grand-mère qui m'avait appris. Je faisais des robes pour un magasin de la ville dans laquelle nous habitions. Je faisais aussi des gâteaux. Et je faisais des ménages lorsque les enfants étaient à l'école. J'ai même conduit un taxi pendant mon temps libre. Je faisais tout ce que je pouvais pour joindre les deux bouts et élever mes enfants.

— Mais vous étiez encore jeune lorsque vous êtes entrée au FBI.

— Je me suis mariée à dix-neuf ans, agent spécial Pine. J'ai eu tous mes enfants avant mes vingt-huit ans. Pendant ces huit ans, j'étais constamment enceinte.

Avant que Pine ait eu le temps de demander combien d'enfants il était possible d'avoir pendant ce laps de temps, Blum ajouta :

— Avec une paire de jumeaux.

Pine reprit le nettoyage de son arme lorsque Blum prononça le mot « jumeaux ». Mais Blum n'avait manifestement pas terminé son histoire.

— Et vint le moment où tous mes enfants furent à l'école. J'ai répondu à une annonce pour un emploi de bureau au FBI. Je n'avais jamais travaillé dans un bureau. Ni pour le gouvernement. Mais je voulais tellement ce travail.

— Pourquoi ?

— Le prestige. C'était le F-B-I. Mais je n'étais pas sûre de l'avoir. J'avais suivi des cours à l'université. J'avais obtenu un diplôme d'associé en deux ans. Je lisais tout ce qui me tombait sous la main. Je suivais l'actualité, nationale et étrangère. Je me considérais brillante avec une bonne éthique de travail, mais sans aucune expérience à faire valoir.

— Pourquoi pensiez-vous que vous n'auriez pas le poste ?

— J'étais persuadée que je devrais affronter la concurrence de postulantes infiniment plus qualifiées que moi. Eh oui, à l'époque, ces emplois étaient réservés aux femmes. Les hommes enquêtaient et les femmes faisaient la paperasse et le café.

Elle marqua une pause.

— Et l'autre problème, c'était que Scott trempait dans des affaires louches. Juste à la frontière de la criminalité. Je savais que le Bureau vérifierait mes antécédents. Je n'avais jamais rien fait qui puisse ne serait-ce qu'être qualifié de tendancieux. Mais s'ils se penchaient sur le passé de Scott, eh bien, ils pouvaient céder au sophisme par association ou choisir l'option de facilité et engager une des cent autres femmes qui n'avaient pas un conjoint déviant.

— Mais vous avez obtenu le travail. Et ils se sont forcément entretenus avec votre mari.

— Ils l'ont fait. Et Scott a eu un comportement des plus honorables. Il leur a dit que je n'avais rien à voir avec toutes les magouilles dans lesquelles il trempait. Et il a dressé un portrait de moi très élogieux. Tout comme tous ceux avec qui ils se sont entretenus, semble-t-il. Vous savez les adjectifs habituels : travailleuse, honnête, patriote.

— Donc votre ex s'est bien comporté au final.

— Pas exactement.

Pine posa ses outils de nettoyage et regarda Blum.

— Comment ça ?

— Une semaine après que j'ai obtenu le poste, il a demandé le divorce. Il voyait en cachette cette traînée pleine aux as qui avait trente ans de plus que lui. Il lui a fait son baratin et comme beaucoup de femmes, malheureusement, elle a tout gobé. Il était beau, je le lui concède. Et charmant. Et un connard, surtout quand il faisait la bise à la bouteille. Bref, il m'a quittée pour elle, a emménagé dans sa grande maison et a conduit sa Jag. Mais comme tout cet argent ne lui appartenait pas, je n'ai pas touché la moindre prestation compensatoire. Et il s'en est tiré avec des clopinettes pour la pension alimentaire qu'il versait toujours en retard quand il se donnait la peine de le faire. Pendant le divorce, Scott m'a dit qu'il m'avait si chaudement recommandée auprès du Bureau et assumé la responsabilité de ses actes juste pour que j'obtienne le travail et que j'aie de l'agent pour élever les enfants toute seule parce qu'il ne serait plus dans le tableau.

— Comment avez-vous résisté à l'envie de le descendre ? Sérieusement ?

— C'est passé près parfois, admit Blum. Mais je ne pouvais le laisser élever les enfants. Cela aurait foutu leur vie en l'air.

— Et avec tout ça, vous dites que vos enfants ne sont pas proches de vous aujourd'hui. Alors que vous avez tout sacrifié pour eux.

— Le Bureau était un boulot génial mais cela ne payait pas beaucoup, même si les avantages sociaux étaient appréciables. J'ai donc dû prendre un autre travail pour joindre les deux bouts. Parfois deux. Et je n'étais donc pas souvent à la maison avec les enfants. J'ai manqué les moments importants. Bals de promo, réunions d'anciens, manifestations sportives et une cérémonie de diplôme. Ils m'en ont voulu. Je le sais parce qu'ils me l'ont souvent reproché. Et peut-être qu'ils me reprochaient le départ de leur père même s'il ne passait pas beaucoup de temps avec eux.

— Cela a dû être difficile.

Blum finit son thé.

— Ce ne fut pas *facile*. Mais ce sont mes enfants et je les aime. Quand même.

— Qu'est-il arrivé à Scott ?

— Il a claqué le fric de la traînée et il en a dégotté une autre. Jusqu'à ce qu'il devienne trop gros et chauve pour continuer de mener cette vie de parasite. Ensuite sa santé s'est détériorée. La dernière fois que j'ai eu de se nouvelles, il était dans une maison de repos quelque part sur la côte Est. Il m'a appelée quelques fois de là-bas.

— Pour vous dire quoi ?

— Il se sentait seul. Il voulait quelqu'un à qui parler.

— Il a un sacré toupet.

— Oh, je lui ai parlé. Après tout, il y a prescription maintenant. Il est le père de mes enfants. Et il a payé le prix pour sa vie décousue. Je devais figurer sur une liste de contacts parce que j'ai reçu un appel il y a six mois de l'établissement. Ils m'ont annoncé qu'il était atteint de démence précoce. Incapable de se souvenir de ce qu'il a fait la veille.

— Ce n'est peut-être pas une si mauvaise chose, dit Pine le regard dans le vide.

— Pourquoi ça ? Il avait de bons souvenirs.

— Je parlais des *mauvais*.

Blum se cala sur sa chaise et la regarda.

— Et voilà, je vous ai déballé toute l'histoire de ma vie en dix minutes. Quelle est la vôtre ?

— Vous avez dit que vous aviez lu mon dossier. Qu'y a-t-il à ajouter ?

— Il est toujours préférable de s'adresser à la source.

Pine haussa les épaules et ne dit rien.

— Un jour, vous êtes arrivée au bureau après être allée courir. Vous portiez un débardeur. Les tatouages sur vos deltoïdes ? Gémeaux et Mercure. Deux références aux *jumeaux*. Et vous avez baissé les yeux lorsque j'ai prononcé le mot.

Blum regarda les bras de Pine.

— Et vous avez les mots « No Mercy » sur vos avant-bras.

— Beaucoup de gens ont des tatouages.

— Beaucoup de gens ont les tatouages standards. « Je t'aime, maman ». Ou un requin ou une rose. Pas vous. Les vôtres ont un sens. Un véritable sens.

— Vous êtes psy ? demanda Pine doucement en huilant son ressort de détente.

— Non, mais à la différence de beaucoup de gens, je suis très observatrice. Et je sais *écouter*.

— Je vais bien, merci.

Pine commença à remonter son arme.

— Daniel James Tor ?

Les mains de Pine tremblèrent légèrement et les pièces de l'arme émirent un léger bruit métallique.

— Vous voulez en parler ? demanda Blum.

— Non. Pourquoi en aurais-je envie ?

— Parce que nous avons sauté du haut de la falaise ensemble. Même si nous n'avons pas encore atteint le fond du canyon, le jeu de mots est involontaire. Je pense que cela me donne certains droits et privilèges avec ma partenaire. Si vous n'êtes pas d'accord, je le comprendrai. Mais c'est ma position, juste pour que vous le sachiez.

Pine termina de remonter le Beretta et remit les deux armes dans leur étui.

Blum attendit patiemment pendant qu'elle le faisait.

Une pluie légère avait commencé à tomber.

Pine regarda sa montre et dit :

— J'ai vérifié, le vol de Fabrikant est parti à l'heure. Il atterrira bientôt à Munich.

— Espérons qu'il trouvera quelque chose d'utile.

Pine hocha la tête d'un air absent et garda le silence pendant un moment.

— La police pensait que c'était mon père le coupable. Qu'il avait enlevé ma sœur.

— Je ne voudrais pas être trop brutale, mais êtes-vous certaine que ce n'était pas lui ?

— Ils l'ont soumis au détecteur de mensonges. C'était un homme brisé depuis qu'il avait découvert que Mercy avait disparu. Mes parents ont divorcé. Mon père s'est suicidé.

— A-t-il laissé un mot ?

— Pas à ma connaissance. Mon père n'était pas vraiment un adepte de la planification méthodique. C'était un instinctif.

— Il s'est peut-être suicidé parce qu'il était rongé par la culpabilité ? avança Blum prudemment.

— Je ne crois pas. Je veux dire qu'il ne se sentait pas coupable parce qu'il avait tué Mercy. Il se sentait coupable parce qu'il était trop saoul pour l'empêcher.

— Comment pouvez-vous en être sûre ?

— J'ai suivi des séances de reconstitution des souvenirs. Par hypnose. Ce n'est pas l'image de mon père qui a surgi pendant ces séances, mais celle de Daniel James Tor.

— Vous vous êtes rappelé qu'il avait enlevé votre sœur ?

— Mais j'ignore si c'est parce qu'il est réellement coupable ou parce que je savais qu'il se trouvait dans la région à cette époque et que je voulais croire que j'avais enfin la réponse à ce qui est arrivé à ma sœur, dit Pine.

— Je comprends votre dilemme.

— Vous savez pour Tor ?

— Bien sûr. J'étais au Bureau lorsqu'ils l'ont capturé à Seattle. Il avait tué des femmes et des jeunes filles dans le sud-ouest, aussi. Dont une à Flagstaff.

— Et une à Phoenix et une à Havasu City. Ces trois villes formaient un triangle.

Blum hocha la tête, pensive.

— Oui. Je me souviens maintenant. Il utilisait des figures géométriques pour choisir ses terrains de chasse. C'est comme cela qu'ils l'ont coincé. Quel idiot.

Pine secoua la tête.

— Je vous accorde qu'il manque à Tor quelques chromosomes importants, mais ce n'est pas un idiot.

— Vous l'avez donc rencontré ?

— Oui.

— Comment cela s'est-il passé ?

— Mal, répondit Pine.

— A-t-il admis avoir enlevé votre sœur ?

— Non. Je ne m'attendais pas à ce qu'il le fasse. Certainement pas à la première rencontre.

— Première ? Vous allez donc le revoir ?

— C'est mon plan.

— Dans quel but ? demanda Blum.

— La *vérité*. Traitez-moi de naïve, mais c'est le seul objectif que j'ai jamais eu.

— Et si vous ne l'obtenez pas ? Parce que je ne vois pas un pervers comme Tor vous l'apporter un jour. En revanche, je le verrais bien vous faire faire des nœuds au cerveau juste pour s'amuser. Qu'a-t-il d'autre à faire là-bas ?

— C'est un risque que je dois prendre.

Avant que Blum ne puisse répondre, le téléphone prépayé de Pine émit un bip.

Elle regarda le message. Il était de Kurt Ferris.

« Déguerpissez immédiatement. Ils savent que vous êtes là. Ils seront là dans dix minutes. »

— Partons ! aboya Pine.

Pine et Blum attrapèrent leurs sacs qu'elles n'avaient jamais défaits et se précipitèrent vers le parking.

Soixante secondes plus tard, la Mustang sortait du garage souterrain et filait en direction du sud. Pine bifurqua à l'intersection suivante et revint sur ses pas, jusqu'à trois pâtés de maisons de l'immeuble et se gara juste à l'entrée d'une ruelle.

— Que faites-vous ? demanda Blum.

— Je vérifie juste quelque chose.

Une minute plus tard, quatre SUV noirs s'arrêtèrent devant l'immeuble. Une vingtaine de soldats en tenue de combat en descendirent et envahirent le hall.

Dans la Mustang, Blum regarda Pine.

— C'est ce que vous vouliez voir ?

Pine acquiesça et démarra.

— Kurt ne m'avait pas dit dans le texto qui arrivait. Je pensais que c'était peut-être le Bureau.

— Eh bien, en tout cas, ce n'est vraiment pas passé loin. Comment croyez-vous qu'ils aient découvert que nous logions ici ?

— Les services de renseignement de l'armée ont des yeux et des oreilles partout. Et il y a des caméras dans tout le quartier. Heureusement, Kurt l'a appris, je ne sais comment, et il a pu nous avertir.

— Big Brother vous surveille, dit Blum.

— Big Brother puissance dix. Et ils vont se lancer à nos trousses en déployant les grands moyens.

— Laquelle voulez-vous être ? demanda Blum à brûle-pourpoint.

Pine lui jeta un bref regard avant de s'engager sur l'autoroute et d'appuyer sur l'accélérateur.

— Quoi ?

— Vous voulez être Thelma ou Louise ?

CHAPITRE

44

ELLES RÉGLÈRENT EN LIQUIDE leur chambre dans un motel de Stafford County, en Virginie, environ à une heure au sud de DC.

Elles s'installèrent dans la petite pièce miteuse, là encore sans défaire leurs sacs comme elles l'avaient fait pendant tout leur périple.

Blum s'assit sur un des lits jumeaux.

— Vous pensez que Kurt va avoir des ennuis pour ça ? Nous avoir laissé habiter chez lui ?

— Je lui avais dit avant de plaider l'ignorance. Pour lui, j'étais une amie qui avait besoin d'un endroit pour loger pendant qu'il n'était pas en ville et que j'y étais. Il n'avait aucun moyen de savoir ce que je faisais vraiment.

— Comment pensez-vous qu'il a su qu'ils allaient débarquer pour nous arrêter ?

— Kurt appartient au CID. Il a beaucoup d'amis dans l'armée, bien sûr, et dans les services de renseignement. Ils ont dû l'avertir ou il a entendu des bruits sur les canaux qu'il écoute.

— Que croyez-vous que le FBI pense de tout ceci ?

Pine s'assit sur l'autre lit, enleva ses chaussures et s'allongea.

— Difficile à dire. Ils savent que j'ai menti quant à ma destination. Ils savent que je continue cette enquête alors qu'on m'a ordonné d'arrêter. Et ils sont probablement au courant à propos des deux types à Dulles maintenant.

— Pensez-vous que le Bureau a relié Simon Russell à tout ceci ?

— Les paris sont ouverts. Ils ne savent peut-être pas pour l'hélico de l'Armée de terre qui a enlevé Priest et son frère. Ils ne s'intéressent peut-être même pas du tout à cette affaire.

— Pourquoi ?

— La sécurité nationale prend le pas sur tout. Ils en ont peut-être été dessaisis, comme ils ont essayé de m'en dessaisir.

— Quelle forme prendrait un coup d'État ? demanda Blum lentement.

— Dans d'autres pays, le Président ou un groupe de généraux prendraient le contrôle des médias et déclareraient qu'à cause de – choisissez la raison fallacieuse –, la loi martiale est décrétée et les élections suspendues parce que les ennemis du pays sont partout y compris dans les plus hautes sphères du pouvoir. Pour justifier leur déni des règles démocratiques. Et ensuite, le Président annoncerait qu'il resterait en poste à vie. Regardez, par exemple, ce qui s'est passé en Chine. Ou des généraux enverraient des chars d'assaut dans la capitale et annonceraient à tout le monde qu'ils ont pris le pouvoir pour les protéger. Tous les citoyens doivent suivre les ordres. Ou peut-être un groupe de proches conseillers instaurerait une junte. Ou un groupe de milliardaires qui en auraient assez de dépenser de l'argent par le biais de leur super comité d'action politique pour faire élire leur candidat et choisiraient une voie plus directe pour obtenir ce qu'ils désirent.

Blum la regarda dans les yeux.

— Que pouvons-nous faire contre ça ? Vraiment ?

— Je navigue en territoire inconnu, Carol. À Quantico, il n'y avait pas de cours pour annihiler une tentative de coup d'État contre le gouvernement des États-Unis. Ils devraient peut-être songer à changer le programme.

— On fait quoi maintenant ?

En guise de réponse, Pine sortit les pages sur lesquelles elle avait imprimé les noms des fichiers de Ben Priest.

— Nous devons cracker le mot de passe de la clef USB. Et la réponse se trouve peut-être dans les autres noms des fichiers de Priest.

Pine ouvrit l'ordinateur portable sur le lit et posa la liste de fichiers à côté.

— Priest a montré qu'il était du genre à construire ses mots de passe à partir d'objets personnels, dit-elle.

— Qu'a-t-il pu utiliser pour créer son mot de passe ? demanda Blum.

— Quelque chose chez lui, peut-être ?

— Qu'y avait-il hormis le ballon de basket et le maillot ?

— Là encore, pas grand-chose qui ressemblait à des effets personnels.

— Et pourquoi pas quelque chose de personnel mais qui ne se trouverait pas chez lui ?

— Quoi d'autre aurait-il pu utiliser ? se demanda Pine à voix haute. Il a un frère qui a des enfants. Ce sont donc les neveux de Ben Priest. Attendez une minute, vous avez déjeuné avec sa femme. Est-ce que vous…

— Bien sûr. Ils s'appellent Billy et Michael.

Blum réfléchit un instant.

— Billy a onze ans et Michael neuf.

Pine nota tout cela sur un morceau de papier.

— D'autres détails ?

— Billy aime le ski et le ski nautique. Il est le lanceur de son équipe de baseball. Il est terrifié à l'idée de devoir avoir des rendez-vous lorsqu'il sera adolescent. Michael est le bouquineur de la famille, il joue à la crosse et fait souvent devenir chèvre sa mère. Et il joue de la basse. Ils passent tous les deux trop de temps sur les réseaux sociaux, ont leur téléphone collé aux mains, surtout Billy, et ils pensent que l'unique but dans la vie de leur père est d'être leur distributeur automatique de billets personnel. C'est peut-être parce qu'il travaille tout le temps.

— Vous avez appris tout cela en déjeunant avec une femme que vous veniez juste de rencontrer ?

— Les mamans ne tournent pas autour du pot quand il s'agit d'échanger des informations. Elle sait beaucoup de choses à propos de mes enfants aussi. Nous faisons ça de façon très efficace. Et dans les grandes longueurs.

Pine prenait des notes pendant que Blum parlait.

— OK, vous m'avez donné beaucoup d'éléments à utiliser comme mots de passe possibles.

Elle travailla pendant plusieurs heures après avoir utilisé un programme de son ordinateur pour assembler un schéma des combinaisons de mots de passe possibles, en s'appuyant sur ce que Blum lui avait dit et sur les noms de la liste de fichiers qu'elle avait imprimée dans le bureau de Priest.

Après avoir essayé la dernière combinaison possible, sans plus de résultat que pour les précédentes, elle se rassit, frustrée.

Blum, qui somnolait sur son lit, se réveilla une minute plus tard. La pluie martelait le toit du motel.

— Chou blanc, je suppose ? dit Blum d'une voix faible.

— La famille de son frère n'était pas, semble-t-il, assez importante à ses yeux pour servir de base à son mot de passe hyper important et aucun des éléments figurant sur sa liste de fichiers n'a marché.

— Eh bien, je meurs de faim. J'ai vu un restaurant sur la rue lorsque nous sommes arrivées.

Elles s'y rendirent en voiture, se garèrent derrière l'établissement et entrèrent.

Elles commandèrent leur repas et sirotèrent leur café. La pluie continuait de s'abattre.

Blum regarda l'obscurité.

— Mon Dieu, c'est toujours comme ça ici ? Je deviendrais suicidaire. J'ai besoin du soleil.

— Ils ont la pluie et ensuite le soleil. Et puis ils ont l'automne et ensuite la neige.

Blum frissonna.

— Non merci. Est-ce pour cela que vous avez déménagé pour le sud-ouest ? À cause de la météo ?

— J'ai failli choisir le Montana ou le Wyoming.

— Mon Dieu, vous savez combien de neige il tombe là-bas ?

— La météo n'était pas le facteur décisif.

— Qu'est-ce que c'était alors ?

— Je vous l'ai déjà dit. Les gens ou l'absence de gens.

Elle jeta un bref regard à Blum dont la tasse de café se trouvait à mi-chemin de ses lèvres.

— Je n'aime pas la foule, précisa Pine.

— Quelle est votre définition d'une foule ?

— Tout le monde sauf moi.

— Eh bien, je suis désolée d'*empiéter* sur votre espace vital, alors, dit Blum qui semblait un peu blessée.

— En réalité, Carol, je nous considère comme une unité et donc lorsque je dis moi, cela vous inclut et vice versa.

— Vous savez, lorsque j'avais six enfants à la maison, et plusieurs encore en couche-culotte, je me languissais d'être seule, même pendant juste quelques minutes. J'avais l'impression qu'à chaque seconde de ma vie, quelqu'un appelait mon nom, me demandait de faire quelque chose pour eux.

— Et aujourd'hui ? demanda Pine intriguée.

— Aujourd'hui, je vis seule. Je me réveille seule. Je mange seule. Je vais me coucher seule.

Elle regarda Pine par-dessus sa tasse de café.

— Je ne le conseille pas, je ne le conseille vraiment pas. Foule ou pas foule. Parfois c'est agréable d'avoir un autre être humain qui vous tient les pieds au chaud au lit ou qui va vous chercher une aspirine parce que vous avez un mal de tête carabiné. C'est agréable, vraiment.

Leur repas arriva et elles mangèrent en silence, chacune perdue dans ses pensées.

Quand elles eurent terminé, Blum demanda :

— À quoi pensez-vous ?

— L'enquête. Ma carrière. Si une ou les deux sont finies.

— Vous n'avez jamais pensé à une carrière en dehors du Bureau ?

— Non.

— Je suis Lion. Nous sommes têtus mais avec un bon fond et nous voulons tout contrôler dans notre vie. Mais nous savons nous adapter. Je pense que vous en êtes capable, vous aussi. Êtes-vous Lion ? Ou d'un autre signe ?

Pine la dévisagea sans répondre.

— J'ai dit êtes-vous… commença Blum.

Elle s'arrêta en voyant Pine bondir et lancer du liquide sur la table pour leurs repas.

— Allons-y.

— Que se passe-t-il ? demanda Blum pendant qu'elle et Pine revenaient à toute allure au motel.

— Pour répondre à votre question, je suis Capricorne.

CHAPITRE

45

IL Y AVAIT DES BOUTS DE PAPIER recouverts de mots griffonnés étalés sur toute la surface du lit de Pine. Blum l'aidait activement dans sa tâche en lui dictant des mots que Pine saisissait ensuite dans son logiciel.

— Quand avez-vous téléchargé ce logiciel ? demanda Blum.

— Immédiatement après avoir échoué à cracker le mot de passe manuellement, répondit Pine, pendant que ses doigts virevoltaient au-dessus des touches du clavier du portable. Je n'ai pas arrêté d'entrer des mots de passe, sans résultat. Mais cela aide beaucoup de pouvoir réduire les paramètres potentiels du mot de passe. Et peut-être finirons-nous par le trouver.

Blum posa le dernier bout de papier.

— OK, je pense que c'est tout.

— Voyons si la chance se décide à nous sourire.

— Ne dites pas ça.

— Pourquoi pas ?

— Parce que cela fait vingt ans qu'elle ne m'a pas souri.

Pine appuya sur une touche du clavier de l'ordinateur portable.

— C'est parti.

Le programme commença à tester les combinaisons possibles de mots de passe.

— Qu'est-ce qui vous a fait penser au Capricorne ? demanda Blum.

— Je me demandais pourquoi Priest avait choisi ce nom pour son entreprise fantôme. Je ne sais pas s'il est Capricorne lui aussi, mais c'était la seule piste qui m'était venue à l'esprit. Mais jusqu'à ce que vous me disiez que vous étiez Lion, je n'avais jamais envisagé que cela ait pu avoir un lien avec son mot de passe. Donc, si cela fonctionne, tout le mérite vous en reviendra.

Elle marqua une pause et regarda l'écran.

— Merde.

Un mot de passe venait juste d'être entré et l'écran commença à changer.

— Nous l'avons trouvé, annonça Pine.

— Quel était le mot de passe ? demanda Blum.

Pine regarda la boîte de dialogue du mot de passe.

— Quelque chose d'incroyablement complexe mais tous les caractères, à l'exception des lettres w et m, avaient un lien avec le signe du Capricorne.

— Et à quoi les lettres w et m font-elles référence ?

— Probablement à Billy et Michael. William doit être le véritable prénom de Billy. Ce qui montre que Priest a de l'estime pour ses neveux, suffisamment du moins, pour les inclure dans un mot de passe.

— Qu'est-ce que ça peut être, bon sang ? demanda Blum.

Une image venait d'apparaître sur l'écran. Pine la fit défiler page après page. Elles étaient toutes remplies de dessins très techniques. Elle s'arrêta sur un diagramme inquiétant et appuya sur plusieurs touches pour l'agrandir. Elle regarda la langue utilisée à côté de l'appareil.

— Ce sont… ce sont des caractères *coréens.*

— Savez-vous ce qu'ils signifient ?

— Non, mais je peux trouver une traduction très vite.

Elle nota certains des caractères sur un bout de papier, ouvrit un site de traduction en ligne et saisit les caractères coréens. La traduction fut presque instantanée.

— « Matériel *fissile* », lut Pine lentement. « Fissile » ? C'est un terme utilisé pour évoquer les matériaux du nucléaire.

Blum se rassit sur le lit.

— Mon Dieu. Est-ce que la Corée du Nord s'apprête à… nous envoyer un missile nucléaire ?

— Si c'est le cas, cela pourrait expliquer ce que David Roth vient faire dans cette histoire. Ainsi que Sung Nam Chung. Est-ce le plan de secours des Nord-Coréens en cas d'échec des pourparlers de paix ? Lancer une attaque nucléaire contre nous ?

— Mais si les Nord-Coréens fomentent quelque chose dans ce genre, comment expliquez-vous l'enlèvement des frères Priest par l'hélico de l'Armée de terre ?

Pine haussa les épaules.

— Ils sont peut-être au courant du complot et ils essaient de remonter à sa source ?

— Allons-nous montrer ça à, je ne sais pas, au directeur du FBI ?

— Nous n'avons aucune preuve de la véracité de tout cela. Si nous nous pointons avec ça, ils pourraient nous faire disparaître.

— Mais les gens ne disparaissent pas dans ce pays.

— Allez dire ça aux frères Priest.

Pine garda le silence pendant un instant.

— Et même si nous trouvons une preuve, je ne sais pas à qui nous devrons la montrer.

— Que voulez-vous dire ?

— Le directeur adjoint a tout fait pour que je sois dessaisie de cette enquête. Et il ne l'aurait jamais fait sans l'assentiment de son supérieur et du supérieur de son patron. En fait, cela pourrait remonter jusqu'en haut, Carol.

Elle la regarda longuement.

— Et je veux dire jusqu'au *sommet*.

Les deux femmes gardèrent le silence pendant quelques secondes. Comme si elles avaient besoin de digérer l'énormité de cette possibilité.

— Mais nous devons faire *quelque chose*, dit enfin Blum.

Pine acquiesça.

— Nous devons trouver David Roth, pour commencer.

— Comment ?

— Il a été vu pour la dernière fois dans le Grand Canyon. Attendez une minute. Il y a autre chose sur le fichier.

Elle fit défiler plusieurs pages jusqu'à ce qu'elle arrive sur quelque chose de différent.

— On dirait une carte, dit-elle. Il y a des coordonnées de latitude et de longitude.

— Agent Pine, on dirait le Grand Canyon.

Elle blêmit.

— Merde, vous avez raison.

Pine pâlit en regardant la carte.

— Pensez-vous… pensez-vous que les Nord-Coréens ont caché un engin nucléaire dans le Grand Canyon ?

— Et Priest et Roth l'ont découvert ? ajouta Blum.

Pine acquiesça.

— Cela expliquerait pourquoi Roth voulait descendre dans le canyon. Pour trouver la bombe.

Son téléphone bipa. C'était un texto.

— C'est d'Oscar Fabrikant. Il est en Russie.

— Que dit-il ?

Pine lut le texto. « Renseignez-vous sur la mort de Fred Wormsley. Il était très proche de Roth et du père de Roth. »

Pine se connecta à Internet et trouva un article sur le sujet.

Blum lut par-dessus son épaule.

— Cela dit que le corps de Fred Wormsley a été retrouvé, il y a quelque temps, dans le Potomac près de Three Sisters Island. Selon la police, il serait tombé à l'eau quelque part sur la route paysagère George Washington, aurait été entraîné vers le fond par le courant et se serait noyé.

— Mais Fabrikant a manifestement des doutes, dit Blum.

— Et peut-être que David Roth aussi.

Pine pointa du doigt une autre partie de l'article.

— Wormsley travaillait pour la NSA. À un poste très haut placé. Raison pour laquelle l'enquête de la police a été un petit peu plus diligentée que d'habitude. L'enquête a confirmé qu'il s'agissait d'un accident mais je me demande s'ils n'ont pas subi des pressions pour arriver à cette conclusion.

Blum se rassit et semblait digérer tout cela.

— OK, Roth est un expert en ADM. Il a appris l'existence d'un complot nord-coréen, peut-être par Wormsley. Wormsley pourrait l'avoir appris dans le cadre de son travail à la NSA. Il a été tué, peut-être par ce Sung Nam Chung. Après ça, Roth a pris contact avec Priest. Ils ont, je ne sais comment, découvert qu'il y avait un engin nucléaire installé dans le canyon. Il a pris l'identité de Priest et y est descendu pour la trouver à l'insu de tous. Est-ce qu'il essaie de la désarmer ?

— Je l'ignore. Mais pourquoi Roth se tournerait-il vers Ben Priest ? demanda Pine.

— Peut-être se connaissaient-ils déjà. Et Priest lui a donné un coup de main.

— Mais si Roth savait qu'il y avait un engin nucléaire dans le canyon, pourquoi ne pas se contenter d'alerter le gouvernement ?

Blum réfléchit pendant quelques instants.

— Il craignait peut-être que les Nord-Coréens le fassent exploser s'ils savaient que nous en avions eu vent. Il essaie peut-être de la désamorcer en cachette. Ce ne sont que pures spéculations de ma part. Je n'ai pas la moindre idée du fonctionnement des armes nucléaires.

— Moi non plus. Je sais juste ce qu'elles sont capables de faire quand elles explosent, dit Pine.

— Que faisons-nous maintenant ?

— Je pense qu'il est temps de reprendre le chemin de l'ouest.

— Dieu merci. Je commençais à perdre mon bronzage.

Elle sourit gênée.

— Désolée, mauvaise blague. Cela m'arrive lorsque j'ai les nerfs qui sont sur le point de lâcher.

Pine saisit plusieurs chiffres dans l'ordinateur.

— Et si les lignes de longitude et de latitude indiquaient l'emplacement de l'engin nucléaire ? Et peut-être que Roth essayait de laisser un indice à ceux qui découvriraient le cadavre de la mule. J et K ? Cela pourrait faire penser à une grotte cachée à tous ceux qui connaissent cette légende.

— Cela fait beaucoup de questions en suspens, fit remarquer Blum.

— Et les réponses se trouvent apparemment dans un des plus gros trous sur Terre.

CHAPITRE 46

L'ACHAT PAR CARTE DE CRÉDIT fut effectué en ligne à 11 heures. Deux billets allers pour Flagstaff, en Arizona, en partance de Reagan, l'aéroport national de Washington. Le vol le plus rapide était celui d'American, avec une seule escale à Phœnix, avant de faire le bref trajet jusqu'à Flagstaff. Le vol partait dans trois jours.

Le numéro de la carte de crédit personnelle de Carol Blum avait été repéré et transmis à toutes les parties qui avaient demandé qu'il soit surveillé. Des équipes d'intervention furent réunies. Une unité de reconnaissance fut envoyée à Reagan pour glaner les informations nécessaires pour appréhender Blum et Pine avant qu'elles embarquent.

Mais cet achat inquiéta les individus qui dirigeaient les opérations parce que Blum viendrait peut-être seule à l'aéroport. Ou peut-être qu'aucune des deux ne se présenterait à l'embarquement. Ils décidèrent donc de placer immédiatement sous surveillance les deux autres aéroports et les gares ferroviaires et routières de la région de DC.

Et une seconde équipe avait été déployée dans la région de Flagstaff, juste au cas où. Les domiciles de Pine et de Blum et le bureau de Shattered Rock étaient déjà sous surveillance.

Ils n'avaient plus qu'une seule chose à faire désormais. Attendre.

* * *

— Vous voulez aller *où* ?

Le chauffeur de taxi regarda Pine et Blum d'un air méfiant. Noir, la soixantaine, casquette en feutre et lunettes accrochées à une chaîne qui pendaient sur son large torse. Sa chemise à carreaux entrouverte laissait entrevoir quelques poils gris frisés sur son torse.

— Harpers Ferry, en Virginie occidentale, répéta Pine.

— Madame, vous savez que cela se trouve en *Virginie*, hein, pas en *Virginie-Occidentale* ? demanda-t-il.

— Je sais lire une carte, répondit Pine.

— Vous savez à combien de kilomètres cela se trouve ?

— Environ 160. Cela devrait vous prendre moins de deux heures.

— C'est vous qui le dites. Écoutez, madame, primo, je ne fais pas de course jusqu'en Virginie-Occidentale.

Pine tenait cinq billets de cinquante dollars. Elle avait utilisé la carte de retrait de son amie pour réunir le liquide.

— Deux heures pour deux cent cinquante dollars. Vous ne prenez toujours pas les courses pour la Virginie-Occidentale ?

Le chauffeur de taxi réfléchissait.

— Il y a le retour.

— Cela fait toujours plus de cinquante dollars de l'heure, garantis. Je doute que ce soit une épreuve pour vous.

Blum sortit cent dollars de son portefeuille.

— Et ce petit supplément pour payer votre essence, dit-elle. Et parce que vous êtes quelqu'un de bien.

— Vous devez vraiment avoir envie d'aller à Harpers Ferry. Pourquoi ? demanda-t-il.

— On m'a dit que le lieu était chargé d'histoire, dit Pine.

— Et vous n'avez pas de voiture ?

Avant d'utiliser sa carte de crédit pour acheter les billets d'avion, Blum avait conduit la Mustang à Reagan et l'y avait laissée dans un parking long séjour pour ajouter foi à leur départ de Reagan pour regagner Flagstaff.

— Nous visitons la région. Nous ne sommes pas d'ici, expliqua Pine.

Il acquiesça.

— OK, je n'ai rien contre le fait de prendre votre argent, mais ce serait beaucoup moins cher de prendre un bus ou même un train.

— Je n'aime pas la foule. Vous voulez la course ou pas ? À moins que vous puissiez gagner davantage ailleurs aujourd'hui.

Il regarda leurs bagages.

— C'est tout ce que vous avez comme bagages ?

— Oui.

Il haussa les épaules et mit ses lunettes.

— OK, mesdames, allons-y.

Elles arrivèrent à la gare ferroviaire d'Harpers Ferry un petit peu moins de deux heures plus tard. Elle se situait pile sur la frontière entre les deux Virginie. Le bâtiment avec son bardage bois rouge était de style victorien. Il avait été construit sur les fondations enterrées d'un arsenal.

Elles payèrent la somme promise et le chauffeur de taxi sortit leurs bagages du coffre.

— J'espère que ces lieux chargés d'*histoire* vous plairont, mesdames, dit-il en tapotant l'argent dans sa poche.

— Nous en profiterons peut-être pour écrire une page de la nôtre durant notre passage dans cette région, dit Blum.

Il sourit et cogna légèrement son poing contre le sien.

— Eh bien voilà !

Il démarra. Trente minutes plus tard, un train Capitol Limited de Amtrak entra en gare.

Elles avaient acheté leurs billets un peu plus tôt dans une autre gare, en liquide. Lorsque l'employée au guichet avait demandé une pièce d'identité, Pine avait sorti son insigne et dit à voix basse : « FBI, sous couverture, nous escortons un témoin important pour le gouvernement. Pour faire condamner des gens vraiment peu recommandables. Ne dites pas un mot de ceci à quiconque. »

L'employée, une matrone qui avait la soixantaine, regarda Blum et sourit. « Félicitations, chérie. Je n'en moufterai pas un mot. »

Blum sourit. « Nous avons toutes notre rôle à jouer. »

Le train démarra deux minutes plus tard.

Elles avaient réservé un compartiment couchette avec toilettes et douche. Elles posèrent leurs sacs et s'assirent sur le canapé bleu et regardèrent défiler les paysages de Virginie-Occidentale. Ils céderaient bientôt la place à ceux du Maryland, de la Pennsylvanie et de l'Ohio avant d'atteindre le terminus à Chicago où elles feraient halte avant d'embarquer à bord du Southwest Chief. Elles arriveraient en Arizona avant que le vol qu'elles avaient réservé pour Flagstaff ait quitté le sol.

Pine observa le compartiment.

— Je n'avais encore jamais pris le train. Et vous ?

— Une fois. Le long de la côte californienne. J'avais seize ans. La première fois que je quittais la maison. Pour rendre visite à une tante. J'ai vraiment aimé. Je me sentais libre comme le vent. Trois ans plus tard, j'étais une maman qui apprenait à vivre en ne dormant que quelques heures par nuit.

Elles dînèrent dans la voiture-restaurant. Blum prit un verre de vin tandis que Pine restait fidèle à la bière. Les deux femmes se mirent au lit sans se déshabiller, Pine sur la couchette du haut, Blum sur celle du bas. Grâce au roulis du train, Pine s'endormit rapidement et ne se réveilla qu'à 6 heures.

Elles atteignirent Pittsburgh à minuit et Chicago aux environs de 9 heures le lendemain matin. Elles descendirent du train et allèrent prendre un petit déjeuner dans un établissement dans la gare, une grande bâtisse à l'ouest du fleuve Chicago.

Pine et Blum avaient six heures à tuer avant d'embarquer sur le Southwest Chief.

Blum regardait l'écran télé fixé au mur en mangeant.

— Oh, mon Dieu !

Pine regarda le téléviseur. La photo d'Oscar Fabrikant remplit l'écran. L'incrustation en bas de l'écran disait : « UNIVERSITAIRE AMÉRICAIN RETROUVÉ MORT À MOSCOU. SUICIDE APPARENT. »

Pine et Blum se regardèrent.

Pine dit doucement :

— Il n'a pas mis fin à ses jours.

— Comment pensez-vous qu'ils l'ont trouvé ?

— Ils ont dû apprendre que nous l'avions rencontré. Peut-être des deux faux policiers.

Pine tapa du poing sur la table.

— Je n'aurais jamais dû le laisser y aller. Il signait son arrêt de mort.

— Vous n'auriez pas pu l'arrêter, objecta Blum.

— Il aurait pu nous accompagner.

— Mais nous ne pouvons pas prendre sous notre aile tous ceux qui croisent notre chemin. Nous finirions tous à la morgue. Mais c'est tellement affreux.

Elle frissonna.

Pine regarda Blum.

— Je pense qu'il vaudrait mieux que vous restiez ici, Carol. Prenez une chambre d'hôtel et faites profil bas pendant quelques jours.

— J'utilise ma carte de crédit pour payer la chambre et, une heure plus tard, ils frapperont à ma porte.

Elle pointa l'écran du doigt.

— Et je ne veux pas finir sur un fil déroulant annonçant que j'ai mis fin à mes jours.

— Mais vous pourriez trouver un établissement qui accepte le liquide.

Blum secoua la tête obstinément.

— Je ne vous laisserai pas affronter ça toute seule, agent Pine. Comme vous l'avez dit, nous sommes une unité, une équipe. Je trouve que nous travaillons bien ensemble.

Pine la regarda.

— Vous n'êtes pas d'accord ? demanda Blum en fronçant les sourcils.

— J'ai prêté serment, pas vous. J'ai accepté la partie dangereuse, pas vous.

Blum balaya l'argument d'un revers de main.

— Oh, ne vous inquiétez pas pour ça. Je sais que je ne suis pas un agent spécial comme vous mais j'ai rejoint le FBI et j'ai promis de faire mon travail du mieux possible. Et je vais tenir mes engagements. En outre, j'ai élevé six enfants sans en perdre un seul. Je peux donc vous aider aussi.

Pine sourit.

— Vous m'avez déjà sauvé la vie une fois. À l'aéroport.

Blum se pencha au-dessus de la table et tapota la main de Pine.

— Et si le besoin s'en fait sentir de nouveau, je le referai. Nous sommes deux dures à cuire dans un monde d'hommes. Quelle meilleure motivation pourrions-nous avoir de continuer cette aventure ensemble ?

Le sourire de Pine s'élargit.

— Je suis réellement incapable d'en trouver une meilleure.

CHAPITRE

47

LE SOUTHWEST CHIEF N° 3 quitta Chicago avec ses deux locomotives P42 tirant neuf wagons en direction du sud-ouest des États-Unis. Il avait à son bord 14 membres du personnel navigant et 130 passagers. Il n'atteindrait sa vitesse maximale de 145 km/h que sur les longs tronçons du trajet. Mais sa vitesse moyenne, sur le trajet d'un peu plus de 3 540 kilomètres qui le conduisait à LA, n'avoisinerait que les 88 km/h, à cause des trente et un arrêts qu'il ferait sur les huit États qu'il traverserait.

Pine et Blum s'installèrent sur leur siège pendant que le train s'élançait du centre-ville de Chicago.

— Pensez-vous que les autres membres de la Société Pour le Bien soient en danger ? demanda Blum.

— On ne peut rien exclure, répondit Pine. J'espère qu'ils ont pris note des récents événements et feront profil bas.

— Ne pensez-vous pas qu'll serait logique que vous contactiez quelqu'un au FBI ? Quelqu'un en qui vous auriez confiance ? S'il y a un engin nucléaire dans le Grand Canyon, je pense qu'ils aimeraient être au courant.

Pine ne répondit pas tout de suite.

— Toute cette affaire n'a pas la moindre logique, Carol. Si Roth, un inspecteur en AMD, apprenait qu'il y a un engin nucléaire dans le Grand Canyon, quel serait son premier réflexe ? Ou celui de Ben Priest, d'ailleurs ? Je ne pense pas qu'ils soient des traîtres.

Blum paraissait perplexe.

— Ils auraient dû alerter immédiatement les autorités.

— Mais ils ne l'ont pas fait, et un hélico de l'Armée de terre a enlevé les frères Priest. Et des hommes qui m'avaient tout l'air d'être des feds s'apprêtaient à emmener Simon Russell quelque part pour le torturer. Nous avons ensuite failli être tuées par deux hommes à l'aéroport. Et des militaires qui portaient l'uniforme de nos forces armées ont envahi le domicile de Kurt Ferris.

— Vous pensez que les nôtres sont les méchants dans cette histoire.

— Peut-être sont-ils au courant pour l'engin nucléaire et essaient-ils juste d'empêcher que l'information fuite pour éviter que la population panique ? Mais en ce moment notre gouvernement enlève des gens à droite et à gauche et se comporte vraiment de façon étrange. L'État de droit a, semble-t-il, été suspendu.

— Mon Dieu, nous pourrions tout aussi bien être en Corée du Nord ou en Iran.

— Ou en Russie, ajouta Pine. Parce qu'ils sont impliqués eux aussi.

Elle marqua une pause. On pouvait lire toute sa perplexité sur son visage.

— Je n'aurais jamais cru les Russes et les Nord-Coréens aussi bons alliés au point d'unir leurs efforts pour introduire un engin nucléaire sur le sol américain. Cherchent-ils à déclencher une Troisième Guerre mondiale ? Si c'est le cas, ils n'ont aucune chance de l'emporter. Personne n'a la moindre chance contre nous.

— Mais comment diable les Nord-Coréens, ou les Russes, ont-ils pu transporter un engin nucléaire dans ce pays au nez et à la barbe de tout le monde ? Sérieusement ?

— Je suppose qu'il a été acheminé en pièces détachées, en plusieurs fois, et assemblé dans une grotte en dehors des sentiers battus dont personne ne connaît l'existence. Après tout, il n'y a pas de contrôle de sécurité avec des agents équipés d'un magnétomètre au départ des sentiers de randonnée.

— Pensez-vous que les lignes de latitude et de longitude indiquent l'emplacement de cette grotte ?

— Oui.

— Que devrons-nous faire à notre retour en Arizona ?

— Je ne sais pas. Mais nous avons un long trajet en train pour élaborer un plan d'action.

Pine quitta le compartiment pour se rendre jusqu'au wagon qui vendait des articles à grignoter et des boissons. Elle acheta une bière et des chips et s'assit seule dans le wagon panoramique.

Après avoir longuement fait tournoyer son téléphone dans sa main, elle se décida à appeler.

— Allô ?

— Salut, Sam, c'est Atlee.

— Atlee, je n'ai pas reconnu le numéro.

— Ouais, je suis en voyage. J'utilise un autre téléphone. Comment ça va ?

— Très bien. Vous rentrez bientôt ?

— Ouais, je suis sur le chemin du retour, en fait. Et le concert ?

— Quoi ?

— Carlos Santana.

— Oh, oui. Hé, c'était génial. Le mec n'a rien perdu de son talent, cela ne fait aucun doute. J'y suis allé avec un pote. J'aurais préféré y aller avec vous.

— Ça fait plaisir à entendre. Hé, Sam, des nouvelles de Lambert ou de Rice ?

— Non, juste qu'ils ont été mutés dans l'Utah.

— Ont-ils déjà été remplacés ?

— Non, pas encore. Nous devons faire leur travail jusqu'à l'arrivée des nouveaux. Comment avance votre enquête ?

— Je fais des progrès. Elle s'est révélée un peu plus compliquée que je le pensais.

— Eh bien, j'espère que vous attraperez ceux qui ont tué la mule. Je n'arrive toujours pas croire qu'on puisse faire preuve d'une telle cruauté. Franchement, cette pauvre mule ne demandait rien à personne.

— Ouais, je sais. Vous êtes de service les prochains soirs ?

— Oui. Hé, si vous voulez sortir quelque part lorsque vous reviendrez, je peux essayer de changer avec quelqu'un. Mais cela ne sera peut-être pas possible parce que nous sommes en sous-effectif.

— Non, ce n'est pas ça. Je, euh, je pensais faire une randonnée dans le canyon un soir.

— OK, dites-moi quand et on pourra se retrouver quelque part. Je vous apporterai une bière, dit-il en riant.

— Oui, c'est tentant.

— Vous n'allez pas randonner seule, n'est-ce pas ? demanda-t-il soudain.

— Je suis une grande fille. Et je l'ai déjà fait en solo.

— Ce n'est pas très malin pour autant.

— Je n'ai jamais prétendu être maline, Sam.

Plus tard, Pine et Blum se rendirent à la voiture-restaurant pour prendre leur repas. Elles durent partager leur table avec deux autres voyageurs et ne purent pas discuter pendant le repas.

À minuit et demi, le train s'arrêta à Lawrence, au Kansas. Deux passagers montèrent. Aucun ne descendit. Le train repartit cinq minutes plus tard.

À peine cinq minutes s'étaient écoulées que le train commença à ralentir.

— Un autre arrêt ? marmonna Blum qui somnolait sur sa couchette.

Pine s'assit sur sa couchette et prit son téléphone sur lequel elle avait téléchargé le trajet suivi par le train.

— Pas avant Topeka dans environ trente minutes.

— Pourquoi ralentissons-nous alors ?

Pine avait déjà sorti son arme.

— Bonne question.

Une minute plus tard, elles entendirent les freins du train crisser. La brutalité de la décélération les projeta contre le mur.

Une secousse s'ensuivit.

Et le puissant Southwest Chief s'immobilisa.

CHAPITRE 48

QUE S'EST-IL PASSÉ ? demanda Blum, en se frottant l'épaule à l'endroit où elle s'était cognée au mur.

— Nous avons dû heurter quelque chose, dit Pine.

Elle descendit de sa couchette et enfila ses chaussures.

— Vous avez sorti votre arme ? demanda-t-elle dans un murmure à Blum.

— Non.

— Sortez-la.

— Vous ne croyez pas... ?

— Je n'en ai pas la certitude, donc la réponse est oui.

Pine écarta le rideau et regarda par la fenêtre. Il faisait trop sombre pour voir quoi que ce soit à l'extérieur.

Elle entendit quelqu'un marcher précipitamment dans le couloir du train. Elle ouvrit la porte de leur compartiment et aperçut un membre du personnel du train qui remontait le train au pas de course.

— Que s'est-il passé ? demanda-t-elle.

— Je l'ignore, madame. Restez dans votre compartiment. Les passagers seront informés par haut-parleur dès que le problème aura été identifié.

Il reprit son chemin et disparut au bout du wagon.

Pine entendit les portes extérieures s'ouvrir. Quelques instants plus tard, les lumières des compartiments clignèrent deux fois et s'éteignirent brusquement, les plongeant dans l'obscurité.

Pine entendit plusieurs cris émanant des autres compartiments.

Elle prit sa lampe torche dans son sac, dit à Blum de ne pas bouger et ressortit dans le couloir.

Elle savait qu'il arrivait, parfois, aux trains de heurter des obstacles. Mais elle doutait que ce fût le cas ici. La coïncidence était trop forte.

Elle avança lentement dans le couloir en l'éclairant avec sa lampe torche qu'elle pointait de temps en temps, sur la fenêtre et la nuit du Kansas. Mais elle ne vit rien. Les haut-parleurs restèrent aphones. Les lumières ne revinrent pas et le train ne bougea pas.

À part ça, tout allait bien.

Pine se raidit en les entendant.

Les pleurs d'un enfant.

Le train fit mine de repartir mais s'arrêta de nouveau presque immédiatement. La secousse faillit lui faire perdre l'équilibre.

Les pleurs reprirent.

Pine courut dans leur direction, s'arrêta devant une porte et appuya sur le bouton ouvrir. La porte coulissa latéralement avec un petit sifflement hydraulique. Elle entra dans le wagon suivant.

Elle éclaira le couloir avec sa lampe torche. Au début, Pine ne vit rien.

Et puis le faisceau repéra une petite silhouette sur laquelle il s'immobilisa.

C'était une petite fille, elle n'avait pas plus de six ans, debout au milieu de l'allée, tenant dans les mains une poupée en lambeaux.

Elle paraissait épouvantée. Elle était en pleurs.

Pine rangea son arme, détourna la lumière du visage de la petite fille et s'avança vers la fillette.

— Est-ce que tu vas bien ? demanda-t-elle en s'agenouillant à côté d'elle. Où sont tes parents ?

La petite fille secoua la tête et s'essuya le nez avec sa poupée.

— Je ne sais pas. Ma maman est allée aux toilettes et... et tout est devenu noir. Je suis sortie pour trouver ma maman. Mais... mais je ne sais pas où elle est.

— OK, nous allons la retrouver. Comment t'appelles-tu ?

— Debbie.

— OK, Debbie. Nous allons retrouver ta maman. Est-ce que tu sais de quel côté elle est allée ?

Debbie regarda autour d'elle.

— Je ne sais pas. Il fait tellement noir.

Elle recommença à pleurer.

Pine lui prit la main.

— OK, je suis venue de ce côté et je n'ai vu personne. Ta maman doit donc être de ce côté. Allons voir.

Elles allèrent jusqu'au bout du couloir. Il y avait des toilettes.

— Comment s'appelle ta maman ?

— Nancy.

Pine frappe à la porte.

— Nancy ? Êtes-vous à l'intérieur ? Je suis avec votre fille, Debbie.

— Maman ! Maman ! cria Debbie en martelant la porte.

Pine ouvrit la porte et regarda à l'intérieur. Vide.

Elle baissa les yeux vers Debbie.

— Tu es sûre qu'elle est allée aux toilettes ?

Debbie acquiesça.

— C'est ce qu'elle m'a dit. Nous n'en avons pas dans notre cabine. Elle m'a dit de rester là et qu'elle serait vite de retour. Et là, tout est devenu noir.

— Continuons de chercher, Debbie. Je suis sûre qu'elle n'est pas loin.

Ils entrèrent dans le wagon suivant, dans lequel elles croisèrent deux couples de personnes âgées qui avançaient à tâtons dans l'obscurité.

— Savez-vous ce qui se passe ? demanda un des deux hommes qui serrait la main d'une femme qui, supposa Pine, était son épouse.

— Le train a dû heurter un obstacle, répondit Pine. Avez-vous vu passer une jeune femme ? J'ai sa fille avec moi. Elles ont été séparées.

— Oh, ma pauvre petite, dit une des femmes, la voix pleine de sympathie. Non. Nous n'avons vu personne. Nous venons juste de sortir de notre compartiment.

— J'ai entendu passer quelqu'un il y a un petit moment. Mais je n'ai pas vu de qui il s'agissait, déclara l'autre homme.

— Merci. Vous devriez regagner votre compartiment. Vous risquez de tomber et de vous blesser dans ce couloir.

Pine et Debbie entrèrent dans le wagon suivant. Pine commençait à être inquiète. Et si la mère était partie de l'autre côté et était revenue pour constater que sa fille avait disparu ? Elle devait être en train de paniquer en ce moment.

Elle entendit un bruit derrière elles. Pine se retourna, sa main glissant vers son étui, mais elle se détendit en voyant Blum sortir de l'obscurité.

Elle se tendit un instant plus tard en réalisant que Blum n'était pas seule.

Il y avait quelqu'un derrière elle. Un homme de petite taille parce que Blum lui en avait bloqué en grande partie la vue.

Il fit un pas sur le côté.

Sung Nam Chung tenait Blum par le cou.

Il resserra son étreinte lorsqu'il vit la main de Pine glisser de nouveau vers son arme.

— Cela ne serait pas très avisé, pour le salut de votre amie.

— Je suis désolée, agent Pine, dit Blum. Je n'ai rien pu faire.

— Qu'est-ce... qui se passe ? demanda Debbie. Qui est ce monsieur ?

— Juste quelqu'un que je connais, Debbie, répondit Pine.

— Est... est-ce qu'il lui fait mal ?

Chung mit la main dans sa poche et sortit un pistolet.

Debbie hurla et eut un mouvement de recul. Pine se mit devant Debbie, plaçant son corps entre la petite fille et l'arme de Chung.

— Elle est juste à la recherche de sa mère. Elle n'a rien à voir avec tout ça. Nous vous suivrons. Mais elle doit rester ici.

Chung ne semblait pas disposé à accepter.

— Ce n'est qu'une gamine, ajouta Pine. Elle ne peut rien faire.

Chung regarda Pine de pied en cap et acquiesça d'un bref signe de la tête.

Pine se retourna et regarda Debbie dans les yeux.

— OK, je pense que ta maman est probablement juste dans le prochain wagon. Mais je veux que tu attendes ici jusqu'à ce que ta mère vienne te chercher ou qu'un des employés du train le fasse. Ils seront en uniforme. Tu sais à quoi ils ressemblent, n'est-ce pas ?

Debbie leva les yeux vers Pine et hocha la tête.

— Tu vas... tu vas me laisser ici ?

Elle agrippa le bras de Pine.

— Juste pendant un petit moment. Nous devons aller quelque part avec ce monsieur.

— Est-ce qu'il est méchant ?

— Debbie, je veux juste que tu ne bouges pas de là, d'accord ? Tu auras le courage de faire cela pour moi ?

Debbie finit par acquiescer, les larmes aux yeux.

Pine baissa les yeux sur la poupée que Debbie tenait dans sa main.

— Comment s'appelle ta poupée ?

— Hermione.

— Comme dans Harry Potter ?

Debbie acquiesça.

Pine s'agenouilla et lui donna l'accolade.

— Je vais revenir pour voir comment tu vas.

— Promis ? demanda Debbie.

— Promis.

Pine se releva et se tourna vers Chung.

— Allons-y.

CHAPITRE 49

ILS REGAGNÈRENT leur compartiment sans croiser personne. Les autres voyageurs étaient restés sagement dans leurs compartiments. Ils les entendaient parler en passant devant.

Pine entra la première, suivie par Blum et Chung qui referma la porte derrière lui.

— Asseyez-vous, dit-il.

Pine et Blum s'assirent sur le lit du bas.

— Sortez votre arme et posez-la sur le sol, ordonna Chung en gardant la sienne braquée sur la tête de Pine.

Pine obtempéra.

— Poussez-la vers moi avec votre pied, ajouta-t-il.

Elle obtempéra de nouveau. Il se pencha, la ramassa et la posa sur un petit bureau en métal derrière lui. À côté du pistolet de Blum.

— Votre autre pistolet aussi, s'il vous plaît, dit Chung. Je sais que vous avez une arme d'appoint.

Pine enleva l'étui de sa cheville et le fit glisser sur le sol.

Chung le poussa derrière lui.

— Comment avez-vous su que nous étions dans ce train ? demanda Pine.

— C'est le seul train en direction de l'Arizona. Vous êtes les seules passagères qui ont payé leurs billets en liquide. Et, semble-t-il, sans avoir donné de nom à l'employée de guichet. Elle vous a donc inscrites sous les noms de Jane et Judy Doe. Merci pour l'indice.

Pine fit la grimace en entendant cela.

— Comment avez-vous arrêté le train. Avez-vous placé une voiture sur les rails ou je ne sais quoi ?

— Sans rapport avec ce qui nous intéresse.

— OK, alors que voulez-vous ?

Chung fouilla dans sa poche et en sortit quelque chose.

— Cet homme.

Il fit glisser le morceau de papier en direction de Pine qui l'attrapa.

Elle utilisa sa lampe torche pour regarder l'objet.

C'était une photographie.

De David Roth.

Pine et Blum levèrent les yeux vers Chung.

— Je ne sais pas où il se trouve.

Cette fois encore, le geste du Coréen fut si prompt que Pine n'eut même pas le temps d'essayer de parer le coup. Elle roula cul par-dessus tête contre le mur.

Blum se leva et essaya de frapper Chung. Il lui saisit le poignet et le tordit jusqu'à ce que Blum hurle de douleur et s'écroule sur le sol en se tenant la main, pantelante.

Pine se releva lentement, en essuyant le sang de sa bouche.

— Je n'ai pas fait tout ce chemin pour vous écouter me dire que vous ignorez des choses que vous connaissez *parfaitement*, dit Chung.

— Je suis à la recherche de Roth, c'est vrai, dit Pine, en crachant le sang de sa bouche. Mais je ne l'ai pas encore trouvé. Pas encore.

— Mais vous avez une idée de l'endroit où il se trouve ? demanda Chung.

— Une petite, oui.

— Où ?

Pine tourna la tête vers Blum.

— Si j'accepte de vous le dire, est-ce que vous la laisserez partir ?

Chung secoua la tête.

— Ce n'est pas une petite fille.

Blum se releva difficilement et se laissa tomber à côté de Pine.

— Eh bien, tant mieux parce que je ne bougerai pas d'ici.

Blum épousseta ses vêtements, posa ses mains sur ses genoux et dit d'une voix aimable :

— Maintenant, dites à ce charmant monsieur où vous pensez que se trouve monsieur Roth, agent Pine.

Pine n'ouvrit pas la bouche.

— Eh bien, alors, je suppose que c'est à moi de faire le service.

Elle se tourna vers Chung.

— Nous croyons que M. Roth se trouve à Flagstaff. C'est là que nous nous rendons. Vous le savez déjà puisque vous avez vu nos billets.

— Pourquoi à Flagstaff ?

— Parce qu'il y a un bureau du FBI. C'est le plus important à proximité du Grand Canyon. Nous pensons qu'il va se rendre.

— Pourquoi se rendrait-il aux autorités ? demanda Chung d'un ton sec.

— Nous pensons qu'il a peur, dit Blum. Il ne veut pas mourir. Il pense que le FBI peut le protéger.

— Est-ce qu'ils le peuvent ? demanda enfin Pine, les yeux rivés sur Chung.

— Vous me le demandez à moi ? C'est votre employeur, pas le mien.

— Sans rapport avec ma question, dit Pine, imitant la réponse donnée par le Coréen un peu plus tôt. Je veux connaître votre opinion sur la question.

Chung réfléchit longuement à la question.

— Je ne pense pas que quiconque puisse le protéger. Surtout pas *vos* collègues.

— Eh bien, nous sommes alors d'accord sur une chose. Pourquoi voulez-vous le retrouver ?

— Je pense que c'est évident.

— Pas pour moi. À moins que vous vouliez récupérer votre *engin nucléaire*.

Chung la jaugea.

— Ce monde est complexe, agent Pine. Beaucoup plus complexe que vous ne semblez le croire.

— Je ne perçois pas la complexité derrière le fait d'introduire un engin nucléaire sur le sol américain et tuer un grand nombre de mes compatriotes. Mais j'en perçois la folie ! Vous avez toutes les raisons de travailler avec moi.

— Pourquoi cela ?

— Si cet engin nucléaire explose, la Corée du Nord disparaîtra.

Nous vous ferons revenir à l'âge de pierre.

— Je suis entièrement d'accord avec vous.

Pine était sur le point d'ajouter quelque chose mais resta bouche bée.

Blum avait retrouvé son souffle.

— Vous... êtes d'accord avec ça ?

— Bien sûr, dit Chung. Pourquoi croyez-vous que je sois ici ?

— Pourquoi ne me l'expliquez-vous pas ? demanda Pine. Parce que cela n'a aucun sens.

— Il n'entre pas dans mes attributions d'expliquer les choses. Et si vous ne pouvez pas m'aider, alors...

Il haussa les épaules.

— Alors quoi, vous allez nous tuer ? Pour quelle raison ?

— Si je vous laisse vivre, vous allez me rendre la tâche beaucoup plus difficile.

— Sans le moindre doute, dit Pine.

— Votre sincérité vous honore, admit Chung.

— Vous paraissez beaucoup trop raffiné pour ce genre de travail, lâcha Blum.

— Vos observations vous égarent, madame, dit Chung. Je ne suis pas raffiné. Pas du tout. Comme vous allez, malheureusement, vous en rendre compte.

À cet instant, le train redémarra.

Cela le prit par surprise et Chung trébucha un peu en arrière.

Pine se pencha en avant, la tête entre les genoux, comme si elle allait vomir.

Ses doigts se refermèrent autour du manche de la clef à pipe. L'outil dont le steward s'était servi pour descendre le lit du haut et le fixer à la bonne hauteur. Un peu plus tôt, elle l'avait vu le glisser dans un compartiment sous le lit après qu'il eut terminé de préparer leurs lits pour la nuit.

Elle se redressa et le frappa avec la clef à pipe, d'abord sur la main pour lui faire lâcher le pistolet, puis au niveau de la mâchoire.

Il tituba en arrière contre le mur.

Se tenant le visage et le dos, il était en train de se redresser lorsque Pine lui assena un violent coup de pied circulaire qui le fit décoller du sol et l'envoya heurter la fenêtre du wagon.

Il rebondit sur la vitre et se catapulta en avant pendant que Pine plongeait pour attraper son arme qui était tombée du bureau après que Chung l'eut heurté.

Pine glissa sur le sol, saisit son arme, heurta le mur et tira.

Le coup manqua Chung mais se logea dans la vitre qui se brisa.

Chung bondit en avant et fit sauter l'arme des mains de Pine d'un coup de pied. Il enchaîna avec un coup porté dans son flanc qui paralysa son côté gauche et vida ses poumons de leur air.

Merde, ça recommence.

Chung se redressa et s'apprêtait à assener un violent coup de pied dans la tête de Pine lorsqu'il chancela en arrière en posant les mains sur sa propre tête.

Blum venait de la frapper avec la clef à pipe.

Le sang coulait de l'entaille au niveau du cuir chevelu. Il se retourna et s'apprêtait à porter à Blum un coup qui l'aurait tuée lorsque Pine lui donna un coup de genou à la base de la colonne qui le propulsa en avant au milieu de la vitre déjà fissurée.

Alors que le train prenait de la vitesse, Pine serra fortement ses jambes autour de celles de Chung, pour les immobiliser. Dans le même temps, ses bras encerclèrent son torse et maintinrent ses bras collés le long de son corps. Elle le poussa vers l'avant et lui colla le visage contre la vitre.

Pine mit son deltoïde sous l'omoplate droite de Chung et poussa vers le haut. Elle serra les dents et souleva lentement le petit Coréen du sol. Il n'y avait plus que le bout de ses chaussures qui touchait le sol. C'était extrêmement difficile, parce Pine ne pouvait pas écarter les jambes ni planter ses pieds sur le sol pour se donner plus d'appui afin de soulever plus facilement Chung.

Elle savait que si elle laissait un centimètre de liberté à ses jambes, il se libérerait de sa prise et les tuerait toutes les deux d'un simple coup de pied.

Elle aurait pu demander à Blum de ramasser une des armes mais elle n'allait pas lui demander de coller une balle dans la tête du Coréen de sang-froid. Sans compter qu'elle pourrait le rater et toucher Pine ; ou comme Pine était collée au Coréen, la balle pourrait traverser Chung et la tuer.

Mais elle ne pouvait pas continuer d'immobiliser le Coréen. La position n'était pas tenable. Le plan se dessina dans sa tête en quelques secondes.

— Carol, haleta Pine. La fenêtre. Le... joint.

Blum resta interdite pendant un instant puis se rua vers la fenêtre, saisit le marteau brise-vitre qui se trouvait juste en dessous de ladite fenêtre et le décrocha de son support.

Chung, voyant ce qu'elles tentaient de faire, se débattit pour se libérer. Il donna un coup avec l'arrière du crâne qui frappa Pine violemment au menton. La douleur se propagea dans tout le visage et la fit grimacer. Mais elle parvint à le maintenir fermement contre la vitre brisée pendant que Blum enlevait le joint en plastique tout autour de la fenêtre.

Lorsqu'elle eut terminé, Blum saisit le bord de la vitre et tira violemment dessus. Elle se détacha du mur du train, glissa sur le côté et tomba par l'ouverture. L'air s'infiltra à l'intérieur du compartiment, faisant voler les rideaux dans tous les sens.

C'était le moment de vérité, Pine le savait. Sans la vitre, elle perdait l'essentiel de son appui pour le maintenir dans cette position.

Chung gigotait, tirait et ruait mais ses pieds ne touchant pas le sol, il n'avait pas l'appui nécessaire pour desserrer son étreinte.

Les lumières du compartiment commencèrent à vaciller.

Pine continua de soulever lentement le Coréen de petite taille, centimètre par centimètre, tout en maintenant ses membres collés à ses flancs.

Son torse, ses bras et se jambes formaient un tube, un tube à travers lequel elle expulsait Chung, lentement, inexorablement, en levant les bras et les jambes millimètre par millimètre. L'image terrifiante d'un boa constricteur avalant lentement sa victime dans son gosier se matérialisa dans son esprit. L'image était assez éloquente. Sauf que Pine voulait expulser Chung, pas l'avaler.

Elle se pencha en avant, les hanches du Coréen étaient maintenant sur le rebord de la fenêtre.

Cela signifiait que la moitié du corps de Chung se trouvait en dehors de la fenêtre.

Mais Pine aussi.

Le train roulait à peine à 40 km/h à présent. Mais il accélérait.

Le vent les fouettait. Ils avaient tous les deux le visage vers le bas. En plus du dos de Chung, Pine voyait le paysage défiler. Le terrain était plat comme une crêpe. Lawrence, Kansas, était loin derrière eux à présent et s'éloignait de plus en plus vite.

Pine atteignait la limite de sa zone de sécurité. Encore quelques centimètres et elle ne pourrait plus rester dans le compartiment.

Le poids de Chung et l'angle auquel elle le maintenait tendaient chacun de ses muscles jusqu'à leur point de rupture.

Et ils bascuIeraient tous les deux par la fenêtre. Et même si le train ne roulait pas encore très vite, la collision avec le sol pourrait bien les envoyer sous ses roues. Et cela signifierait la mort pour tous les deux.

Le souffle court, elle sentit soudain la présence de Blum derrière elle qui la saisit par la ceinture et s'inclina en arrière, pour lui apporter le poids supplémentaire dont elle avait besoin.

Pine se préparait. Elle sentait Chung essayer de libérer son bras droit et ses membres trop éprouvés ne pourraient plus l'en empêcher beaucoup plus longtemps. Elle compta jusqu'à cinq dans sa tête.

Tiens bon, Atlee. Tiens la charge. Juste encore quelques secondes. Plus que quelques secondes et tu remportes l'or.

Elle poussa un grognement et hurla lorsque le Southwest Chief accéléra grâce à la puissance retrouvée de ses deux moteurs.

La soudaine secousse due à l'accélération faillit les entraîner tous les trois à l'extérieur, mais Blum s'était rapidement penchée vers l'arrière afin que son poids fournisse assez de contrepoids pour contrebalancer l'augmentation de la vitesse.

Trois...

Pine devait avoir un timing parfait. Elle ne pouvait pas se permettre de laisser Chung agripper ses bras ou ses jambes. Elle était tellement épuisée que si le Coréen parvenait à rester dans le compartiment, elles étaient mortes toutes les deux. Elles voulaient que ses vertèbres et celles de Blum conservent leur forme naturelle.

Elle était maintenant tellement penchée à l'extérieur qu'elle pouvait à peine respirer à cause du vent qui lui frappait le visage.

Deux...

Elle tendit chaque fibre, chaque ligament, en préparation du lâcher. Elle pouvait sentir le battement du cœur de Chung contre sa poitrine. Elle entendait ses halètements. Elle sentait sa peur.

Comme il sentait la sienne.

Un...

Elle imprima une poussée sur le dos de Chung au même moment où elle desserra son étreinte mortelle autour des bras du Coréen.

Elle sentit les membres libérés battre dans l'air. Le Coréen parvint on ne sait comment à se tourner sur le côté, ses mains tâtonnant à la recherche du cadre de fenêtre vide.

Ils étaient presque face à face lorsque la lumière s'alluma dans le train et cette fois ne s'éteignit pas.

Elle voyait ses traits, le vent qui glissait le long du train lancé les frappait tous les deux. Elle supposa que les siens affichaient la même chose :

La terreur.

Il tendit soudain la main et attrapa ses cheveux balayés par le vent juste au moment où Pine lâcha ses jambes.

Ses doigts réussirent à arracher quelques-uns de ses cheveux alors que ses pieds étaient en train de danser désespérément dans le vide.

Elle fit un bond en arrière alors qu'il essayait de lui assener un coup de pied au visage.

Et le vent l'emporta. Il passa complètement par la fenêtre, incapable de retrouver une sorte d'équilibre.

Pendant un instant, il sembla suspendu dans l'air, et ensuite, comme un passager aspiré en dehors d'un avion dépressurisé, Chung fut projeté violemment sur la droite et, en un éclair, disparut de sa vue.

Pine tomba en arrière dans les bras ouverts de Blum.

Les deux femmes restèrent allongées sur le sol pendant plusieurs minutes, tremblantes et haletantes.

Elles se relevèrent enfin lentement lorsque les lumières du train s'éteignirent une fois de plus avant de se rallumer.

Quelques secondes plus tard, la porte s'ouvrit et un steward passa la tête à l'intérieur. En voyant la fenêtre manquante et les rideaux virevolter dans tout le compartiment sous la force du vent, il s'écria :

— Oh, mon Dieu !

Pine s'assit sur le lit du bas et lui dit :

— Nous avons besoin d'un autre compartiment.

Elle inspira longuement.

— Celui-ci est détruit.

CHAPITRE

50

WINSLOW, ARIZONA.

Pas Flagstaff.

Pine et Blum arrivèrent avec environ une heure de retard à la gare qui faisait partie d'un complexe hôtelier. Pine pensait que des gens pourraient les attendre à Flagstaff, des gens qu'elles ne voulaient vraiment pas croiser.

Contrairement à ce que dit la chanson, elles n'étaient pas là pour profiter de la vie.

Mais comme dans cette chanson des Eagles, elles étaient bien en train de regarder une femme conduisant un pick-up Ford.

Pine lui fit signe de la main et Jennifer Yazzie se gara le long du trottoir.

Pine et Blum posèrent leurs bagages dans la benne du pick-up et prirent place, côte à côte, dans la cabine.

— Merci d'être venue nous chercher, Jen, dit Pine après lui avoir présenté Blum.

— De rien. Qu'est-il arrivé à votre visage ? demanda-t-elle en voyant le menton enflé et la lèvre fendue de Pine.

— J'ai heurté une porte.

— Pourquoi est-ce que je ne vous crois pas ?

— Comment va Joe Jr. ?

— Il continue de nous donner du fil à retordre.

— Désolée de l'apprendre.

— Vous voulez aller chez vous ou à votre bureau ?

— Ni l'un ni l'autre. Et j'avais espéré que vous pourriez, Joe et vous, héberger Carol, ici présente, pendant quelques jours, si cela ne vous dérange pas.

Yazzie interrogea Blum du regard et se retourna vers Pine.

— Nous en serons ravis. J'ai été surprise d'apprendre que vous rentriez en train. Je ne savais même pas que vous aviez quitté la ville. Où étiez-vous ?

— Dans l'est. Et, si cela ne vous dérange pas, j'aurais besoin d'emprunter quelques articles de votre équipement de randonnée et de camping.

— Vous repartez ?

— Je vais randonner dans le canyon.

— Quoi, en solo ? demanda Yazzie.

— C'est le plan.

— Pourquoi ?

— J'ai des vacances. Cela fait un moment que je n'y suis pas allée. Je veux me dégourdir les muscles.

— Je pourrais vous accompagner.

— Avec tout ce que vous avez déjà à faire ?

— Eh bien, Joe alors.

— Il a encore moins de temps libre que vous.

— Ce n'est pas très avisé de randonner seule, vous le savez.

— Je voulais l'accompagner, dit Blum. Mais, eh bien, je ne suis pas sûre que ce soit encore dans mes cordes. Avec mes genoux et ma hanche, je ne ferais que la retarder.

— J'ai l'intention d'y aller tranquille, dit Pine. Ce n'est pas comme si je voulais relier les deux versants en une seule journée. Je prévois de passer quelques jours là-bas.

— Est-ce que cela a quelque chose à voir avec la mule retrouvée charcutée là-bas ? Et le disparu ?

— Vous en avez entendu parler ?

— Ce n'est pas comme si on était à New York. Une personne qui disparaît dans toute cette immensité, c'est malheureusement quelque chose qui arrive mais une mule charcutée, on ne peut pas dire que ce soit monnaie courante.

— Comme je vous l'ai dit, je descends là-bas uniquement pour me détendre.

— Quand comptez-vous partir ? demanda Yazzie.

— Ce soir.

— Vous rentrez tout juste. Vous avez fait un long voyage. Nous pouvons acheter quelque chose à manger ce soir et cela vous permettra d'avoir une nuit de repos avant de repartir.

— Je ne pense pas avoir le temps de me reposer, Jen.

* * *

Un peu plus tard ce jour-là, Pine était assise sur un canapé dans le sous-sol de la maison des Yazzies à Tuba City.

Elle avait vu sur le fil d'info que le Southwest Chief avait rencontré des problèmes de signalisation qui l'avaient contraint à s'arrêter brusquement sur la voie. Il y avait eu quelques problèmes électriques et quelques bosses et contusions parmi les passagers et l'équipage, mais aucune blessure sérieuse. Par mesure de prudence, des trains de marchandises empruntaient les mêmes voies et c'est le système de signalisation qui avait évité que deux trains entrent en collision.

Aucune mention de la fenêtre détruite.

Mais les infos avaient dit qu'un corps avait été découvert près de la voie. Il n'avait pas pu être identifié.

Pine doutait qu'il le fût un jour. Mais, au moins, Sung Nam Chung était officiellement mort.

Elle avait rassemblé le matériel emprunté et cochait sa liste de contrôle qui comportait environ quatre-vingts objets, parmi lesquels de bonnes chaussures de randonnée avec semelles de soutien et crampons, des bâtons de randonnée, une lampe frontale alimentée par des piles, un chapeau à large bord et de la crème solaire, un kit de premiers secours, des aliments salés, un sifflet et un miroir de survie, quelque chose dans lequel dormir et une bâche ultralégère, plusieurs couches de vêtements. Elle emporterait aussi une poche à eau munie d'une valve à mordre gros débit. Et tout ceci pèserait moins de 16 kilos.

Et, bien sûr, ses deux pistolets. Deux poids supplémentaires mais Pine estimait qu'ils étaient peut-être les deux objets les plus importants qu'elle emportait.

Si elle voulait revenir vivante.

Blum, installée au-dessus, dans la chambre d'amis, descendit la rejoindre sur le canapé. Elle regarda le matériel.

— Par quel sentier allez-vous descendre ?

— Bright Angel ou South Kaibab, je n'ai pas encore décidé.

— Avez-vous calculé l'emplacement à partir de la latitude et de la longitude ?

— Une zone oui. Je n'ai pas assez d'informations pour calculer l'emplacement précis.

— Une autre raison pour ne pas y aller seule.

— Je ne peux pas vraiment appeler au secours un régiment d'agents du FBI, Carol. En fait, je ne peux appeler personne au secours, vu que notre propre gouvernement est, semble-t-il, empêtré jusqu'au cou dans cette histoire.

— Je pourrais… commença-t-elle.

— Non, Carol, vous ne pourriez pas.

Blum détourna le regard.

— Ce qui s'est passé dans le train… commença-t-elle.

— Vous m'avez sauvé la vie. Je ne serais jamais venue à bout de ce type si vous n'aviez pas été là.

— Ce n'était que justice puisque j'avais mis votre vie en danger en le laissant me capturer.

— Je pense que l'on peut vous excuser de ne pas l'avoir neutralisé toute seule.

— Au moins, nous avons pu retrouver la mère de la petite fille.

— Ouais, elle était vraiment effrayée. Les petits enfants ont besoin de leurs parents.

— Oui, dit Blum en se tournant vers Pine.

Mais elle garda les yeux fixés sur le sol. Elle se racla la gorge.

— S'il y a un engin nucléaire là-bas, qu'allez-vous faire ?

— J'espère trouver David Roth pour qu'il m'aide à le désarmer.

— Cela fait un moment qu'il a disparu maintenant. Il est peut-être mort.

— Peut-être. Mais je dois quand même essayer.

— Vous êtes consciente que d'autres personnes, en plus de feu Sung Nam Chung, veulent trouver Roth ?

— Oui, Carol.

— Et ils sont peut-être arrivés à la même conclusion que vous. Qu'il est peut-être encore dans le canyon.

— Ce qui signifie que j'aurai de la compagnie là-bas, dit Pine.

CHAPITRE 51

OOH AAH POINT.

Le panorama remarquable depuis cet emplacement était manifestement à l'origine du nom.

Pine avait parcouru environ 1,6 kilomètre sur la partie sud du Kaibab et descendu d'environ 180 mètres depuis le versant sud qui culminait à 2 200 mètres au-dessus du niveau de la mer. Sur le versant, l'air était frais et chargé d'effluves de pins. Cela changerait considérablement plus elle descendrait.

Il tombait en moyenne 150 centimètres de neige sur le versant sud chaque année mais moins de 2 sur Phantom Ranch.

Jennifer Yazzie l'avait déposée au départ du sentier.

— Joe a appelé avant notre départ, lui dit-elle pendant que Pine sortait son matériel.

— Vous ne lui avez pas dit…

— Non. Mais il m'a dit quelque chose qui pourrait vous intéresser.

— Quoi ? demanda Pine en passant son bras à travers la deuxième bride de son sac à dos.

— Joe a dit que des feds posaient énormément de questions.

— Sur quoi ?

— Ils vous cherchaient.

— Quelle agence ?

— C'est ce qui lui a mis la puce à l'oreille. Il est incapable de le dire.

— Comment est-ce possible ? Ils ne lui ont pas montré leur insigne et leur carte ?

— Il semblerait que non. Et donc il ne leur a rien dit.

Elle marqua une pause et sourit.

— Il ne leur aurait rien dit de toute façon, sans en avoir au préalable discuté avec vous.

— Dites-lui merci de ma part.

Pine sortit ses bâtons de randonnée.

— Autre chose ?

— Un hélicoptère militaire a atterri à l'aéroport du canyon un peu plus tôt dans la journée. C'est un des rangers qui l'a dit à Joe.

— Ça, c'est inhabituel.

— Ça n'a pas l'air de vous surprendre, dit Yazzie.

— Parce que ça ne me surprend pas.

— Si vous avez des ennuis…

— Disons juste que j'opère sous les radars en ce moment. Et des gens que je prenais pour des alliés n'en sont pas.

Cette remarque parut profondément inquiéter Yazzie.

— Écoutez, Atlee, je ne sais pas ce qui se passe mais si vous avez du réseau là-bas, appelez-nous si vous avez besoin d'aide.

— Vous en avez fait assez, Jen.

— Vous avez été une véritable amie de la communauté et, eh bien, nous tenons à vous.

Pine avait donné une accolade à Yazzie.

— À bientôt, lui avait-elle dit en espérant que ce soit la vérité. À cet instant, elle n'aurait pas parié sur elle.

Lorsque les phares de la voiture de Yazzie eurent disparu dans le noir, Pine tourna les talons, face au départ de sentier et se mit en route.

Normalement, les randonneurs ne souhaitant pas descendre jusqu'au fond du canyon descendent le Kaibab, bifurquent à l'ouest pour rejoindre le sentier Tonto jusqu'à Indian Garden, et remontent par le Bright Angel pour regagner le versant sud. Parce que la règle voulait que s'il vous avait fallu une heure pour parcourir une distance, il vous en faudrait deux pour la parcourir dans l'autre sens, le Kaibab était un bon choix pour la descente. Il n'avait aucune ombre et aucune eau potable sauf au départ du sentier. Après le Tonto et la bifurcation sur le Bright Angel, il était possible de faire une halte pour se reposer à l'ombragé Indian

Garden et s'abreuver avant de poursuivre l'ascension sur les pentes escarpées jusqu'au versant. Il y avait encore deux autres toilettes, entre là et le versant.

Mais le manque d'ombre n'était pas un souci dans le cas présent puisqu'il était presque minuit. Et le Tonto n'était pas une option, parce que Pine descendait jusqu'au fond du canyon. Elle avait choisi cette heure de la nuit parce qu'il n'y aurait peut-être pas d'autres randonneurs sur ce sentier. Elle n'avait croisé personne pour le moment qui descende ou qui remonte. Ni de rangers du parc. C'était une bonne chose, parce que, pour autant qu'elle sache, ils avaient reçu l'ordre de l'arrêter s'ils la croisaient.

Il fallait parcourir environ 11 kilomètres sur ce sentier pour rejoindre le camping de Bright Angel, à côté de Phantom Ranch. Et presque 15 sur le Bright Angel voisin, le sentier auquel le camping devait son nom, pour atteindre la même destination.

Mais à cause de la topographie et d'autres facteurs, il fallait entre quatre et cinq heures pour descendre les deux sentiers.

Pine avait choisi une allure ambitieuse parce qu'elle avait l'intention d'effectuer la descente en trois maximum. En d'autres circonstances, elle n'aurait pas essayé ce genre d'allure la nuit, parce que comme tous les sentiers qui descendent dans le canyon, le Kaibab était très accidenté et sinueux, avec des passages étroits et des virages en tête d'épingle. Et même s'il était bien entretenu, le Kaibab n'était pas vraiment plat. La dernière chose qu'elle voulait, c'était faire un faux pas et basculer dans le précipice. Mais elle connaissait bien le Kaibab et elle resta à l'intérieur du sentier. Les randonneurs qui montent ont la priorité. Elle devrait se placer au bord pour les laisser passer, mais, jusque-là, elle n'avait vu personne.

Ses bâtons de randonnée pliants effleuraient le sentier, sa lampe frontale éclairait d'un rayon brillant le terrain devant elle, ses longues jambes faisaient des foulées régulières, elle atteignit très vite Cedar Ridge avec son écriteau, à 2,4 kilomètres du départ du sentier. C'était aussi là qu'on conseillait fortement de faire demi-tour pour une randonnée d'une journée, surtout en été. Parce que toutes les randonnées commencent par la descente, cela donne aux marcheurs une idée fausse de leurs capacités. La remontée était toujours plus difficile.

La température était inférieure à 20 degrés pour l'instant, mais par son allure soutenue, elle sentait quand même la sueur couler le long de son dos. Elle portait autour du cou un bandeau qu'elle avait trempé dans l'eau. Elle entendait les crécelles des serpents qui prenaient le large en sentant les vibrations de ses pas sur le sol et les sabots des gros animaux résonner sur la terre et les pierres qui, l'entendant approcher, partaient dans la direction opposée. Elle marcha par mégarde une fois dans du crottin qu'un mulet qui remontait vers le versant avait laissé derrière lui quelques heures plus tôt. Elle ne croiserait aucun mulet en descendant parce qu'elle aurait quitté le sentier avant que le convoi de mulets remonte de Phantom dans la matinée. Le convoi de mulets de bât s'élancerait à l'aube. Cela ne serait pas un problème pour elle non plus. Elle serait dans la gorge intérieure à ce moment-là.

Elle s'alimentait en marchant, en variant les aliments salés et en avalant de petites gorgées par le biais de son tuyau d'hydratation seulement pour étancher sa soif.

Plus elle descendait, plus la température augmentait.

Elle passa devant Skeleton Point, le point de vue au nom terrifiant, ayant avalé 426 mètres de dénivelé depuis Ooh Aah. Elle se raidit un peu et ralentit son allure de forcenée en entendant des pas approcher dans l'autre sens. Le sentier zigzaguait vraiment désormais avec une longue série de virages à épingle avant d'arriver au plateau Tonto.

Elle avait déjà dépassé le téléphone d'alerte qui permettait d'appeler les rangers en cas de problème. Elle n'en verrait pas d'autre pendant le reste de la descente.

Même si c'était beaucoup plus évident à la lumière du jour, la façon dont le sentier changeait de couleur au fur et à mesure que l'on descendait avait toujours fasciné Pine. À cause des différentes strates de roches. Il passait du rouge au marron clair.

Un instant plus tard, deux lampes frontales surgirent de l'obscurité.

Deux hommes.

La main de Pine glissa instinctivement vers son Glock.

Mais les deux hommes, un jeune et un plus âgé – peut-être un père et son fils – la croisèrent en lui adressant un signe de la main et un sourire las.

Leur périple était presque terminé. Le sien ne faisait que commencer.

Environ 5 kilomètres plus loin, elle atteignit un petit tunnel creusé dans la roche et y pénétra. Sa main glissa de nouveau vers son arme. Ce serait l'endroit idéal pour une embuscade.

Elle quitta le tunnel et emprunta immédiatement le pont suspendu Kaibab, plus connu sous le nom de Black Bridge. C'était également le pont des mulets parce que c'était le seul qu'ils empruntaient. Il avait une haute armature métallique sur les bords et un plancher en bois. L'autre seul pont du canyon était le pont suspendu Bright Angel, à quelques encablures de là, sur lequel on arrivait en descendant par le sentier du même nom. Également connu sous le nom de Silver Bridge à cause de structures exclusivement métalliques. Les mulets n'aimaient pas les espaces du plancher en métal et refusaient de l'emprunter. Il avait également été construit pour acheminer les tuyaux du réseau de distribution d'eau entre les deux versants et Pine pensait qu'il ne serait peut-être pas assez solide pour supporter en même temps dix mulets de près de 700 kilos et leurs cavaliers alors que le Black Bridge en était capable.

Avant d'emprunter le Black Bridge, Pine aurait pu bifurquer à l'ouest et prendre le sentier River jusqu'au Silver Bridge et traverser le Colorado à cet endroit mais elle aimait traverser le Black Bridge. Elle avait une autre raison pour choisir cet itinéraire.

En traversant le pont, elle baisa les yeux et regarda le boueux Colorado rugir sous ses pieds. Les gens du coin l'appelaient le vrai Colorado, parce que c'est le mot espagnol pour « rouge ». Sans le réseau complexe de barrages qui avait été construit autour du canyon, le puissant Colorado serait, en certains endroits, ravalé au rang de flaque pendant l'été émaillé de périodes de sécheresse. Mais les barrages régulaient son débit pour qu'il soit plus régulier et aussi pour alimenter les centrales hydrauliques et produire de l'électricité. C'était aussi pour cela que les rafteurs pouvaient naviguer sur ses tumultueux rapides. Mais sans le contrôle du débit, également assuré par le réseau de barrages, certaines parties du Colorado deviendraient trop dangereuses pour la pratique du rafting.

Et le réseau de barrages avait contribué à autre chose.

La vase avait tendance à s'accumuler derrière les barrages, rendant l'eau en aval plus claire. Grâce à la lumière qui pénètre dans l'eau, les algues proliféraient. Et cela donnait sa couleur verte au

Colorado, qui ne faisait aucun doute lorsqu'on l'observait d'altitudes plus élevées.

Elle quitta le pont et prit quelques minutes pour descendre à Boat Beach, s'allonger sur le sable et regarder le ciel rempli d'étoiles. C'était l'autre raison pour laquelle elle avait traversé au Black Bridge. Pine avait pris l'habitude de venir à la plage et de regarder le ciel et une partie d'elle se disait que ne pas dévier de cette routine lui porterait peut-être chance. Mais, là encore, dans son métier, on a tendance à inviter la chance plutôt qu'à l'attendre grâce à une bonne préparation et une encore meilleure exécution.

Mais c'est la première fois que tu dois mettre la main sur un engin nucléaire, Pine.

Elle continua et le terrain devint beaucoup plus boueux et instable, à cause de la présence du fleuve. Pine sentait ses pieds glisser sur le sentier. Elle avait l'impression de marcher sur une plage où tous les appuis sont instables. C'était la dernière chose dont elle avait besoin après sa descente effrénée, mais elle ne pouvait pas décoller du sol et faire le reste du chemin en volant.

Pour atteindre Phantom Ranch, il lui suffirait de suivre le sentier qui bifurque vers le nord. Mais elle n'allait pas à Phantom, où, nul doute, les randonneurs et les cavaliers dormaient paisiblement avant leur remontée ; elle continua de longer la berge.

Le Bright Angel, le cours d'eau, pas le sentier, était juste devant elle. Une fois sur sa berge, elle enleva ses chaussures, remonta le bas de son pantalon et entra dans l'eau peu profonde. Elle s'assit sur une pierre et laissa l'eau fraîche lui offrir un extraordinaire massage des pieds. Le cours d'eau finissait sa course juste là, en se jetant dans le Colorado. Le confluent était à peu près équidistant des deux ponts. Le Bright Angel était l'endroit où pouvaient se baigner ceux qui en avaient envie. Le Colorado, même aux endroits où il paraissait couler lentement, avait en fait un débit de plus de 6 km/h. Peu de nageurs étaient capables de résister à un courant de cette force. Il était également profond et ses eaux étaient froides. Plusieurs jeunes gens s'étaient noyés à Boat Beach, il y a plusieurs années, en tentant de le traverser à la nage.

Le Bright Angel avait également alimenté une piscine à Phantom. Pine en avait vu de vieilles photos. Elle se trouvait entre l'amphithéâtre et le lieu d'hébergement. Elle savait qu'elle avait été creusée à la main, il y a longtemps, pendant la Grande Dépression. Elle ne savait pas quand elle avait été comblée ni pourquoi. C'était bien avant son arrivée dans la région.

C'est également à côté de l'amphithéâtre que se trouvait le poste de garde des rangers. Elle sortit de l'eau, parcourut quelques mètres et traversa une petite passerelle surplombant le cours d'eau. Une fois de l'autre côté, elle sécha ses pieds et renfila chaussettes et chaussures.

Kettler avait dit qu'il serait de service ce soir. Cela signifiait que c'était le plus proche de lui qu'elle se trouverait pendant son séjour ici. Elle aurait aimé bénéficier de l'aide d'un homme ayant l'expérience militaire de Kettler pendant cette expédition.

Mais à la dernière minute et après une nouvelle délibération, Pine sut que c'était impossible. C'était son travail, pas le sien.

C'était à elle d'affronter ce danger, pas à lui. Si elle devait y laisser la vie, il était hors de question qu'elle l'entraîne avec elle dans le trépas.

— Prends soin de toi, Sam, dit-elle à l'obscurité. Et si je ne reviens pas, ne m'oublie pas. Du moins pas tout de suite.

OK, Pine, laisse tomber le mélo. Tu as un engin nucléaire à trouver.

Que Dieu me vienne en aide.

CHAPITRE

52

ELLE PASSA devant un autre corral à mulets, exclusivement utilisé par le Service des parcs nationaux, mais elle ne vit aucun mulet. Il y avait également une usine de traitement des eaux usées. Elle bifurqua à l'ouest. Le camping et Phantom se situaient au nord de sa position actuelle. Dans l'obscurité, Pine pouvait discerner les contours de quelques tentes au loin et même entendre les échos des conversations nocturnes entre quelques campeurs. Elle marcha pendant un moment, ses bâtons de randonnée frappant méthodiquement le sol à chaque pas. Elle les utilisait même lorsque le terrain était plat. Ses genoux, son dos et ses hanches la remercieraient plus tard.

Au bout d'un moment, elle ralentit l'allure et s'arrêta.

Elle s'assit sur un rocher après avoir vérifié qu'il n'y avait pas de scorpions ni de serpents. Les bruits du fleuve l'empêcheraient d'entendre quelqu'un approcher. Cela ne lui plaisait pas mais elle ne pouvait rien y faire de toute façon. Il y avait beaucoup de choses contre lesquelles on ne pouvait rien faire ici. Dans le canyon, la nature dictait sa loi ; les humains n'étaient que de simples visiteurs.

Elle éteignit sa lampe frontale et mangea et but, pour reconstituer son stock d'électrolytes et satisfaire son ventre. Elle avait apporté son filtre et elle connaissait les sources d'eau de l'endroit dans lequel elle se rendait. Elle retira de nouveau ses chaussures et massa ses pieds en chaussettes. L'allure pour descendre avait été effrénée mais elle était dans une forme éblouissante et absolument pas marquée par l'effort.

Mais, la montée, surtout si elle devait maintenir la même allure qu'en descendant, serait une tout autre expérience. Elle espérait ne pas avoir besoin de sprinter tout le temps avec un régiment de méchants à ses trousses.

Elle consulta sa boussole phosphorescente parce que dans le canyon, une fois l'obscurité tombée, on avait l'impression de naviguer de nuit en pleine mer. La terre et la mer se confondent. On n'avait pas d'autre choix que de se fier à ses instruments. Et elle s'était éloignée du fleuve, elle ne pouvait donc plus se contenter de suivre ses contours.

Elle regarda sa montre de randonnée qui avait aussi un thermomètre.

Presque 27 degrés. Cela signifiait que le lendemain serait une fournaise. Ce qui n'avait rien de rare à cette époque de l'année. Elle avait descendu le Bright Angel une fois. À Indian Garden qui se trouvait à peu près à mi-chemin, en plus de l'eau potable, des toilettes et de l'ombre, il y avait un thermomètre. Ce jour-là, il enregistra 40 degrés. Il y avait un écriteau à côté du thermomètre sur lequel on pouvait lire, « Votre cerveau au soleil ». Au fond du canyon, la température était montée à presque 49 degrés. Elle était arrivée dégoulinante de sueur et déshydratée alors qu'elle s'était alimentée et avait bu de l'eau et des boissons énergétiques tout du long. Elle avait dû s'allonger dans l'eau, près de la berge, dans une partie peu profonde du cours d'eau, pendant environ une demi-heure avant de se sentir capable de tenir sur ses jambes.

Elle observa les alentours plongés dans le noir. Il y avait beaucoup de belles choses. Des fleurs, des arbres, des animaux, des configurations rocheuses, des choses que vous ne verrez peut-être jamais ailleurs. Mais il y avait aussi beaucoup de choses qui pouvaient vous tuer. Et c'était quelque chose qu'il ne fallait jamais oublier.

Assise là, Pine ressentait encore davantage la chaleur. Le canyon ressemblait parfois à un four à convection. La chaleur semblait vous frapper de tous les côtés. Même de l'intérieur. Pine leva les yeux.

Même si le canyon affichait, à son point le plus large, une largeur d'environ 29 kilomètres, le ciel était limité par les hautes parois. Avec son index, elle dessina la Voie lactée. Les constellations lui avaient toujours apporté un certain réconfort. Elles se trouvaient toujours au même endroit lorsque vous leviez les yeux.

Comme des amis qui veillent sur vous.

Si seulement.

Elle se reposa pendant environ une heure et observa de nouveau le ciel.

La règle dans le canyon était que la nuit tombait vite mais que l'aube mettait du temps à se lever.

Dans les deux cas à cause des parois massives du canyon.

Comme si on était entouré par un océan de gratte-ciel de 1 500 mètres de haut.

Elle dirigea sa lampe frontale sur la carte en papier qu'elle avait extraite de la poche de sa veste. Celle qui était sur la clef USB. Elle avait déjà calculé de façon approximative la zone à l'intérieur de laquelle elle espérait trouver la grotte que Roth cherchait en ces lieux. Elle rangea le papier, étudia sa boussole et se livra à un peu de calcul mental.

Une fois ses calculs terminés, elle resta là et observa les alentours, se préparant à ce qui l'attendait.

Pine randonnait un jour près du fleuve lorsqu'elle avait vu quelque chose de métallique immergé en partie dans la vase dans une partie peu profonde du Colorado. Elle était parvenue à l'en extraire en utilisant un de ses bâtons de randonnée. C'était un long cylindre dont l'eau avait effacé tous les signes qui auraient pu lui permettre de l'identifier.

Presque.

En l'examinant plus attentivement, Pine découvrit qu'il s'agissait d'une cannette de bière Heineken. Elle ignorait depuis combien de temps elle se trouvait dans l'eau après être certainement tombée d'un raft. Il faisait presque 38 degrés, ce jour-là, au fond du Canyon. Elle avait ouvert la Heineken et l'avait bue. C'était la bière la plus fraîche qu'elle ait jamais descendue.

Elle se reconcentra sur la raison de sa présence en ces lieux. S'il y avait un engin nucléaire ici, comment Roth avait-il prévu de le transporter hors du canyon – si tel était son plan ?

Il était parti, à dos de mule, bien à l'ouest des deux ponts permettant de traverser le fleuve. Et la partie nord du Kaibab qui conduisait au versant nord était beaucoup plus longue que les sentiers partant du sud, presque 25,5 kilomètres depuis le départ du sentier jusqu'à Phantom Ranch.

Pine regarda vers l'ouest. Le sentier Hermit se trouvait dans cette direction. Loin d'être aussi bien entretenu que le Kaibab et le Bright Angel, il était en fait qualifié de sentier non entretenu sur tous les documents publiés par le Service des parcs nationaux. Mais on butait sur le même écueil : Roth se trouvait sur la berge au nord du Colorado et l'Hermit se trouvait sur la berge sud. Et il n'existait aucun moyen de traverser le fleuve lui permettant d'accéder à l'Hermit.

Et combien pesait un engin nucléaire de toute façon ? Pouvait-on transporter cette maudite chose hors du canyon ? Ne pesaient-ils pas plusieurs centaines de kilos ? Mais ce n'était peut-être pas le plan de Roth. Il était peut-être seulement descendu pour la désamorcer, là où elle était. En ensuite donner l'alerte.

Elle leva les yeux vers le ciel.

À moins qu'un hélico vienne les chercher ?

Beaucoup plus loin en aval, il y avait un héliport où arrivaient et d'où repartaient les touristes, baptisée Whitmore Helipad. Il était principalement utilisé par les touristes qui venaient de la région de Vegas. Mais c'était sur le versant ouest du canyon, près du Black Canyon, qui se trouvait à presque à 160 kilomètres de l'endroit où Pine se tenait en ce moment. Roth n'aurait jamais pu aller aussi loin en transportant un engin nucléaire.

Un hélico entrant ici la nuit devrait survoler un des versants, plonger, voler entre les parois du canyon et ensuite atterrir à un endroit désigné, récupérer Roth et la bombe et repartir. S'ils étaient repérés, le Service des parcs nationaux pourrait envoyer un de ses hélicos ou du moins contacter les autorités locales et fédérales pour savoir ce qui se passait. Mais un hélico conçu pour les vols nocturnes au-dessus d'un terrain accidenté et enclavé pourrait certainement y parvenir.

Peut-être un hélico de type militaire ? Comme celui qui avait enlevé les frères Priest ? Était-ce pour cela que l'Armée de terre était impliquée ? Étaient-ils à la recherche de l'engin nucléaire eux aussi ? Roth travaillait-il, en fait, avec eux ? Devait-elle remonter et aller les voir avec ce qu'elle savait ?

Mais Pine savait que ce n'était pas vraiment une option. Ses collègues feds avaient eu des comportements des plus suspects depuis le début de cette affaire.

Les deux types à l'aéroport, s'ils étaient des feds – et elle était presque sûre que c'était le cas – prévoyaient de les assassiner.

Je ne peux pas faire confiance aux miens.

Un aveu qui lui fit mal au ventre.

Elle marcha jusqu'à l'endroit où ils avaient trouvé Sallie Belle.

Le terrain était assez aplani et il y avait clairement assez de place pour qu'un hélico puisse atterrir. Elle inspecta les alentours à la recherche de signes de destruction ou de perturbation provoqués par les oscillations latérales de l'hélico ou le souffle de l'hélice. Le problème était que, dans le canyon, la nature reprenait ses droits ou alors c'étaient les animaux qui entraient en scène, laissaient des traces et déplaçaient les choses. Les plantes poussaient, l'eau coulait, le vent soufflait, les pluies effaçaient les traces.

Il n'y avait rien.

Elle regarda à l'ouest puis au nord.

On aurait pu croire que chaque centimètre du Canyon avait été exploré aujourd'hui, mais Pine savait que la grande majorité des visiteurs ne voyaient le canyon que depuis le versant sud. Et depuis ce point de vue privilégié, on ne pouvait voir qu'environ quatre pour cent du canyon. Les randonneurs qui s'aventuraient là où elle se trouvait avaient des permis pour camper à certains endroits et on leur demandait de ne pas s'éloigner de certains sentiers bien balisés. Presque aucun d'entre eux ne s'aventurait en terrain non défraîchi. Les rafteurs eux-mêmes n'entreraient pas dans un des canyons latéraux parce qu'ils étaient méchamment accidentés et truffés de serpents et d'autres créatures qui n'hésitaient pas à piquer. Un ranger avait dit à Pine que bien qu'il soit là depuis trente ans, ses pieds n'avaient foulé qu'une petite portion du canyon.

Pine sentit son moral s'effondrer. Confronté aux réalités du terrain, son plan était-il en train de lui exploser à la figure comme une bulle de chewing-gum ? Pensait-elle vraiment descendre ici et, en à peine quelques heures, trouver Roth, la grotte et l'engin nucléaire ?

Mais elle chassa ses pensées négatives et se ressaisit.

Un canyon latéral. C'était forcément dans un canyon latéral que Roth s'était rendu. Cela concordait avec les coordonnées de navigation sur la clef USB.

Elle consulta sa montre. Encore une heure avant que le jour se lève. Elle se leva.

Le canyon s'aplanissait lorsqu'on s'approchait du Colorado ; l'œuvre du fleuve, bien entendu. Mais dès qu'on s'éloignait de l'eau, le terrain devenait très vite escarpé et il y avait de nombreux canyons latéraux.

Elle atteignait le premier trente minutes plus tard. Après l'avoir exploré aussi loin que possible à pied, elle sortit une paire de jumelles à vision nocturne de son sac et inspecta le reste de la zone.

Une seconde plus tard, Pine s'accroupit et sortit son Glock de son étui tout en braquant ses jumelles vers l'entrée du canyon latéral.

Elle avait entendu des bruits de bottes sur la roche.

Ses oreilles entraînées savaient que ce n'était pas le bruit des pas de randonneurs. Les pas étaient trop furtifs, sans compter qu'aucun randonneur sain d'esprit n'explorerait un canyon latéral au milieu de la nuit.

Elle se glissa sur la droite et prit position derrière un rocher.

Dix secondes plus tard, trois hommes surgirent de l'obscurité.

Elle les vit nettement à travers ses jumelles.

Elle était certaine que ce n'étaient pas des rangers.

Pine avait vu beaucoup de rangers.

Mais elle n'en avait jamais vu équipés de gilets pare-balles, de casques de combat et de fusils d'assaut M4.

CHAPITRE

53

PINE SE COLLAIT DE PLUS EN PLUS contre les rochers en voyant les trois hommes se rapprocher.

Elle jura en silence, parce que pendant qu'elle était accroupie là, l'aube commençait à se lever au-dessus du canyon. La lumière qui y entrait pouvait être à couper le souffle. Elle avait randonné dans le canyon en plusieurs endroits et à des heures différentes juste pour voir le lever de soleil.

C'était irréel, une expérience unique.

Aujourd'hui, elle haïssait le lever de soleil, pour la toute première fois.

Elle voyait que ces hommes étaient de vrais pros rien qu'à leur façon de se mouvoir sur le terrain. Ils progressaient en équipe, en triangle, un leader, deux équipiers, et communiquaient de façon efficace par des signes de la main, leurs regards scrutant le moindre point de la boussole, méthodiques, rien ne leur échappait.

Et, bientôt, elle ne leur échapperait pas.

Ils avaient, eux aussi, des jumelles à vision nocturne mais leur modèle semblait, de très loin, supérieurs au sien. Ils étaient équipés de tenues de camouflage mais ils ne portaient pas l'uniforme militaire. Pas d'insigne, pas de plaque d'identification, pas d'indication de grade.

Ils avaient pourtant tout l'air d'être des militaires.

La lumière commençant à augmenter et à se diffuser, ils enlevèrent leurs jumelles et braquèrent leurs globes oculaires sur le terrain devant eux.

Son Glock contre trois fusils d'assaut. Le combat serait de courte durée. Elle se demanda où ils l'enterreraient et même s'ils prendraient la peine de le faire.

Ils avaient dû arriver à la même conclusion qu'elle : à savoir que Roth se trouvait ici, dans un des canyons latéraux.

Et cela apprenait autre chose à Pine.

Ils avaient connaissance du plan de Roth... de Ben Priest. Après un interrogatoire poussé ? Et qu'était-il arrivé à ce pauvre Ed Priest dont le seul péché était d'être le frère inquiet de Ben Priest ?

Tout en concentrant son attention sur les M4 qui se rapprochaient d'elle, Pine sortit son téléphone. Un des principaux fournisseurs d'accès avait construit une tour dans le parc et ses clients pouvaient parfois avoir du réseau.

Et Pine était une cliente.

« Aucun Service » s'afficha en haut de l'écran de son téléphone.

Note à moi-même : si tu sors de là vivante, annule ton putain de contrat chez ce fournisseur.

Elle se raidit en voyant le soldat de tête lever la main et tirer un petit émetteur-récepteur qui était fixé avec du Velcro à son gilet pare-balles. Elle le vit prononcer quelques mots et écouter la réponse.

OK, il bénéficie probablement d'une communication satellite sécurisée sur cette zone. Il l'aurait probablement en Sibérie ou en Antarctique aussi.

Si ces types n'étaient pas des soldats américains ou des membres du service action de la CIA, elle ne voyait pas ce qu'ils pouvaient être. Le fait qu'ils servaient le même pays qu'elle ne lui apporta aucun réconfort. C'étaient des feds chez Simon Russell aussi. Et ils prévoyaient de l'emmener dans un endroit où la torture était considérée parfaitement légale.

En fonction de ça, Pine pensa que si elle sortait de sa cachette en montrant sa carte du FBI, ils l'abattraient probablement d'une balle dans la tête. Et ils lui en colleraient une deuxième juste au cas où.

Le leader reposa son émetteur-récepteur et fit signe aux deux autres. Ils firent demi-tour et sortirent du canyon latéral.

Pine poussa un soupir de soulagement et leva ensuite les yeux vers le ciel.

L'aube qui se levait, elle le savait, lui avait probablement sauvé la vie. Ils avaient aussi peur qu'elle de l'arrivée de la lumière.

Ils avaient probablement fouillé les environs toute la nuit.

Elle se demanda où ils campaient. Ou si un hélico les amenait et venait les chercher ? En temps normal, ce n'était pas autorisé en vertu des lois et des règlements en vigueur que le Service des parcs nationaux avait la charge de faire respecter.

Elle supposa que ces lois et règlements avaient été annulés par une autorité très supérieure.

Des frissons lui parcoururent l'échine.

Elle attendit encore trente minutes avant de sortir de sa cachette, juste pour être sûre. Elle dressa son bivouac à l'abri d'un gros affleurement rocheux qui lui apportait aussi un peu d'ombre.

Ce serait bientôt la fournaise ici. Elle avait, préalablement, localisé sa source d'approvisionnement en eau et rempli ses deux sacs d'hydratation après avoir filtré l'eau. Elle s'assit à l'ombre et mangea et but jusqu'à satiété, mais pas plus. La chaleur est dangereuse. Ce qui commence par une bouffée de chaleur se transforme très vite en nausées, puis en étourdissement et enfin en désorientation. Il faut des heures, voire des jours, pour récupérer, un luxe dont Pine ne bénéficiait pas.

La présence de ces trois hommes avec leur M4 avait appris à Pine qu'ils ne détenaient pas Roth. Et que ce n'était pas elle qu'ils cherchaient parce qu'ils ne pouvaient pas savoir qu'elle était là. Cherchaient-ils l'engin nucléaire eux aussi ? Mais où était la logique dans tout ça ?

Roth était un inspecteur en ADM respecté. Pourquoi ne collaborerait-il pas avec le gouvernement pour sortir cette merde de là ?

Toute cette histoire était aussi trouble que l'eau du fleuve Colorado.

Elle supporta la chaleur suffocante, fit des petits sommes et n'oublia pas de s'hydrater.

Une partie d'elle voulait se lever et continuer de rechercher Roth pendant la journée. Mais son bon sens la fit rester là où elle était. Si la chaleur violente ne la tuait pas, les trois hommes avec les fusils d'assaut pourraient s'en charger. Il valait mieux poursuivre ses recherches de nuit.

La journée passa et l'obscurité tomba doucement, comme elle a tendance à le faire au fond du canyon.

Pine se réveilla pour la dernière fois aux alentours de 21 heures. Elle regarda le ciel et fronça les sourcils.

À cette période de l'année, les moussons d'Amérique, l'entrée en contact d'une zone d'air chaud avec les couches d'air plus humides venant du sud-est, pouvaient déclencher des orages d'une grande violence. Eh bien, Pine avait l'intuition que, ce soir, elle allait se retrouver sous un de ces vortex météorologiques.

Elle enfila un poncho imperméable et vérifia que son sac à dos était bien fermé. Elle le portait sur elle parce qu'en le laissant sur le sol, elle risquait d'attirer les écureuils, les souris et les autres rongeurs. Et si on leur en laissait le temps, ils pouvaient transpercer l'acier. C'est pour cela que dans les campings, le Service des parcs nationaux avait installé de hautes barres métalliques auxquelles vous pouvez suspendre vos affaires.

Elle eut à peine le temps de se mettre à l'abri avant que le premier éclair zèbre de rouge le ciel chargé d'air chaud. Le coup de tonnerre qui s'ensuivit parut ébranler les parois internes du canyon.

La pluie arriva avec le deuxième coup de tonnerre. Ou des balles d'eau, pour être plus précis, parce qu'à cause de leur vitesse, elles faisaient un mal de chien à l'impact.

Le rocher au-dessus de la tête de Pine lui fournit un abri jusqu'à ce que le vent reprenne et projette la pluie horizontalement. Elle détourna le visage de la pluie. La température avait un peu chuté, mais ce n'était pas comme sur les versants où un orage soudain pouvait faire chuter le mercure de 10 degrés en l'espace de quelques minutes.

Elle transpirait alors qu'elle était trempée.

L'orage passa en une demi-heure et le ciel s'éclaircit.

Elle put se mettre en chasse. Elle regarda sa boussole et partit.

Elle fut devant le deuxième canyon latéral environ une heure plus tard.

Il était presque minuit. Elle utilisa ses jumelles à vision nocturne pour avancer sur un terrain très accidenté. Il n'y avait aucun sentier balisé ni aucun signal de danger. Elle doutait qu'un randonneur ait mis les pieds ici depuis longtemps.

Elle avançait lentement, en faisant attention aux serpents et aux autres dangers. Elle ne voulait pas se retrouver coincée dans une zone où on ne retrouverait son cadavre que plusieurs semaines, plusieurs mois ou plusieurs années plus tard. Les squelettes de personnes disparues dans le canyon n'avaient été retrouvés que très longtemps après. Et si vous mouriez ici, les charognards arriveraient vite. Avant que vous soyez mort, en fait. Pourquoi attendre pour faire un bon repas ?

Toute la nuit, elle n'avait cessé de regarder par-dessus son épaule à cause des trois hommes aux M4 mais heureusement, elle n'était pas tombée sur eux.

Elle avait couvert toute la surface qu'il lui était possible de couvrir dans ce canyon latéral. Le jour commençait à poindre.

Résultat : rien. Pas de grotte, pas de fissure, pas de David Roth à côté d'un engin nucléaire.

Elle repartit et dressa son bivouac près du prochain canyon quelle explorerait. Il était protégé des regards curieux tout en étant assez haut pour lui offrir une bonne vue sur les environs. Elle avala un petit déjeuner, but de l'eau et somnola un peu. Lorsqu'elle se réveilla quelques heures plus tard, elle se demanda, une fois de plus, si elle ne devrait pas commencer ses recherches pendant la journée.

Et elle entendit les hélicos au-dessus d'elle.

Elle leva les yeux et reconnut les hélicos à touristes qui volaient au-dessus des versants. En vertu de la loi, ils n'avaient pas le droit de descendre en dessous des versants mais quelqu'un pourrait la repérer. Cela confirma la décision de Pine de limiter ses recherches à la nuit.

Elle s'assit à son bivouac, mangea quelques fruits à coque et de la viande séchée et but son eau filtrée. Elle avait chaud, elle avait perdu du poids et son corps était noué et endolori à force de dormir sur un lit de cailloux.

Elle s'appuya contre un affleurement, ferma les yeux et essaya de se reposer. Avec les jours et les nuits inversés, les rythmes de son corps avaient été chamboulés. Cela déréglait tout mais elle n'avait aucun moyen d'y remédier.

Elle avait une batterie externe pour son téléphone qui ne lui servait à rien puisqu'elle n'avait aucune barre.

Le texte « Aucun service », sur l'écran de son téléphone, avait été l'élément le plus constant de ce périple.

À l'ombre, elle décida d'enlever quelques couches de vêtements et regarda ses bras, recouverts uniquement par ses tatouages. Elle promena son doigt sur le nom Mercy. Elle passa son doigt sur chaque lettre. Elle se souvenait assez clairement du jour – ou plutôt de la nuit – où elle les avait faits. Elle avait fait ses épaules quelques mois après les bras.

Le tatoueur était doué et ne fit aucune objection lorsqu'elle lui annonça ce qu'elle voulait. Il ne lui avait pas posé de questions non plus à propos de la genèse des tatouages qu'elle lui avait demandés.

« Si ça vous plaît, ça me plaît aussi », lui avait-il dit. « C'est votre peau, pas la mienne. »

Il s'appelait Donny. Il était grand et bien trop mince. Il lui avait dit, par la suite, qu'il avait été accro à la meth pendant des années.

« Ça bousille l'appétit, je peux vous le dire. Plus que les cigarettes. J'ai décroché mais je n'ai jamais retrouvé mon appétit. »

Pine vérifia ses provisions. Elle devait tenir compte de la longue randonnée jusqu'à Bright Angel depuis l'endroit où elle se trouvait à présent. Et il y aurait ensuite la difficile remontée, vu la surface de terrain qu'elle avait couverte jusqu'ici. Elle avait assez de provisions pour fouiller encore un autre canyon latéral ce soir. Ensuite, elle devrait remonter.

Eh bien, se dit Pine, en attendant que la nuit tombe, *espérons que le troisième sera le bon.*

CHAPITRE 54

POUR LA PREMIÈRE FOIS depuis qu'elle avait vu les hommes avec les M4, ses jumelles se fixèrent sur quelque chose digne d'intérêt. Elle s'était réveillée alors qu'il faisait encore jour et avait décidé de s'aventurer un peu dans le canyon latéral. Le soleil était haut dans le ciel, assez puissant pour atteindre les profondeurs du canyon comme une ampoule de plusieurs milliards de watts larguée dans l'océan.

Et, en ce moment, cette lumière se reflétait sur quelque chose qui se trouvait un peu plus loin dans le canyon latéral.

Elle regarda à gauche et à droite pour prendre plusieurs points de repère pour l'aider à le localiser plus tard. Elle fut tentée d'essayer tout de suite, mais il faisait extrêmement chaud, il y avait peu de vent et cela avait l'air de faire une sacrée crapahutée. Et il faisait encore jour. Cela ressemblait au reflet d'un objet métallique. Et elle supposa qu'il ne s'agissait pas d'une cannette de bière. Du moins, elle l'espérait.

Elle continua de l'observer à travers ses jumelles, en mémorisant chaque détail du chemin qu'elle emprunterait. La nuit, les choses paraissent différentes. Elle ne pouvait pas se permettre de passer à côté de cet emplacement lorsqu'elle essaierait de l'atteindre plus tard. Heureusement, il y avait une très inhabituelle configuration rocheuse immédiatement à droite du reflet.

Elle regagna son bivouac, mangea, but et rêva qu'à la tombée de la nuit, elle trouverait Roth.

Et la bombe.

Ou peut-être que je fais fausse route sur toute cette histoire. Et je ne trouverai rien. Et donc, quel deuxième métier vais-je choisir dès que le FBI m'aura viré à coups de pompe dans le train ?

Le fait était que tout ceci la dépassait. Elle était un agent du FBI. Donnez-lui une attaque de banque, un kidnapping, même un tueur en série ou deux et elle serait dans son élément. Elle coincerait le coupable.

Mais pas là.

Elle ferma les yeux et les rouvrit rapidement.

Non, ce n'est pas un rêve. Cela pourrait être la fin du monde si cet engin nucléaire explose.

Elle s'obligea à dormir mais monta son réveil automatique mental. Elle se réveilla à 23 heures, prête à partir.

Pine était en train d'escalader plusieurs grosses roches lorsqu'elle entendit un crotale. Elle s'immobilisa un instant mais elle s'obligea à continuer.

Elle atteignit un plateau et regarda autour d'elle puis vers le bas. Elle calcula qu'elle venait de faire une ascension d'environ 300 mètres.

L'assemblage bizarre de roches qu'elle avait vu pendant la journée se présenta à elle à travers ses jumelles à vision nocturne. Elle accéléra le pas dans sa direction. Était-ce le Saint Graal caché juste devant elle ? Ou quelque chose qui n'avait absolument aucun rapport avec ce qu'elle cherchait en ces lieux ?

Mon Dieu, s'il vous plaît, si vous avez du réseau ici, faites que ce soit la première.

Arrivée à quelques mètres de l'objet, elle se raidit et s'immobilisa.

La lumière s'était reflétée sur quelque chose de métallique.

C'était un bâton. Un long bâton pliable posé contre un rocher rond plus grand que Pine et plus de trois fois plus large qu'elle.

En s'approchant, Pine remarqua quelque chose de vraiment stupéfiant.

Il y avait un filet de camouflage sur la paroi rocheuse.

Elle ne l'aurait pas remarqué si elle n'avait pas été aussi près. Il se confondait parfaitement avec son environnement.

Elle attrapa un pan du camouflage et le souleva. Elle regarda à travers l'ouverture créée.

Pine eut le souffle coupé par la surprise.

Une grotte. Elle regarda sa boussole. Cet emplacement se trouvait bien à l'intérieur des coordonnées trouvées sur la clef USB. Venait-elle de trouver Roth ? Et la bombe ?

Elle lâcha le camouflage qui se remit en place, fit un pas en arrière et inspecta les alentours. Il n'y avait aucun indice trahissant le passage de quelqu'un. Mais il avait bien fallu que quelqu'un installe le camouflage.

Environ trente secondes s'écoulèrent pendant lesquelles elle réfléchit à ce qu'elle allait faire.

Pine n'entendit rien, pas de botte tapant un rocher. Pas de grésillement d'un émetteur-récepteur. Pas de respiration lourde.

Elle n'entendit rien jusqu'à ce que la lumière l'éclaire et qu'une voix dise :

— Retournez-vous très lentement. Si votre main s'approche un tant soit peu de votre arme, nous ouvrons le feu.

— J'appartiens au FBI. Je vais vous montrer ma carte.

Sa réponse lui fit le même effet qu'un des violents coups de Chung.

— Ne vous donnez pas cette peine, agent Pine. Retournez-vous et gardez vos mains loin de votre arme. Obéissez !

Elle se retourna lentement, les mains levées au niveau de la poitrine mais pas plus haut. Elle ne se préparait pas à dégainer comme s'ils se trouvaient au milieu de OK Corral. Mais les mains complètement levées indiqueraient une totale reddition. Elle était un agent du FBI. Elle n'allait pas se rendre à ces hommes, qui diable fussent-ils.

C'étaient les trois mêmes hommes que l'autre nuit.

— Que faites-vous ici ? aboya Pine.

— Je ne pense pas que vous soyez en position de nous poser des questions, répondit le premier.

— J'ai un insigne fédéral, cela vous suffit comme légitimité ? Et vous êtes de l'Armée de terre.

— Pourquoi, parce que nous portons des tenues de camouflage ?

— Ce sont plus que des tenues de camouflage. Ce sont des tenues de combat des forces armées.

Il haussa les épaules.

— La belle affaire, on peut acheter ces uniformes sur eBay.

— Mais pas ceux avec le modèle de camouflage opérationnel. Ils sont très récents. Et vous êtes armés de M4.

Il fit un pas en avant.

— Que faites-vous ici ?

— J'imagine que je fais la même chose que vous. Je cherche quelqu'un.

— Qui ?

— Avons-nous vraiment besoin de jouer à ce petit jeu ?

— Qui ? demanda-t-il à nouveau.

— Un dénommé « va te faire foutre ». Maintenant laissez-moi vous poser une question. Comment m'avez-vous trouvée ?

— Nous vous avons *trouvée* le premier jour où vous êtes descendue. Nous vous avons suivie.

— Conneries. Je vous ai repérés en train d'explorer un canyon latéral. Vous avez fait demi-tour parce que le jour se levait.

— Nous avons fait demi-tour avant de risquer de tomber sur vous. Vous étiez derrière un rocher, accroupie, votre pistolet braqué sur nous. Probablement en train de vous dire qu'un Glock contre trois M4, les choses ne se termineraient pas bien. Pour vous.

Pine leva les yeux vers le ciel.

— Vous avez des satellites qui balaient toute la zone ?

— Non, nous savons juste suivre les gens.

Il leva son arme.

— Vous avez déjà été touchée par un de ces trucs ?

— Non, et ça ne me fait pas envie. Comme ça, vous me suiviez. Pourquoi ?

— Plutôt évident. Si vous saviez où se trouvait Roth, vous nous auriez conduits à lui. Maintenant, mes ordres sont de vous intercepter. C'est pour ça que nous sommes là.

— OK, vous m'avez interceptée. Quels sont vos ordres après ?

Il haussa les épaules et tenta d'esquisser un sourire, mais seules ses lèvres bougèrent et il laissa rapidement tomber.

Pine les observa. Ils devaient avoir autour de trente ans. Certainement assez vieux pour avoir pris part à des combats, tuer, peut-être été blessés. Des soldats aguerris, des soldats que vous voulez dans votre camp dans une bataille.

Mais, semble-t-il, ils ne sont pas de mon côté.

— Vous a-t-on dit ce qui se passe ici ? Ce qui se passe vraiment ? Ce qui se cache derrière tout ça ?

— Nous en savons suffisamment pour faire notre travail. Nous n'avons pas besoin d'en savoir plus.

— C'est une autre façon de dire que vous vous enfouissez la tête dans le sable.

Elle n'avait pas une seule fois regardé le filet de camouflage, s'accrochant au mince espoir qu'ils ne l'avaient pas remarqué.

— Vous allez devoir nous accompagner, madame.

— Vous avez un hélico ? C'est votre méthode pour arriver et repartir ? Ça fait gagner pas mal de temps et ça évite pas mal de crapahutage.

— Suivez-nous.

— Je n'irai nulle part avec vous. Je suis un agent fédéral. Vous n'avez aucun ordre à me donner. Alors dégagez de là avant que j'appelle des renforts.

L'homme regarda autour de lui et secoua doucement la tête, les yeux rieurs.

— Je ne vois aucun renfort. Et votre téléphone ne fonctionne pas ici.

— Dégagez de là.

— Nous avons d'autres ordres au cas où vous refusiez de nous accompagner.

— Lesquels, m'abattre ? Je suis un agent du FBI.

— Non, madame, en ce moment vous êtes juste une ennemie de ce pays.

— Comment pouvez-vous croire ça, putain ? Nous *travaillons* pour le même pays.

— Allez-vous nous suivre ? Dernière sommation.

Les deux autres soldats levèrent leur M4 et verrouillèrent leur cible.

Le premier à la tête, l'autre au torse.

Aucune chance de survie.

— C'est de la folie ! hurla Pine. Je suis un agent fédéral. Baissez vos armes et rompez. Sur-le-champ !

— Non, impossible, madame. Dernière sommation. Trois secondes.

Pine ne bougea pas d'un millimètre. Ils allaient vraiment l'exécuter, là au fond du Grand Canyon.

Sa main glissa vers son Glock. Elle pourrait peut-être tirer une fois.

Au revoir à tous ceux que ça intéresse. J'arrive, Mercy.

Merde.

Le premier coup partit. Et ensuite un second.

Cela s'était produit si vite que Pine pensa avoir reçu les deux impacts.

Les deux hommes derrière le leader tressaillirent, se raidirent et tombèrent tous les deux en avant.

Le leader se retourna, l'arme verrouillée sur sa cible.

— Non ! hurla Pine, en dégainant son arme. Baissez votre arme, baissez-la ou je tire !

Le M4 aboya au moment où Pine appuya une fois sur la détente du Glock, son viseur laser verrouillé sur la nuque de sa cible.

— Le leader s'écroula.

Pine, les mains tremblantes, baissa lentement son arme.

Vingt mètres plus loin, Sam Kettler la dévisageait. Il portait un sac à dos et il avait un pistolet dans sa main.

Pine baissa les yeux vers les trois cadavres. Kettler en avait abattu deux, elle un.

— Merde, dit-elle entre ses dents. C'étaient des soldats à nous. Du moins je le crois.

Kettler se précipita vers elle.

— Drôle de façon de le montrer. Ils allaient vous tuer.

Elle leva les yeux vers lui.

— Que faites-vous là ?

Il montra les trois hommes du doigt.

— J'ai vu un hélico descendre les trois dernières nuits. J'ai enfin décidé de voir ce qu'il venait faire. J'ai attrapé mon sac d'escapade, j'ai retrouvé leurs traces et je les ai suivis jusqu'ici. Et j'ai vu ce qu'ils s'apprêtaient à vous faire.

Il baissa les yeux sur son arme et secoua la tête.

— Que font des soldats américains ici d'abord ?

— C'est une longue histoire.

Elle tendit la main et la posa sur son bras.

— Merci de m'avoir sauvé la vie.

— Eh bien, vous avez sauvé la mienne. Il m'avait verrouillé. Si vous n'aviez pas tiré et fait dévier sa main, je me serais fait trouer la peau par une balle de M4.

Elle enleva la main de son bras et s'adossa contre un affleurement rocheux, le temps de se remettre de ses émotions.

— Vous allez bien ? demanda-t-il.

— Je m'en approche, répondit-elle en respirant profondément plusieurs fois.

Il lui jeta un regard rapide.

— Et que faites-vous ici ? Vous n'êtes certainement pas en train de randonner.

— Je cherche le disparu. Eux aussi.

— Vous pensez qu'il est dans les parages ? Pourquoi ?

— Encore une autre longue histoire.

Elle regarda les corps.

— Nous devons faire quelque chose. Nous ne pouvons pas les laisser ici.

Elle regarda les alentours.

— Mais je suppose que c'est une scène de crime. Nous ne devons rien déplacer.

Elle se frottait le front.

— Je dois faire venir une équipe. Je dois sécuriser le périmètre. Je... Je dois...

Tellement de choses différentes se bousculaient dans sa tête. Elle en avait envie de vomir.

Kettler se rapprocha d'elle et lui posa sa main sur le bras.

— Ce dont vous avez besoin, c'est de respirer profondément pendant quelques minutes pour vous remettre. Vous avez failli vous faire tuer, Atlee.

— Je viens d'abattre un de nos soldats, Sam !

Eh bien, je viens d'en abattre *deux*.

Pendant que Pine retrouvait son calme, Kettler repéra la couverture de camouflage. Il l'écarta et vit l'entrée de la grotte.

— Merde, d'où ça sort ?

— C'est peut-être ce que je cherchais.

— Eh bien, je peux y transporter les corps pour l'instant.

— Je vais vous aider.

— Et nous appellerons des renforts.

— Non. Nous devons localiser quelque chose d'abord.

— Quoi ?

— Vous le saurez bien assez tôt.

CHAPITRE

55

ILS TRANSPORTÈRENT LES CORPS dans la grotte et les déposèrent dans un coin.

Pine les fouilla à la recherche de plaques d'identité, mais ils n'en avaient pas. Et aucune bande patronymique sur leurs uniformes.

— Vous êtes sûre que ce sont vraiment des soldats de l'Armée de terre ? demanda Kettler.

— Je ne suis sûre de rien en ce moment.

Elle promena sa lampe torche autour d'eux. La grotte était grande. Elle estima la hauteur de plafond à environ 4 mètres 50. Une zone plus sombre, vers l'arrière, constituait peut-être un passage vers une autre pièce, mais elle ne pouvait pas en être sûre.

— OK, vous devez me dire ce qui se passe, dit Kettler.

À l'aide de phrases courtes, contenant chacune le maximum d'informations, elle lui raconta à peu près toute l'histoire. Lorsqu'elle eut terminé, il donnait l'impression d'être sur le point de vomir.

Il regarda tout autour d'eux.

— Un engin nucléaire ? Là-dedans ? Vous me faites marcher ?

— J'aimerais.

Il promena sa lampe torche autour d'eux.

— Eh bien, il n'est pas ici.

— Mais il pourrait être là-bas, dit-elle en montrant l'arrière de la grotte. Éclairez-le avec votre lampe torche. Elle est plus puissante que la mienne.

Il obtempéra et l'ouverture d'un passage creusé dans la roche se dessina.

Ils entrèrent dans le passage en avançant en file indienne, Pine en tête.

À un moment, Pine trébucha sur quelque chose. Kettler braqua sa lampe torche dessus et elle l'entendit lâcher dans un murmure :

— Fil déclencheur.

— Comme ceux qui sont reliés à un engin explosif improvisé ? demanda Pine d'une voix paniquée.

— Non.

— Comment pouvez-vous en être aussi sûr ?

— Parce que nous serions déjà morts.

Ils continuèrent et étaient sur le point d'entrer dans ce qui semblait être une grotte plus grande lorsqu'une voix hurla :

— Un pas de plus et ce sera le dernier.

— Monsieur Roth ? cria Pine.

Le silence s'installa pendant quelques instants.

— Qui êtes-vous ?

— Agent spécial Atlee Pine du FBI. Je suis avec un ranger du parc nommé Sam Kettler. J'enquête sur la mort d'une mule et la disparition de Ben Priest.

Un faisceau de lumière lui éclaira le visage.

— Montrez-moi vos insignes.

Ils levèrent lentement leur insigne métallique.

— Écoutez, monsieur Roth, je peux comprendre que vous ne nous fassiez pas confiance. Parce que je ne suis pas sûre d'avoir confiance en ma propre agence en ce moment.

— Je veux que vous fassiez demi-tour et sortiez d'ici. Immédiatement ! Ou les conséquences seront fâcheuses pour vous.

— Monsieur Roth, nous sommes là pour vous aider. Et je suis vraiment certaine que vous avez besoin d'aide.

— Je vous ai dit de partir. Immédiatement.

Pine jeta un regard à Kettler et demanda :

— Et les trois cadavres que nous venons de traîner dans cette grotte ?

Roth resta silencieux pendant un long moment.

— Trois cadavres ?

— Nous venons d'*abattre* trois soldats qui vous cherchaient. Ils allaient nous tuer alors que je leur avais montré mon insigne du FBI. Et je suis presque certaine qu'ils allaient vous tuer ensuite. Nous vous avons donc juste sauvé la vie.

— C'est... c'est...

— C'est une situation *critique*, monsieur Roth. Et nous devons y faire face. Ben Priest m'en a un peu parlé.

— Vous connaissez Ben ?

— Oui. Et je pense que ce sont nos forces armées qui l'ont enlevé.

Il y eut un autre moment de silence avant que Roth demande :

— Ils ont capturé Ben ? Comment ?

— C'est une longue histoire. Pour faire court, nous sommes dans une merde noire.

Roth braquait toujours sa lampe torche sur leurs visages.

— Comment avez-vous trouvé cette grotte ?

— Les coordonnées se trouvaient sur une clef USB que j'ai trouvée chez Ben.

— Qui vous a parlé de moi, d'abord ?

— Ben ne vous a pas trahi, si c'est ce que vous croyez. C'est Oscar Fabrikant qui m'a parlé de vous. Je suis allée le voir parce que Ben était membre de la SPB. Connaissez-vous cette organisation ?

— Oui. Que vous a dit Oscar d'autre ?

— Qu'il craignait que les Russes soient dans le coup.

— Ils *sont* dans le coup. Mais, à présent, vous devez partir. Je ne peux faire confiance à personne à ce stade.

— Je ne peux pas, monsieur Roth. Je suis là pour faire mon travail. Et arrêter les responsables de la mort de Fabrikant.

Il y eut encore un long silence.

— Il est... Oscar est mort ?

— On a retrouvé son corps à Moscou. L'enquête a conclu à un suicide mais je sais que c'est faux.

— Oscar, mort ? Je... Je n'arrive pas à y croire.

— Pouvez-vous braquer votre lampe ailleurs que sur nos visages, s'il vous plaît ?

La lumière disparut.

— Êtes-vous prêt à nous faire confiance, monsieur Roth ? Parce que je pense que nous avons besoin l'un de l'autre pour mettre fin à toute cette histoire.

Roth ne répondit pas.

— Je vous en prie, monsieur Roth. Qu'est-ce que je peux faire pour que vous me fassiez confiance ?

— Selon vous, quelle est la situation ? demanda Roth.

— Je pense qu'il y a un engin nucléaire ici. Et comme mon travail consiste à protéger le Grand Canyon par tous les moyens, ce n'est pas souhaitable.

S'ensuivit un autre long moment de silence.

— Si vous n'êtes pas ce que vous prétendez être, ce sera votre dernier mensonge, répondit-il d'une voix menaçante.

— Cela me va, répondit Pine.

— Avancez jusqu'à l'entrée.

Ils entrèrent dans la grotte qui s'éclaira soudain, grâce à une lanterne sans fil que Roth venait certainement tout juste d'allumer.

Et, derrière la source de lumière, se tenait Roth en personne. Il avait de la crasse sur le visage et il semblait être au bord de l'épuisement.

Pine lui lança son insigne et sa carte.

Il les examina avant de les lui rendre par le même chemin.

— Je vous ai dit la vérité, insista Pine.

Roth hocha lentement la tête.

— Je vous crois. Je ne sais pas pourquoi mais il m'est arrivé de faire confiance à mon instinct par le passé et je suppose que c'est ce que je dois faire maintenant.

— C'était vous le fil déclencheur là-bas ? demanda Kettler.

— Oui, juste un signal d'alarme pour moi au cas où quelqu'un pénètre ici.

— Vous êtes armé, alors ? demanda Kettler en regardant tout autour d'eux.

— Vous pouvez dire, en effet, que je possède une arme, répondit Roth.

Il éclaira quelque chose à côté de lui.

De forme rectangulaire, entouré d'une carapace métallique d'environ 1 mètre 20 de long et 90 centimètres de haut.

Pine et Kettler eurent tous les deux un mouvement instinctif de recul devant l'objet.

— C'est... c'est un engin nucléaire ? demanda Pine.

Roth acquiesça

— Et vous venez de me confirmer que vous n'êtes pas partie prenante dans ce complot.

— Comment ?

— Parce que vous m'aviez tous les deux l'air d'avoir envie de prendre vos jambes à votre cou.

— Qui n'aurait pas ce réflexe en face d'une bombe nucléaire ? demanda Pine.

— C'est un engin nucléaire très spécial, dit Roth.

— Il n'a pas l'air assez gros pour être une bombe nucléaire, dit Kettler. Est-ce qu'ils appellent ça une mini bombe nucléaire ?

Roth secoua la tête.

— C'est une arme nucléaire tactique. Mais elle est largement assez grosse. J'ai calculé qu'elle avait une puissance d'environs l'équivalent de trois kilotonnes de TNT. À titre de comparaison, la bombe atomique lâchée sur Nagasaki avait une puissance de plus de vingt kilotonnes. La plus grosse explosion de tous les temps fut le fait d'un engin baptisé Tsar Bomba, que les Soviétiques firent exploser, il y a très longtemps. Elle avait une puissance de cinquante *mégatonnes*. Si les Soviétiques avaient pu mettre un réflecteur en uranium appauvri sur l'engin, à la place de celui en plomb qu'ils ont utilisé, cela aurait doublé sa puissance.

Il tapota l'engin.

— Mais pour sa taille, c'est l'engin nucléaire tactique le plus puissant que j'ai jamais vu. Il pourrait détruire une énorme partie du canyon et aussi le contaminer radioactivement pendant quelques milliers d'années.

— Est-ce qu'elle va exploser ? demanda Pine d'une voix craintive, en reculant encorc d'un pas.

— Je ne pense pas.

— Vous l'avez désamorcée ?

Roth secoua la tête.

— On ne *désamorce* pas vraiment une bombe nucléaire. Ce n'est pas comme dans un film d'Hollywood avec le compte à rebours qui défile et le héros qui se demande quel fil de couleur couper. Si un engin nucléaire est sur le point d'exploser, le mieux que vous puissiez faire c'est de prendre des mesures pour empêcher la réaction nucléaire en chaîne. Et cela devient juste une grosse explosion, mais pas une explosion nucléaire.

— Comment est-elle arrivée là ? demanda Pine.

Roth leur fit signe d'avancer et montra du doigt le panneau métallique de devant.

— Vous voyez les lettres gravées ?

Pine et Kettler regardèrent de plus près.

— C'est du coréen ? dit Pine.

— Oui, en effet.

— C'est logique. Il y avait les plans d'un engin nucléaire coréen sur la clef USB qu'avait Priest.

— C'est moi qui les lui avais donnés, avec les coordonnées de cette grotte.

Pine se raidit.

— Alors les Nord-Coréens essaient de déclencher une explosion nucléaire dans le canyon ? Les pourparlers de paix n'étaient qu'une mascarade de leur part ?

La réponse de Roth la déconcerta au plus haut point.

— Non, bien évidemment qu'ils n'essaient pas de faire exploser un engin nucléaire dans le Grand Canyon.

Pine parut abasourdie par sa réponse. Elle n'était absolument pas prête à croire en l'innocence des Nord-Coréens.

— Mais il y avait un dénommé Sung Nam Chung qui vous cherchait. Et lui, il travaillait pour les Nord-Coréens.

— Peut-être bien, mais ce ne sont pas les Nord-Coréens qui ont placé cet engin ici.

Roth marqua une pause.

— C'est *nous*.

Le sang quitta lentement le visage de Pine.

— « Nous » ?

— Eh bien, c'est l'œuvre de certains membres très puissants du gouvernement des États-Unis.

— Qu'en savez-vous ? lâcha Kettler d'un ton sec. Notre gouvernement placer un engin nucléaire ici ? C'est de la folie !

— Je suis bien d'accord. C'est de la folie. Mais c'est néanmoins ce qui s'est passé.

— Comment pouvez-vous en être aussi certain ? demanda Pine.

— Parce que je reconnais les matériaux à partir desquels il a été assemblé. Il a été fabriqué en Russie.

— Mais le texte est en coréen sur le côté, là.

— La Russie a fourni, pendant des années, des matériaux pour fabriquer des engins nucléaires à la Corée du Nord. Certains de ces matériaux ont été utilisés pour fabriquer cette bombe.

— Là encore, comment pouvez-vous en être certain ? persista Pine.

En guise de réponse, Roth prit un tournevis électrique sans fil dans un sac posé à côté de l'engin et en dévissa le panneau de devant. Il le souleva pour le leur montrer.

— Le texte gravé à l'intérieur de ce panneau, à quelle langue cela ressemble-t-il d'après vous ?

— C'est de l'alphabet cyrillique, dit Pine, en le regardant attentivement. Russe.

Roth reposa le panneau.

— Exact. Cela indique le lieu d'origine et le numéro de série de la pièce. Elle a juste été recyclée.

— Mais si la Russie a fourni à la Corée du Nord du matériel nucléaire, il est logique qu'il y ait des inscriptions en russe. Dès lors, comment êtes-vous certain que ce n'est pas la Corée du Nord qui l'a placée ici ? demanda Pine.

— Parce que cette arme allait servir d'excuse à la destruction de la Corée du Nord. Et je doute vraiment qu'ils veuillent jouer un rôle dans leur annihilation.

CHAPITRE 56

PINE ET KETTLER échangèrent un bref regard avant de reporter leur attention sur l'engin nucléaire.

Pine détacha son regard de l'engin et se retourna vers Roth.

— Vous allez devoir nous expliquer ça.

— C'est relativement simple. Les Russes nous ont fourni cet engin nucléaire tactique et notre gouvernement l'a dissimulé ici.

— Pourquoi diable notre gouvernement voudrait faire exploser le Grand Canyon ? demanda Pine.

— Cette bombe ne peut pas exploser. Et c'est ce qui me permet d'affirmer avec la plus grande certitude que ce ne sont pas les Nord-Coréens qui l'ont dissimulée ici.

— Mais comment savez-vous qu'elle ne peut pas exploser ? demanda Pine.

— Parce qu'il lui manque certains composants essentiels.

— Quels composants ? demanda Kettler.

— Je peux vous donner la version pour profanes.

Il montra du doigt l'engin.

— C'est ce que l'on appelle une bombe à fusion ou une arme thermonucléaire. Elle génère sa puissance destructive de la même façon que le soleil produit de l'énergie. Une explosion conventionnelle a lieu pendant la première phase. Cela crée une réaction en chaîne au niveau de l'uranium fissionable qui se traduit par une explosion générant une température de quelques millions de degrés. Cette chaleur et cette puissance sont renvoyées par le réflecteur dans le cœur d'uranium. C'est le début de la deuxième phase qui déclenche la fusion et l'explosion résultant de cette deuxième phase détruit l'enveloppe d'uranium. Les neutrons libérés déclenchent la fusion qui engendre la réaction thermonucléaire. Vous me suivez ?

Kettler se gratta la joue.

— Merde, si c'est la version simplifiée, je préfère ne pas entendre la compliquée.

— Parmi les éléments manquants, l'hydrure de lithium, un réflecteur opérationnel et un tampon adéquat. Sans ça, tout ce que vous avez c'est un tas d'atomes d'uranium et d'hydrogène qui n'ont nulle part où aller.

— Alors pourquoi la cacher ici ? demanda Kettler.

Pine répondit :

— Pour que nous puissions l'utiliser comme prétexte pour attaquer la Corée du Nord. C'est ce que voulait dire Sung Nam Chung lorsqu'il disait qu'il était d'accord avec moi : si la bombe explosait, la Corée du Nord serait détruite. Il essayait de trouver la bombe et de les empêcher d'arriver à leurs fins.

— Mais il ne pouvait pas connaître le *véritable* plan, dit Roth. La bombe n'aurait jamais explosé, mais elle aurait été néanmoins utilisée contre la Corée du Nord comme si elle l'avait fait.

— Mais s'il lui manquait les composants essentiels, cela ne risquait-il pas d'accréditer la thèse qu'il s'agissait d'une fausse bombe ?

— Qui l'aurait su ? objecta Roth. Les journalistes n'allaient pas l'ouvrir pour voir ce qu'elle avait dans le ventre. Et lorsqu'ils auraient amené des « experts » pour l'examiner, on leur aurait juste dit que ces éléments avaient été enlevés *après* sa découverte, juste pour éviter qu'un accident survienne. Je n'ose imaginer l'emballement médiatique lorsque le gouvernement aurait annoncé qu'on l'avait trouvée dans une grotte dans le canyon. Ils l'auraient hélitreuillée pour que tout le monde la voie en direct à la télévision.

— Qu'auraient-ils fait après l'annonce de la découverte de l'engin ? demanda Kettler.

— Je pense qu'il y aurait eu une intervention à l'ONU pour expliquer en détail, à grand renfort de schémas, de diapositives et autres documents, comment les Nord-Coréens avaient réussi à introduire un engin nucléaire dans le canyon. Tous fabriqués de toutes pièces, bien sûr, mais en apparence tous authentiques et plausibles.

— Mais aurait-il été *plausible* d'affirmer que les Nord-Coréens voulaient introduire une bombe sur le sol américain ? demanda Pine. Ils savaient que nous les détruirions si nous venions à l'apprendre.

— Eh bien, notre camp aurait contré cet argument en disant que si la bombe *avait* explosé, il n'y aurait eu aucune preuve de son origine. Mais si nous apprenions que la Corée du Nord avait *essayé* de faire exploser un engin nucléaire au cœur de la plus grande réserve naturelle des États-Unis, mais que nous l'avions découvert à temps et y avions mis un terme ? La guerre aurait été inévitable.

— Et beaucoup de personnes auraient trouvé la mort dans une guerre comme celle-ci, dit Pine.

— Elle aurait été longue et sanglante avec un carnage humain comme nous n'en avons pas connu depuis la Deuxième Guerre mondiale et la guerre de Corée. Littéralement des millions de morts. Des centaines de milliers le premier jour.

— Mon Dieu, dit Kettler. Et moi qui trouvais que les guerres en Irak et en Afghanistan étaient des boucheries.

— Toutes les guerres sont horribles en termes de pertes humaines, dit Roth. Je suis certain que des conseillers politiques du gouvernement ont calculé le nombre « exact » de morts dans toutes les classes d'âge et préparé la justification de les sacrifier dans ce conflit.

Il secoua la tête.

— En voilà un fichu métier.

— Pourquoi avions-nous besoin de l'aide des Russes dans cette histoire ? demanda Pine.

— Comme je vous l'ai dit, les Russes aident la Corée du Nord pour leur programme d'armement nucléaire depuis très longtemps. Ils avaient déjà accès aux « bons » matériaux fissiles dont notre gouvernement avait besoin pour mener à bien ce plan. Le panneau avec les caractères nord-coréens et le reste ? Nous n'aurions pas eu besoin d'en fabriquer des faux puisque nous pouvions en avoir de vrais. Sans la Russie, nous aurions dû aller faire notre marché pour trouver des matériaux similaires, ou essayer de fabriquer un faux engin qui aurait l'air d'être une arme nord-coréenne en utilisant des matériaux glanés ici et là. Mais le marché des armes nucléaires est un marché élitiste. Il n'y a pas tant de joueurs que cela. Et ils sont tous bien connus, tout comme leurs signatures en matière de fabrication d'armes. Et donc, si nous nous étions tournés vers des sources tierces autres que la Russie, cela aurait laissé une trace qui nous aurait permis de remonter jusqu'à nous, vouant le plan à l'échec dès le début.

— OK, mais alors pourquoi est-ce que les Russes nous aideraient dans cette entreprise ? demanda Pine. Qu'auraient-ils à y gagner ?

— Cela leur permettrait de devenir un partenaire de la seule superpuissance mondiale. Cela élèverait la Russie presque à notre rang. Et la Russie veut être l'acteur majeur en Extrême-Orient, mais il leur est impossible de concurrence la machine économique de Pékin. Ils cherchent donc d'autres moyens d'exercer une influence et d'être une voix qui compte dans la région. J'imagine que la Russie aurait touché une rétribution d'une façon ou d'une autre. Peut-être qu'après avoir gagné la guerre, nous aurions annexé une partie ou toute la Corée du Nord pour la Russie.

— Comme lorsqu'ils ont partagé l'Allemagne après la Deuxième Guerre mondiale ? demanda Pine.

— Oui. Et la Corée du Nord possède quelques ressources naturelles – le charbon anthracite, par exemple – dont la Russie aurait besoin pour soutenir son économie en Extrême-Orient.

Il marqua une pause et prit un air pensif.

— Qui sait, cela aura peut-être été le début d'une grande négociation entre nous et les Russes pour nous partager certaines parties du monde. Après tout, n'était-ce pas l'essence même de la guerre froide, bien que les États-Unis et la Russie fussent des adversaires à l'époque ?

— Nous devrions toujours être des adversaires, dit Pine.

— Mais cela ne semble pas être la forme que prennent les choses en ce moment.

— Les Nord-Coréens ont dû avoir vent que quelque chose se tramait. Ils ont envoyé Chung pour le découvrir. Pour vous retrouver vous, en fait, dit Pine.

— Ils avaient toutes les raisons du monde de les empêcher d'arriver à leurs fins puisque leur survie était en jeu.

— Comment vous êtes-vous retrouvé impliqué dans tout cela ?

— Fred Wormsley était un ami proche, de mon père et de moi. Il était un mentor.

— J'ai appris qu'il s'était noyé.

— Il ne s'est pas noyé, il a été *assassiné*. Et c'est la raison pour laquelle je suis ici aujourd'hui.

— Que voulez-vous dire ? demanda Pine.

— Un peu avant sa mort, Fred et moi nous nous étions rencontrés en secret. Du fait de sa position élevée à la NSA, il avait été recruté pour cette folle mission. Vous penseriez qu'il y aurait un millier de fuites avec quelque chose comme cela. Eh bien, d'après mes informations, Fred était le seul à s'y opposer. Mais il fit semblant d'adhérer au projet pour apprendre tout ce qu'il pouvait là-dessus. Mais il a été démasqué.

— Et vous avez repris le combat qu'il n'avait pas pu mener à bout, glissa Pine.

— Dès que Fred m'a dit ce qu'il savait, j'ai décidé de mettre la main sur cet engin nucléaire. Heureusement, il connaissait l'emplacement de la grotte dans laquelle il avait été dissimulé et il m'a transmis cette information. Sans quoi, il aurait été impossible à localiser vu la taille du canyon.

— Et Ben Priest ? Quel est son rôle ?

— Ben avait travaillé des années à la CIA avant de rejoindre l'Agence de renseignement de la défense. Lorsque j'inspectais les ADM dans différents pays, Ben œuvrait en coulisse pour que mes équipes aient un meilleur accès aux installations. C'est à cette époque que nous sommes devenus de bons amis. Après, il s'est mis à son compte. Je n'ai jamais vraiment su exactement ce qu'il faisait alors mais il a acquis la réputation d'aider des personnes qui étaient empêtrées dans des situations complexes qui exigeaient une connaissance de premier plan de la géopolitique. Lorsque je lui ai parlé de cette conjuration, il a immédiatement accepté de m'aider. Ben a tout de suite vu l'incroyable folie de ce plan. Et qu'il fallait les arrêter. À tout prix.

— Y compris, semblait-il, au prix de sa vie et de celle de son frère, fit remarquer Pine.

— Et la mule dans tout ça ? demanda Kettler.

— En fait, la mule était la principale raison pour laquelle j'ai contacté Ben pour cette histoire, dit Roth. Voyez-vous, lorsque Fred Wormsley m'a dit où était l'engin nucléaire, je me suis souvenu que Ben m'avait précédemment dit qu'il allait bientôt descendre à dos de mulet jusqu'au fond du canyon. Il m'était impossible d'en avoir une. Vous devez réserver votre place plus d'un an à l'avance. Ben et moi avons donc élaboré ce plan dans lequel je prendrais sa place sur la descente. C'était parfait.

— Tout cela semble des plus logiques maintenant, dit Pine.

— Ben et moi sommes aussi descendus à pied avant que je fasse la descente à dos de mulet.

— Pourquoi ? demanda Kettler.

Roth montra du doigt les piles d'équipement et ce qui ressemblait à du matériel de protection empilé à côté de l'engin nucléaire, avec des vivres et plusieurs sacs d'hydratation.

— On ne peut pas ouvrir un engin nucléaire avec un tournevis et des lunettes de piscine en guise de protection. Et, bien sûr, j'avais besoin de vivres, de filtres à eau et d'autres fournitures. Je ne pouvais pas tout transporter pendant la descente sur le mulet – il y a des limites de taille et de poids. Nous avons utilisé nos randonnées pour cacher tout cela à proximité de Phantom Ranch. La nuit où j'ai « disparu », j'ai utilisé la mule pour les transporter le plus près possible de ma destination finale. Après cela, j'ai tout transporté là où je devais me rendre.

— Mais pourquoi diable avez-vous tué la mule ? demanda Kettler.

— La mule a fait une chute après avoir glissé sur une pierre et s'est estropiée ou fracturé une patte antérieure. Mais pour vous dire la vérité, j'avais l'intention de la tuer de toute façon. J'avais apporté un anesthésiant pour le faire de façon humaine.

— Mais pourquoi ? persista Kettler.

Roth écarta les bras.

— Je ne pouvais pas l'amener ici avec moi. Et nous sommes très loin de Phantom Ranch. La pauvre bête ne pouvait pas y retourner. Elle aurait été attaquée et tuée par des prédateurs. Je ne voulais pas qu'elle souffre.

— Et vous avez gravé les lettres J and K sur sa peau, dit Pine. Pourquoi faire ça ?

— Je n'avais aucune garantie de sortir vivant de toute cette histoire, agent Pine. Vivre seul au milieu du Grand Canyon n'est pas très malin.

Il se tourna vers Kettler.

— Je suis certain que vous déconseillez à tous les touristes de faire ce que j'ai fait. Descendre tout seul et sortir des sentiers balisés.

— En effet, admit Kettler.

Roth se retourna vers Pine.

— Ben était la seule personne qui savait que j'étais là. Si quelque chose lui arrivait, et vous me dites que c'est le cas, je n'aurais plus personne pour couvrir mes arrières. Si je mourais ici, d'une morsure de serpent, d'une chute ou de déshydratation, je voulais que quelqu'un sache qu'il y avait quelque chose de dissimulé dans une grotte.

— Vous connaissiez donc, manifestement, la soi-disant expédition de Jordan et Kinkaid et de la grotte qu'ils sont censés avoir trouvée ?

— Oui. En fait c'est quelqu'un du coin qui me l'a racontée lors d'une de mes randonnées pour apporter des fournitures.

— Ma secrétaire est de la région. Elle la connaissait donc elle aussi.

— C'était la seule chose à laquelle j'ai pu penser, vraiment, ces deux lettres indiquant une grotte cachée dans le canyon.

— On a fait mieux comme indice, dit Pine. J'ai eu de la chance que ma secrétaire connaisse cette histoire et fasse le lien.

— Eh bien, je pouvais difficilement écrire « Hé, il y a un engin nucléaire dans une de ces grottes », dit Roth sur la défensive. Pour autant que je sache, ce seraient les personnes responsables de ce complot qui trouveraient la mule. Je ne voulais pas leur dessiner une carte qui les conduirait jusqu'à moi. J'ai juste fait du mieux possible avec ce que j'avais.

— Mais vous avez retourné la mule pour cacher les inscriptions, dit Pine. Pourquoi ?

— Parce que je savais que les charognards la trouveraient et grignoteraient sa peau. Les lettres auraient été détruites si je les avais laissées exposées.

Pine était perplexe.

— Mais les trois soldats se trouvaient juste devant la grotte. Ils auraient déjà dû être là depuis plusieurs jours pour récupérer l'engin nucléaire dès que les pourparlers de paix ont capoté. Et le cirque médiatique aurait commencé.

— J'en suis certain moi aussi. Sauf que cette grotte n'est pas celle dans laquelle ils avaient dissimulé l'engin.

— Quoi ? s'exclama Pine.

— Je ne pouvais pas le laisser là-bas, agent Pine. Je l'ai donc transporté ici.

— Vous avez transporté ce truc ? Comment ?

En guise de réponse, Roth souleva quelque chose qui ressemblait à un sac à dos high-tech doté de composants d'un exosquelette.

— L'arme n'est pas aussi lourde que vous pourriez le penser. Ils ont fait des progrès énormes dans la miniaturisation des engins nucléaires, ce qui est à la fois impressionnant et terrifiant. C'est un diable de transport de mon invention. Je l'ai démonté pour que Ben puisse le transporter au cours d'une de ses randonnées dans le canyon et le dissimuler dans une de nos cachettes. J'ai remonté le diable de transport et je l'ai utilisé au cours de mes nombreux allers-retours pour transporter toutes mes fournitures jusqu'ici depuis l'endroit où j'avais laissé la mule. Je l'ai également utilisé pour soulever la bombe et la transporter ici.

— Comment connaissiez-vous l'existence de cette grotte ?

— C'est très simple. Il y a plusieurs années, lorsque j'avais la vingtaine, je venais assez régulièrement randonner au Grand Canyon. Un jour, je me suis éloigné des sentiers battus et je suis tombé sur cette grotte. Ce n'était pas la découverte du siècle ; il y a, bien sûr, beaucoup de grottes comme celle-ci dans le canyon. Mais lorsque je me suis rendu compte qu'elle était proche de celle dans laquelle ils avaient placé l'engin nucléaire, j'ai eu l'idée de le transporter ici. J'ai apporté un manche télescopique pour faire glisser un rocher près de la grotte devant son entrée pour la dissimuler chaque fois que je la quittais.

— Mais pourquoi quittiez-vous la grotte une fois votre matériel et vos vivres laissés ? demanda Pine.

Cette fois ce fut Kettler qui répondit :

— Vous étiez là depuis plusieurs jours, vous aviez besoin d'eau.

— Oui, dit Roth. Il y a une source à proximité et j'avais mes filtres. Et certains chargeurs de mes outils électriques fonctionnent à l'énergie solaire. Je devais les laisser dehors pour les recharger.

Il marqua une pause.

— Malheureusement, je devais la laisser ouverte lorsque j'étais à l'intérieur. Mais j'ai utilisé la couverture de camouflage que j'avais apportée pour dissimuler l'entrée. J'utilisais le rocher lorsque je n'étais pas dans la grotte pour éviter que quelqu'un se glisse sous la couverture et me surprenne à mon retour.

— Et donc, vous avez travaillé sur ce truc tout ce temps ? demanda Pine.

— Démonter et remonter une arme nucléaire, surtout tout seul, est un processus lent et laborieux.

— Je suis surprise qu'ils n'aient pas posté des gardes armés autour de la grotte 24 heures sur 24, dit Pine. Ainsi, ni vous ni personne n'aurait pu en approcher.

— Impossible, expliqua Roth. Il y aurait eu des soupçons si on avait vu des soldats surveiller une grotte dans le canyon. Cela aurait perturbé leur plan. Le timing était essentiel.

— Ils avaient probablement prévu de le récupérer après l'échec des pourparlers de paix, dit Pine. Une fois ceux-ci abandonnés, ils pouvaient mettre leur plan à exécution.

— Et si quelqu'un avait repéré des gardes armés autour de la grotte avant, ils auraient eu du mal à prétendre avoir *soudain* découvert un engin nucléaire, dit Roth. J'aurais aimé voir leurs têtes lorsqu'ils sont entrés dans leur grotte et ont découvert que leur engin nucléaire avait disparu, dit-il avec un grand sourire.

— Vous avez donc transporté l'engin nucléaire de l'endroit où ils l'avaient dissimulé jusqu'ici. Et ces soldats fouillaient les alentours en essayant de le localiser et vous avec.

— C'est certainement ça, dit Roth.

— Ils ont dit qu'ils me suivaient dans l'espoir que je les conduise à vous. Ce que j'ai fait.

— Heureusement, vous avez pu les neutraliser avant qu'ils arrivent jusqu'à moi.

Roth marqua une pause et frissonna.

— Nous avons quand même frôlé le précipice.

— Nous sommes *encore* très proches du bord, dit Pine.

Elle regarda l'engin nucléaire.

— Quel était votre plan ?

— Je comptais tout documenter. J'aurais ensuite laissé l'engin nucléaire ici après avoir muré la grotte et je serais remonté pour révéler ce que j'avais découvert *sans* divulguer l'emplacement de l'engin nucléaire. Je venais juste de tout boucler lorsque vous êtes arrivés.

— Mais rien ne les empêche de descendre chercher l'engin nucléaire et de finir par le trouver. Et ensuite poursuivre leur plan. Et si vous protestiez ou tentiez de les accuser, il leur suffirait de vous faire passer pour un fou ou un traître. Ou peut-être de vous faire disparaître.

— Mais je ne peux pas remonter un engin nucléaire à pied.

— Nous pourrions peut-être utiliser un hélicoptère du Service des parcs nationaux ? suggéra Kettler.

Pine secoua la tête.

— Non, je suis sûre qu'ils surveillent les canaux officiels. Et le Service des parcs nationaux s'est déjà fait taper sur les doigts. Souvenez-vous ce qui est arrivé à Lambert et à Rice.

— Eh bien, nous ne pouvons pas juste la laisser ici, dit Kettler. Elle ne peut, certes, pas exploser mais ne contient-elle pas des éléments radioactifs ?

Roth acquiesça.

— Dans le noyau, oui. Et c'est problématique, si l'engin est endommagé.

Pine s'approcha de l'engin nucléaire et l'observa.

— Vous avez dit que ce sont les Russes qui nous l'ont fourni ?

— Oui.

— Le fait est qu'à leur place, je voudrais avoir quelque chose de plus qu'une vague promesse de notre part que nous leur laisserions le charbon nord-coréen.

Roth la rejoignit.

— Que voulez-vous dire ?

— Avez-vous trouvé des éléments que vous n'avez pas reconnus ?

— Pas reconnus ?

— Vous connaissez les ADM, monsieur Roth. Y avait-il quelque chose dans celui-ci que vous n'avez pas reconnu ?

Roth regarda l'arme.

— Eh bien, il y avait ça.

Il montra du doigt des rangées de petits rivets qui étaient sertis aux panneaux métalliques.

— Il y en a sur tous les côtés. J'ai pensé qu'ils étaient peut-être là pour soutenir la structure. Mais il n'y en avait pas vraiment besoin.

Pine passa la main sur l'intérieur de la paroi et tapa dessus avec ses jointures.

— C'est creux.

Roth regarda la paroi et fronça les sourcils.

— Je ne me suis pas vraiment concentré là-dessus.

Pine éclaira chaque rivet avec sa lampe torche, les examinant lentement un par un en faisant le tour de l'engin. Lorsqu'elle eut terminé, elle dit :

— Il y a, de chaque côté, un « rivet » dont l'apparence est légèrement différente.

Elle montra une partie du rivet.

— Pouvez-vous découper un bout du métal juste ici ?

Roth pratiqua l'incision. Caché derrière la paroi, il y avait un petit appareil électronique.

— Qu'est-ce que c'est que ça ? demanda Roth.

— Quel type de voiture conduisez-vous ?

— J'ai une Mercedes Classe S. Mais quel est le rapport ?

— Vous avez vu les petits disques ronds sertis dans la carrosserie tout autour de votre voiture ?

Roth regarda l'appareil caché dans la paroi de la bombe.

— Ce sont des caméras. Êtes-vous en train de dire que c'est une sorte de caméra ?

— Oui.

Elle lui montra la pièce métallique qu'il venait de couper.

— Et c'est l'objectif maquillé en rivet. Il a probablement un système d'écoute intégré, aussi.

— Mais pourquoi installer ça là ? demanda Kettler.

— J'ai travaillé sur une enquête lorsque j'étais au WFO. Sur un réseau d'espions russes. Je suis même allée en Ukraine au cours de l'enquête. On nous a dit que notre chambre d'hôtel serait sous surveillance et d'agir en conséquence. J'ai dormi habillée et je n'ai jamais utilisé mon téléphone dans la chambre. Je n'ai même jamais parlé à voix haute. Les Russes raffolent des mécanismes de surveillance. Pendant la construction de notre ambassade, nous avons commis l'erreur d'engager des entreprises russes. Toute l'ambassade n'était qu'une grosse caméra et un gros micro. Heureusement, nous l'avons découvert à temps.

— Mais pourquoi les Russes ont-ils installé des appareils de surveillance sur cette arme ? demanda Roth.

— Ils les ont utilisés pour enregistrer *nos* hommes en train d'introduire la bombe sur notre territoire, pas les Nord-Coréens. Je suis sûre que les images de surveillance ont déjà été téléchargées sur une base de données russe.

— Putain de merde ! dit Kettler. Vous êtes en train de dire…

— Je suis en train de dire que si nous déclenchions une guerre avec un motif bidon et tuions des millions d'individus…

Kettler termina pour elle :

— … les Russes auraient une preuve irréfutable que nous avions monté tout ceci de toutes pièces et que nous avions menti au monde entier.

Pine ajouta :

— C'est ce qu'ils appellent *kompromat.* Selon vous, combien les Russes pourraient-il nous extorquer pour ne pas divulguer cette information ?

Roth s'adossa à la paroi rocheuse.

— Tout ce qu'ils veulent.

— Exact.

Roth fixa soudain avec horreur l'engin. Il murmura :

— Pensez-vous qu'ils sont toujours en train de regarder et d'écouter en ce moment ?

— C'est très très improbable. Il n'y a pas de Wi-Fi ni même de réseau pour les portables ici. Et aucun signal satellite ne pourrait traverser cette épaisseur de roche.

— Mais alors comment auraient-ils obtenu des informations compromettantes ? demanda Roth.

— Ils les ont eues bien avant que l'engin arrive dans cette grotte. Il a dû être livré aux Américains et ensuite acheminé jusqu'ici. Ils ont peut-être une vidéo et un audio de dirigeants américains en train de le réceptionner, de nos hommes, peut-être en uniforme, le charger à bord d'un avion, l'acheminer en Arizona et ensuite, peut-être, le transporter ici en hélico. Beaucoup de vidéos et d'audios montrant notre pays baignant jusqu'au coup dans cette affaire.

Elle regarda l'engin nucléaire.

— Mais pour en être certains, désactivons les autres dispositifs.

Roth reprit sa scie et, avec l'aide de Pine et de Kettler, il enleva les autres dispositifs des parois de l'engin nucléaire.

Pine les rangea tous dans son sac à dos.

— Alors, que faisons-nous maintenant ? demanda Roth.

— Contrairement à ce que vous avez dit tout à l'heure, nous allons remonter cet engin à pied, annonça Pine d'une voix ferme.

— Pourquoi ? demanda Roth.

— Parce que maintenant que nous connaissons l'existence des appareils de surveillance, nous pouvons nous en servir comme moyen de pression.

— Comment ? demanda Roth.

Avant qu'elle puisse répondre, ils entendirent tous le bruit.

— Qu'est-ce que c'est ? demanda Kettler.

Ils se précipitèrent dans la première grotte. Les bruits étaient beaucoup plus importants maintenant.

— C'est un hélico, dit Roth d'une voix inquiète.

— Et je ne pense pas qu'il vienne nous secourir, dit Pine.

CHAPITRE

57

PINE SCRUTA LES ALENTOURS depuis le bord de l'entrée à travers le camouflage.

— Il y a un faisceau lumineux qui tournoie sur les rochers. Ils doivent savoir que c'est par là que se trouvait l'équipe de recherche la dernière fois qu'elle a donné signe de vie.

Ils attendirent quelques minutes jusqu'à ce que l'hélico passe au-dessus du versant et disparaisse.

— OK, nous devons partir, dit Kettler, prenant résolument les rênes.

Il se précipita vers les soldats morts et prit deux des M4 et plusieurs chargeurs.

— Vous avez des jumelles ? demanda-t-il à Pine.

Elle acquiesça.

— Surveillez l'hélico et le faisceau lumineux. Ils vont faire plusieurs passages. S'ils ne voient rien, ils passeront au prochain carré de la grille.

— C'est l'expérience qui parle ? demanda Pine.

— L'Armée a une façon bien à elle de faire les choses, toujours de la même façon.

Pine se hâta de reprendre son poste.

— Mais nous ne pouvons pas remonter à pied avec l'engin nucléaire. Il est trop lourd à porter. C'était déjà assez difficile de le transporter de l'autre grotte à celle-ci, dit Roth à Kettler.

— Nous *pouvons* y arriver si nous nous relayons, dit Kettler. Et si nous utilisons votre diable amélioré.

— Mais et l'agent Pine ? demanda Roth.

— Ne vous inquiétez pour elle, elle est probablement plus forte que vous et moi réunis. Maintenant, venez.

Ils retournèrent au pas de course dans l'autre espace et Kettler aida Roth à faire entrer l'engin nucléaire dans un grand sac de camouflage que Roth avait apporté. Kettler enleva son sac d'escapade en disant :

— Je prendrai le premier relais. Montrez-moi comment fonctionne votre diable.

Roth aida Kettler à enfiler l'appareil. Il lui demanda ensuite de se placer dos à l'engin nucléaire et de s'accroupir. Roth attacha l'engin nucléaire au diable grâce à plusieurs lanières.

— OK, la poulie du diable, le système de redistribution de la charge et les éléments alimentés par batterie de l'exosquelette supporteront environ cinquante pour cent de la charge. Vous porterez donc une charge d'environ trente kilos. C'est un sacré poids.

— Ça ira. Mon barda à l'armée en faisait trente-six.

Kettler se releva lentement et prit quelques secondes pour s'habituer à ce nouvel équilibre.

— OK.

Ils regagnèrent la grotte principale.

— Quelle est la situation ? demanda-t-il à Pine qui se tenait toujours à l'entrée.

— Il entame un nouveau passage, dit-elle. Le voilà.

Il survola la zone pendant trente secondes avant que le bruit du moteur et de l'hélice commence à s'éloigner.

— OK, on dirait qu'il est parti.

Kettler expliqua le plan à Pine.

Elle jeta un œil à sa montre.

— Il est deux heures du matin. Nous n'atteindrons jamais le versant avant l'aube, surtout en portant ce truc. Et ils nous attendent peut-être au départ de tous les sentiers de toute façon.

— De tous les corridors, mais probablement pas de tous les *limites* ni de tous les *originaux*, dit Kettler, en utilisant les termes techniques auxquels le Service des parcs nationaux a recours pour classer les sentiers du canyon.

— C'est quoi tout ce charabia ? demanda Roth.

Pine se tourna vers lui.

— Des sentiers qui ne sont pas entretenus. Ils sont donc beaucoup plus difficiles.

— Plus difficiles que le sentier que j'ai descendu à dos de mulet ? demanda-t-il.

Kettler acquiesça.

— Oui, puissance deux ou trois. Et le plus proche de nous regroupe en fait deux sentiers différents. Le départ du sentier se trouve sur le versant nord. Près d'une route forestière gérée par le Service des parcs nationaux. Ce n'est pas un original. C'est un limite mais il est quand même très difficile. Maos ce n'est pas le Nankoweap. Je l'ai fait deux fois celui-là et c'est l'enfer. La majorité du sentier se trouve à quelques centimètres d'un précipice de 300 mètres. Faut vraiment avoir le cœur bien accroché. Mais il y aura quelques passages du même acabit sur celui que nous allons emprunter.

— Avons-nous l'équipement nécessaire pour y arriver ? demanda Pine.

Il montra son sac d'escapade.

— Là-dedans j'ai des cordes et des mousquetons en D. Et si nous nous encordions ?

Elle se tourna vers Roth.

— Vous êtes partant ?

— Je suis partant, dit-il. Comme je vous l'ai dit, j'ai déjà randonné sur ces sentiers.

— Oui, dit Kettler. Mais pas sur des sentiers comme celui que nous allons emprunter pour remonter.

Encordés, ils mirent cap à l'est pour rejoindre le sentier. Roth était encordé entre Pine et Kettler qui connaissait le sentier et marchait donc en tête.

— La charge, ça va ? demanda Pine à Kettler.

— Ouais.

— OK, mais nous nous relaierons toutes les deux heures.

Ils longèrent le Colorado jusqu'à un confluent. Kettler repéra le premier cairn, un monticule de pierres dont les formes s'épousaient peu ou prou, indiquant l'entrée du sentier. Ils n'eurent pas à parcourir beaucoup de distance pour arriver au début de l'ascension. Le cours d'eau était très haut à cet endroit. Pine voyait que Roth avait du mal à cause de l'allure et du terrain.

Elle accéléra et rattrapa Roth.

— OK, ça va devenir un peu dangereux alors nous allons faire ça intelligemment.

Elle appela Kettler qui les rejoignit.

En dépit des objections de Roth, ils se servirent de la corde pour l'aider à monter et aussi à lui faire traverser une partie submergée par l'eau qui s'échappait du lit du cours d'eau. Pine saisit sa ceinture et le hissa sur le dernier obstacle sur lequel il s'allongea, mouillé et hors d'haleine à leurs pieds.

— OK, dit Roth. J'ai peut-être surestimé mes qualités en matière d'ascension. Je n'ai plus vingt ans et, pour être franc, les randonnées que j'ai faites avec Ben m'avaient exténué.

— Ne vous inquiétez pas, nous allons vous aider, dit Pine.

Ils reprirent l'ascension une demi-heure plus tard après avoir laissé le temps à Roth de récupérer suffisamment et à Pine de s'habituer au port du diable amélioré et de sa charge nucléaire. Le sentier s'effritait sous leurs pas sur certaines parties et ils le cherchèrent en vain sur d'autres.

Pine remarqua l'anxiété grandissante sur les traits de Roth alors que le chemin devenait plus escarpé et de plus en plus sinueux. Elle lui tapota l'épaule après qu'ils en eurent terminé avec une patrie particulièrement vicieuse.

— Vous vous débrouillez très bien, monsieur Roth.

— Appelez-moi David. Vu la situation dans laquelle nous nous trouvons, je pense que nous avons gagné le droit de nous appeler par nos prénoms.

— Moi c'est Atlee et lui c'est Sam.

Roth parvint à esquisser un faible sourire mais l'anxiété se lisait sur son visage.

Ils avançaient bien. Pine regarda sa montre. L'aube allait bientôt se lever.

— C'est quoi ce bruit ? demanda Roth inquiet.

— Des cascades, répondit Kettler. L'eau vient du cours d'eau un peu plus haut. Il bifurque vers le sud pour rejoindre celui que nous avons traversé un peu avant de se jeter dans le Colorado. Attention à vos appuis. Cela devient un peu glissant ici.

Ils traversèrent une grande vallée après laquelle ils durent venir à bout d'une série de virages sinueux particulièrement vicieux.

Pine cria :

— Sam, je crois que j'ai besoin de faire une pause et de me reposer.

Kettler regarda de nouveau Roth, qui avait beaucoup de mal à garder l'équilibre.

— D'accord.

Ils établirent leur bivouac, s'enfonçant le plus possible à l'intérieur des falaises. Ils posèrent le diable et sa charge nucléaire contre le flanc de la montagne, le plus loin possible du précipice.

Après avoir mangé et s'être hydraté, Roth s'endormit sur le mince sac de couchage que Kettler avait étendu à son attention. Ils se trouvaient au nord-ouest du canyon, l'aube se lèverait plus lentement que s'ils se trouvaient à l'est.

Ils s'assirent, dos contre la roche, M4 en main.

— Vous pensez qu'il y arrivera ? demanda Kettler.

— Je l'ignore. Il doit avoir environ quinze ou vingt ans de plus que nous et il n'a pas l'habitude de ce genre d'efforts. Et il est au fond du canyon depuis longtemps. Ça use l'organisme, comme vous le savez bien. Mais il a transporté ce truc jusqu'à l'autre grotte. Ce n'était pas un mince exploit.

— C'est vrai.

— Vous voulez dormir un peu ? Je peux montrer la garde, proposa Pine.

Kettler secoua la tête.

— Non merci.

Ils gardèrent le silence.

— Donc, le sort du monde repose sur nos épaules ? demanda Kettler.

— Il semblerait.

— Pas vraiment la raison pour laquelle j'ai rejoint le Service des parcs nationaux.

— Eh bien, c'est pour ça que j'ai rejoint le FBI, répondit Pine.

Il se tourna vers elle et sourit.

— Je suis content que vous soyez-là, Atlee. Si j'étais seul avec Roth, je flipperais peut-être.

— Non, vous feriez juste ce que vous faites : ce qui est nécessaire pour remplir la mission.

Elle marqua une pause.

— Mais si vous n'étiez pas là, je pense que c'est *moi* qui flipperais.

Kettler regarda les parois rocheuses qui les entouraient.

— Vous savez qu'il y a cinq zones de vie dans le canyon ? Le même nombre qu'entre le Mexique et le Canada.

Elle le regarda.

— Vous êtes un puits de science intarissable sur le Grand Canyon.

— Lorsque je vais quelque part, je me renseigne sur l'endroit. C'est dans ma nature.

— Pouvons-nous essayer d'avancer encore un peu avant qu'il fasse trop chaud ? demanda-t-elle.

— Il n'y a pas beaucoup d'ombre sur ce sentier. Et on dirait que la chaleur va tomber très vite aujourd'hui. Vous et moi, oui mais je doute qu'il puisse. Et plus haut, il n'y a pas vraiment d'abri. Le sentier devient escarpé avec beaucoup de virages sinueux.

— Et si l'hélico revient, nous serions des cibles faciles.

— On passe la nuit ici ? D'ici, avec Roth dans la remorque, nous pouvons atteindre le sommet en environ six heures. Avant l'aube.

Ils regardèrent l'obscurité une fois de plus.

— On pourrait presque se croire assis dans ma Jeep, dit Kettler.

— Il manque les bières.

Il ouvrit son sac à escapade et sortit une cannette.

— Vous vous moquez de moi, dit-elle admirative.

Il l'ouvrit et la lui tendit. Elle prit la cannette.

— Elle est fraîche. Comment avez-vous fait ça ?

— Comme je vous l'ai dit, j'ai toujours mon sac d'escapade au poste de garde des rangers quand je suis en service, en cas d'urgence, ou si j'ai envie d'aller randonner ou de faire de l'escalade lorsque je ne le suis pas. J'ai toujours une bière dans un manchon réfrigéré électrique sans fil. C'est mon seul vice. Lorsque j'étais au Proche-Orient, la section attendait toujours avec impatience la bière du soir.

Il marqua une pause et son sourire s'estompa.

— C'était vraiment la seule chose que nous attendions avec impatience. Hormis, rentrer chez nous.

— J'imagine, Sam.

Elle avala une longue rasade et la lui rendit.

— Merde, maintenant j'ai envie d'une cigarette.

Il sourit, but une gorgée et baissa les yeux sur la cannette. Son visage devint songeur puis déprimé.

Elle l'observa.

— Quelque chose vous tracasse ?

Il haussa les épaules.

— Après tout. Autant vous le dire.

— Me dire quoi ?

Il lui tendit la bière.

— Je dirigeais la patrouille dans ce petit village, environ à une centaine de kilomètres de Falloujah. Un gosse, il ne devait pas avoir plus de dix ou onze ans, est sorti de chez lui, une hutte en terre, vraiment. J'aurais pu la démolir en un seul coup de pied. Nous avions des bonbons. Nous lui en avons donné. Il y avait un traducteur avec nous. Il a posé des questions au gosse à propos de membres d'Al-Qaeda censés se cacher dans les parages. Il nous a dit qu'il ne savait rien. Une vieille femme arriva, elle était folle de rage. C'était sa grand-mère. Elle le saisit et nous demanda de partir. Elle continua de hurler et de s'énerver de plus ne plus. Quelques hommes jeunes du village commençaient à s'attrouper. Nous avons quitté le village. Je me suis positionné en flanc arrière.

Il s'arrêta. Des gouttes de sueur coulaient sur son front.

Pine ne pensait pas que c'était à cause de la chaleur.

Elle lui rendit la bière.

— Tenez, buvez ça.

Il but une gorgée et continua :

— Lorsque je me suis retourné, le gosse avait un AK-47. Je pense que la grand-mère le cachait sous ses habits. Absolument dingue. Et la grand-mère avait une grenade.

Il s'arrêta de nouveau, on lisait l'incrédulité sur son visage.

— Ce maudit flingue était plus grand que lui. Mais il savait s'en servir. Je l'ai vu tout de suite.

Il se passa la langue sur les lèvres.

— Mes hommes n'avaient rien remarqué.

Devinant la suite, Pine posa une main sur son bras. Elle sentait la chaleur sous sa main.

— Je l'ai regardé, lui et ensuite sa grand-mère. Je n'avais jamais vu…

Il se passa de nouveau la langue sur les lèvres et déglutit difficilement.

— Je n'avais jamais vu une telle haine de ma vie. Ils ne me connaissaient même pas et ils me haïssaient viscéralement. Tous les deux.

— Ils haïssaient ce que vous représentiez et la raison pour laquelle vous étiez là-bas, Sam.

— J'ai mis une balle dans la jambe du gosse. Je ne voulais pas le tuer. Juste l'empêcher de nous tirer dessus. Mais la balle a dû ricocher sur un os et lui a sectionné l'artère fémorale. Un vrai geyser. Il est mort presque sur le coup. Tombé au sol et ensuite...

— Vous n'avez pas à faire ça, dit Pine, en lui serrant le bras. Vous n'avez pas besoin d'en dire davantage.

Kettler secoua la tête et continua :

— La grand-mère baissa les yeux vers lui et se mit à hurler. Elle se retourna vers moi, les larmes coulaient sur ses joues. Elle s'apprêtait à enlever la goupille et à jeter la grenade sur nous.

Il s'arrêta mais seulement pendant une seconde.

— Je l'ai abattue elle aussi. Dans la tête.

Il s'arrêta et se tourna vers elle.

— Vous voulez savoir pourquoi ?

Pine ne dit rien ce qu'il prit, semble-t-il, pour un assentiment.

— J'ai pensé qu'elle n'avait plus envie de vivre. Alors je l'ai tuée. Je me suis pris pour Dieu alors que je ne l'étais pas. Je ne le suis pas. Je ne savais rien de rien à cet instant.

— Vous avez fait ce pour quoi on vous avait entraîné. Vous avez sauvé vos hommes.

— Ouais, entraîné à tuer des gosses et des grand-mères. Ce n'était pas pour ça que je m'étais engagé, Atlee. Vraiment pas. Jamais de la vie. C'était il y a plus de dix ans et j'en fais encore des cauchemars. J'appuie sur la détente encore et encore. Et ils continuent de mourir.

— Vous n'aviez pas d'autre choix, Sam. Vous étiez dans une situation inextricable.

Il lui jeta un regard furtif.

— La nuit où je suis venu avec les bières ?

— Ouais ?

— J'ai fait ce cauchemar. Je me suis réveillé en nage. Et alors... j'ai pensé à vous appeler et juste... vous voir. Cela... m'a aidé.

— J'en suis heureuse, Sam.

Ils restèrent silencieux pendant environ une minute. On n'entendait que le vent et le bruit du courant du cours d'eau en dessous.

Elle enleva sa veste, leva un bras nu et lui montra son tatouage.

— Mercy était ma jumelle.

— Était ? Que lui est-il arrivé ?

— Quelqu'un s'est introduit dans notre chambre un soir et l'a enlevée lorsque nous avions six ans. Je n'ai jamais su ce qu'il était advenu d'elle.

— Mon Dieu, Atlee. Je suis vraiment désolé.

— Je suppose que c'est pour cela que j'ai rejoint le Bureau.

Elle jeta un regard à Kettler.

— Pour veiller à ce que les autres obtiennent justice parce que... parce que Mercy ne l'a jamais obtenue.

Il lui prit la main et la serra.

— Je ne peux pas imaginer de meilleure façon de passer votre vie.

— Je n'en parle jamais. Un peu comme vous.

Elle regarda autour d'eux.

— Mais là, je me dis, quelle importance, hein ? Demain semble tellement loin. S'il arrive un jour.

Kettler hocha la tête et dit lentement :

— Je pensais pouvoir m'en sortir sans aide, mais…

Il secoua la tête.

— Je... Je vais suivre une psychanalyse. L'association des anciens combattants m'a donné une adresse, pas très loin. Je dois me faire aider. Je suis venu ici en me disant qu'en travaillant ici, j'y arriverais peut-être mais cela n'a pas marché.

— La psychanalyse est une bonne idée, Sam. Vraiment une bonne idée.

— Eh bien, nous verrons.

Il soupira et détourna le regard.

— Vous avez déjà pensé suivre une psychanalyse vous aussi ? À propos de votre sœur et tout ?

Pine ne lui répondit pas.

CHAPITRE 58

LA CHALEUR DE LA JOURNÉE s'estompa sans qu'aucun hélico ne vienne à leur recherche. Ni devoir distancer une escouade de soldats en uniforme armés de M4 lancés à leur poursuite sur les sentiers. Pour une raison évidente : la lumière du jour ne dissimulait rien.

La pluie s'était invitée. Kettler et Pine, qui se relayaient pour monter la garde pendant que l'autre dormait, eurent tout le loisir de la regarder tomber. Lorsqu'ils se levèrent à 22 heures, elle avait cessé et les cieux s'étaient quelque peu éclaircis. Ils réveillèrent Roth. Ils mangèrent et burent en quantité pour avoir assez d'énergie pour affronter le dernier assaut contre le versant nord.

Pendant qu'ils s'encordaient, Kettler posa la main sur l'épaule de Roth.

— OK, Dave, voilà le programme. Il va y avoir plusieurs virages sinueux et escarpés. Mais nous allons en venir à bout. Ensuite, ce sera long et difficile mais faisable. Puis nous bénéficierons de quelques kilomètres de terrain assez plat. Lorsque le sentier se scindera en deux, nous prendrons à l'est. Il y a plus de virages sinueux et c'est beaucoup plus accidenté que le sentier qui part vers l'ouest mais il est plus court de plusieurs kilomètres. Vous me regardez et vous y allez lentement sans forcer et avant le lever du jour, nous serons sur des routes pavées. Vous pensez pouvoir y arriver ?

— Mais et le diable ? C'est mon tour de le porter.

— Atlee et moi avons décidé de partager ce travail.

— Mais ce n'est pas juste pour vous.

— Vous êtes resté longtemps au fond du canyon. Pas nous. Cela pompe votre énergie. Chacun doit être conscient de ses possibilités et faire ce qui est le mieux pour l'équipe et la mission. Vous faites probablement la même chose avec votre équipe lorsque vous inspectez les ADM.

Roth posa la main sur l'épaule de Kettler.

— Oui. Et... merci.

Kettler hissa le diable sur son dos et ils partirent.

Roth eut parfois du mal, mais Pine aussi sentait qu'elle devait puiser dans ses réserves de force et d'endurance.

Elle regardait avec admiration Kettler qui semblait n'éprouver aucune difficulté à évoluer sur ce genre de terrain. Même avec le diable, elle voyait très bien qu'il tirait ses deux compagnons, en leur allégeant le fardeau de l'ascension et donc en l'alourdissant d'autant pour lui.

Ils bifurquèrent à l'est à l'embranchement et atteignirent les virages sinueux escarpés.

Kettler se retourna vers Roth et leva la main pour leur signifier qu'ils allaient faire une halte.

— Ça... ça va, dit Roth hors d'haleine.

Kettler le rejoignit.

— Ouais, mais j'ai besoin de reprendre mon souffle. J'ai une crampe dans le mollet. Et c'est à Atlee de porter l'engin.

— OK, d'accord, répondit Roth qui s'écroula sur le sol.

Pine adressa à Kettler un regard empreint de reconnaissance.

Et ses traits se crispèrent.

Whump-whump-whump.

Le bruit des pales de l'hélico surgit de nulle part.

— Éteignez les lampes frontales, ordonna rapidement Kettler.

Ils éteignirent tous leur lampe.

Kettler saisit Roth et le tira sous des pins de Virginie. Pine les rejoignit rapidement.

Ils s'accroupirent dessous, immobiles, pendant que le faisceau lumineux commençait à se déplacer sur le terrain escarpé, comme une araignée lumineuse glissant sur le verre.

Pine se surprit à retenir sa respiration. Le seul point positif étant qu'il n'y avait aucun endroit ici où l'hélico pouvait se poser.

Jusqu'à ce qu'elle se dise que rien ne les empêchait de leur tirer dessus depuis l'hélico si le faisceau les repérait. Elle serra contre elle le M4 en se préparant mentalement à tirer sur le rotor de queue de l'hélico, si besoin.

Ils eurent l'impression que l'appareil les survola pendant une éternité. Mais d'après la montre de Pine, cela ne dura que quelques minutes. Après lesquelles il reprit de l'altitude, poursuivit son vol vers l'est et disparut.

Ils ne bougèrent pas pendant quelques minutes de plus, au cas où.

Le bruit ne revenant pas, ils sortirent enfin de leur cachette.

— Prêts à repartir ? demanda Kettler d'une voix calme.

— Je suis prêt, répondit un Roth visiblement secoué.

Kettler aida Pine à fixer l'engin sur son dos et ils reprirent leur ascension.

Peu après, la pente augmenta considérablement.

La pluie reprit, les frappant au visage.

Roth marchait sur un passage étroit qui était effroyablement proche du bord d'un grand précipice. La roche céda sous son pied et une partie du sentier gorgé d'eau s'effrita.

Roth poussa un cri et tomba sur le côté, ses mains griffant l'air.

Et, dans un cri de terreur, il bascula dans le précipice.

La chute de son corps exerça immédiatement une forte pression sur la corde qui le reliait à Pine, qui tomba face contre terre. Elle sentit tout le poids de l'engin nucléaire et du diable peser sur son dos. Il la cloua au sol et expulsa l'air de ses poumons.

En dessous, Roth, suspendu à la corde attachée à sa taille, tomba plus bas. Il se balançait et essayait d'attraper la corde. Cela rendait les choses encore plus compliquées sur le sentier parce que son mouvement de balancier incessant tirait Pine encore plus vers le bord. Elle glissait sur les pierres, la boue et les cactus en essayant désespérément de freiner cette glissade.

À l'autre bout de la corde, Kettler livrait une lutte épique pour ne pas être entraîné, lui aussi, dans le précipice.

Roth continuait de faire le moulin à vent en dessous. Le visage de Pine se trouvait maintenant au-dessus du vide. Elle ne voulait pas que le reste suive.

Elle appuya les paumes sur le terrain rocailleux et poussa fort dessus pour éviter d'être entraînée.

Elle avait l'impression de pousser une barre de plus de 400 kilos au développé couché.

— Merde ! hurla-t-elle.

Ses muscles étaient tendus au maximum.

— Atlee, je vais reculer pour faire contrepoids, cria Kettler. Si je m'approche trop près du bord vers vous, nous serons entraînés. Dès que je serai stabilisé, nous chercherons une solution. Tenez bon.

Elle serra les dents et hocha la tête pour montrer qu'elle avait compris.

En regardant dans le vide, elle vit Roth en train de se balancer environ cinq mètres plus bas. Et, sous lui, une longue et folle chute vers une mort certaine.

— David, cria-t-elle. Arrêtez de bouger. Nous cherchons une solution pour vous tirer de là mais vos sursauts n'aident pas vraiment.

Roth, à son crédit, s'immobilisa immédiatement.

Pine tendit tous les muscles de son corps, agrippa les rochers aux formes irrégulières enchâssées dans la falaise et tenta de pousser vers l'arrière. Mais avec le poids mort de Roth, c'était une impasse. Si elle n'avait pas été aussi forte, Pine aurait déjà basculé dans le précipice. Le poids supplémentaire de l'engin nucléaire qu'elle transportait l'aidait en fait, faisant office de contrepoids à la masse de Roth.

Mais sentir son poids au-dessus d'elle était loin d'être une sensation agréable.

— OK, Atlee, cria Kettler. Je vais vous lancer une corde avec un mousqueton. Accrochez-la à celle autour de votre taille. N'enroulez pas la corde autour de vous, fixez-la juste au mousqueton.

Elle hocha la tête de nouveau et la tourna lentement vers l'endroit où il se trouvait. Kettler avait enroulé la corde qui le reliait à Roth autour d'un énorme rocher calé contre le flanc du sentier. Cela avait stabilisé et sécurisé Roth de son côté.

Il tenait une autre corde avec le mousqueton pour qu'elle puisse la voir.

— La voilà.

Le mousqueton atterrit juste à côté de sa main gauche. Elle l'accrocha à celui qui était attaché à la solide corde d'escalade enroulée autour de sa taille.

— OK, bien, dit Kettler qui la regardait.

Il prit l'autre extrémité de la corde et, comme il l'avait fait avec la sienne, l'enroula plusieurs fois autour de l'énorme rocher et l'y attacha solidement.

Pine comprit pourquoi il ne voulait pas qu'elle enroule la corde autour de sa taille. Le poids de Roth exerçait déjà une énorme pression sur son corps. Enrouler une autre corde autour d'elle aurait pu, si les choses se passaient mal, lui broyer les côtes comme un boa constricteur enroulé autour d'elle. Maintenant, si elle était entraînée par le poids de Roth, cette corde et l'autre que Kettler avait attachée à l'énorme rocher les empêcheraient, elle l'espérait, elle et Roth de faire une chute mortelle. Le seul dilemme maintenant était qu'elle se trouvait entre le marteau et l'enclume.

Kettler se précipita vers elle avec un autre rouleau de corde et un mousqueton.

Il toucha le bras de Pine.

— Vous tenez le coup ?

Elle hocha la tête, les traits tiraillés par la douleur.

— Mais je ne vais pas pouvoir faire ça pour toujours.

— Vous n'en aurez pas besoin.

Il se pencha au-dessus du vide.

— Dave, je vais faire descendre cette corde. Fixez le mousqueton dans celui que vous avez déjà, OK ?

Roth acquiesça et Kettler fit descendre la corde.

Roth l'attrapa à sa deuxième tentative et accrocha le mousqueton.

Kettler saisit l'autre extrémité de la corde, courut vers l'énorme rocher et accrocha la corde à celle qu'il avait déjà attachée autour du rocher, en veillant à ce qu'elle reste bien tendue.

Il revint rapidement au bord du précipice et s'inclina au-dessus du vide.

— Vous êtes attaché à un gros rocher. Maintenant, je vais détacher la corde qui vous relie à Atlee.

— Non ! hurla Roth. Non ! Je vais tomber.

— Vous ne tomberez pas. Le rocher auquel vous êtes attaché pèse plus de deux tonnes. C'est la ceinture. Et la corde que je viens de vous envoyer servira de bretelle, juste au cas où. Maintenant, je dois détacher Atlee, pour qu'elle puisse m'aider à vous remonter. Lorsque je déferai la corde, vous risquez de descendre de quelques centimètres mais vous ne tomberez pas, OK ? Il y a deux cordes qui vous en empêcheront.

Ils l'entendaient gémir.

— Oh, mon Dieu, s'il vous plaît, mon Dieu.

— David, nous ne vous laisserons pas tomber, OK ? C'est un bon plan. Et c'est le seul que nous ayons, OK ?

— O… OK, cria enfin Roth.

Kettler regarda Pine.

— Prête à être détachée ?

— Mon dos ne demande que ça.

Au prix d'un très gros effort, à cause de la pression exercée par le poids de Roth sur Pine, il parvint à détacher le mousqueton qui la reliait à Roth.

Roth cria en chutant mais se tut dès que les autres cordes l'immobilisèrent.

Pine laissa échapper un long soupir à fendre l'âme.

— J'ai besoin qu'on m'enlève cette foutue bombe. Sans délai !

Kettler défit les sangles et au prix d'un gros effort, réussit à l'en débarrasser.

Elle resta allongée haletante.

— Atlee, j'ai besoin que vous m'aidiez à tirer, dit Kettler avec une pointe d'anxiété dans la voix alors que la pluie continuait de s'abattre sur eux.

Elle comprenait sa nervosité. Si l'hélico revenait maintenant, ils étaient tous morts.

— Je sais, laissez-moi juste une seconde.

Elle respira profondément pendant quelques secondes.

— OK, je suis prête.

— Génial, mais ne prenons aucun risque.

En un éclair, Kettler les avait reliés aux cordes entourant le gros rocher.

Lorsqu'il revint vers elle, il lui tendit une paire de gants qu'il venait de sortir de son sac. Il en avait déjà enfilé une paire.

Ils se tenaient côte à côte au bord du sentier.

Kettler la regarda et lui adressa un sourire d'encouragement.

— OK, presque qualifiée aux JO, voyons ce dont vous êtes capable.

Elle esquissa un faible sourire en retour. Elle cracha sur ses mains gantées et les frotta l'une contre l'autre.

— Allons-y.

Ils s'accroupirent, tirèrent, poussèrent des grognements, glissèrent et titubèrent vers l'arrière. Le sol était très glissant à cause de la pluie qui continuait de tomber. En quelques occasions, leurs pieds et leurs doigts glissèrent et Roth vit, à chaque fois, sa remontée interrompue et redescendit d'un ou deux mètres. Mais Pine avait une force incroyable, et Kettler aussi. Leurs efforts conjoints hissèrent Roth centimètre par centimètre jusqu'à ce que le sommet de sa tête apparaisse au-dessus du bord du sentier.

Kettler amarra rapidement la corde pour ne pas perdre ce gain durement acquis.

Lui et Pine s'approchèrent du bord et s'accroupirent de nouveau. Ils passèrent tous les deux les mains sous les aisselles de Roth.

— Un, deux, trois, tirez, dit Kettler.

Le haut du torse de Roth atterrit sur le sentier.

— Encore, dit Kettler.

Et le reste de Roth suivit. Ils s'écroulèrent tous sur le sol et y restèrent allongés pendant quelques précieuses minutes, haletant, la sueur dégoulinant sur leurs visages, malgré la pluie qui les avait complètement trempés.

Ils se relevèrent enfin, défirent toutes les cordes autour du rocher, s'encordèrent une fois de plus et repartirent. C'était maintenant Kettler qui portait l'engin.

— Me... merci, leur dit Roth à tous les deux pendant qu'ils continuaient leur progression.

— Ne nous remerciez pas encore, répondit Pine. Nous ne sommes pas encore au sommet.

Environ vingt minutes d'ascension plus tard, Kettler se retourna vers eux.

— Ça va s'aplanir d'ici peu. Et après c'est le versant.

Pine regarda le ciel puis sa montre.

— Dans combien de temps ? demanda-t-elle à Kettler.

— Environ deux heures.

— Finissons-en, dit-elle. En haute altitude l'aube n'aurait pas de retard.

Elle sortit son téléphone et fut ravie de voir plusieurs barres. Elle composa le numéro en priant que quelqu'un décroche. Une voix endormie répondit à la troisième sonnerie.

— C'est Atlee. Vous m'avez dit que si j'avais besoin d'aide je n'avais qu'à demander. Eh bien, je vous le demande.

* * *

Ils atteignirent le versant nord environ deux heures et demie plus tard. Kettler leva la main et les deux autres s'immobilisèrent immédiatement. Roth s'écroula sur le sol, haletant.

Kettler posa le diable, revint vers eux et défit les cordes qui les liaient les uns aux autres. Il s'accroupit et scruta la zone devant eux de son regard exercé.

— Quel est le plan maintenant ? demanda Kettler. Je n'aime pas être à découvert ici. Cet hélico pourrait se poser n'importe où ici.

Pine leva les yeux vers le ciel, guettant des lumières déchirant le voile obscur au-dessus du canyon.

Si l'hélico pointait le bout de son hélice et se posait, elle se dit qu'elle ouvrirait le feu en visant les réservoirs de carburant.

— J'attends de l'aide. Ils ne devraient plus tarder.

— Espérons que cette aide n'arrive pas trop *tard*, répondit Kettler.

Trente minutes plus tard, deux lumières déchirèrent le voile obscur de la nuit mais elles venaient de la route et pas des cieux. Kettler épaula son M4 et mit en joue le véhicule en approche.

— Baissez votre arme, dit rapidement Pine dès que le véhicule fut assez proche pour qu'elle puisse reconnaître les arrivants. Je les connais.

Le Suburban Chevrolet s'arrêta devant eux et Joe et Jennifer Yazzie en descendirent.

Joe Yazzie Sr. était grand, avec de larges épaules. Ses cheveux noirs qu'il portait long étaient parsemés de gris. Il avait la peau tannée de ceux qui ont vécu toute leur vie dans un milieu désertique. Il boitait légèrement.

Pine savait qu'il devait cette claudication à une blessure par balle à la cuisse en voie de cicatrisation.

Il portait son uniforme de police et tenait un fusil à pompe dans la main droite, canon vers le bas.

— Atlee ? appela Jennifer.

— C'est nous, dit Pine en sortant de l'ombre avec ses deux compagnons.

— Agent Pine ? Est-ce que ça va ?

Carol Blum venait de descendre de l'arrière du véhicule et se précipitait à leur rencontre.

— Nous allons bien.

Ils se rejoignirent au milieu de la route. Pine présenta Roth et Kettler aux Yazzie et à Blum.

Blum saisit la main de Pine.

— Je savais que vous le trouveriez.

— Eh bien, je ne serais pas là sans l'aide de Sam.

Blum posa une main sur l'épaule de Kettler et mima le mot « Merci » avec les lèvres.

Joe Yazzie la regarda d'un œil sévère.

— Vous ne nous avez pas dit grand-chose, Atlee. En fait, vous ne nous avez vraiment rien dit.

— J'aimerais pouvoir tout vous raconter et, un jour, j'espère le faire. Mais pour le moment, j'ai plusieurs choses à faire. Et le temps nous est compté.

— Où voulez-vous que nous vous conduisions ?

— Tuba City, le plus vite possible.

Joe parut surpris.

— Tuba City ? Pourquoi ?

— Parce que c'est un territoire souverain. Et il y a quelque chose que nous devons emporter avec nous.

Elle et Kettler coururent jusqu'à l'endroit où ils s'étaient dissimulés pour se saisir du diable. Ils le portèrent ensemble de l'autre côté de la chaussée et le posèrent à côté du SUV.

Joe le regarda d'un air soupçonneux.

— Qu'est-ce que c'est que ça ?

— C'est, dit Pine, le chaudron d'or que nous avons trouvé au pied de l'arc-en-ciel.

CHAPITRE

59

ILS MIRENT CAP AU NORD jusqu'à Jacob Lake, tournèrent à droite et roulèrent en direction de l'est, jusqu'à Marble Canyon, avant d'enfin plonger vers le sud direction Tuba City. C'était le chemin le plus rapide mais le trajet leur prit presque trois heures sur la Route 89A.

À leur arrivée, le soleil était déjà haut dans le ciel.

Lorsqu'ils atteignirent les faubourgs de Tuba City, Joe Yazzie demanda à Pine qui était assise juste derrière lui sur le siège arrière :

— Et maintenant ?

— Au poste de police, répondit Pine.

Joe hocha la tête et fit prendre au Suburban la direction dudit poste.

— Pouvez-vous m'expliquer ce qui se passe ? demanda-t-il sous le regard inquiet de sa femme. Parce que je n'ai pas envie de perdre mon boulot pour quelque chose dont j'ignore tout.

— Ce que je peux vous dire, c'est que des membres de notre gouvernement ont prévu de faire quelque chose de vraiment dangereux et que j'essaie de les en empêcher.

Joe hocha la tête en la regardant dans le rétroviseur.

— Des employés du gouvernement fédéral qui essaient de la faire à l'envers à quelqu'un ? Voilà quelque chose que je peux comprendre. Quel est votre rôle dans tout ça vu que vous êtes, vous aussi, une employée du gouvernement fédéral ?

— Il a découvert des preuves qui sont d'une importance capitale pour cette enquête, dit Pine en montrant du doigt Roth.

Joe plissa les yeux et regarda Roth dans le rétroviseur.

— Est-ce que les preuves se trouvent dans le gros colis dans le coffre de ma voiture ?

— En partie, oui.

— Et ça concerne votre peuple, hein, pas nous ?

— Oui.

— C'est une bonne nouvelle, dit Joe. Parce que nous n'avons pas apprécié beaucoup de nos interactions avec *votre* gouvernement.

Jennifer tourna rapidement la tête vers Pine en disant :

— Personnes ici présentes exceptées, bien sûr.

— Nous essayons juste de faire ce qui est juste, Joe, dit Pine.

— C'est ce que vous dites toujours.

Son regard se tourna vers Kettler.

— Et quel est le rôle du Service des parcs nationaux dans tout cela ?

— Je me contente de faire ce que l'agent Pine me dit de faire, répondit Kettler.

— Voilà un homme intelligent, dit Jennifer, avec un sourire espiègle en direction de Pine.

Joe ne sourit pas.

— Même si la réserve Navajo est un territoire souverain, nous ne pouvons pas vous accorder l'asile, si c'est ce que vous avez en tête. Vous êtes une employée du gouvernement fédéral. Tout comme le ranger. Et ce type…

Il montra Roth.

— Je ne sais pas ce qu'il fait mais il n'est pas Navajo.

— Je ne demande pas l'asile, Joe.

— Alors que voulez-vous ?

— Faites-moi confiance. Vous verrez. Promis.

Joe était sur le point de dire quelque chose mais sa femme posa une main sur son épaule et hocha la tête.

— Nous avons confiance en vous, Atlee, dit-elle.

Joe regarda sa femme pendant quelques secondes avant de reporter son attention sur la route.

Ils roulèrent jusqu'au poste de police.

* * *

Le poste de police se trouvait au milieu d'une plaine. Son bâtiment principal circulaire de couleur terre cuite était encadré par deux ailes pergola en bois.

L'arrivée de leur petite troupe ne passa pas inaperçue. Le personnel et les agents leur jetèrent des regards curieux pour certains, soupçonneux pour d'autres.

— Enquête officielle, dit Joe Yazzie sans plus entrer dans les détails ni s'arrêter.

Pine, Roth et Kettler se rafraîchirent dans les toilettes du poste.

À leur sortie, ils trouvèrent du café chaud que Jennifer avait préparé et des aliments à grignoter qu'elle avait pris au distributeur.

Blum l'aida à servir le café chaud et la nourriture. Elle posa la main sur le bras d'Atlee.

— Vous n'imaginez pas à quel point je suis heureuse de vous revoir, agent Pine.

— C'est passé près quelques fois, Carol. Mais nous avons réussi. Et maintenant, c'est la partie vraiment difficile qui nous attend.

Joe Yazzie et sa femme les regardaient manger et boire leur café dans le petit bureau de Joe.

— Je veux savoir ce qui se passe, dit Joe dès qu'ils eurent terminé. Tout de suite. Vous êtes dans mon pays et ce sont mes règles. Donc, plus aucune aide tant que vous ne m'avez pas expliqué le fin mot de l'histoire.

Le regard de Pine resta quelques secondes sur Yazzie avant de se poser sur sa femme.

— Je ne vous ai jamais rien dit. Si on vous le demande, vous ne savez rien.

Jennifer jeta un regard nerveux à son mari mais Joe ne quitta pas Pine des yeux.

— Je ne dis jamais rien à quiconque, répondit-il d'un ton ferme.

Pine inspira profondément et déclara :

— Il y a une arme nucléaire dans le coffre de votre voiture.

— Mon Dieu, dit Jennifer.

Le sang quitta littéralement son visage.

— Elle n'est pas armée, intervint Roth. Elle ne peut pas exploser.

— C'est ce que vous dites, rétorqua Joe d'une voix lourde de colère.

Il lança un regard furieux à Pine.

— Vous m'avez fait transporter une putain de bombe nucléaire sur le territoire Navajo ? Au poste de police ? Avec ma *femme* dans la voiture ?

— L'arme ne peut pas exploser, dit Pine d'un ton ferme en montrant Roth du doigt. C'est son métier. Vous auriez préféré que je la laisse dans le canyon ?

— Qu'est-ce que vous allez en faire ? demanda Joe furibond. Parce qu'elle ne restera certainement pas ici.

— Je vais la transporter dans mon bureau.

— Votre bureau !

— C'est ce que je viens de dire.

Joe secoua la tête, le dégoût se lisait sur son visage.

— Des armes nucléaires. Quand diable allez-vous arrêter vos conneries ?

— J'aimerais vraiment pouvoir répondre à cette question, Joe, mais j'en suis incapable. Maintenant, j'aurais besoin de quelques minutes seule avec ceux-là.

Joe se tourna vers sa femme.

— D'accord. Prenez tout le temps dont vous avez besoin. Je vais à ma voiture. Si un hélico noir s'en approche, je le descends. Vous avez quelque chose à y redire ? ajouta-t-il d'un ton bourru.

— Faites-vous plaisir, Joe.

Une fois lui et Jennifer sortis, Roth se tourna vers Pine.

— Vous emportez l'engin nucléaire à votre bureau ? Pourquoi ?

— Parce que pour négocier, il faut des munitions. Je parie que cet engin nucléaire a toutes les balles dont j'ai besoin.

Roth blêmit.

— Qu'avez-vous l'intention de faire ?

Blum intervint :

— Vous pouvez faire confiance à l'agent Pine, monsieur Roth. Elle sait ce qu'elle fait.

— Mais vous devez comprendre que, là, nous nous battons contre Goliath.

Blum sourit et lui dit :

— Eh bien, dans ce cas, *David*, remercions vos parents de vous avoir donné ce prénom.

CHAPITRE 60

VOUS AVEZ PERDU L'ESPRIT ?

Clint Dobbs, le directeur du FBI en Arizona, semblait sur le point de faire une attaque, une crise d'angoisse, ou les deux.

— Je ne pense pas, monsieur, non, répondit calmement Pine au téléphone.

— Où étiez-vous passée pendant tout ce temps ? demanda Dobbs.

— En vacances, celles que vous m'aviez intimé de prendre, monsieur.

— Merde, vous n'avez répondu à aucun coup de fil ni à aucun mail.

— Il n'y avait pas de réseau là où je me trouvais, monsieur. Je viens juste de rentrer.

— Savez-vous combien de temps a duré votre absence ?

— Oui, monsieur, au jour près.

— Et vous voulez que je vous retrouve à votre bureau à Shattered Rock ?

— Oui, monsieur, et venez avec des renforts, comme je l'ai demandé. Le Hostage Rescue Team, des armes d'épaule, des gilets pare-balles, tout le toutim.

— Ne faites pas preuve d'insubordination. Je ne viendrai pas à Shattered Rock. Vous pouvez venir à Phoenix.

— Oui, monsieur, mais j'ai quelque chose dans mon bureau que je ne peux pas vraiment transporter.

— De quoi diable êtes-vous en train de parler ?

— Faites-moi confiance, monsieur.

— Je ne vois pas pourquoi je devrais. Le directeur adjoint m'a déjà passé un savon à cause de vous.

Pine inspira profondément.

— Je pense que le directeur adjoint est impliqué dans ce qui se passe.

Raison pour laquelle c'est vous que j'appelle et pas lui, se dit-elle.

— Qu'est-ce que vous dites, bon sang ? Ce genre de divagations pourrait vous coûter votre insigne, Pine.

— Pour quelle autre raison serait-il intervenu et vous aurait-il demandé de me retirer de cette enquête, monsieur ? N'était-ce pas extraordinaire de sa part ? Franchement, pourquoi le directeur adjoint s'intéresserait-il à une mule morte ?

Dobbs garda le silence pendant un long moment avant de lâcher :

— Dans quoi diable êtes-vous allée vous fourrer, Pine ?

— Quelque chose de plus gros que j'aurais pu l'imaginer, monsieur. C'est pour cela que j'ai besoin de votre aide et de votre soutien. Je ne pourrai pas y arriver toute seule.

— Et pourquoi ai-je besoin de venir avec des renforts ? demanda Dobbs après quelques nouvelles secondes de silence.

— Parce que je m'attends à recevoir de la visite.

— De la visite ? Que voulez-vous dire, des criminels ? Un gang ?

— Cela dépend de votre définition de ces termes, monsieur, mais ces visiteurs pourraient, en fait, être beaucoup plus dangereux.

— Écoutez, Pine, nous frôlons le ridicule. Si vous pensez…

Elle l'interrompit :

— Monsieur, je ne vous le demanderais pas si ce n'était pas absolument vital. Une fois que vous serez ici, vous comprendrez exactement ce qu'il se passe. C'est une question de sécurité nationale. Et pas seulement celle de ce pays, celle du monde également.

Elle marqua une pause.

— J'essaie de faire mon travail d'agent du FBI, monsieur. J'ai prêté serment. J'ai l'intention de l'honorer.

Elle n'entendit plus, de nouveau, que sa respiration.

— Ce n'est pas une mauvaise plaisanterie, n'est-ce pas ?

— Je n'ai jamais été plus sérieuse de ma vie.
— Vous étiez en vacances, n'est-ce pas ?
— Je n'appellerais pas ça des vacances, non, monsieur.
— Vous jouez votre carrière là-dessus, Pine.
— Il y a bien plus que ma carrière qui est en jeu, monsieur.
Il y eut une courte pause.
— Je serai là dans trois heures et demie.
— Et n'oubliez pas les renforts que j'ai demandés.
Dobbs avait déjà raccroché.
Pine soupira.
Eh bien, quand faut y aller.

* * *

Quelques heures plus tard, Pine et Blum attendaient dans le Suburban des Yazzie garé devant leur bureau à Shattered Rock. Il était important qu'elles arrivent en même temps que Dobbs et ses hommes.

— Avec Sam, vous n'avez pas eu de problème pour transporter le colis dans notre bureau ? demanda Pine.

— Aucun problème. Nous sommes entrés par le parking souterrain afin que personne ne puisse nous voir.

Blum marqua une pause.

— Bien que, je dois le dire, cela fait un peu froid dans le dos de voir avec quelle facilité nous avons pu faire entrer une arme nucléaire dans un bâtiment abritant des agents fédéraux.

— Personne ne vous a arrêtés ?

— Juste un agent de l'ICE que je connais. Je lui ai dit que c'était une nouvelle crédence pour le bureau. Il nous a même aidés à le porter à l'intérieur.

Pine se raidit en voyant un SUV noir passer à faible vitesse à côté de leur voiture dans la rue déserte. Il s'arrêta en face de l'immeuble de bureau et ses portes s'ouvrirent.

Clint Dobbs, dans les 1 mètre 80, la cinquantaine grisonnante, début de calvitie, larges épaules, cou épais et le ventre qui avance, descendit de l'arrière de la voiture. Il était suivi par cinq autres agents.

— Merde, il n'a pas amené assez d'hommes, lâcha Pine. Pas de HRT. Pas d'armes d'épaule. Juste des agents et des pistolets. Pourquoi diable personne n'écoute ?

Pine démarra le SUV, enclencha une vitesse et appuya sur l'accélérateur.

Elle roula jusqu'au SUV et se gara à coté en faisant crisser ses pneus contre le trottoir.

Des pistolets sortirent des étuis et furent braqués sur le SUV jusqu'à ce que Pine et Blum en descendent et s'identifient. Pine avait attrapé un sac qu'elle jeta sur son épaule.

Dobbs semblait fou de rage.

— Qu'est-ce que vous faites, bon sang ?

Pine avança à sa rencontre.

— Nous attendions votre arrivée, monsieur.

Elle regarda les autres agents.

— J'avais demandé le HRT, des armes d'épaule, des gilets, monsieur. Pourquoi n'avez-vous apporté que ça ?

— Je suis venu avec cinq agents armés. Qu'est-ce que vous craignez ? Une guerre ?

— Quelque chose qui s'en approche. Mais ce qui est fait est fait. Impossible de faire marche arrière maintenant. Allons-y.

Pine se dirige vers le bâtiment.

Dobbs regarda Pine d'un air incrédule. Son regard se porta ensuite sur Blum. Son visage lui disait vaguement quelque chose.

— Je vous connais, n'est-ce pas ?

— Carol Blum. J'étais votre secrétaire lorsque vous étiez en poste à Flagstaff.

— C'est exact.

Il regarda les alentours.

— Eh bien, je suis désolé que vous ayez atterri ici à travailler pour un agent qui, me semble-t-il, a les fils qui se touchent.

— Oh, ne soyez pas désolé pour moi, monsieur Dobbs. L'agent Pine est le type d'agent dont le FBI devrait être fier. Et lorsque vous saurez ce qu'elle a fait, vous verrez qu'elle est loin d'avoir les fils qui se touchent.

— Et qu'a-t-elle fait *exactement* ?

— Elle a sauvé le monde, plus ou moins.

Elle emboîta le pas à Pine, laissant Dobbs perplexe et un petit peu décontenancé. Il fit signe à ses hommes.

— Eh bien, allons-y.

Il jeta un regard inquiet autour de lui mais le calme des environs parut le rassurer.

— Une guerre, mon cul, marmonna-t-il.

À l'intérieur, Pine les fit tous entrer dans le bureau et débrancha le système d'alarme.

Elle ferma la porte derrière le dernier agent et verrouilla la serrure.

— D'accord, dit Dobbs. Maintenant vous allez me dire ce qui se passe, bordel.

Pine se dirigea vers la porte du placard de son bureau, l'ouvrit et montra l'objet volumineux, recouvert d'une housse de protection, entreposé dans le coin.

— Qu'est-ce que c'est ? demanda Dobbs.

En guise de réponse, Pine ouvrit la fermeture Éclair de la housse recouvrant l'objet.

Dobbs répéta :

— Qu'est-ce que c'est, bon sang ?

— C'est ce qu'on appelle une arme tactique nucléaire, répondit Pine.

Dobbs et se hommes firent tous un pas en arrière. Dobbs aboya :

— Quoi… Un engin nucléaire ?

— Il était caché dans une grotte au fond du Grand Canyon.

— Caché ? Caché par qui ? demanda Dobbs.

— Ah, que diriez-vous d'entrer tout de suite dans le vif du sujet ? demanda-t-elle en refermant la porte.

— Vous allez *tout* m'expliquer après que j'aurai appelé Washington pour les informer que nous avons un engin nucléaire dans le maudit bureau d'une RA du FBI.

— Monsieur.

Il se dirigea vers elle en pointant le doigt vers son visage.

— Pas un mot de plus. Mon Dieu, Pine, j'en ai vu des merdiers mais celui-ci…

— Oh, Clint, pour l'amour de Dieu, pouvez-vous juste la fermer pendant une minute et la laisser expliquer ? l'interrompit Blum exaspérée. C'est important.

Il lui lança un regard noir.

— Clint ? Vous voudrez bien vous adresser à moi en m'appelant…

— Je pense prendre ma retraite, alors je vais en rester à Clint.

Elle se tourna avec un regard implorant vers Pine.

— Agent spécial Pine ?

Pine se tourna vers Dobbs.

— Je suppose que vous avez vu que le directeur adjoint de la Division de la sécurité nationale était en copie du mail à propos de l'enquête sur la mule morte et de la disparition de son cavalier.

— Je ne lis pas la liste des personnes en copie, répondit Dobbs d'une voix agressive.

Avant que Pine ait pu répondre, ils entendirent des bottes marteler les escaliers et entrer comme un raz-de-marée dans le couloir. Quelques instants plus tard, le bruit de la porte de la RA enfoncée avec un bélier hydraulique leur parvint.

— Qu'est-ce que c'est que ça, bon sang ? s'exclama Dobbs.

Lui et ses hommes se tournèrent brusquement vers la seule porte encore debout entre eux et ce qui se trouvait à l'extérieur.

Pine sortit son pistolet et le braqua sur la porte.

Elle regarda les autres agents et leva son arme.

— Gentlemen ?

Ils se regardèrent les uns les autres, dégainèrent leurs armes et se placèrent aux cotés de Pine, leurs armes braquées sur la porte. Dobbs avait, lui aussi, sorti son arme.

— Qu'est-ce que c'est que ça, Pine ? siffla Dobbs.

— La guerre, monsieur, répondit-elle.

CHAPITRE 61

LA PORTE INTÉRIEURE fut arrachée de ses gonds sous la force de l'impact. Une douzaine d'hommes lourdement armés portant des casques de combat et des M4 ou des M16 s'engouffrèrent dans la brèche.

Avec sa main libre, Dobbs montra immédiatement son insigne en aboyant :

— Agents fédéraux, baissez vos armes.

Aucune arme de combat ne se baissa. Les hommes en gilets pare-balles formaient un mur sur toute la largeur de la pièce, épaule contre épaule, leurs armes d'épaules braquées sur le contingent du FBI leur faisant face.

— FBI ! aboya de nouveau Dobbs. Je vous ai demandé de baisser vos armes.

Mais toutes les armes restèrent obstinément braquées sur eux.

— Qui êtes-vous ? demanda Dobbs tandis que ses hommes sentaient leurs mains devenir moites autour de la crosse de leur pistolet.

Douze fusils d'assaut maniés par des tireurs portant des gilets contre sept pistolets semi-automatiques tenus par des agents en costume dans un espace confiné. La lutte était inégale.

Soudain, le milieu des rangs s'écarta et un homme, la cinquantaine, costume noir, chemise blanche, cravate rayée et mocassins éraflés, passa à travers cette ouverture.

C'était lui, semblait-il, qui dirigeait l'équipe d'assaut.

Dobbs se concentra sur lui et hurla :

— Nous sommes du FBI, si vous ne baissez pas vos armes, vous vous préparez de sérieux ennuis.

— J'allais vous dire exactement la même chose, répondit l'homme en noir.

Un vacarme assourdissant retentit dans l'autre pièce. Une seconde plus tard, cinq agents de l'ICE armés de AR-15 faisaient irruption dans la pièce et braquèrent leurs armes sur les hommes en gilets pare-balles et l'homme en costume.

La moitié des hommes en gilets pare-balles braquèrent leurs armes sur les agents de l'ICE tandis que l'autre moitié gardèrent leurs armes braquées sur Dobbs et ses agents.

— Agents fédéraux ! cria le leader du détachement de l'ICE. Baissez vos armes. Immédiatement !

Les trois groupes d'hommes armés semblaient se trouver dans une impasse.

Dobbs jeta un regard triomphant à l'homme en costume noir.

— Vous êtes encerclés. Et maintenant, vous allez baisser vos armes.

L'homme répondit calmement :

— Non. Nous sommes ici pour emmener ces deux femmes.

Il montra Pine et Blum.

— Pour quel motif ? demanda Dobbs.

— Trahison envers les États-Unis.

— Foutaises. Atlee Pine n'est pas une traîtresse. Qui êtes-vous ? dit un des agents de l'ICE en faisant un pas en avant tout en se tournant vers Pine.

L'homme sortit un téléphone, entra un numéro et dit quelque chose à voix basse.

Il tendit le téléphone à l'agent de l'ICE.

— Votre directeur veut vous parler.

Il eut un mouvement de recul.

— Le directeur ?

— Harold Sykes ? Directeur de la Sécurité intérieure ? Oui, il est en ligne.

L'agent prit le téléphone.

— Qui est à l'appareil ?

Il se figea après avoir, sans nul doute, reconnu la voix du directeur de la Sécurité intérieure.

— Oui, monsieur. Quoi ? Non. Mais c'est une agente du FBI.

Je la connais. Non, je ne suis pas en train de dire… Mais une traîtresse. Je… non, monsieur… Oui, monsieur, tout de suite, monsieur.

Avec une mine de chien battu, il rendit le téléphone à l'homme en noir et se tourna vers Pine, le visage décomposé.

— Je suis désolé, Atlee.

— Ça va, Doug, nous allons tirer ça au clair.

Doug se retourna lentement vers ses hommes.

— OK, allons-y.

— Monsieur ? demanda l'un d'eux.

— J'ai dit allons-y ! aboya Doug.

En quelques secondes, l'ICE avait abandonné le champ de bataille aux hommes en gilets pare-balles et aux agents du FBI.

L'homme en costume noir se tourna vers Dobbs.

Dobbs sortit son téléphone de sa veste et dit :

— OK, connard. J'appelle *mon* directeur tout de suite.

L'homme en noir sourit.

— Mieux encore, et si j'appelais *son* patron, le ministre de la Justice et que je lui demandais de vous ordonner de nous livrer ces femmes ?

Dobbs regarda Pine.

— Ni Pine ni Blum ne sont des traîtresses. Jamais de la vie.

— Votre opinion en la matière ne présente pas le moindre intérêt.

Dobbs retrouva son calme et une voix plus posée.

— D'accord. Montrez-moi le mandat d'amener dûment signé délivré par un procureur des États-Unis et nous les arrêterons, nous leur lirons leurs droits, nous les placerons dans une cellule de détention pour que la justice suive son cours.

L'homme avait commencé à secouer la tête au milieu de sa tirade.

— C'est une question de sécurité nationale, cela ne concerne pas les tribunaux.

Dobbs explosa.

— Je me fiche que ce soit pour avoir traversé hors des clous.

Il montra du doigt Pine et Blum.

— Ces femmes sont des citoyennes américaines. Innocentes jusqu'à preuve de leur culpabilité. Elles ont droit à un procès équitable. Je suis sûr que ces notions vous disent quelque chose, enfin, si vous *êtes* Américain, ce dont, franchement, je commence à douter.

— OK, assez joué. Baissez vos armes.

— Non ! aboya Dobbs. Allez au diable.

— Je peux appeler le ministre de la Justice immédiatement et il pourra vous ordonner d'obéir.

— Vous pouvez appeler le Président lui-même si ça vous chante, ma réponse sera toujours la même.

— Vous dépassez les bornes ! hurla l'homme en noir.

— *Je* dépasse les bornes ? s'exclama Dobbs. Nous sommes des agents fédéraux !

— Je vous l'ai dit. Nous avons assez joué. Baissez vos armes ou nous ouvrons le feu. Dernière sommation.

Les agents du FBI échangeaient des regards nerveux.

Ils savaient tous que ce serait un massacre. Mais ils ne flanchèrent pas et ne baissèrent pas leurs armes.

— Très bien, dit l'homme en secouant la tête en se retranchant derrière le mur des gilets pare-balles. Vous ne pourrez pas dire que je ne vous ai pas laissé une chance.

Pine fit un pas en avant.

— OK, je pense que cette démonstration de testostérone a assez duré. Il est temps de commencer les négociations.

L'incrédulité la plus totale se lisait sur le visage de l'homme en noir.

— Des négociations ? Vous n'avez rien pour négocier.

En guise de réponse, Pine alla jusqu'à la porte du placard et l'ouvrit pour qu'il puisse voir l'engin nucléaire.

— J'ai ceci.

— Comment diable est-ce arrivé ici ? demanda l'homme en noir.

— Certaines personnes ont décidé de faire ce qui est juste.

L'homme la regarda avec mépris.

— Qui ? David Roth ?

— Je n'entrerai pas dans les détails.

— Vous êtes tous des traîtres, aboya-t-il.

— Ou des *patriotes*, du moins de mon point de vue.

L'homme en noir se tourna vers Dobbs.

— Maintenant, vous comprenez pourquoi nous devons les emmener ? Elles ont une bombe nucléaire.

— Comment savez-vous qu'il s'agit d'une bombe nucléaire ? demanda Pine. De là ça ressemble juste à une caisse métallique.

L'homme en noir blêmit et regarda Dobbs qui le fixait, un sourire aux lèvres.

— Ouais, comment savez-vous qu'il s'agit d'une bombe ? Je ne le savais pas avant que Pine me dise que c'était une bombe nucléaire.

— Une bombe nucléaire *russe*, ajouta Pine.

— Russe ! s'exclama Dobbs, lui jetant un regard acéré avant de se retourner vers l'homme en noir. Sont-ils Russes ?

— Non, ce sont des Américains qui travaillent avec les Russes. D'ailleurs, j'ai mis KO deux Russes qui fouinaient autour de la maison de Ben Priest.

Pine regarda l'homme en costume noir.

— Moscou vous a baisé. Dans les grandes longueurs.

— De quoi diable êtes-vous en train de parler ? s'exclama-t-il.

Pine posa son sac sur son bureau. Elle en sortit les appareils de surveillance et les posa sur le bois.

— Vos *amis* russes ont ajouté quelques caméras avec micro à l'intérieur de la bombe nucléaire.

Pendant quelques secondes, le silence fut si profond qu'elle eut l'impression d'entendre chaque battement de son cœur ainsi que ceux des agents de chaque côté d'elle.

— Comment puis-je être sûr que vous dites la vérité ? demanda-t-il enfin.

Pine lui lança un des appareils.

— Vous devez avoir eu une foi aveugle dans vos potes de Moscou.

Elle lui lança également un des morceaux du panneau que Roth avait découpés.

— Je parie que ce bon vieux Poutine est en train de sourire quelque part juste en ce moment.

L'homme en noir prit l'appareil et le morceau de métal. Il s'avança jusqu'à l'engin nucléaire et inséra le dispositif de surveillance à l'intérieur de la cavité. Il inséra ensuite le morceau de métal par-dessus.

Il s'insérait parfaitement.

Il regarda les autres côtés et remarqua les mêmes trous dans le métal.

Pine eut l'impression de l'entendre dire « Putain ».

Il se retourna.

— Les Russes ont donc la preuve que nous avons dissimulé une arme nucléaire dans le canyon. Que cela nous laisse-t-il comme choix ? Siffler la fin de la rencontre ?

— Non, parce que notre pays n'a pas encore « découvert » l'engin nucléaire et prononcé son plaidoyer pour attaquer la Corée du Nord.

— Qu'est-ce que ça change ? demanda l'homme en noir.

— Ne pas déclarer une guerre et tuer des millions de personnes sur la base de fausses preuves martelées à la face du monde vaut infiniment mieux que de ne rien faire. Et cela signifie aussi que l'opération de chantage montée par les Russes vient de prendre un coup dans l'aile.

Blum fit un pas en avant.

— Et cela vous donne l'occasion de pondre une explication plausible.

L'homme en noir la regarda d'un air sceptique.

— Telle que ?

— Que vous avez entreposé un engin nucléaire non opérationnel dans une grotte dans le Grand Canyon parce que vous cherchez des méthodes alternatives de stockage et étudiez leurs conséquences sur l'environnement ?

— Vous n'avez rien de mieux ? demanda l'homme en noir.

Blum continua :

— C'était ce que je faisais avec mes pièces lorsque j'étais enfant. Dans des trous que je creusais dans la cour derrière ma maison. Quand j'y pense, c'est beaucoup plus plausible que de faire confiance aux Russes dans le but de faire sauter la Corée du Nord. Franchement, qui croirait que nous soyons réellement *aussi* stupides ?

L'homme en noir la regarda d'un air déprimé mais ne dit rien.

— Ou vous pouvez prétendre que toutes les preuves qu'ils ont sont fausses, ajouta Blum. Cela semble être une stratégie très populaire de nos jours.

L'homme en noir secoua la tête.

— Non, cela ne marchera pas.

Il regarda ostensiblement les hommes armés qu'il avait amenés avec lui.

— Vous venez tous avec nous jusqu'à ce que tout cela ait été tiré au clair. Immédiatement !

— Il y a autre chose que vous devez savoir, ajouta Pine. Nous avons un enregistrement *électronique* de tout ce que vous avez dit ce soir.

L'homme en noir tressaillit et regarda tout autour de lui.

— Quoi ?

— Mon bureau est équipé de caméras et de micros.

— Et pourquoi avez-vous ce genre d'équipement dans votre bureau ? demanda l'homme en noir incrédule.

— Je l'ai installé après avoir été attaqué par un demeuré. Je lui avais botté le cul et il a prétendu que je l'avais attaqué. Pour être certaine de ne plus jamais me retrouver dans une situation elle-a-dit-il-a-dit. L'enregistrement a déjà été téléchargé sur un cloud sécurisé.

— Qu'est-ce qui me dit que vous n'êtes pas en train de bluffer ?

— C'est la beauté de la chose. Rien.

— Et pour votre information, cela fait un petit moment que je travaille en collaboration étroite avec l'agent Pine. Et je ne l'ai jamais, pas une seule fois, vue bluffer, glissa Blum.

Le regard de l'homme en noir allait de Blum à Pine.

— Quelles sont vos conditions ?

— Si quoi que ce soit m'arrivait, à madame Blum, à David Roth, à quiconque lié à cette enquête ou à quiconque dans cette pièce, et dans quoi que ce soit j'inclus tout, d'un ongle cassé à une rétrogradation ou au meurtre, je révèle votre participation à toute cette histoire.

Il la dévisagea pendant plusieurs longs instants. Il baissa les yeux vers le dispositif de surveillance qu'il tenait encore dans la main puis vers la bombe. Il releva enfin les yeux vers Pine et ses traits prirent un air résigné.

En voyant son expression, elle ajouta :

— C'est la seule façon pour chacun d'entre nous de nous sortir de tout ce merdier. Je pense que vous êtes suffisamment intelligent pour le voir.

Le silence s'installa de nouveau pendant quelques secondes pendant lesquelles tout le monde retenait son souffle.

— D'accord. Autre chose ? demanda l'homme en noir.

— Ben et Ed Priest ? demanda-t-elle.

Il passa nerveusement la langue sur ses lèvres avant de demander rapidement :

— Que voulez-vous ?

— Il vaudrait mieux qu'ils soient en vie. Sans quoi vous tombez tous.

Il hésita un instant.

— Ils sont en vie.

— Je veux qu'ils rentrent chez eux sains et saufs et avec des dédommagements à la hauteur de tout ce que vous leur avez fait subir. Et je vérifierai, n'essayez pas de me la faire à l'envers.

— Accordé. Tant qu'ils ne révèlent aucun secret.

— Vous devrez également verser beaucoup d'argent à la famille d'Oscar Fabrikant. Et pendant que vous y êtes, faites une très généreuse donation à la Société Pour le Bien. Je pense que nous avons besoin de plus, et pas moins, de bien. Et nous connaissons la vérité au sujet de la mort de Fred Wormsley. Sa famille recevra donc une aide financière substantielle pour son *patriotisme* envers ce pays.

— D'accord, autre chose ? demanda-t-il d'une voix inquiète.

Le visage de Pine s'assombrit.

— Il y a trois cadavres dans une grotte du Grand Canyon. Trois de *vos* hommes.

— Vous avez tué trois de nos hommes ? demanda-t-il incrédule.

— Eh bien, ils ne m'ont pas laissé d'autre choix vu qu'ils essayaient de me tuer. Mais je veux que leurs corps soient rapatriés et rendus à leurs familles. Et si c'étaient des *militaires*, je veux que l'on prenne soin de leurs familles. Et toute cette histoire ne doit pas figurer sur leurs états de service. Enterrement officiel avec tous les honneurs.

— Vraiment très magnanime de votre part, lâcha-t-il d'un ton sarcastique.

— Ils ont été tués en obéissant aux ordres, probablement les *vôtres*. Je n'avais rien contre eux. Je préférerais de très loin vous avoir tué *vous*.

— Je ne l'oublierai pas, dit-il d'une voix irritée. Au cas où nous nous recroisions de nouveau.

Elle le regarda avec un sourire sur les lèvres.

— Vous auriez pu m'enlever en même temps que les frères Priest. Ou vous auriez pu me tuer. Mais vous ne l'avez pas fait.

— Eh bien, tout ce que je peux dire, c'est que je ne commets jamais deux fois la même erreur.

Elle l'observa.

— Vous vouliez que je continue de travailler sur cette enquête.

— Mais, Pine, pourquoi l'aurait-il voulu ? demanda Dobbs.

— Parce qu'ils avaient besoin d'aide pour trouver Roth et la bombe.

— Nous aurions pu vous capturer et vous obliger à nous révéler où se trouvait Roth.

— Oh, vous avez essayé, par la suite, à l'aéroport et à l'appartement dans lequel je logeais mais vous avez échoué. Vous *saviez* qu'il y avait un engin nucléaire dans une grotte du Grand Canyon. Seulement, elle n'était plus dans la grotte dans laquelle vous l'aviez caché. Vous avez donc pensé à m'engager, mais à contrecœur, pour la trouver pour vous. Vous n'avez envoyé vos hommes me capturer que lorsque j'ai trouvé la bombe. Mais ils ne m'ont pas capturée.

Le petit rictus avait disparu du visage de l'homme en noir. Il la regardait avec une admiration mâtinée de crainte.

— Je crois que j'espère que nos chemins ne se recroiseront *pas*.

Elle montra du doigt le placard derrière elle.

— Et n'oubliez pas ce truc. Je ne pense pas que le Bureau ait une clause transport d'armes nucléaires sur son contrat de responsabilité civile.

— Cela figurait déjà sur ma liste de choses à faire, répondit-il d'un ton sarcastique.

— Autre chose ?

— Une dernière chose. Peut-être la plus importe de toutes.

— Quoi ?

— Arrêtez de faire confiance à ces putains de Russes. Ce ne sont *pas* nos amis.

Il la regarda bizarrement pendant un instant. Il se retourna ensuite vers ses hommes et montra le placard en disant :

— Prenez ce truc et allons-y.

Les hommes baissèrent immédiatement leurs armes. Quatre d'entre eux se précipitèrent jusqu'au placard et soulevèrent la bombe. La petite troupe sortit au pas.

L'homme au costume noir fut le dernier à quitter la pièce.

Avant de sortir, il regarda Pine dans les yeux.

— Vous avez causé un tort irréparable à ce pays.

— Non, je pense que je l'ai sauvé en réalité. Ainsi que quelques millions de vies. Mon seul regret, c'est que vous et tous les autres idiots derrière toute cette histoire ne vous retrouverez pas derrière les barreaux pour le reste de vos vies. Et maintenant, dégagez de mon bureau !

L'homme en noir sortit enfin, laissant six agents et une secrétaire du FBI pousser de longs soupirs de soulagement. Ils baissèrent tous leurs armes, leurs bras tremblaient d'avoir dû rester aussi longtemps en position de tir.

Dobbs avait le visage blême. Il se tourna vers Pine et hurla :

— Qu'est-ce que c'était que tout ce bordel, Pine ?

— Dans l'ensemble, des Américains en train de vraiment très mal se comporter, monsieur.

Blum s'interposa entre les deux et regarda Dobbs droit dans les yeux.

— Puisque c'est l'heure des requêtes, nous aurons besoin de remplacer les portes. Et l'agent Pine a besoin d'une nouvelle chaise.

Dobbs renâcla avant de se tourner vers Pine.

— Vous ne bluffiez pas, n'est-ce pas ? À propos des caméras et des micros dans votre bureau ?

Pine ouvrit le tiroir de son bureau pour montrer un petit boitier métallique. Elle appuya sur un bouton. Un plateau sortit. Elle enleva le DVD du plateau et le tendit à Dobbs.

— Les agents du FBI ne bluffent pas, monsieur. Du moins, pas lorsque c'est vraiment important.

Il jeta un rapide regard au DVD avant de le relever vers elle.

— Je vous suggère respectueusement d'en faire le meilleur usage.

Dobbs hocha de nouveau la tête, mit le DVD dans sa poche et regarda le bureau avant de se tourner vers Blum.

— Refaites-moi ce bureau à neuf, Carol. Le vôtre aussi. Et envoyez-moi la facture.

— Merci, agent spécial en charge Dobbs.

Dobbs et ses hommes sortirent.

Il ne resta plus que Pine et Blum.

Pine s'assit sur sa chaise branlante pendant que Blum s'asseyait sur le bord du bureau.

— Eh bien, Dieu merci c'est fini, dit Blum.

— Est-ce *vraiment* fini, Carol ?

— Eh bien, pour ce soir oui.

— C'est déjà ça de pris, dit Pine. Et d'ailleurs, vous ne pouvez pas prendre votre retraite. J'ai besoin de vous.

Blum sourit malicieusement.

— Oh, je ne prends pas ma retraite, agent Pine. À la différence de vous, je *bluffais*.

CHAPITRE

62

COMMENT SE PASSE LA PSYCHANALYSE ?

Il était environ 22 heures. Pine et Kettler buvaient, encore une fois, une bière, dans la Jeep de Kettler sur le parking de Pine.

— Pas trop mal, en réalité, dit-il en buvant une gorgée de sa bouteille. Ce n'est pas très loin. J'aime bien les séances en tête à tête, celle de groupes beaucoup moins.

— Je peux comprendre. Mais cela ira de mieux en mieux, Sam.

— Vous pensez ?

— J'en suis persuadée.

Elle tendit le bras et lui prit la main.

— Je crois en vous. Un mec capable de nous sortir du Grand Canyon comme vous l'avez fait est capable de tout.

— Oh, quand j'y pense, Colson et Harry sont de retour au Grand Canyon.

— Ouais, je pensais que cela pourrait arriver, dit Pine.

— Alors, comment s'est terminée l'histoire avec l'engin nucléaire ? demanda-t-il.

— Pour l'instant, bien. Par la suite, qui sait ?

Ils regardèrent le ciel rempli d'étoiles en silence quelques instants.

— Si je vais mieux…, commença-t-il.

— Quand vous irez mieux, le corrigea-t-elle.

— Oui. Quand j'irai mieux, on pourra boire d'autres bières comme l'autre soir ?

— Dans votre Jeep ? Je veux. Cette soirée figure dans mon top trois de mes meilleures soirées.

— Quelles étaient les deux autres ?

— Notre rendez-vous à Tony's Pizza.

Elle marqua une pause.

— Et maintenant.

Un bref sourire se dessina sur ses lèvres.

— Merci, Atlee. Pour tout.

— Je ne suis pas sûre d'avoir fait tant que ça.

— Vous avez fait plus que n'importe qui.

Elle sourit.

— C'est gentil de me dire ça, Sam.

— Vous allez suivre une psychanalyse vous aussi ?

— Oui, d'une certaine façon, répondit Pine.

Elle termina sa bière et dit :

— Je ferais mieux d'aller me coucher. J'ai une grosse journée demain.

Elle l'embrassa sur la joue et descendit de la Jeep.

— Je ne suis pas dingue, Atlee, je vous le jure, dit-il.

Pine se pencha et lui tapota la joue avec la main.

En lui souriant tendrement, elle lui dit :

— Vous n'avez pas reçu le mémo, Sam ? Nous sommes tous un peu dingues. Mais le nombre fait la force.

* * *

Pine et Blum prirent l'avion pour la côte Est pour récupérer sa Mustang laissée dans un parking long séjour à l'aéroport Reagan.

Elles en profitèrent pour rendre visite aux Priest à Bethesda.

Ben Priest suivait lui aussi sa convalescence chez son frère.

C'est Mary Priest qui leur ouvrit la porte. Bien qu'elle ait été informée de leur visite, elle regarda Carol Blum avec stupéfaction.

— Je sais, ma chère, dit Blum en lui tapotant la main. Je m'en veux terriblement de vous avoir trompée comme je l'ai fait mais c'était nécessaire pour retrouver votre mari.

En guise de réponse, Mary posa ses bras autour de leur cou en sanglotant.

En allant voir Ben, elles croisèrent les garçons, Billy et Michael, qui sortaient de la chambre de leur oncle. Ed était assis sur une chaise à côté du lit. Ils les attendaient.

Les deux frères donnaient l'impression d'avoir beaucoup souffert physiquement, mais ils semblaient sur la voie de la guérison. Ben paraissait le plus amoché des deux. Pâle et maigre, il donnait l'impression d'être complètement épuisé.

Mary referma la porte derrière elle pour leur offrir un peu d'intimité.

Pine s'assit sur le bord du lit tandis que Blum resta debout à côté d'elle.

— Vous nous avez sauvé la vie, Atlee, dit Ed.

— Après les avoir mises en danger, souligna-t-elle.

— Mais tout est rentré dans l'ordre ? demanda Ed.

— Jusqu'à ce que les dirigeants de ce pays décident, une nouvelle fois, de faire quelque chose de stupide, répondit Ben.

Il se tourna vers Pine.

— J'ai appris pour Simon et Oscar.

Pine hocha lentement la tête.

— Je pense que les gens derrière tout ça appelleraient cela des dommages collatéraux. J'appelle ça des meurtres. Au moins, l'assassin de Simon a payé. Tout ce que j'ai pu faire pour Fabrikant, c'est veiller à ce que sa famille reçoive une compensation pécuniaire et une donation pour la Société.

— Au début, lorsque David Roth est venu me voir, j'ai pensé qu'il était fou, dit Ben. Et après, j'ai compris que certains membres de notre gouvernement *étaient* devenus fous.

— Et vous l'avez aidé à faire ce qui était juste, dit Pine.

— C'était vraiment un coup de chance. Cette descente à dos de mulet était prévue de longue date. Mais cela a marché à merveille.

— Sauf pour cette pauvre Sallie Belle, dit Pine. Mais pour le reste de l'humanité, les choses ont bien tourné.

Ben tendit sa main que Pine prit.

— Je vous ai sous-estimée, lui dit-il. Je pensais que j'étais le pro et que vous étiez une amatrice. Il s'avère que j'ai eu faux sur toute la ligne.

— Je ne comprendrai jamais le monde dans lequel vous évoluez, Ben. Et je ne veux jamais le comprendre.

— Je commence à être de cet avis moi aussi. Comment va David ?

— La dernière fois que je lui ai parlé, il partait pour des vacances qu'ils devaient prendre depuis longtemps dans un endroit où il n'y a que des plaines à perte de vue.

— Je pense qu'il l'a bien mérité.

Elle regarda les deux frères.

— Et cela vous permet de passer du temps ensemble, en famille. C'est une chance que vous avez. Beaucoup de gens n'ont pas de famille.

Blum regardait attentivement Pine pendant qu'elle disait cela, mais elle garda le silence.

* * *

À la différence de leur précédent périple, Pine et Blum avaient décidé de s'accorder toute une semaine pour traverser le pays au volant de la Mustang. Et de s'arrêter en chemin pour découvrir d'autres petits bouts d'Amérique.

Là, elles étaient dans un petit restaurant, en bord de route, dans l'Arkansas en train de déguster un repas cuisiné au barbecue en buvant du thé glacé sucré, attablées à une table de pique-nique pendant que des gamins en T-shirt et en short couraient entre les tables en jouant à chat.

— C'est vraiment un pays magnifique, dit Pine

— Ce sont en fait tout plein de pays réunis en un seul. Chacun possédant son propre charme et ayant son propre lot de problèmes.

Blum croqua dans le morceau de cornichon qu'elle venait de tremper dans de la sauce piquante.

— Mais il y a un socle d'humanité et, oh, je ne sais pas, de *valeurs* que nous partageons tous. Une sorte de ciment qui nous réunit.

Elle s'arrêta et sourit.

— Ça me rappelle moi et mes six enfants.

— Comment ça ?

— Je suis incapable de me rappeler un jour pendant leur enfance sans ne serait-ce qu'une anicroche entre eux. Pas un seul jour pendant toutes ces années. Il y en avait un qui en insultait un autre. Un qui en frappait un autre. Deux autres s'engueulaient. Et les deux autres jouaient ensemble et passaient un merveilleux moment. Et, le lendemain, ils se sautaient à la gorge.

— Qu'est-ce que vous retirez de tout ça ? demanda Pine.

— Tout ce vous pouvez espérer, c'est que si un tombe malade ou se blesse ou ait vraiment besoin d'aide, les autres volent à son secours. À part ça, les jeux sont ouverts, j'en ai peur. La vie est compliquée et les gens se font des illusions s'ils pensent que quelqu'un va agiter une baguette magique et que tout le monde va soudain jouer gentiment dans le bac à sable. Ce n'est pas dans notre nature, semble-t-il.

Elle s'arrêta une fois encore pour boire une gorgée de son thé.

— Mais je dois l'avouer, malgré tous ces cris et ces bagarres, lorsqu'il y avait de bons moments, ils étaient vraiment géniaux. Je ne les échangerais pour rien au monde.

Elles regagnèrent leur voiture et, après avoir enlevé la capote, mirent cap à l'ouest.

— Je pourrais y prendre goût, dit Blum. Nous devrions peut-être faire ça chaque année.

— Thelma, dit Pine.

— Quoi ?

— Je dois être Thelma. Vous serez Louise.

— Eh bien, Geena Davis et vous avez à peu près la même taille. Et vous n'imaginez pas le nombre de gens qui m'ont dit que je ressemblais à Susan Sarandon, ajouta-t-elle avec un sourire satisfait.

— Prête à prendre la route, alors ?

— Tellement prête que j'ai envie de hurler.

Et c'est ce que fit Blum, en agitant les mains en l'air comme si elle était en train d'encourager son équipe favorite.

Atlee Pine n'avait jamais autant ri de sa vie.

CHAPITRE 63

PINE ÉTAIT ASSISE dans son nouveau bureau récemment refait à neuf. Elle réglait la hauteur et l'inclinaison de sa chaise de bureau ergonomique dernier cri qui pouvait presque tout faire sauf voler. Quoique, il y avait peut-être une manette pour ça aussi quelque part. Elle passa la main sur l'acajou de son nouveau bureau, regarda la moquette neuve et la nouvelle porte en bois massif.

Mais lorsqu'elle regarda le mur, les marques étaient toujours là.

Blum avait plaidé pour leur maintien, à titre d'agents de dissuasion. Et Pine avait trouvé l'argument plus que recevable.

Pine lisait un article sur l'écran de son ordinateur portable.

Le pays était en émoi à cause de changements très importants survenus au sein du gouvernement. Certains dirigeants très haut placés avaient soudain annoncé leur démission.

Parmi lesquels plusieurs hauts généraux du Pentagone, le directeur de la Sécurité intérieure et le ministre de la Justice, tous avec des explications différentes mais aucune ne mentionnait leur participation à un complot visant à rayer la Corée du Nord de la carte qui avait été, heureusement, déjoué. Plusieurs autres avaient été mutés au terme d'un remaniement qui en avait pris beaucoup par surprise. Plusieurs conseillers spéciaux de la Maison-Blanche avaient, eux aussi, démissionné, invoquant vouloir passer plus de temps avec leurs proches. Jusqu'au Président qui avait soudain annoncé qu'il ne briguerait pas un autre mandat. Enfin, les pourparlers de paix avec la Corée du Nord avaient repris, mais désormais, sous l'égide de la Corée du Sud et du Japon.

Même à l'aune des événements récents, cette série d'annonces méritait bien le qualificatif d'extraordinaire. Dobbs avait, manifestement, su tirer profit du DVD. Elle s'attendait à l'annonce imminente de sa nomination au poste de directeur adjoint. Qui sait, se dit-elle, il va peut-être se présenter à la présidence.

Le téléphone de son bureau sonna.

— Oui, madame Blum ?

— Agent spécial Pine, un gentleman désire vous voir.

— À quel sujet ?

— Il arrive tout droit de Washington, DC, avec une requête à vous soumettre.

— OK.

La porte s'ouvrit. Blum escorta un homme de petite taille qui avait à peine dépassé la trentaine. Il arborait un air suffisant. Ses traits étaient durs et son regard encore plus. Il portait un costume bleu, une chemise blanche amidonnée, une cravate large, avec une pochette soigneusement assortie dans la poche de sa veste.

Pine se leva.

— Que puis-je faire pour vous... ?

— Je m'appelle Walter Tillman. Je travaille pour le gouvernement fédéral.

— C'est ce que beaucoup de gens prétendent, et pourtant, au final, ce n'est pas toujours vrai. Puis-je voir une pièce d'identité ?

Il sortit son portefeuille et lui montra sa carte avec sa photo dessus.

— OK, que voulez-vous ?

— Vous transmettre, en bonne et due forme, une invitation à DC.

— Pourquoi ?

— Pour discuter avec certaines personnes désireuses de vous rencontrer.

— Pourquoi ?

Il tressaillit et son visage s'assombrit.

— Elles trouvent que vous avez du talent et veulent vous recruter dans leur équipe pour vous confier certaines missions.

— J'ai déjà un travail.

Il parcourut du regard le petit bureau.

— Écoutez, sans vouloir vous offenser, vous êtes dans un bureau minable au milieu de nulle part.

— Non, je suis dans mon bureau dans une agence résidente du FBI au milieu du magnifique État d'Arizona, à un crachat de la seule merveille naturelle du monde située dans ce pays.

— Mais ce poste serait beaucoup plus prestigieux, un bond dans la grille salariale et beaucoup plus d'argent dans votre portefeuille.

— Je n'ai pas rejoint le FBI pour devenir riche. Et je me fiche du prestige comme vous ne pouvez pas l'imaginer.

— Je ne suis pas sûr que vous compreniez. Des gens veulent que vous veniez travailler à DC. Dans les plus hautes sphères.

— Et je repousse leur offre.

Tillman abandonna tout semblant de civilité.

— Vous êtes convaincue de valoir mieux que les autres, n'est-ce pas ? À cause de ce que vous avez fait, ajouta-t-il avec un grognement.

Pine regarda les deux marques sur le mur et dut résister à la tentation d'en ajouter une troisième.

— Je vais vous dire, Walt. Le jour où j'estimerai que vous avez arrêté vos conneries, j'y réfléchirai. Mais je ne suis pas assez stupide pour croire que ce jour arrivera. Autre chose ?

— Non, c'est tout, répondit-il d'un ton renfrogné.

— Bien, parce que je dois me rendre quelque part. Madame Blum vous raccompagnera.

Comme si elle avait été en train d'écouter derrière la porte, celle-ci s'ouvrit et Blum apparut sur le seuil.

Pine sortit ses pistolets de son tiroir et les glissa dans ses deux étuis. Elle prit son blouson noir qui était sur le dossier de sa chaise et, en passant devant Tillman sans lui dire un mot, dit à Blum :

— Je serai de retour dans deux jours.

— Soyez prudente sur la route, agent spécial Pine.

Pine sortit du bureau.

Dans le parking souterrain, Pine mit ses lunettes de soleil, retira la bâche qui recouvrait la voiture et la fourra dans le coffre.

Elle démarra la Mustang et regagna la surface.

Une longue route l'attendait et elle comptait bien en savourer chaque kilomètre et chaque minute.

La voiture vintage vrombissait, son gros bloc V-8 avalait l'autoroute. Elle traversa l'Arizona en diagonale jusqu'au sud-est de l'Utah dans lequel elle suivit le cours du Colorado un moment avant de prendre à l'est et d'entrer dans les Rocheuses.

Elle ne s'arrêtera qu'une fois, pour une pause toilettes et s'acheter quelque chose à manger qu'elle avala dans sa voiture, en regardant les étoiles nager dans le ciel immense.

— À bientôt, Sam, dit-elle en levant sa bouteille d'eau.

Pine poursuivit sa route et régla son allure pour arriver à ADX Florence environ dix minutes avant minuit. Elle descendit de voiture, enfila sa veste et accrocha son insigne du FBI à sa ceinture.

Elle avait passé le contrôle de sécurité. Les gardiens l'avaient conduite jusqu'au parloir. Il était minuit moins une minute.

Elle s'assit sur le même siège et regarda à travers la même paroi de verre polycarbonate et attendit son arrivée.

Comme la dernière fois, une demi-douzaine de gardiens lui amenèrent Daniel James Tor.

Ils l'enchaînèrent au sol et sortirent patienter juste derrière la porte comme l'autre fois.

Tor tendit le cou, posa ses mains enchaînées devant lui et la regarda d'un air intrigué. Elle savait qu'il devait être intrigué puisqu'il avait accepté de la revoir.

Elle mit la main dans sa poche et sortit la photographie.

Elle la contempla un instant.

Le reflet de Mercy la regardait.

Pine la posa contre la vitre pour que Tor puisse voir Mercy le regarder sans ciller.

— Où est ma sœur ? demanda-t-elle.

REMERCIEMENTS

À Michelle, ce livre a une héroïne qui déchire et qui n'a rien à envier aux meilleures et je sais que cela va te plaire.

À Michael Pietsch, merci de toujours faire plus que le maximum.

À Lindsey Rose, merci de ne jamais hésiter.

À Andy Dodds, Nidhi Pugalia, Ben Sevier, Brian McLendon, Karen Kosztolnyik, Beth deGuzman, AlbertTang, Brigid Pearson, Elizabeth Connor, Brian Lemus, Jarrod Taylor, Bob Castillo, Anthony Goff, Michele McGonigle, Cheryl Smith, Andrew Duncan, Joseph Benincase, Tiffany Sanchez, Morgan Swift, Stephanie Sirabian, Matthew Ballast, Jordan Rubinstein, Dave Epstein, Rachel Hairston, Karen Torres, Christopher Murphy, Ali Cutrone, Tracy Dowd, Martha Bucci, Rena Kornbluh, Lukas Fauset, Thomas Louie, Sean Ford, Laura Eisenhard, Mary Urban, Barbara Slavin, Kirsiah McNamara et à tout le monde à Grand Central Publishing, merci de toujours vouloir atteindre de nouveaux sommets.

À Aaron et Arleen Priest, Lucy Childs, Lisa Erbach Vance, Frances Jalet-Miller, John Richmond et Juliana Nador, merci d'être toujours à mes côtés.

À Mitch Hoffman, merci de m'avoir autant poussé sur ce livre et de nous avoir fait monter jusqu'à ONZE (Référence à *Spinal Tap* !) sur la version finale.

À Anthony Forbes Watson, Jeremy Trevathan, Trisha Jackson, Katie James, Alex Saunders, Sara Lloyd, Claire Evans, Sarah Arratoon, Stuart Dwyer, Jonathan Atkins, Anna Bond, LeanneWilliams, Natalie McCourt, Stacey Hamilton, Sarah McLean, Charlotte Williams et Neil Lang chez Pan Macmillan, merci d'être les meilleurs du secteur. Je suis impatient de voir les nouveaux locaux !

À Praveen Naidoo et à l'équipe de Pan Macmillan en Australie, merci d'être encore meilleurs à chaque livre.

À Caspian Dennis et Sandy Violette, merci d'être de si bons conseillers et amis. J'attends toujours avec grande impatience notre dîner annuel de gala. Avec toutes ces glaces Knickerbocker !

À Steven Maat et à toute l'équipe de Bruna, merci de défricher le terrain pour nous aux Pays-Bas.

À Bob Schule, merci d'avoir lu le manuscrit et pour tes remarques ô combien pertinentes.

À Mark Steven Long, merci pour la relecture.

À mon grand ami, le docteur Dana Ericksen, pour toutes les infos sur les randonnées dans le Grand Canyon. La scène avec la Heineken était pour toi mon ami !

À l'agent spécial du FBI (à la retraite) Bob Ulmer, merci de m'avoir fourni une tonne d'excellentes informations sur le Bureau. Et à sa fille, Wendy Noory, pour vous avoir mis en contact.

À Dana Schindler, merci pour tout ton excellent travail de recherche et d'être une merveilleuse amie.

À Anne et Paul Buellesbach, merci de m'avoir raconté toutes vos aventures à dos de mulet et donné toutes ces informations sympas sur le Canyon.